# ANNE ROBERT L. KEEV GABRIEL WOLF

# KÉNYSZER

*További*
Wolf & Grant Könyvek:
www.wolfandgrant.org

# Copyright

### Első rész
©2019 Anne Grant

### Második rész
©2019 Rákos Róbert

### Harmadik rész
©2019 Gabriel Wolf

### Újrakiadás éve:
©2022

### Újraszerkesztették:
Farkas Gábor és Farkas Gáborné

### Fedélterv:
Gabriel Wolf

Könyv verziószáma: 2.0
Utolsó módosítás: 2022.10.06.
Minden jog fenntartva

# Fülszöveg

Egy (összefüggő) thriller regény három szerző tollából, három felvonásban.

Egy "B"-ként ismert fiatalember az autójával véletlenül elüt egy egyetemista lányt. Luca, az áldozat nem szenved komoly sérülést, de B – mivel a lányt épp ekkor rakták ki az albérletéből – megbánása jeléül felajánlja, hogy költözzön hozzá.

Az együttélés során különös kapcsolat alakul ki kettejük között: Eleinte mély barátság, ami később féltékenységtől és frusztráltságtól övezett viszonzatlan szerelemmé válik, végül pedig... valami olyan veszélyes dologgá fajul, amire senki sem számított.

Lucának segítségre lesz szüksége, hogy kikerüljön az érzelmi zsarolásra és erőszakra hajlamos B karmai közül. A lány csak egyetlen emberre számíthat: Atosra, egy régi barátjára. Atos el is indul, hogy kihozza a bajba jutott Lucát B lakásából. Ha lehet, szép szóval, ha kell, akár erőszakkal is.

De vajon odaér-e valaha? És ha igen, vajon képes lesz-e kimenteni onnan Lucát épségben és élve?

Végül pedig, de nem utolsósorban:

Ki az az esőkabátos, borotvakést szorongató férfi, aki mindezt a fiatal párra leselkedve végig figyelemmel kíséri? Közbe fog majd lépni a megfelelő pillanatban? Ha igen, kinek az oldalán száll majd harcba?

# Tartalom

KÉNYSZER ....................................................................................... 1
Copyright ......................................................................................... 2
Fülszöveg ........................................................................................ 5
Tartalom .......................................................................................... 6
Első rész ......................................................................................... 9
1. „Sajnálod életed" .................................................................... 10
2. „Teher is lehetsz" .................................................................... 18
3. „Bent maga ura" ..................................................................... 25
4. „Öngyilkosság, vagy majdnem az" ........................................ 31
5. „Ha szent is, alku" .................................................................. 37
6. „Nincs közöd" ......................................................................... 44
7. „Zsarnokságom megbocsásd" ............................................... 50
8. „Más kell már" ........................................................................ 56
9. „Olyan légy, hogy szeresselek" .............................................. 64
10. „Rab volt odakint" ................................................................. 70
11. „Magam törvénye szerint" .................................................... 77
12. „Felebarátnak még jó lehet" ................................................. 83
13. „E bonthatatlan börtönt" ....................................................... 88
Második rész ................................................................................ 97
1. „Bitang napok, kegyetlen kölykei az időnek" .......................... 98
2. „Zűrzavar, bölcs és esztelen" ............................................... 104
3. „Kire számíthatok, ha nem magamra" .................................. 107
4. „Azt hittem, lehet a világon segíteni" .................................... 112
5. „Szakítsd, ami szakadni akar, mást úgysem érdemel" ......... 116
6. „Az idő és a közöny már fertőtlenít" ..................................... 125
7. „Röppenni megint, tisztán, fényesen" ................................... 133
8. „Az élet, ha sokan akarjuk, megváltozik" .............................. 140
9. „Ezt a hálát adom neked" ..................................................... 145
10. „Eljátszom, folytatom életünket, úgy, ahogy kellett volna, hogy legyen". 150

Harmadik rész ....................................................................................... 153
1. „Patás angyal röppen fel az erkélyről, szárnya volna?" .......................... 154
2. „Vicsorgás a sötétből, nevetés a szekrényből, keze volna?" ................... 158
3. „A szobámban van, mégsem látom, dallamot súg a szájszerve" ............ 162
4. „Az esti város zsongó lármát tölt a fülembe, eldugít" ............................. 166
5. „Lenyelem a hangokat, hogy rút sikolyom elcsituljon" ............................ 172
6. „Az agyamig hatolnak hangjegyei, barázdákat verve bele" .................... 176
7. „Valami a szobámban van, hogy hártyájával beburkoljon" ..................... 183
8. „Rovarként gyermekeknek bábozódom egy apró színházban" .............. 185
9. „Bomló aggyal kettényílt fejű holttest, szaga volna?" ............................. 194
10. „Meghúzom a ravaszt, hogy ravasz módon eldurranjon" ...................... 204
11. „Nyikorgás az ágy alól, zihálás a padlásról, zene volna?" .................... 208
12. „Megpendítek egy pengét az eremmel, hogy dallamot adjon" .............. 214
13. „A boldog emlékképek még inkább gyötörnek a halálban" ................... 232
Epilógus .................................................................................................. 237
Függelék ...................................................................................................... 240
Egyéb kiadványaink .................................................................................... 241
Gabriel Wolf művei .................................................................................. 241
Anne Grant művei ................................................................................... 244
Wolf & Grant közös művei ...................................................................... 245

# ANNE GRANT

# KÉNYSZER

**Első rész**

# 1. „Sajnálod életed"

Azt hittem, nagyon szép napom lesz. Igaz, hogy már ősz volt, de simogattak a napsugarak, és délre – amikor el kellett indulnom egy próbára – már felmelegedett annyira az idő, hogy felvehettem a kedvenc szoknyámat. Tele volt pillangókkal, és mell alatt még egy szépséges, természetesen rózsaszín masni is díszítette.

Persze Fortuna istennő nem olyan sokáig áll egyetlen ember pártján, így én sem voltam örökké szerencsésnek mondható. Nem elég, hogy nem tudtam még végig a szövegemet, de a nagy reggeli örömködésben otthon felejtettem a szövegkönyvemet is. Jó, természetesen a rendezőnk adott még egyet, és lévén a *Padlást* próbáltuk, így a betétdalokat már gyerekkoromból jól ismertem, de nem lett volna rossz, ha a köztes párbeszédeket a saját magam által kihúzogatott verzióból tudtam volna olvasni.

– Hol jártál induláskor? – kérdezte nevetve a Mamókát játszó Erika. Alig két évvel volt idősebb nálunk – évfolyamtársunk volt, csak egyszer nem jutott be a második fordulón, és ki is hagyott egy lehetőséget –, de olyan jól el tudták maszkírozni a sminkesek, hogy a színpadon ez egyáltalán nem jött le furán.

– Vicces vagy! – forgattam a szemem. – És még mielőtt mondanád: nem, nem volt hosszú az éjszakám, csupán annyira örültem reggel a jó időnek, hogy otthon felejtettem a szövegkönyvet. Meg még ki tudja, mit, a többi eddig nem derült ki.

– Aha, én is ezt mondanám, Luca!

– Napsugaras jó reggelt mindenkinek! – vágódott be idős rendezőnk, Jani is. – Remélem, készen álltok egy kis csillagközi utazásra – utalt szavaival a meseszép darab témájára.

– Hát, én egy picit hiányos bőrönddel érkeztem, ami azt illeti – tipegtem elé.

– Gyónj, édes lányom.

– Reggel otthon maradt a szövegem.

– Üsse kő! LIA! Hol vagy, Lia? – kiabált szinte azonnal a rendezőasszisztens után, aki olyan hirtelen jelent meg, mint ahogy derült égből tud lecsapni a villám.

– Itt vagyok, Jani bácsi.

– Bácsi? Meg ne halljam ezt még egyszer, nem vagyok én olyan öreg!

– Ja, csak hatvanhat maholnap – kuncogott a háttérben Zoli, aki Rádit játszotta az oldalamon.

– Csitt! – villant azonnal az öreg tekintete, és Zoli abban a szent pillanatban el is hallgatott.

– Még nem mondta, hogy mi kellene, *Jani* – mondta Lia jelentőségteljesen megnyomva az utolsó szót.

– Lucám, csillagom, otthon felejtette a szövegkönyvét. Tudnál hozni neki másikat?
– Suhanok! – felelte az asszisztens, majd pár percen belül már ismét meg is jelent, egy *Padlás*-szöveget lobogtatva a kezében. – De ezt, légyszi, ne keverjétek el, mert eléggé fogytán van, és nem akarok újakat köttetni.
Szerettem ezt a diákszínpadot, mert bármilyen csapat is állt össze, mindig nagy összhangban dolgoztunk, Jani pedig megértette, hogy egyetemi kötelezettségeink is vannak, és ezért próbált igazodni hozzánk, amikor csak tehette. Egyébként néha még ő is vállalt kurzusokat az egyetemen, és minden hallgató imádta a humorát és az oktatási stílusát.
– Na, most akkor már mindenkinek megvan mindene? – kérdezte Jani, amikor én is lehuppantam a nézőtéren egy székre, lapozgatva az új példányomat. – Nem kell vele annyira ismerkedni, Luca! Ugyanolyan, mint a másik.
– Nem is igaz! Az enyémben ki van húzva a szövegem.
– Nem tehetek róla, hogy otthon hagytad. De kezdjük, különben még holnap délben is itt leszünk.
– Honnan? – kérdezte Zoli.
– Kedves Rádi, ezt eldöntötted! Süni, te is irány a színpad! Szeretném látni azt a jelenetet, amikor felélesztedZolit, és először találkozol a szellemekkel. Herceg, Kölyök, Meglökő, Lámpás, rátok is szükség lesz ehhez! Mindenki a helyére, egy-kettő! – tapsolt Jani, hogy sürgessen minket.
A *Padlás* volt az első olyan darab, amelynek a próbáit sosem éreztük terhesnek, és nagyon örült az egész társulat, ha játszhatta. De egyébként bármelyik másik színházba is mentem megnézni, mindig vidám arcokat láttam színpadon és nézőtéren egyaránt. Leginkább a gyereknézőket szerettem figyelni. Olyan áhítattal fogadták az előadást, hogy azt nehéz lenne szavakkal kifejezni.
Valósággal elszaladt az idő, míg próbáltunk, és talán azért is tűnt részben kevésnek, mert a kétórás próba nyolcvan százalékát a színpadon töltöttem. Jani ma kifejezetten szerette nézni a Süni- és Rádi-részeket, és néhányszor felküldött a tetőre is, hogy teszteljük a technikát. Azt akarta elérni, hogy minél hamarabb magabiztosan tudjak járkálni odafent. Ez utóbbi kicsit megterhelő volt, de nem annyira, hogy a percek ólomlábakon vánszorogjanak tőle.
Próba után jött az igazi feketeleves. A telefonom eszeveszett csörgésbe kezdett, üvöltve szólt belőle az *Áldalak búval, vigalommal*, én pedig egy az egyben kiborítottam ormótlan női táskám tartalmát, mire végül megleltem a készüléket. A főbérlőm keresett, gyanútlanul szóltam bele:
– Jó napot kívánok!
– Én is önnek! Fontos ügyben hívom.
– Fontos ügy? – kérdeztem kissé ijedten. Az emberek, ha fontos dolgokat, halaszthatatlan, komoly beszélgetéseket emlegettek, annak korábbi tapasztalataim szerint sosem lett jó vége.

– Gondolom, emlékszik, hogy a szerződéskor azt mondtam: az albérlet csupán ideiglenes. Nos, most kaptam egy olyan ajánlatot, hogy valaki jó áron megvenné, sokkal többért, mint amennyiért a környékbeli lakások eladhatók; az illető csak annyit kért, hogy azonnal költözhető legyen.
– Tessék? – Azt hittem, rosszul hallok. Egy pillanatra nem kaptam levegőt. Forogni kezdett velem a világ. Az nem lehet, hogy földönfutóvá váljak a szemeszter kellős közepén!
– Nyugodjon meg, lesz ideje kiköltözni. Sikerült a vevővel megbeszélnem két hét türelmi időt. Nem akartam ilyen hirtelen magára hagyni!
– Két hét?
– Szerinem egész jó, hogy még ennyibe is belement.
– Nem gondoltam volna, hogy költöznöm kell. Ne haragudjon, de még így is meglepetésként ért a dolog!
– Sajnálom. De meg kell értenie, a pénz, az pénz. De nyugodjon meg, a kauciót visszaadom, hogy legyen miből másik lakást bérelnie. Viszonthallásra! – köszönt el gyanúsan gyorsan. Egyértelműen nem akarta végighallgatni a kiakadásomat, ami kis fáziskéséssel, de rendre úgy tört elő belőlem, mint vulkánból a kilövellő lávatenger. Még mielőtt bármit is mondhattam volna, a főbérlőm bontotta a vonalat.

– Mégsem jössz velünk kávézni, Luca? – kérdezték a többiek, látva, milyen idegesen hányom vissza a holmijaim a táskám gyomrába.

– Bocsi, srácok, de nagy gáz van!
– Micsoda? – kérdezte Jani.
– Jaj, még nem akarok róla beszélni. Babonám, hogy a bajokat csak akkor szeretem emlegetni, ha már meg vannak oldva, vagy legvégső esetben akkor, ha képtelen vagyok velük egyedül megbirkózni.
– Hát, jó, akkor majd beszélünk! Vigyázz magadra!

Abban a pillanatban, ahogy kifutottam az épületből, és leléptem a zebrára, hatalmas fékcsikorgással állt meg mellettem egy áthaladni készülő autó. Az orra meg is érintette az oldalam, de úgy éreztem, nem ütött el, legalábbis nem zuhantam a földre. A belém nyilalló fájdalmat csak pár perccel később éreztem meg, amikor már kiszállt a sofőr, és odalépett hozzám. Ekkor tudatosult bennem, hogy a hirtelen jött ijedtségtől egészen addig meg sem mozdultam.

– Úristen, kisasszony, jól van? Igazán nem akartam, tényleg! – mentegetőzött azonnal a pasas. Csak pár perccel később vettem szemügyre. Vékony, cingár alak volt, ezt még az általa viselt bő pólón keresztül is láttam, valamint irreálisan nagy lencsés, elavult, '70-es években divatos szemüveg volt az orrán. A haja meg istentelenül fekete, a szemével együtt. Ha nem lettem volna sokkos állapotban, szerintem jót nevettem volna rajta, mondjuk, ha az utcán jön szembe napközben, gyalogosan.

– Huh, nem tudom – ráztam meg a fejem, hogy tisztuljon a kép.
– Az oldalam fáj – panaszkodtam, majd elléptem az autótól egy-két lépésnyire.
– Bevigyem a kórházba?
– Jaj, csak azt ne! Nekem ilyenre most nincs időm – jutott eszembe hirtelen a szükségszerű költözés, és az albérlet-mizéria, ami ezzel együtt jár.
– Akkor legalább hadd vigyelek haza! – váltott hirtelen tegeződésre. Meglepett, de nem tettem szóvá. Gondoltam, inkább magam is viszonozom. Ez könnyebbé tette köztünk a kommunikációt.

\* \* \*

Egy esőkabátos férfi állt a közeli újságosbódé mögé húzódva. Onnan nézte lopva az eseményeket. Nem először csinálta ezt. Elég gyakran figyelt meg másokat. Nem esett az eső, mégis esőkabátot viselt. Ugyanis ha sokat áll az ember az utcán, akkor bizony okozhat neki meglepetést az időjárás. Jobb előre felkészülni. Amikor egy piros Audi fékcsikorgatva túl közel állt meg a zebrán áthaladó lányhoz, és megütötte az oldalát, az esőkabátos férfi elmosolyodott:
– Ez szép volt! Magam sem csinálhattam volna jobban. Épp csak hozzáértél a kocsi elejével, de nem okoztál súlyos sérülést. Ha nem lennél ilyen ügyefogyott külsejű, még azt hinném, szándékosan csináltad. És most milyen ijedt képet vágsz! Hogy oda ne rohanjak! A fickónak Oscar-díjat kéne adni. Szerintem szándékosan tette. Vajon csinált már ilyet máskor is?

* * *

– Rendben, ezt elfogadom – feleltem a férfi ajánlatára, miszerint hazavinne. – Nem szívesen szállnék most buszra. – Persze bekapcsolt a fejemben a vészjelző, hogy nem kellene elfogadnom egy olyan idegen nagyvonalúságát, aki éppen az előbb ütött el. Lehet, hogy nem jó ötlet beszállnom az autójába, de egy másik hang a fejemben lehurrogta az előbbit, s megnyugtatott afelől, hogy csak a hibáját akarja kicsit jóvá tenni. Mindenesetre a biztonság kedvéért csak a lakhelyemhez legközelebb eső utca sarkát mondtam, hogy ne tudja meg a pontos címem.
– Egyébként bocsánat, még be sem mutatkoztam! B vagyok – mosolygott rám, miközben sebességbe tette az autót. – Köszönöm, hogy nem hívtál rendőrt.
– Én pedig Luca. Magam sem akartam semmilyen hatósági kalamajkát. Így is nehéz helyzetben vagyok – sóhajtottam fel, de az oldalamba rögtön belenyilallt a fájdalom. – Au!
– Jól vagy? – kérdezte B aggódva. Rendes srácnak tűnt.
– Persze, csak az oldalam. De szerintem ebből mindössze annyi lesz, hogy alaposan belilul, és elfelejthetem egy időre a haspólókat. Ha nagyobb gond lenne, már görnyedeznék a fájdalomtól. Egyébként tényleg ez most a legkisebb problémám.
– Miért, van valami más is?
– Ha nem lenne, nem lettem volna ilyen figyelmetlen, hogy kirohanjak eléd.
– Ha esetleg van kedved, elmesélheted. Hátha megkönnyebbülsz. – Máskor még a saját anyámnak se számoltam be ilyen hamar az életemben szembejövő bukkanókról, most pedig valamiért egy vadidegennek elkezdtem mesélni, hogy milyen váratlanul ért a meglepetés, hogy költöznöm kell. Azt is elmondtam neki, hogy van egy éppen felcseperedés alatt álló maine coon[1]-om is, Lecsó, akiről gondoskodnom kell. Ha én utcára kerülnék, őt akkor is menteni akarnám. Nem volt szokványos az, amilyen nyíltan beszéltem B-nek, de hát az sem mindennapos, hogy elütnek, majd az elkövető röpít hazáig a pofás kis Audijával.
– Hát, ez nem semmi! Nem irigyellek. Ha jól tudom, ilyenkorra mindig betelnek az albérletek a gólyákkal. Le a kalappal, ha találsz egyet, ráadásul elfogadható árban. Te is egyetemista vagy

---

[1] A maine coon külsőleg nagyon hasonlít a norvég erdei macskára, azonban vele ellentétben ő Amerikából, Maine államból származik. A maine coon átlagsúlya 6-8 kg közötti, a nőstények max. 5 kg-ot nyomnak. Teste izmos és hosszú, széles mellkassal, oldalnézetben téglalap alakú. Lábai erősek, izmosak, jó csontozatúak és arányosak. Nagy, kerek mancsai szőrpamacsokkal vannak ellátva. Forrás: https://www.zooplus.hu/magazin/macska-magazin/macskafajtak/maine-coon

egyébként? – kérdezősködött tovább olyan természetesen folytatva a beszélgetést, mintha csak az időjárásról lenne szó.
– Ide járok az SZFE-re, színész szak, másodév.
– Hú, az érdekesen hangzik! És játszol is már?
– Hivatalosan még nem, de van egy diákszínpad, ahol viszont rendszeresen. Most is próbáról jövök.
– Milyen előadás?
– *Padlás*.
– Nem vagyok valami jártas a színházi világban, de az valami gyerekdarab, ugye?
– Pontosan! Azért látom, vannak itt ismeretek – mosolyogtam rá B-re. Vele meglepően könnyű volt beszélgetni. Nem nagyon találkoztam még ilyen emberrel, kivéve egy régi barátomat, Atost. De ha jól emlékszem, vele is hosszú beszélgetések során alakult ki a jó viszony.

Időközben megérkeztünk az általam mondott címre, és B leparkolt az út szélén. – Hát, itt is volnánk! Figyelj... megadom a telefonszámom, és hívj, ha szükséged lenne rám! – mondta, és előkapart valahonnan egy tollat meg egy régebbi parkolójegyet, és annak hátuljára firkantotta fel a mobilszámát.

– Nagyon kedves vagy – mosolyogtam rá.
– Ne viccelj, mégiscsak elütöttelek! Ez a minimum!

Olyan jókedvvel búcsúztunk el, amilyenben a rövidke, alig negyedórás utazás telt. Megvártam, amíg elstartol az ellenkező irányba, s csak akkor indultam el a kicsit messzebb lévő tömbház felé. Már kezdtem bánni, hogy nem bíztam meg benne teljesen, mert végig olyan kedves volt velem, s ezért nem akartam, hogy lássa: igazából nem is pontosan ott lakom, mint amit neki mondtam.

Lecsó már a kulcszörgés hallatán hangos miákolásba kezdett.
– Jön a gazdi, csak ki ne szökj, mert most nem tudok futni utánad! – figyelmeztettem aggódva. A biztonság kedvéért a lábamat az ajtónyílásba tettem, hogy a macsek ne ugorjon ki. Inkább én ugrottam befelé, már amennyire a lehetőségeim engedték.

Előbb megszeretgettem Lecsót, majd mindkettőnknek vacsorát készítettem, és végig a macskámmal társalogva múlattam az időt. Még a fürdőszobába is követett, mint ahogy minden más este is, csak a zuhanytálcától maradt mindig tisztes távolságban, hogy véletlenül se legyen vizes.

A fürdőszobatükörben láttam, hogy már most elkezdett belilulni az oldalam. Szép... Lehet, hogy pihennem kellett volna inkább, de elővettem a dobozokat a spájzból, amelyekkel ideköltöztem. Igaz, hogy azóta gyarapodtak egy kicsit a cuccaim, de úgy saccoltam, hogy a nagy részét még így is be tudom majd csomagolni. Milyen jó, hogy nem dobtam ki őket!

Gondterhelten elkezdtem az éppen nem használt szövegkönyveimet bedobozolni, Lecsó pedig izgatottan sertepertélt körülöttem. Végül bele is ugrott egy méretes dobozba, és egy kis forgolódás, macsekos dagasztás után mélyen elaludt benne. Hiába nem találkozott még más cicákkal, tökéletesen hozta azok viselkedését. Ekkor jutott eszembe, hogy ő még nem élt meg egyetlen költözködést sem.

Nem volt lelkesedésem egy doboznál többet bepakolni. Azt az egyet gondosan lezártam, s a közben kiszanált, kézzel írt jegyzethalmazra tekintve hirtelen összeszorult a torkom: úgy éreztem, hogy a költözködés közben, esetleges helyhiányra hivatkozva, lehet, hogy a fél életem a kukában végzi majd. Nagyon rossz érzés volt, de nem volt sok időm szomorkodni. Csipogott a telefonom – valaki bejelölt a Facebookon. Gyorsan átpörgettem az adatlapot, s már jelöltem is vissza, mert láttam, hogy B az.

Olyan hosszas levelezésbe kezdtünk szinte azonnal, mindenféléről, hogy hajnali kettőre eljutottunk odáig, hogy délután átjön segíteni csomagolni.

Akkor még nagyon megnyerőnek tűnt.

## 2. „Teher is lehetsz"

B-vel olyan messzire jutottunk néhány átchatelt nap után, hogy végül ő lett a hivatásos megmentőm. Két héttel később, a kiköltözés napján eljött értem, és igaz, hogy hármat fordulva, de átvittük a cuccaimat a lakására. Még azért sem haragudott meg utóbb, hogy elsőre nem a valós címemet adtam meg neki. Megértette, hogy nem mertem megbízni benne azonnal. – Olyan embert én sem engednék rögtön közel magamhoz, aki előtte elütött – helyeselt maga is.

– Pedig nem is ütöttél el igazából – nevetgéltünk az első közösen töltött esténken, egy-egy pohár rozét kortyolgatva.

Nem is tudtam igazán, hogy mi ez a hirtelen kialakult helyzet. Nem akartam kapcsolatot, de jól jött, hogy odaköltözhettem hozzá. Tágas lakása volt, a minimáldizájn jegyében berendezve. Saját szobát kaptam, és egy ideig ott is aludtam a franciaágyon, míg három héttel később egyszer beszélgetés közben el nem aludtam az ő szobájában, arra az egyszemélyes ágyra kucorodva, amin ő is szokott pihenni. Másnap reggel arra ébredtem, hogy összeölelkezve alszunk. Azonnal menekülni akartam, de vékony termete ellenére erősen tartott.

– Ne menj! Már rég vágytam erre... – Magam sem tudtam, akarok-e egyáltalán vele lenni, de hirtelen az én szívemben is tombolni kezdett a régóta ott élő magány, s gondoltam, nem lehet baj belőle, ha engedek a sors akaratának. Azzal nyugtattam magam, hogy nem volt az véletlen, hogy pont ő ütött el, ráadásul segített is. Ellenszenvesnek azért nem találtam, így belementem a játékba. Egyre több időt töltöttem vele, közös programokat csináltunk, de a szexre még nem bólintottam rá. Egyszer-kétszer szóvá tette, aztán később jött a többi probléma is. Ha meg kellene határoznom, nagy jóindulattal azt tudnám mondani, hogy körülbelül három hónapunk telt kellemesen. Moziba, színházba jártunk, elmondása szerint megszerettettem vele ezt a műfajt. Egy darabig el is vitt mindenhova, és megbocsátott minden apró hibát, esti elmaradást, ami abból adódott, hogy egyetem mellett dolgozom is.

Egyik éjszaka, amikor a régi szobámban dolgozgattam a laptopomon – kaptam egy felkérést a diákszínpad társulati vezetőjétől, hogy írjak egy darabot – B berontott, és kérdőre vont: – Meg kell beszélnünk valamit!

– Mi? Tessék? – Hirtelen dühkitörésének hatására azt sem tudtam elsőre, hogy mit reagáljak. Egy az egyben kiszakított a cselekményből, pedig már a harmadik jeleneten dolgoztam aznap este, szóval egy elég jó hullámot lovagoltam volna meg.

– Elegem van abból, hogy olyan vagyok melletted, mint egy bejárónő!

– És ez komolyan most, szombat hajnali kettőkor jut eszedbe? Nincs jobb időpont ezt megbeszélni?

– Tudod, most riadtam fel arra, hogy még mindig nem fekszel mellettem, kimentem a konyhába, és láttam, hogy mindent ott hagytál úgy, ahogy van.
– Mert dolgozom, de majd elmosogatok!

\* \* \*

Az esőkabátos férfi Lucáék emeletén állt a lépcsőházban egy olyan sarokba húzódva, ahová nem ért el a régi izzó gyér, sárga fénye. Majdnem teljes sötétség honolt ott. Ha elmegy a férfi mellett egy lakó, talán még akkor sem veszi észre, hogy ácsorog ott valaki... hogy mozdulatlanul áll és feszülten hallgatózik. A fiatal pár bizony elég hangosan veszekedett odabent. Így ő is jól hallhatta a folyosóról a szóváltást. Nemcsak leselkedni, de hallgatózni is szeretett. Véleménye szerint tanulságos volt másokat kihallgatni. Az emberek sok mindent kifecsegnek önként úgy, hogy kérni sem kell rá őket. A fiatal párok szeretnek hangoskodni, dühükben titkokat kiteregetni, egymást és önmagukat lejáratni. Most például a sötétben rejtőző idegen szerint a lány szénája állt rosszabbul ebben a vitában.

– Ejnye, de rendetlen ez a Luca! – gondolta magában. – Csak úgy otthagy mindent! Lehet, hogy a körmére kéne nézni. Valakinek meg kellene nevelni. Még elég fiatalka. Talán értene a jó szóból. Vagy ha abból nem, akkor a fenyítésből. Egy kis szigor és fegyelem még senkinek sem ártott meg. Ha a lány egyetemre jár, akkor amúgy is szokva van ahhoz, hogy tanítsák. Meg kellene értetni vele, hogy mikor meddig mehet el. És ha kell, büntetni, amíg nem hajlandó együttműködni.

\* \* \*

– Már nem kell elmosogatnod – mondta B. – Megcsináltam. De azért nem törne le a kezed, ha néha te is megtennéd, vagy felmosnál, kiteregetnéd a mosást, ha elkészül. Csak úgy elárulom, hogy ezek külön-külön kemény ötperces feladatok! – A szavam is elakadt, ahogy B kiborulását hallgattam.

– Nem én kezdtem el ezt a kapcsolatot. Ezt most nem azért mondom, hogy vádaskodjak vagy számon kérjelek, ahogy te engem, hanem csak azért, hogy legalább egy kicsi igazam legyen – mondtam ki végül az egyetlen védekezést, ami eszembe jutott.

– Nem én szorultam rá arra, hogy beköltözzek egy idegenhez – vágta a fejemhez még ezt is. – Baj, hogy nem vagyok fából? Egyébként annak ellenére, hogy három vagy hány hónapja járunk, még mindig nem feküdtünk le! Szerinted élő ember várna rád ennyit?

– Ez már mindennek a teteje! – kapkodtam a levegőt.

– Szerintem is. Na, mindegy! Nem akarok veszekedni. Jössz aludni?

– Nem, majd később – válaszoltam elgyötörten. – Még dolgoznom kellene.

– De hát már hajnali kettő is elmúlt! Pont most van erre szükség?

– Hamar kész kell lennem vele. Majd megyek.

Nem volt más választása, kiment, és hallottam, ahogy becsapja a szomszéd szoba ajtaját. Olyan dühösen, ahogy eddig még nem is hallottam. Ahelyett hogy dolgoztam volna tovább – mert tényleg kellett volna –, hullani kezdtek a könnyeim, és egy teknősös díszpárnát ölelve sírtam álomba magam. A laptop tőlem nem messze hevert az ágyon, időközben az is alvómódba kapcsolt, a lámpa égve maradt, a redőny felhúzva.

Reggel szememet kiégető fényre ébredtem. B nem jött át bocsánatot kérni az éjszaka folyamán, és már nem is tudtam, hogy szeretném-e igazán. Mindig borzalmasnak éltem meg azt, amikor úgy éreztem, hogy terhére vagyok valakinek. Olyan hirtelen értek a viták, mint egy késdobáló testet érő találatai, melyekről az áldozat naiv reményében azt hiszi, hogy az előadó majd szándékosan pár centivel elvéti.

Szerencsére B még nem volt ébren, így gyorsan lezuhanyoztam, és felkaptam az első ruhát, ami a kezembe akadt: Mivel időközben beköszöntött a tél, ezért egy kék melegítőnadrágot és egy kötött pulcsit vettem fel, amire jöhetett a csizma, sapka és társai. Akármennyi ruhát is húztam magamra, ha húsz fok alá ment a hőmérséklet, én már fáztam, most meg már a tízet is nehezen közelítette meg. Elég korán bekeményített a tél. Ránéztem az órára, még nem volt fél hét sem. Nemcsoda, hogy B még nem kelt fel. Én viszont elég keveset tudtam aludni.

Csak kilenctől volt órám, és nem is laktunk messze az SZFE-től, mégsem akaródzott otthon maradnom. Beültem inkább egy nem messze lévő kávézóba, melange-ot és vajas croissant-t rendeltem. A tegnap esti galiba után azonban valahogy mégsem éreztem finomnak azt, amiért máskor meg tudtam volna halni. A croissant nem igazán vette el az éhségemet, de legalább a kávé adott valamennyi lendületet, ami arra már elegendő volt, hogy keressek a környéken egy gyrosost, ahol már majdnem zártak az éjszakai nyitva tartás után, de volt még a húsból is, meg pár nyeszlett zöldség is lapult a tálak aljában. A célnak tökéletesen megfeleltek. Bár az íz fonnyadt cuccokból nem a legjobb, de most több volt, mint a semmi. A kis gyorsétterem előtti padon ücsörögve rágódtam az ennivalón, és szép lassan kezdett végre eltelítődni a gyomrom.

Úgy elábrándoztam, hogy éppen kilenc előtt estem be az egyetemre. A portás néma intéssel üdvözölt. Nem bírt annyira, de köszönés nélkül nem akart elengedni egyetlen diákot se. Azon agyaltam mindig, hogy vagy meg akar dugni, vagy nagyon nem. Olyan világosbarna hajam volt, ami már majdnem szőkének mondható, és zöld szemeim. Ám szépnek szerintem senki sem tartott. Pasiként én sem választottam volna magamat, ami azt illeti. Amikor beestem az előadóba, rögtön a hátsó sor felé vettem az irányt. Furán nézett rám a tanár úr, nem is csoda. Tőlem mindenki azt szokta meg, hogy lelkes vagyok, bőven időben érkezem, az első sorban ülök, és szorgalmasan jegyzetelek, ha pedig gyakorlati feladat kerül elő, elsőként vágódom ki, hogy részt vegyek benne. Most viszont semmi kedvem nem volt, pedig imádtam a színészmesterséggel kapcsolatos órákat. A mai alkalmon azonban lesütöttem a szemem, és összevissza örvényeket firkálgattam a füzetem lapjaira, vég nélkül. Észre sem vettem, hogy óra végére kiürült az egész terem, én pedig nem kapcsoltam és nem indultam el.

– Elnézést... – hallottam torokköszörülést a fejem fölül. Úgy rezzentem össze, mint akit megszúrtak, a szívverésem pedig eszeveszett vágtába kezdett. Néhány hosszúnak tűnő másodpercig sem mozdulni, sem megszólalni nem tudtam. Aztán gyorsan beledobtam a táskámba a tollam meg a füzetem, és már álltam is fel. De még mindig lefelé bámultam, s láttam, ahogy a tanárom cipője kicsit hátrál a padtól.

– Valami baj van, Luca? – kérdezte idegesen. Egyértelműen zavarban volt azért, hogy megszólított, de aggódott értem. Ez volt a hátránya annak, ha túlbuzgó vagy: Az emberek rájönnek erre, s már a tisztességességed miatt kezdenek kedvelni és aggódni érted, s onnantól nem tudsz titkot tartani. Még akkor is észreveszik, hogy hiányzol (vagy csak lélekben nem vagy jelen), ha egy nagyelőadásról van szó, és mérget vehetsz rá, hogy érdeklődni fognak.

– Semmi gond nincs, tanár úr – néztem végre a szemébe, ám nem tudtam többet mondani, mert akkor már csak hazudni tudtam volna.
– Biztos? Eddig mindig lelkes volt, most pedig...
Gyorsan beléfojtottam a szót, nem akartam, hogy folytassa. Mert ha tovább sajnál, akkor sírásban török ki: – Ezzel a problémával nekem kell megbirkóznom. Nem az egyetemmel kapcsolatos. De igyekszem majd a későbbiekben, hogy ez ne legyen kihatással a tanulmányaimra és az itteni életemre.
– Nem ezért szóltam – mentegetőzött a tanár, de óvatosan megráztam a fejem.
– Semmi baj. Tényleg! És köszönöm. Viszlát jövő héten! – köszöntem el gyorsan, s meg sem vártam, hogy viszonozza. Attól tartottam, hogy elbőgném magam.
Szinte futva mentem ki az utcára, de ez alkalommal vigyáztam, hogy senki ne üssön el. Felszálltam egy éppen jövő buszra, és ott kezdtem el sírni. Egyik busszal mentem a másik után, kihagytam minden órámat, de haza sem volt kedvem menni. Féltem attól, hogy mi vár otthon. Jó dolog volt buszon sírni... senki nem szólt hozzám. Soha nem volt az emberekben sem annyi empátia, sem annyi bátorság, hogy megszólítsanak vigasztalási szándékkal egy teljesen idegen lányt. Átadtam magam a fájdalmamnak, csalódottságomnak és a kilátástalanság érzésének.
Végül kora este, amikor hazaértem, B nem volt otthon. Csak egy cetlit hagyott a hűtőn, hogy alkalmi munkája van, most hívták, és három napig nem lesz a városban sem. Részben megkönnyebbültem, részben pedig féltem is az egyedülléttől. Már majdnem felhívtam Atost vagy a feleségét, Angélát, de gyorsan elhessegettem magamtól az ötletet. Nem lett volna merszem eléjük tárni a problémáimat, s azt is tudtam, hogy még a jó szóra sem tudnék hallgatni. Saját csapdámba estem, s olyan sűrűn sorakoztak a börtönöm rácsai, hogy a kisujjamat sem tudtam keresztülnyújtani rajtuk, hogy segítséget kérjek.
A „B-ügyben" olyan messzire jutottam gondolatban, hogy már attól féltem, mi van, ha az csak egy hazugság, hogy alkalmi munkát kapott, s valahol a környéken kizárólag arra vár, hogy enyhüljön a gyanakvásom. Akkor pedig majd ha ezt megneszeli, feljön, és megerőszakol. Hiszen tegnap este meglehetősen nyomatékosan szóvá tette, hogy még nem feküdtem le vele, pedig már elég régóta vár rám. Gyorsan elhessegettem magamtól a gondolatot. Nem élhetek rettegésben! Ennek ellenére órákig ültem úgy a régi szobámban a franciaágyon, hogy még a hajszálaim sem változtattak a helyzetükön. Végül a gyomrom korgása volt az, ami rávett arra, hogy kimenjek a konyhába. Ekkor félúton telefonom zseblámpájával előbb csak bevilágítottam a B-vel közös szobánkba, majd amikor láttam, hogy valószínűleg tiszta a levegő, fel is kapcsoltam a villanyt, s még a szekrényajtókat is kinyitogattam, benéztem mindenhová, de nem volt sehol. Ugyanígy tettem a fürdőszobával és a wc-vel is, még

a fiókokat is átnéztem, pedig nem hinném el józan ésszel, hogy el tudna ott rejtőzni. A kulcs pedig masszívan állt a zárban, kettőre ráfordítva, s szerencsére olyan volt a zár, hogy ha belülről kulcs pihent benne, kívülről nem lehetett kinyitni. Újfent valamelyest megnyugodva melegítettem magamnak egy keveset a tegnapi főzelékből. Azt a fél adagot is háromnegyed órába telt leerőltetni. Minden második kanálnyi vissza akart fordulni. Ekkor döbbentem rá, hogy a reggel leküzdött gyros volt az utolsó, amit ettem, most pedig ismét közel jártunk az éjfélhez. Lecsó persze megint előkerült a semmiből, de nagy szerencsétlenségére a vacsorám végére érkezett meg.

– Most is az ágy alatt szunyókáltál, lelkem? – cirógattam meg az állát. – Most csak konzervet tudok neked adni, de holnap majd kerítek neked valami finomabbat – beszéltem hozzá úgy, mintha értené. És olyan okos szemekkel nézett vissza rám, hogy szerintem értette is, így hát megszántam, és beleaprítottam egy fasírtot is a kajájába. Máris lelkesebben falta fel.

# 3. „Bent maga ura"

Nagy sajnálatomra elég hamar eltelt az a három nap, amit B nélkül töltöttünk, pedig ha még magamnak nehéz is bevallanom, nagyon élveztem. Lecsóval mindennap nagyokat hancúroztunk a franciaágyon, a másik szobába be sem tettük a lábunkat. Rengeteget haladtam a színdarabommal is, már alig két jelenet volt hátra a zárásig. Eddig még izgultam, hogy be tudjam fejezni, de most a lassan beköszöntő nyugalom megtette a hatását: Amint hazaértem, ettem, és elláttam Lecsót, csak a munkával foglalkoztam, így az gördülékenyen ment. Sokkal előbb kész leszek vele a kitűzött határidőnél. Atossal is nagyokat telefonáltam, meg is lepődött azon, hogy milyen vidám vagyok. – B nincs itthon – újságoltam el neki, csivitelve a telefonba.
– És ez ennyire feldob? – kérdezte meglepetten.
Óvatosan beharaptam az ajkam. – Hát...
– Én nem akarok beleszólni, Luca, de szerintem ez egy jel.
– Jó, jó, hagyjuk! Nem is akarok most róla beszélni. De képzeld, tök jól haladok a darabommal, amit be is fogunk mutatni! Olyan klassz! – tereltem el gyorsan a témát.
– Jól van, nagylány, gratulálunk hozzá Angélával! Majd gondolj ránk, kérünk két jegyet az első sorba a premierre. – Most még Atos is elengedte az előbb megkezdett párbeszédet.
– Mindenképp! Ha jól emlékszem, még nem is láttatok játszani.
– Hát, igen, na szép! Pedig régóta ismerjük egymást.
– Bocsiii – nevettem el magam. – Ezt hamarosan bepótoljuk!
– Rendben, Luca, és kérlek, vigyázz magadra, ha bármi baj van, szólj!
– Ígérem. Jó éjszakát nektek!
– Jó éjt! – köszöntünk el végül tegnap este, amikor még igazán boldog voltam, és lelkes. Most viszont itt ültem idegeskedve a szobámban; Lecsó érdeklődve, s olykor aggódva, nyávogva sertepertélt körülöttem, és dörgölődzve igyekezett kiharcolni a figyelmemet.

Kinyújtottam felé a kezem, hogy megsimogassam, ő pedig azonnal befészkelte magát az ölembe. Csak egy hajszál választott el attól, hogy elsírjam magam.

Nem sokkal később kulcszörgést hallottam. Most nem hagytam benne a sajátomat a zárban, így B viszonylag hamar bejutott. Még volt néhány másodpercem, mielőtt a kis folyosón keresztül érte volna a szobám ajtaját. – Istenem, most segíts! – suttogtam a macskám bundájába.

Ám B nem olyan hangulatban érkezett haza, amire készültem. Fütyörészve – igaz, kopogtatás nélkül – nyitott rám:
– Szervusz, Luca, drágám, hát ide sem jössz átölelni?

Hirtelen köpni-nyelni nem tudtam, de gondoltam, nem vívom ki a haragját, így óvatosan letettem magam mellé Lecsót, aki nyávogva fejezte ki nemtetszését, majd odatipegtem B-hez, és kénytelen-kelletlen átöleltem. Nem szerettem egyébként teljes erőbedobással ölelni, mert olyan csontsovány volt – súlyban még nálam is könnyebb –, hogy attól tartottam, még a végén el fogom törni valamijét.

Belecsókolt a nyakamba... – Hiányoztál – mondta ezután.

– Te is – hazudtam a szemébe. – Már nem is haragszol?

– Nem, drágám, inkább bocsánatot kérek. Hülye voltam. S tartozom egy vallomással. – Jaj! Az ilyenekből sosem sültek ki jó dolgok, így most, akaratom ellenére is összerándultam. – Nem kell félned, nem olyan – helyesbített azonnal. *Ja, köszi.*

– Mondd. Üljünk le a konyhába.

– Főzöl egy kávét?

*Ó, hát, persze! Máris átmegyek felszolgálóba, rabszolgába, vagy ahogy akarod* – gondoltam, de inkább nem mondtam ki hangosan. – Persze, B, főzök.

– Köszi! Szóval a vallomás: nem dolgozni voltam. – Megállt a kezem félúton.

– Hát akkor?

– Gondoltam, hogy nem támogatnád az ötletet, de egy exemnél voltam vidéken.

– Tessék?! – fordultam felé. A hangom több oktávnyit szaladt felfelé.

– Nyugi, nem csaltalak meg!

– Hát, még jó. De akkor mi a fészkes fenét kerestél te egy olyan nőnél...? – Már nem hagyta, hogy befejezzem, de lehet, hogy még éppen időben szakított félbe, mielőtt kitettem volna a szűrét a saját lakásából – még ha nincs is jogom hozzá.

– Csak beszélgettem vele. Pontosabban: tanácsot kértem. És valamelyest felnyitotta a szemem.

***

– Már éppen ideje volt! – helyeselt az esőkabátos férfi a lépcsőházban állva. Ismét hallgatózott. És most tetszett neki, amit hall. – Nagyon helyesen tetted! Ez a lány engedetlen. És meglehetősen hálátlan is, ami azt illeti. Már bőven megérett a helyzet egy alapos átbeszélésre. És jó ötlet volt más véleményét kikérni. Több szem többet lát. Remélem, az ex megmondta B-nek, hogy mit kell tennie. Keményebben kellene fogni ezt a lányt. Túlzottan szabadjára van engedve. Ha valaki tudatná vele, hogy hol a helye, akkor legalább lenne mihez tartania magát. Ha pedig még mindig makacskodik, akkor bizony jár a testi fenyítés. Van, aki csak abból ért. És az olyan meg is érdemli.

\* \* \*

– „Valamelyest felnyitotta a szemed"?! Ez meg mégis mit akar jelenteni? – kérdeztem B-t elképedve.
– Tudom, hogy én is hibás vagyok.
– Örülök, hogy eljutottál idáig! – mondtam, de az az „is" kezdett zavarni az előző mondatában.
– Nekem türelmesebbnek kellene lennem, de neked pedig illene egy kicsit többet nyújtani.
– Ejha! Akkor, gondolom, ez a lány nem azért lett az exed, mert rosszul bántál volna vele. Vagy nem is tudom, hol ebben a logika, hogy miért hagyott el, ha te olyan nagy szent vagy, de azt sem, hogy akkor miért hozzá fordultál, ha esetleg ő cseszett ki veled? És miért ér ennyit a szava? – Már csak akkor vettem észre magamon, hogy talán kicsit túl bátor voltam, amikor végére értem a monológomnak. B annyira nyeregben érezte magát, hogy elengedte a füle mellett a kirohanásomat.
– Ne legyél ennyire kiborulva, Luca. Nem azt mondtam, hogy csak te vagy a hibás, hanem azt, hogy talán egyikünk kutya, másikunk eb, mindkettőnknek kicsit változni kellene az összecsiszolódáshoz. Ráadásul egyre többet gondolok a szexre... Férfiből vagyok, meg kellene értened.
Nagyot nyeltem. Éppen ettől tartottam. Már nem azért, sosem hajtottam a termetes férfiakra, mármint akiket nem az izom, hanem a háj tette azzá, de B olyan csontkollekció volt, hogy nem tudtam volna elképzelni vele az együttlétet.
– Persze, megértem, de neked is meg kell értened, hogy én meg olyan lány vagyok, akinek egy kicsivel több időre van szüksége – próbáltam a saját malmomra hajtani a vizet, de már egyáltalán nem éreztem biztonságban magam. Néhány napja is azon aggódtam, hogy nehogy előbb hazajöjjön, és megerőszakoljon, most pedig egy kedves, a föld alól előkerülő exnek köszönhetően ismét felhozta a szex-témát.
– Várok rád, rendben? – adta meg magát végül B.
– Köszönöm, meg fogom hálálni. – Ezzel egy nem komolyan gondolt ígéretet tettem neki, csak azért, hogy abbahagyjuk a témát. Borsódzott tőle a hátam.
– Alszol velem?
– Igen – feleltem, s igyekeztem, hogy ne tűnjön fel, hogy nagyot nyelek közben. Elkészült a kávé is, de én nem akartam inni. Gondoltam, hadd igyon csak ő, és én akkor előbb el tudok aludni. Bár utóbb belegondolva lehet, hogy jobb lett volna kivárni, míg ő elalszik, de előnyére legyen mondva: nem bántott sem aznap éjjel, sem a következőkön.
Meglepett, de egy-két beszólást kivéve B kicsit kedvesebb lett az elkövetkezendő időszakban. Ismét elvitt autóval, ha korán kellett beérnem dolgozni, vagy az egyetemre. Így kiegyensúlyozottabban helyt tudtam állni az életem különböző területein. Jókedvvel mentem

el a kollégákkal sütizni az új bemutató után, ugyanis B nem rótta fel nekem, hogy hol maradok olyan sokáig. Futólag eszembe jutott: lehet, hogy csak egy jó szex reményében teszi mindezt, de eltelt több nap, és még mindig nem hozta fel a témát. Nem firtattam a dolgot, csak örültem neki, hogy minden rendben van, és nyertem egy kis időt.
– Olyan jó fej a cicád! – üdvözölt ezzel a mondattal egyik este. Magam is meglepődtem rajta, mert eddig nem igazán kedvelték egymást. Valamiért Lecsó még akkor is kerülte B-t, amikor én itthon voltam.
– Igazán? Hogyhogy? – kérdeztem meglepetten. Az emlegetett macsek már szaladt is elém, én pedig azzal a lendülettel felkaptam, pedig már egyre nehezebb volt. Nem hiába, maine coon...
– Olyan birkózást lenyomott a plüsspatkányoddal, hogy még engem is jókedvre derített.
– Na, ennek örülök! Mióta ideköltöztünk, titkon reménykedem benne, hogy összebarátkoztok.
– Hát, azt nem mondanám, hogy ezzel meg is kedvelt engem, csak én nevettem rajta jókat. Egyébként milyen napod volt?
– Egész jó. Részt vettem egy klassz feladatban az egyik órán, és olyan jól sikerült a jelenet, amit két csoporttársnőmmel rögtönzéssel összehoztunk, hogy a tanár a tárgyból mindhármunknak megígérte a félév végére a jelest.
– Na, gratulálok! – adott egy gyors puszit a számra. *Jé, még ezt is tudomásul vette, hogy nem szeretem a nyálas, hosszú csókokat? Mi lett vele?* – Alig tudtam megállni, hogy ne érintsem a kezem a homlokához, nem lázas-e.
– És neked milyen napod volt? Van kedved velem vacsizni? – álltam neki automatikusan szendvicseket gyártani a hűtőben talált felvágottakból, sajtokból és saliból.
– Persze, együnk. Hát, én nem mondhatom azt, hogy túl jól telt volna a napom. Voltam egy állásinterjún...
– Na, az szuper! És?
– És nem vettek fel.
– Ó, sajnálom! – Már egy ideje én dolgoztam két helyen ahhoz, hogy eltartsam magunkat. Komolyan, néha nem tudtam hova tenni, hogy saját lakása és Audija van, mégis mióta ismerem, munkanélküli, és az én fizetésemből élünk. – De majd biztos a következő sikerül, drágám, ne add fel! – próbáltam azért biztatni. Nem akartam, hogy még az is frusztrálja, hogy nem állok mellette. Úgy éreztem, azzal, hogy empatikus vagyok, tulajdonképpen magamat is védem.
– Dehogy adom fel. Egyébként is unatkozom itthon.
– Sajnálom, hogy nem tudok veled sokkal többet itthon lenni, de az egyetem meg a két munkahely kicsit stresszes, és sok időt vesz igénybe – magyaráztam neki a helyzetem, és igyekeztem nem szemrehányó hangot megütni.

– Pontosan ezért akarok magam is munkát találni, hogy ne kelljen ennyit hajtanod magad. Tönkremész bele, ezt én is látom. – Valóban igaza volt, de meglepődtem, hogy ennek ő is tudatában van. Nap mint nap, amikor fürödtem, láttam a fürdőszobatükörben, hogy egyre soványabb vagyok, még a melleim is kisebbek lettek. Mert ugyan honnan máshonnan fogyna először egy nő? Onnan, ahonnan nem kéne.
– Értékelem, B.
– Köszi, kedves. Szeretnél pihenni vacsi után?
– Legszívesebben vennék egy pihentető forró fürdőt. Ma kirohangáltam még a lelkemet is. Most nemcsak fizikailag, hanem szellemileg is fáradt vagyok. Jaj, bocsi, nem akarok nyavalyogni – mentegetőztem gyorsan.
– Nem vettem annak. Nyugodtan ejtőzz csak a kádban, én majd zuhanyozom holnap reggel! És el is mosogatok, hagyd csak.
– Köszi! – Nem találtam megnyugtatónak az előzékenységét, mert attól féltem, hogy vajon milyen ellenszolgálatást vár majd el cserébe, de egyszerűen nem tudtam mást mondani, annyira vágyott minden porcikám a pihenésre. Amikor befejeztem az evést, bementem a fürdőszobába, teleengedtem a kádat melegvízzel, és beköltöztem egy régi, még fel nem használt rózsás fürdőbombám társaságában. Ott ejtőztem, míg el nem kezdett hűlni a víz. Nagyon nagy szükségem volt már erre.
– Jól vagy? – kérdezte B, amikor beértem a szobába. A pamutpizsamám volt rajtam, hogy még tovább fokozzam a kényelmet, mégis, amikor bebújtam mellé az ágyba, szemérmetlen helyeken kezdett simogatni. Nagy nehezen, de ellöktem a kezét. Féltem tőle, hogy bántani fog ezért, de akkor sem álltam készen.
– Légyszi, ne most – kértem.
– Jó! – felelte, és elfordult. Dühösnek tűnt, de legalább volt benne annyi jóérzés, hogy békén hagyjon. Gondolhattam volna, hogy erre megy ki a játék.
– Bocsi – szúrtam azért még oda, mielőtt elaludtam volna, de felelet már nem érkezett. Nagyon gyorsan képes volt álomba merülni. Soha nem ismertem ilyen téren hozzá hasonló embert. Irigyeltem is érte. Én még vagy egy órán át bámultam a sötétben a semmit. Nyomorult egy helyzetbe kerültem megint.

## 4. „Öngyilkosság, vagy majdnem az"

Két hét telt el a nagy vita utáni kibékülés óta, és már megint nem volt felhőtlen a kapcsolatunk. Ma hiába hívtam B-t, azt mondta, nem ér rá értem jönni. A hangja ideges volt. Nem tudtam, mi lehet megint a probléma, ugyanis egy ideje – pontosabban mióta ellöktem a kezét – ismételten nem próbálkozott be nálam, csak éltünk egy viszonylag nyugis életet. Mindennap, amikor vitt haza, útba ejtettünk egy Aldit vagy egy Lidl-t, és bevásároltunk. Legtöbbször szívsalátát, virslit és fűszeres majonézt. Ebből a pár dologból még hullafáradtan is könnyen össze tudtam ütni egy vacsit.
Ma viszont a boltot is kihagytam. Sok órát ültem végig, elegem lett, fáradt voltam, nem is jött elém, úgy gondoltam, még hazavergődni is kínszenvedés lesz. Ám bármennyit írogattam útközben B-nek, semmire nem érkezett válasz. Ez tovább fokozta az idegességemet. Belépve a házba dühödten vettem észre, hogy nem működik a lift. Gyönyörű! Fent laktunk a kilencediken. Sírni tudtam volna, ahogy nekiindultam. Sovány vigaszom az volt, hogy hátha találkozom a szomszédokkal, akikkel rendszerint csak a ház előtt vagy a liftben futok néha össze. Kedveltem a lépcsőházunkban lakó idős néniket, nagyon jókat lehetett velük beszélgetni.
Már a harmadik emeleten megakadtam. Szinte a fél lakóház Terike ajtaja elé volt csődülve.
– Mi történt? – igyekeztem kérdezősködni, remélve, hogy valaki felvilágosít.
Juci néni, egy másik kedves idős hölgy tipegett oda hozzám, már-már színpadiasan könnyezve. Mégis tudtam, hogy őszinte, csak ahhoz szokott, hogy ha valamit érez, akkor azt teljes hőfokon égve mutassa ki. Igazi, tősgyökeres budapesti hölgy volt. S nem mellesleg Terike néni szomszédjában lakott.
– Jaj, kedveském! – siránkozott mellém érve, miközben belekapaszkodott a karomba. – Szörnyű dolog történt! Már egy ideje nem láttam a Terikét, de nem gondoltam volna, hogy baj lehet. Aztán valami fura szagot éreztem, és amikor még mindig nem nyitott ajtót, fölhívtam a rendőrséget. Hát kijöttek, aztán rátörték az ajtót! Mit látok, amikor bementem utánuk? Föl volt akasztva! Ott lógott szerencsétlenje azon az antik csilláron! Elbírta szegényt! Már színe és szaga is volt neki. Aztán azt mondták, jó ideje halott lehet már!
– Jézusom! – Az én szemembe is könnyek gyűltek, fél kezemmel magamhoz öleltem Juci néni összeroskadt testét. Bőven benne járt már a nyolcvanas éveiben, jólesett neki belém kapaszkodnia. Magam sem tudtam rögtön hova tenni a dolgot. Miért ölné meg magát egy hasonló korú nénike? Jó, persze, a magány,

de itt a házban az öregek összetartottak. Mindennap beszéltek, mikor melyik volt jobban, bevásároltak egymásnak, öröm volt nézni a barátnős csacsogásokat a ház előtt, és így tovább. Valahogy nem tudtam elfogadni, hogy Terike néni öngyilkos lett. Még ott voltak a rendőrök, pont most jöttek ki néhányan a lakásából. Odaszóltam volna, de még az intésre emelt kezem is megállt a levegőben. Jelezték, hogy nem mondanak semmit, inkább terelgetni kezdték a tömeget, hogy utat engedjünk nekik. Nemsokkal később az illetékesek egy fémágyra fektetett fekete zsákot hoztak ki a kicsi lakásból. Juci néni ismét zokogni kezdett:
– Hadd lássam! – vett erőt magán. – A testvére vagyok – lépett a holttestet vivők elé.
– Ugyan, asszonyom, ne szórakozzon velünk!
– Nem szórakozom, ha akarják, nézzék meg a személyi igazolványomat! Ugyanaz a vezetéknevünk! – sírta. Olyan meggyőző volt, hogy végül nem akarták azzal nyaggatni szegény idős asszonyt, hogy keresse elő az okmányait. Juci néni bemutatkozott, és valóban azonos volt a neve Terike néniével. Eszembe jutott, hogy egyszer nevetve mesélték, hogy ide költözve vették észre az azonosságot, ám rokoni szál nem fűzte össze őket. Szép húzás volt. Pár nyomozó végérvényesen elterelte a tömeget a lenti és fenti emeletekre. Amikor engem is el akartak küldeni, Juci néni sírogatva közbeszólt: – A lányom hadd maradjon. Egyetlen támaszom. – Meglepődtem a megnyilvánulásán, de ismét belekaroltam, s tettem a „dolgom".

A két férfi, akik eredetileg el akarták vinni a holttestet, most ismét beléptek a kis lakásba, letették a földre, és kicipzárazták a zsákot. Éppen csak a fejét láttuk Terike néninek, meggyötört volt az arca, a szemei is biztosan rendellenesen álltak volna, ha valaki le nem csukja őket, mint a halottaknak szokás. Nyakán a kötél lilás nyomot hagyott. Bőre már szürkés volt, teste merev. Juci néni sírdogálva kapaszkodott belém, én pedig gondolván: eleget láttam már, köszönetet biccentve kisétáltam a lakásból. Több dolog történt velem egy nap alatt, mint amit az egész hétre terveztem, és nem pozitív értelemben. Gyűlöltem az ilyen helyzeteket.

* * *

– Ó, szegény-szegény Teri néni! – sajnálkozott magában az esőkabátos férfi a Lucáék alatti emeleten, ahová a rendőrség terelte a tömeg egy részét. Ilyenkor annyira össze tudnak csődülni, hogy senki sem veszi észre, ha egy idegen is áll köztük, aki nem a házban lakik. – Nyomorult, vén Teri néni! Milyen kár! Milyen kár, hogy nem halt meg hamarabb. Korábban is felköthette volna már magát. Vagy felakaszthatta volna valaki más. Van, aki megérdemli. Mint például az a Luca lány odafent – nézett fel a férfi, mintha átlátna a folyosó mennyezetén. – Neki is elég jól állna a kötél a nyakában. Talán lenne is oka végezni magával. Igen, tényleg jól állna neki a hurok. Izgatóan jól. – A férfi enyhe merevedést kapott erre a gondolatra.

\* \* \*

Még egy darabig ott maradtam Juci nénivel, s igyekeztem vigasztalni, majd amikor elcsendesedett a lépcsőház, s ő is elpilledni látszott a hintaszékében, bezártam az ajtaját, és bedobtam a kulcsát az ajtóra szerelt postaládájába, amin előtte cetlit hagytam, egyszerű „itt a kulcs" felirattal.
  – Hát te meg hol voltál ennyi ideig? – támadt rám B azonnal, ahogy beléptem az ajtón. Még egy pillanatra hátra is léptem, hogyha menekülni kéne, de úgy látszott, nem akar bántani. Amikor észrevette, hogy megijedtem, arrébb is állt, hogy be tudjak menni a lakásba.
  – Nem jöttél elém, és a lift sem működik – panaszkodtam. – Borzalmas dolgok történtek! – B ezen megnyilvánulásom hallatán nagyot nyelt. – Hallottál róla te is?
  – Nem, egész nap itthon voltam – rázta meg a fejét. – Mi történt?
  – Tudod, a harmadikon élő Terike néni...
  – Igen, én is találkoztam vele párszor. De mi van vele?
  – Öngyilkos lett. Úgy találták meg, hogy már szaga volt a holttestének. Jucika néni hívta ki a rendőrséget, akik rátörték az ajtót. A csilláron lógott. De valami baj van, B?
  – Nem, miért kérded? – kérdezett vissza zavartan. – Csak sajnálom szegény öregasszonyt, ennyi az egész. De hát tudod, hogy milyen magányosak tudnak lenni, amikor a gyerekek már nem néznek rájuk... Tudod te is...
  – Nem, én még nem vagyok ebben a korban. De, B... Biztos jól vagy?
  – Persze, persze, van kedved vacsorázni? Voltam boltban...
  – Az előbb azt mondtad, hogy az egész napot a lakásban töltötted – néztem rá kérdőn.
  – Nem mindegy neked, honnan van a kaja? – kelt ki magából B indokolatlanul. – Voltam lent még kora reggel, és kész! Akkor még nem volt semmi probléma, működött a lift is, nem jártam a harmadikon! Honnan tudhattam volna, hogy azokkal ott mi van?!
  – Jól van na, nyugi! – próbáltam csitítani. – Mi bajod van?
  – Mondtam, hogy semmi, Luca! – csattant fel újra. – Ne kérdezgess már ilyen hülyeségeket! Az az egyetlen bajom, hogy baromságokat hordasz itt össze. Éhes vagy, vagy nem? Ennyi volt az eredeti kérdésem. – Nem tudtam, hogy mi történhetett B-vel, de elég idegesítő, frusztráló volt a viselkedése.
  – Egész nap éhes voltam, de amikor így kérdezed, az valahogy elveszi az étvágyamat. Szóval köszi, nem ennék semmit.
  – Hálátlan egy nőszemély vagy – vágta oda nekem, majd dúlva-fúlva melegített magának valamit a mikróban, aztán leült jóízűen enni. Valamit előkotortam a hűtőből az időközben megérkező Lecsónak, majd a macsekkal együtt bezárkóztam a régi szobámba.
  B csak akkor vette észre, hogy eltűntem, amikor egy órával később végzett a vacsorázással. Senki meg nem mondta volna,

hogy valójában mennyit eszik, mert lassan evett, megfontoltan, mégis sokat. Ekkor azonban dörömbölni kezdett az ajtómon:
– Honnan szerezted meg a kulcsot? Eddig nem tudtál bezárkózni!
*Persze* – gondoltam. – *Mert akkor még nem éreztem úgy, hogy rettegnem kellene tőled.* – Viszont nem mondtam ki hangosan a gondolataimat.
– Magányra vágyom – feleltem éppen annyira higgadtan, amennyire ő dühös volt. – Egész egyszerűen elöl hagytad a kulcscsomód, én pedig átmentettem a hálószobakulcsom a sajátomra.
– Az volt az egyetlen! – kiabálta.
– Hát, sajnálom – feleltem, miközben éljeneztem magamban. Okosabban nem is cselekedhettem volna. Bár egy pillanatra megfordult a fejemben: lehet, hogy hazudik, de aztán rájöttem, talán akkor nem dühöngene ennyire tehetetlenül, hanem inkább cselekedne, vagy minimum fenyegetőzne.
– Engedj be, Luca! Akkora egy fajankó vagyok! – fogta hirtelen könyörgőre.
– Ebben egyetértek. Nem is tudom, mi ütött beléd. De ma szeretnék egyedül lenni, szóval pihenj le nyugodtan.
– Ki se jössz ma már? De hát nem is ettél, nem is zuhanyoztál! – csodálkozott rá az elhatározottságomra.
– Holnap is lesz nap – vontam meg a vállam, bár ezt ő nem láthatta. Lecsó elégedetten, jóllakottan bújt hozzám, s hangos dorombolásba kezdett.
– Hát, te nem vagy komplett, már ne is haragudj! – Erre már nem feleltem, bár tudtam volna mondani néhány keresetlen szót. Hallottam, hogy egy ideig még ott toporog az ajtóban, majd csukódott a másik szoba ajtaja, s egy idő után a macskám dorombolásán kívül már nem hallatszott más zaj a lakásban.

Szöget ütött a fejemben a gondolat, hogy mi történhetett ma. Mitől volt B ennyire idegbajos? Miért váltott ki ilyet belőle az, hogy meghalt a harmadikon Terike néni? Nem is igazán ismerte vagy szerette az idős hölgyet. Nem fért a fejembe, hogy mi lett a pasimmal. Egy ideig megint azt hittem, hogy minden rendben van köztünk, aztán ma történt egy nagy bumm a lépcsőházban, és mintha ennek a detonációja az ő agyában is összezavart volna dolgokat. Először azt állította, hogy egész nap itthon volt, aztán mégis járt lent, de elmondása szerint a nagy kavarodásból semmit sem tapasztalt... érdekes reakciókat adott minden felvetésemre, és olyan idegsokkban várt haza, mint egy felszarvazott férj, aki éppen megtudta, hogy a felesége megcsalja. Pedig semmi ilyenben nem voltam bűnös. Még az is felmerült bennem, hogy lehet valami köze ahhoz, ami a nénivel történt, de annyira képtelenségnek tűnt az ötlet, hogy gyorsan el is hessegettem a gondolatot.

Még vártam egy-két órát, annak ellenére, hogy tudtam, B általában azonnal elalszik. Most nem akartam a véletlenre bízni a dolgot, bár amilyen vékony testalkatú, elég nehéz lenne neki erőszakkal bejutnia hozzám.

Elhatároztam, hogy hagyok Atosnak egy hangüzenetet. Eddig bírtam, hogy nem osztom meg vele a problémáimat. Tudtam, hogy változásra még képtelen lennék, de már a kedves szavak is nagyon sokat jelentettek ilyenkor. Megnyitottam a telefonom diktafonját, és elkezdtem beszélni:

– Szia... Bocsi, hogy ilyen kései órán zavarlak, csak annyi minden történt a mai napomon, hogy ha nem beszélem ki magamból, akkor reggelre szerintem beleőrülök. Most is majdnem szétesik a fejem, csak Lecsó segít abban, hogy észnél maradjak. B-vel megint nem a legjobbak a dolgok. Igen, megint... ingadozó ez az egész. Lényeg a lényeg, hogy nehéz napom volt, és ma ismét nem jött el értem, nem segített. Aztán arra értem haza, hogy nem működik a lift se, gondolhatod, gyalog a kilencedikre... – Csak úgy ömlöttek belőlem a szavak. Elmeséltem Atosnak, hogy meghalt a szomszédnéni, hogy látnom kellett a holttestét, és már akkor is úgy éreztem, túl sok dolog történt velem ma, aztán szót ejtettem B kirohanásairól és a kételyeimről is. Ezek után már nagyon elcsépeltnek hangzott, amikor a végére odabiggyesztettem, hogy puszi, és üdvözlöm Angit is. Több mint tízperces lett a hangüzenet, amit visszahallgatás nélkül, azonnal továbbítottam Atosnak. Már aludt, aznap nem érkezett reakció, de kicsit megtisztult a lelkem.

Mire ennek a nagy monológnak a végére értem, el is álmosodtam. Óvatosan felnyaláboltam Lecsót – bár ez a mozdulatsor egyre nehezebb volt, ahogy a lelkem szép lassan növekedett –, és magunkra húztam a takarót, amin eddig kényelmesen elterült. Nemtetszését kinyilvánítva nyávogott. – Ne panaszkodj! Nekem is kell belőle. – Olyan okos szemekkel nézett rám, mintha értené, amit mondok. – Jó cica vagy – simogattam, míg a meleg takaró és az én ölelésemben el nem aludt. Én is hamar követtem. Másnap nem kellett mennem sehová, így nyugodtan aludtam. B sem dörömbölt. Tízkor ébredtem a gyomrom korgására. De még mindig nem akartam kimenni az előtérbe, zavart, hogy a pasim hangulata ennyire ingadozik; komolyan, néha már a pszichopata személyiség határait súrolta. Inkább felmentem a netre, ahol egy nagyon hosszú üzenet fogadott Atostól. Azonnal nekiláttam olvasni.

Érdekes, mert pont arra akart rávilágítani, hogy valami erősen bűzlik B körül. Pontosan azt a szót is használta rá egyszer, hogy pszichopata. Felajánlotta, hogy ha szeretném, és nem érzem magam biztonságban itthon, akkor átmenetileg hozzájuk költözhetek. Igyekeztem kedvesen visszautasítani, úgy, hogy ne legyen belőle sértődés. Ekkor még nem akartam elfogadni, hogy ilyen durva lehet a helyzet.

# 5. „Ha szent is, alku"

Halk kopogtatásra ébredtem. Először azt hittem, hogy csak álmodom, aztán amikor nem szakadt vége az apró zajnak, rájöttem, hogy a valóságban történik. Az ajtómon kopogtatnak.
– Luca, eressz be, légyszi! – hallottam meg aztán B kérlelő hangját. Újdonság volt ez számomra, mert tegnap este még – látszólag indokolatlanul – nagy balhé volt, és nem igazán ilyen, kellemeshez közelítő hangulatban búcsúztunk el. A negatív érzések mindig akkor rohannak le kegyetlenül, amikor teljesen felébredek.
– Megígéred, hogy nem fogsz bántani? – kérdeztem bizalmatlanul.
– Ne viccelj, nem tudnálak… – Ezt azért nem tudtam olyan könnyen elhinni, de azért elfordítottam a kulcsot a zárban, és három lépést hátráltam az ajtótól, anélkül, hogy kitártam volna előtte. – Bejöhetek? – kérdezte meg ismét, várva a beleegyezésemet.
– Gyere – sóhajtottam fel mélyen, szaggatottan.
– Köszi! – lépett be B. Olyan volt az arca, mintha egy szemhunyásnyit sem aludt volna az éjszaka. Lecsó abban a pillanatban, ahogy a pasim bejött, elhagyta a szobát. Idegesen beharaptam a szám szélét. A macskám még mindig nem bírta őt…
– Mit szeretnél? – kérdeztem.
– Csak arra gondoltam, hogy ha menned is kell valahova, érted mennék, és elmehetnénk enni, vagy valami.
– Honnan jött ez az ötlet? – ráncoltam a szemöldököm. Valahogy nem illett ez az egész a tegnaphoz meg az egész tönkrement kapcsolatunkhoz.
– Jaj, Luca! Miért vagy ilyen? Nem tudnál egyszerűen csak örülni neki?
– Jó, rendben! Benne vagyok – egyeztem bele, ugyanis tényleg igaza volt. Néha én is olyan makacs egy puffancs voltam, hogy ha a csillagokat halászta volna le nekem az égről, én még azért sem tudtam volna mosollyal megjutalmazni.
– Sokáig leszel távol? – kérdezte, rátérve a gyakorlati oldalára a témának.
– Csak tíztől délig van egy órám, utána tulajdonképpen szabad vagyok.
– Rendben, akkor elviszlek az egyetemre, aztán érted is megyek. Keresünk valami kedvünkre való kajáldát. Legalább beszélgetünk is végre – tett B önmagához képest nagyszabású ígéreteket. Azt hittem, hogy rosszul hallok.
– Tényleg beviszel? – kérdeztem vissza meglepetten.
– Persze, így legalább nyugodtan meg tudsz reggelizni, nem kell sietned.
– Ó, akkor viszont inkább egy forrófürdőre áldozom a reggelt – csillantak fel a szemeim.

Előbb melegítettem tejet meg ennivalót Lecsónak reggelire, aztán elkezdtem engedni a kádba a vizet, hozzácsorgatva egy kis rózsaolajat. Már előre élveztem, hogy milyen jót fogok fürödni. Még csak fél hét volt, így bőven maradt időm elkészülni. Amikor autóval mentünk, akkor nem kellett kapkodnom ahhoz, hogy időben beérjünk, de mostanában nagyon ritkán volt ilyen. Mondhatni, a kezdeti összhang – ha volt egyáltalán olyan – teljes mértékben megszűnt, és már egyáltalán nem akartunk a minimálisnál jobban egymás kedvére tenni.

Még rózsás illatgyertyákat is gyújtottam, amik az olajjal egymást felerősítve mennyei illatot árasztottak. Megkönnyebbülve ereszkedtem bele a lazításhoz illő forró fürdővízbe. – Istenem – sóhajtottam fel csendesen. Magammal vittem *A vihar* szövegkönyvét is, és a sok-sok gyertya fényénél jobban esett olvasgatni, mint bármikor máskor. Egészen addig a kádban maradtam, míg egy kicsit el nem kezdett hűlni a víz. Ekkor gyorsan átmosdattam magam mindenhol, és először egy törölközőt, majd egy puha fürdőköntöst is magamra vettem. Még mindig csak nyolc óra volt, akadt időm bőven készülődni, és már álmos sem voltam.

– Ennél jobbat nem is tudtál volna tenni velem. Az se érdekel már, ha nem eszünk – vetettem azért oda egy dicséretet B-nek, hogy ne érezze úgy, hogy a végtelenségig hálátlan vagyok vele.

– Megérdemelted a relaxálást – simította végig a vállam. – Nagyon sokat dolgozol az egyetem mellett. Nem sokan vállalnák be ezt, rajtad kívül talán senki!

Nem tudtam, hogy B mikor lett ennyire nagy lovag, de pillanatnyilag örültem neki, hogy végre észrevette, mekkora dolgokat viszek véghez ahhoz, hogy meg tudjunk élni azon a színvonalon, ahogy elkezdtük a közös életet a hirtelen jött összeköltözéskor. Abban pedig igaza volt, hogy nem nagyon ismerek másik lányt, aki a helyemben ezt megcsinálta volna. Minden korombeli csaj azt mondja, hogy inkább a pasi dolgozzon, mi pedig szabadon éljük ki művészi hajlamainkat, nem belekerülve az undorító, szürke hétköznapok mókuskerekébe. Nos, ami azt illeti, nekem mindkettőből kijutott.

Az SZFE-re jártam, ebből kifolyólag egy szuper kis társulatban játszottam, de egy kisebb étteremben is felszolgáltam részmunkaidőben. Amikor csak volt egy nagyobb összefüggő szabadidőm, rohantam az egyetemtől nem messze lévő kifőzdébe, hogy besegítsek a konyhán, a pultban meg mindenütt, ahol éppen a legnagyobb szükség volt rám.

– Ugye tudod, hogy tényleg nem lenne mással ilyen szerencséd? – dobtam fel azért neki a labdát.

– Igen, és hülye vagyok, hogy erre eddig nem jöttem rá.

– Még éppen időben vagy – mondtam, és tényleg így is gondoltam. Még mindig nem fogtam fel teljesen, hogy hirtelen ilyen engedménnyel járul elém. Ha eddig állandóan csak vitatkozott velem, akkor most miért ilyen rendes? Ráadásul csodák csodájára időben indultunk, mert még a közeli bevásárlóközpontba is beugrottunk, hogy friss pékárut vegyünk nekem reggelire. Ő fizetett – habár azt még mindig nem tudtam, hogy munkanélküliként honnan lehet neki pénze, de most nem akartam gonosz és elégedetlen lenni, így nem firtattam.

– Vigyázz magadra, jó? – kérdezte, amikor az egyetem parkolójába értünk. És mivel látta rajtam, hogy nem hajlok rá, így nem is erőltette a csókot. Mosolyogva kiszálltam mellőle, s kis integetés után berohantam az egyetemre, hogy megkeressem az előadótermet.

Eléggé nyugisan telt a mai kurzus. Olyan volt, amin csak bőszen jegyzetelni kellett, hogy majd át tudjak menni a kollokviumon.

Persze, mint ahogy akadnak fátyolfelhők a napsütéses égen is, délután B nem ért oda időben, ahova megbeszéltük a találkozást. Fagyoskodva ácsorogtam húsz percet a parkolóban, feleslegesen telefonálgatva, mert nem vette fel. Aztán amikor végre begördült, az volt az első, hogy kiakadva, káromkodva ültem be mellé az autóba:

– Miért nem mondasz fél órával későbbi időpontot, ha tudod, hogy az eredetit nem vagy képes tartani?! Az ördög vinné el a pontosságodat!

– Na, nyugi. Először is: szia, Luca! Másodszor: baleset volt, nem engedtek úgy haladni, ahogy szerettem volna.

– Az más, de a telefont akkor is felvehetted volna, hogy „Te hülye, ne várj, késni fogok". Nem hallottad, hogy csörög? – dúltam-fúltam tovább mérgemben.

– Ott voltak a rendőrök, nem akartam bajba kerülni.

– Basszus, B, neked mindenre van egy jó indokod! De szeretnék ilyen lenni én is, komolyan – sóhajtottam fel legyintve.

– Na, de most ne mérgelődj, hercegnő. Hova szeretnél menni enni? Burger King oké lesz? – vetette fel az ötletet, és bár nem egy gyorsétteremre gondoltam, de rábólintottam. Vicces, hogy ennyi idő alatt nem jegyezte meg, hogy a Mekit jobban szeretem, de tényleg nem akartam tovább akadékoskodni.

B – annak ellenére, hogy milyen sovány volt – rengeteget tudott enni. Már követni sem tudtam, hogy mennyi kaját kért ki. A hamburgerek közül nekem itt egyedül a Bacon King volt a szimpatikus, és csak utólag kaptam sokkot azon, hogy az az egy szendvics önmagában vagy ezerkétszáz kalória volt. Sírva gondoltam bele, hogy mennyit fogok majd érte futva szenvedni. Nem is bírtam egyszerre megenni, mert már egy harapás is olyan tömény volt belőle, hogy nagyon lassan haladtam vele. A karamellás shake viszont – mint minden édesség – rendesen csúszott lefelé.

– Nem vagy még éhes? – kérdezte B, miközben ő rendesen pusztította a tálcáján feltornyozott ételhalmot. Nézni is rossz volt, pláne amikor rajtam már eluralkodott a jóllakottság érzése.

– Hát annyit biztos nem tudnék megenni – intettem a kajája felé.

– Mert lány vagy – nevette el magát.

– Na, kösz szépen! De amúgy annyira tömény ez a szendvics, hogy elég nehéz haladni vele.
– Nem baj, van időnk, meg a dobozában el is tudod hozni.

*  *  *

Az esőkabátos férfi az utcán, a gyorsétterem ablaka előtt állt. Látszólag egy napilapot olvasott elmélyülten, valójában viszont hallgatózni próbált. Sajnos az étterem ablaka meglehetősen jól szigetelt, és szinte semmilyen hang nem szűrődött ki odabentről, ám a férfi valamennyire képes volt szájról olvasni. Nagyjából azért így is tudta követni az eseményeket, és az igazat megvallva nem volt elégedett a dolgok jelenlegi állásával:
– Nem értem, miért kéreti magát ez a lány mindig mindenben! Nincs kedve mosogatni, nincs kedve elpakolni, sem enni, sem szexelni. Mindig csak a nem és a tagadás! A párja legalább rendet tart maga körül, és tisztességesen eszik. Valóban meglepően sokat, de jól teszi. Egy férfinek szüksége van az erejére. – Ő csak tudta. A férfi a vízhatlan kabátban erősen túlsúlyos volt. Nemcsak azért hordott állandóan esőkabátot, mert az utcán ácsorogva gyakran éri az embert váratlan zivatar, hanem azért is, mert a combközépig érő merev anyag jól elfedte a testén található hurkákat. Szíve szerint földig érő kabátot viselt volna, hogy ne látsszon, mennyire lóg rajta az óriási méretű nadrág. Mégsem fogyókúrázott soha, és nem is tervezett ilyesmit. Szeretett enni. És azt is élvezte, ha nézheti, ahogyan mások esznek. Ezért is idegesítette ez a Luca nevű lány, hogy nem hajlandó egy normális adag ételt jó étvággyal elfogyasztani. – Csak tologatja az ennivalót, játszik vele, mint egy gyerek! Valakinek rá kellene szólni! Rá kellene csapni a kezére! Sokszor egymás után. És nem csak a kezére. Mindenhol ütni kéne az ilyet! Egyen már végre rendesen!

\* \* \*

– Hát, igen – helyeseltem B-nek. – Lehet, hogy szükség lesz rá, hogy hazavigyem a maradékot. Szerintem minimum a fele megmarad vacsorára, és bőven elég lesz még arra is. Sok nekem ez az étel. De tényleg köszi, hogy elhoztál.
 – Nincs mit, ez a minimum azután, amilyen gonoszan viselkedtem veled. Tényleg sajnálom, nem tudom, hogy mi ütött belém.
 – Már az is egy tökéletes első lépés, hogy beismered – bólintottam. – Innen talán már tényleg csak felfelé ívelhet a köztünk lévő dolog.
 – Nem mered kapcsolatnak hívni? – kérdezte, s közben olyan tekintettel vizslatott, mintha a vesémbe látna.
 – Lebuktam – tettem beismerést. – Túl sok „indokolatlan" vita történik köztünk ahhoz, hogy párkapcsolatnak tudjam nevezni – vallottam be. – De hidd el, én is rajta vagyok az ügyön, hogy mindent elintézzek magamban. Csak hát... nem egyszerű.
 – Sajnálom, hogy eljutottál ide. Biztos vagyok benne, hogy nem a te hibád. – B ilyen kijelentéseiben alapesetben borzalmasan ki tudtam akadni, de most sem a hely, sem az idő, valamint a szituáció se stimmelt ahhoz, hogy ilyesmit tegyek.
 – Azért ugye tudod, hogy az ilyen kijelentések kicsit eltúlzottak? – kérdeztem tőle kínomban felnevetve.
 – Jó... de nem érzem úgy, hogy csak én lennék a hibás.
 – Senki nem is mondta ezt, B. Csak arra kértelek, hogy ne engem hibáztass mindenért. Azt hittem, hogy annak az időszaknak már vége, mert te is felismerted, hogy talán a négy fal között nem teljesítek úgy, mint egy barátnőnek illene, ám egész nap a városban munkahelyről munkahelyre rohangálva azon vagyok, hogy megteremtsem magunknak a megfelelő életkörülményeket. És mindezt nem azért mondom, hogy felvágjak, vagy azt éreztessem, hogy akkor engem innentől kezdve szentként kell tisztelni...
 – Jó, jó, nyugi, Luca! Tudom én is, hogy milyen sokat teszel értünk. Éppen ezt akarom meghálálni, kérlek, ne veszekedjünk. Rád fér néha a pihenés és a nyugalom!
 – Köszi, hogy így gondolod – igyekeztem egy megnyugtató mosolyt küldeni felé, majd nagyot sóhajtva visszacsomagoltam a szendvicsem maradékát, és inkább a shake-emmel foglaltam el magam.
 – Az jobban bejön? – kérdezte, miközben átnyúlt az asztalon, s óvatosan, egy röpke pillanatra megsimogatta a kézfejem. Nem talált. Utáltam, ha valaki ott simogat, ahol ereim vannak, pláne, ahol látok is belőlük néhányat, de ezt most nem akartam mondani neki, mert éreztem, hogy mennyire igyekszik. Próbáltam eltitkolni, hogy megborzongtam, mert annyira rosszulesett.
 – Igen, finomabb – feleltem. – Meg könnyedebb is. Tuti, hogy nem fogja megülni a gyomrom.

– Na, annak örülök, ha a shake telitalálat lett – mondta, s közben jóllakottan hátradőlt. Bukfencezett egyet a gyomrom a gondolatra, hogy míg én egyetlen szendvicset nem tudtam leerőltetni, ő annyi mindennel végzett. Általában, ha én már jóllaktam, nem tudtam hányinger nélkül nézni, ha valaki rajtam kívül még hatalmas mennyiségeket megeszik. Elég furán voltam bekötve. Lassan felkeltünk az asztaltól, és áthelyeztük székhelyünket a kocsiba. B végig kedves volt velem. Otthon átöltöztem kényelmesbe, a laptopommal leköltöztem a közös szobánkban lévő puha perzsaszőnyegre. Lecsó is odaheveredett mellém – B kivételesen nem szólt rá, amiért összeszőrözi a szőnyeget –, és miközben a neten böngésztem, viszonylag jókat beszélgettünk.

Később ismét utálni kezdtem, amikor rájöttem, hogy ez az egész egyszerűen egy nagy színjáték része volt, amivel azt akarta elérni, hogy végre odaadjam magam neki, és vessem alá magam a később felmerülő erőszakosságának. Azt hiszem, erre visszagondolva ment el a kedvem egy életre – de minimum hosszabb időre – az olyan párkapcsolatoktól, amik összeköltözéssel, közös kasszával és mindenféle komoly dologgal járnak együtt. Automatikusan védeni akartam magam attól, hogy ismét kisemmizzenek, mind anyagilag, mind érzelmileg. Az ember, ha egyszer tönkreteszik, tanul a hibájából, és nem akar még egyszer ugyanabba a szarba belelépni.

## 6. „Nincs közöd"

Szinte már szabályszerű volt, hogy egy egészen jó nap után rögtön jött a kellemetlenség. Tegnapi éttermes kalandunkat követően végre azt hittem, hogy helyreáll a rend. Én, bolond még adtam egy esélyt a dolognak annak ellenére, hogy B számtalan esetben nagyon idegesítően viselkedik. Sokszor legszívesebben már szálanként tépném ki a hajam, amíg találok belőle a fejemen, pedig még elég sok van.

Ma különös volt, miszerint úgy értem haza, hogy B nincs itthon. De nem bántam, mert akár nyugodt volt és romantikus, akár fura és idegesítő, egyaránt képes volt engem hátráltatni. Vagy a hülyeségeivel, vagy a túlzott kedveskedni akarásával, de rendre visszafogott mindenben. Gondoltam, tanulgatom kicsit a szövegem, mert szorított az idő, a szerepek már ki lettek hirdetve. Egy korábbi darab felújítása lesz a vizsgamű, csak éppen most másik szerepet kaptam benne, sokkal jelentősebbet, mint korábban. *A vihar*ban Miranda szerepét osztották rám. Régóta szerettem volna eljátszani, de Jani szerint most értem el arra a szinte, hogy megértem a feladatra. Mint ember nagyon rendes volt, de rendezőként, tanárként szigorú, ezért jólestek tőle ezek a szavak. Nem kértem szövegkönyvet, és Lia nem is nagyon akarta rám tukmálni, mert tudta, hogy már van otthon belőle, és senkinek sem jön jól, ha halmozza ezeket a dolgokat. Nehéz megválni a színházi cuccoktól, pláne, ha az ember ennyire sorsközösséget érez ezzel a világgal, de nagyon meg tudnak szaporodni, ha nem figyelünk rá. Plusz ott volt az is, hogy idegesítettek a szűzpéldányok. Amikor kaptam egy ilyet, az volt az első, hogy nekiláttam aláhúzogatni, színezni benne. Hittem abban, hogy a színek serkentik a memóriát, így az én szövegkönyveim mindig úgy néztek ki, mintha egy papagáj bennük felejtette volna könyvjelzőként a farktollait.

Ám, amikor bementem a szobámba, nem találtam ott a szövegkönyveimet, ahol hagytam. Mindig kitettem az aktuálisakat az íróasztalomra, így most a *Padlás*nak, *A vihar*nak és az *Antigoné*nak volt ott a helye, de nem láttam őket sehol.

– B! Hogy baszd meg! – káromkodtam magamban, de igyekeztem mélyeket lélegezni. Enni kellett adnom Lecsónak, miután egész nap arra kellett várnia, hogy hazaérjek, és amikor ő már kellemesen vacsorázott, én is lenyomtam egy csokit, hogy ne ingadozzon úgy a vércukrom, mintha hullámvasúton ülne. Egyelőre nem volt türelmem normális vacsorához, mert az előbb enyhén elszállt az agyam.

Hirtelen gondolattól vezérelve bevágtattam a B-vel közös szobába, s kinyitottam a felső szekrényét. Persze ahhoz, hogy rendesen át is tudjam kutatni, székre kellett állnom. Sikeresen kitaláltam, hogy hová rejtette el már megint a cuccaimat. Még jó,

hogy eszembe jutott, volt már egy-két ilyen eset, s akkor is a legkülönfélébb használati tárgyaim itt, a „világ tetején" kötöttek ki. Nagyon untam már ezt a beteges pakolászását.
Időközben megjelent mellettem Lecsó is.
– Bocsi, cica, de ezt most muszáj lesz – húztam a szám. Nem tudtam máshogy lejönni, előbb muszáj volt leejtenem azt, ami a kezemben volt. Nagy csattanással egyszerre zuhant le mind a három szövegkönyv a földre. A cicámmal ellentétes oldalra estek, ennek ellenére panaszosan felnyávogott.
– Jól van na, tudom! Hidd el, az alsó szomszédunk se nagyon örült ennek.
Most már nyugodtabban mentem ki a konyhába vacsorázni. A *Padlás*t és az *Antigoné*t visszatettem az íróasztalomra, A *vihar* mellé pedig kivittem egy csini, lila szövegkiemelőt, hogy evés közben nekieshessek kiszínezni – s közben átolvasni – Miranda szövegét.
– „Művészeteddel, apám, fölkavartad/ a vad vizeket. Csillapítsd le őket./ Bűzlő szurok zúdulna már le föntről,/ de a tenger az égig földagadva / kioltja a tüzet"[2] – olvastam fel az egyik első megszólalás részletét két savanyú ubi elrágcsálása között. Nagyon szerettem Shakespeare drámáit, s szerintem *A vihar*ban olykor különösen szép mondatokat adott Miranda szájába.
Lecsó, ahogy észrevette, hogy én is vacsorázom, azonnal odajött hozzám, hogy kuncsorogjon.
– Nem hazudtolod meg önmagad! – simiztem meg a fejét, majd ledobtam neki az egyik szalámimat a szendvicsemről.
Ekkor kulcszörgést hallottam.
– Szia! – kiabált be B. Egy pillanatra azért megsajnáltam, mert nem tudta, hogy már megint dühös vagyok rá, de hát ő csinálta magának.
– Szia!
– Milyen napod volt?
– Hát, amíg haza nem értem, addig jó – néztem rá számon kérően, amikor beért a konyhába.
– Miért, mi a baj megint? Mégse volt jó a tegnapi nap?
– A tegnapi nappal nem volt semmi bajom. De ma majdnem agybajt kaptam, amikor nem találtam *A vihar* szövegkönyvét. Tudod, hogy mennyire fontos nekem! Hogy tehettél ilyet?!
– De meglett, nem? – kérdezte flegmán.
– Persze, itt van, de nem erről van szó! Miért pakolászod el a cuccaim?! – szökött egyre magasabbra a hangom, mint mindig, amikor ideges voltam. Lecsó gyorsan visszavonulót fújt a szobám felé. Nem szerette a veszekedést. Ezt talán még jobban utálta, mint magát B-t.
– Mert nem vagy hajlandó magad után elpakolni!
– Talán, mert ezek a holmik fontosak, és mindennapi használatban vannak?

---

[2] William Shakespeare: A Vihar

– Persze, Luca, nálad mindig minden mindennapi használatban van! – csapta le dühösen az asztallapra a kulcscsomót, amit egészen idáig a kezében szorongatott.

– Tudod, most három olyan darab van párhuzamosan, amit vagy játszunk, vagy próbálunk. Valamelyiket az egyetemi csoporttal, valamelyiket pedig abban a társulatban, ahonnan a pénz is jön, amiből megélünk! Ez a három szövegkönyv volt az asztalon, te pedig fogtad magad, átvitted a szobádba, és feltetted egy olyan polcra, amit csak úgy érek el, ha székre állva ágaskodom! És szerinted még indokolatlan a kiakadásom? – Úgy ömlöttek belőlem a dühös szavak, hogy még akkor sem tudtam volna gátat szabni nekik, ha erőszakkal próbálom meg.

– Ha szükséged lett volna rájuk, levettem volna neked őket. Ennyi az egész. Nem értem, miért kell ilyen apróságokon felhúznod magad.

– Most volt rá szükségem, kezdjük ott, és te nem voltál itthon, hogy segíts! Akkor meg miről beszélünk?

B egy darabig idegesen fújtatva állt előttem, majd odament a hűtőhöz, kikapott három palacsintát, amik még előző napról maradtak meg, villámgyorsan megette őket, és beviharzott a szobájába. Magára csapta az ajtót. Nagyon felnőttes megoldás volt tőle, mondhatom. Ha nem tud már mit hozzáfűzni a témához, bemenekül a vackába, mint valami szűkölő vadállat. De nem is bántam, hogy nem kell tovább bámulnom a képét. Már kezdtem nagyon unni.

Lecsó csak akkor jött vissza, amikor már biztosan hallotta, hogy elült a vita. Ilyenkor rögtön nevetni lett volna kedvem, olyan cukin kerülte a konfliktusokat.

– Na, tiszta a terep, kiscicám? – Nem bírtam ki, hogy ne nevessem el magam. – Mindjárt befejezi a mami is a vacsit, és akkor elvonulunk – mondtam neki. Igaz, bevihettem volna magammal a kaját a szobába, csak ha B rajtakap, akkor abból éktelen balhé kerekedik, mára pedig úgy gondoltam, elég volt egy is.

Mikor a végére értem a szendvicseknek – Lecsó természetesen segített –, kivételesen el is mosogattam. Ez volt ugyanis a másik sarkalatos pont, amin ki tudott akadni a pasim: hogy „mindig neki kell utánam takarítania". Azért vicces volt ez a kijelentés, ugyanis míg ő egész napokat itthon ült, én este estem haza, és kora reggel rendszerint már indultam is. A lakás kilencven százalékban nem miattam volt lehasznált.

Gyorsan le is zuhanyoztam, és felvettem a kedvenc, pingvines pamutpizsamám. Bevackolódtam a takaró alá, magam mellé véve Lecsót, ölembe pedig a szövegkönyvet, de a macskám folyamatosan bökődött, jelezve, hogy nem igazán van kedvére az, hogy tanulok. – Nagy kópé vagy ám – néztem rá. – A maminak abból van pénze, hogy megtanul egy csomó szöveget, aztán sok bácsi meg néni előtt elmondja, mutogatva is valamit mellé – egyszerűsítettem le a színészet fogalmát a teljesség igénye nélkül, mintha egy alig páréves gyereknek próbálnám elmagyarázni. Annyi különbséggel, hogy egy gyerek talán ebből csak-csak megértette volna a lényeget, a macskám viszont maximum annyit foghatott fel belőle, hogy beszélek valamit, vélhetőleg hozzá.

„Messze van;/ és inkább álom ez, mintsem bizonyság,/ amit az emlékezet igazol."[3] Néha olyan sorokkal találkoztam *A viharban* – ráadásul Miranda prezentálásában –, ami teljesen igaz volt az én jelenlegi helyzetemre is. Ezt például teljesen arra tudtam értelmezni, ami a leendő költözésemmel kapcsolatban történik. Szerettem volna a változást, fogalmazgattam is magamban néha, de aztán valami mindig annyira visszadobott a földre, hogy nagyot koppanva eljutottam arra a pontra: lehetetlenség. Bizonyára azoknak van igazuk, akik B-t jó embernek látják. Csak néha belegondoltam abba, hogy akkor próbáljanak meg a helyembe lépni, és ők eltölteni vele egy hetet. Hamar ráébrednének, hogy mekkora badarság, amit állítanak, de ezt már soha nem tettem hozzá.

Mindenesetre az ilyen mondatoknak köszönhetően haladtam könnyen a szöveg tanulásával, mert valósággal beleégtek a tudatomba. Ha akartam volna, sem tudtam volna megszabadulni tőlük.

Időközben Lecsó édesen elaludt mellettem. Olyan volt néha, mint egy uralkodó, de a királyok és királynők is elfáradnak egyszer. Igazából nem is lehetett volna ő más macskája, csak az enyém. Bár buta gondolat ez, hiszen bizonyára azért vált olyanná, amilyen, mert a háziállatok felveszik gazdáik szokásait az idők során. Minden bizonnyal Lecsóval is ez történt. Már annyira hasonlóak voltunk, mint az ikertestvérek. Ezért is ő volt az egyetlen, akivel tökéletesen meg tudtam érteni magam. A kapcsolatom ellen szólt az a tény is, hogy amikor hosszú időre elmentem otthonról, nem B hiányzott, hanem a macskám. Egész napok teltek el úgy, hogy B-re nem is igazán gondoltam, maximum akkor jutott eszembe, ha felhívott valami hülyeséggel.

---

[3] William Shakespeare: A Vihar

\* \* \*

*A túlsúlyos, esőkabátos férfi a szemközti ház lépcsőházának ablakából figyelte Lucát egy távcsővel.*
*– Nagyon jól elvan magában – töprengett némileg ingerülten. – Túlzottan is jól. Mintha semmi gondja nem lenne. Mások pedig lehet, hogy szenvednek ezalatt! Bizonyos férfiak egyre többet gondolnak a szexre, van, akit kínoz a hiánya, neki meg eszébe sem jut! Mindig csak az a hülye színház, a versek meg a szövegkönyvek! Egy férfinak azért lennének ugye alapvető szükségletei: több kalóriát kell bevinnie, mint egy nőnek, és több szexet igényel. Lehet, hogy most átmehetnék hozzá... Vajon engem is visszautasítana, mint a párját? Én nem hagynám. Erősebb, nagyobb vagyok annál a vézna kis alaknál. Könnyen magam alá gyűrhetném. Vajon ő is szeretné? Számít az egyáltalán, hogy akarja-e a másik, vagy sem?*

\* \* \*

Nem sokkal Lecsó után én is lámpaoltást rendeltem el magamnak. Azt vettem észre, hogy már csak céltalanul húzgálom ki Miranda szövegét, de nemhogy nem tanulom, nem is olvasom el a sorokat. Általában ez volt az a végpont, amikor félretettem az aktuális munkát, és álomra hajtottam a fejemet. Ám most nem nagyon sikerült elaludnom annak ellenére, hogy nagyon fáradt voltam. Ezrével cikáztak összevissza a gondolatok az agyamban, minden olyan dologról, ami nagy fejfájást okozott.

Tudtam, hogy nem jó dolog az sem, s nem dicséretes, amit csinálok. Egy kapcsolatban sosem csak az egyik félnek kellene igyekeznie, és tény, hogy most én nem igazán próbálkoztam, csak néha B. Viszont amikor én akartam jobbá tenni a dolgokat, akkor ő volt az, aki oda se bagózott. Akkor mégis ki mondja meg, hogy melyikünk a hibás? Nyilván egyikünk kutya, másikunk eb – szegény Lecsó, jó kis párost kapott! –, de akkor sem tudtam most magam kitüntetni a főkolomposi címmel. Valahogy a szívem mélyén azt éreztem, hogy *én* vagyok ennek a helyzetnek az áldozata, pedig nem voltam olyan, aki állandóan a másikat hibáztatja.

Talán inkább azok hangjára kellene hallgatnom, akik azt mondogatják, hogy tegyek a saját boldogságomért, és a becsületem helyett válasszam a boldogságomat. Csak az a baj, hogy a család sem mindig ezt mondja. Valamikor anyámék is azt hajtogatják, hogy B milyen jó fej, pedig nem is ismerik annyira, csak hát... B társaságában tényleg remek embernek tűnik. Olyankor ő a mókamester meg a Teréz anya, stb. Pedig mindig csak éppen annyi információt csepegtet, hogy senki ne tudjon meg róla semmi lényegeset. De ezt sosem lehet észrevenni, még én sem tudtam, egészen addig, amíg ki nem robbant a balhé, és muszáj nem lett lépnem valamerre. Utólag már nagyon sajnálom, hogy ennyire elhúztam a dolgot. De általában pont az nem látja át a helyzetet, aki benne él. Őrület, hogy én is beleestem valakinek a csapdájába. De hogy ennyire! Sosem gondoltam volna azelőtt magamról, hogy tényleg sebezhető vagyok, mert nem ismertem más irányt, csak azt, hogy magabiztosan menjek tovább előre.

# 7. „Zsarnokságom megbocsásd"

Nehéz nap után mentem haza. Tegnap megint veszekedtünk B-vel. Úgy éreztem, nem lesz jobb a helyzet, hanem sokkal inkább már csak nyújtjuk a saját szenvedésünket. Ezúttal ismét a holmijaimat kezdte elpakolni, és igaz, hogy én ripakodtam rá, de attól még nem akartam veszekedést. Egyszerűen már annyira kikészítette az idegeimet ez a kapcsolatnak nevezett valami, hogy a legapróbb konfliktusokat sem tudtam magamban elsimítani, hanem mindenre azonnal robbantam. Annyi békát lenyeltem már, hogy ha még egyre rákényszerültem volna, akkor halastó kerekedik a gyomrom helyén.

Furcsa zajokra érkeztem haza, s amikor kinyitottam az ajtót, senki nem jött elém. B-n nem is csodálkoztam a tegnapi balhé után, de Lecsó sem szaladt az ajtóhoz, pedig máskor már a kulcszörgés is kicsalja. Ahogy előrébb mentem a folyosón, a B-vel közös szobánkból dulakodás tompa hangja hallatszott. Csendben nyitottam be, félve, ám ami a szemem elé tárult, attól meghűlt az ereimben a vér. Az állítólagos pasim – mert gondolatban már ezekben a pillanatokban szakítottam vele – verte a macskámat!

– Te állat! – kiáltottam, amikor megtaláltam a hangom, bár utóbb belegondolva, ez a megszólalás az igazi állatokra nézve volt sértő.
– Hagyd abba! Nem mondták, hogy a saját súlycsoportodban keress ellenfelet? – szeltem át a szobát néhány lépéssel, mert még mindig bántotta szegényt. Olyan elemi erő szállt meg, mint egy anyát, aki a gyerekét védelmezi. Bele sem gondoltam, hogy esetleg engem is bánthat, arrébb löktem B-t, és óvatosan a karjaimba emeltem a szépséges nagy cicámat, akinek most szó szerint mintha könnybe lábadtak volna a szemei, és már csak csendesen nyávogott néha.

– Megérdemelte az a dög! – védekezett B.
– Mit érdemelt meg, te elvetemült?! – kiabáltam magamból kikelve.
– Beleharapott a kezembe! Pedig csak fel akartam venni! Összebarátkozni vele!
– Hát te tényleg elmebeteg vagy, már ne is haragudj – ráztam meg a fejem. – Egész idáig a környékedre se mert menni szegénykém, aztán hirtelen felé nyúlsz, ő ijedtében megharap, te pedig így reagálsz? Takarodj a szemem elől!
– Most miért csinálod ezt? – próbált elkapni, de kiszakadtam esetlen fogásából, és elindultam az ajtó felé.
– Hozzám se szólj! Majdnem megölted!
– Neked fontosabb egy macska, mint a kapcsolatunk? – kiabálta még utánam, amikor kiléptem az ajtón, és berobogtam a liftbe. Erősen próbáltam felidézni, melyik utcában láttam a múltkor az állatorvosi rendelőt jelző táblát. Szerencsére jó volt a vizuális memóriám, így hamar rájöttem, merre kell menni.

\* \* \*

A lány olyan lendülettel robbant ki a kapun, hogy kis híján felborította az esőkabátos férfit, aki a házuk előtt állva telefonálást színlelt. Azért ácsorgott ott, mert Lucára várt. Beszélni akart vele. Talán megismerkedni végre, vagy megmondani neki a magáét... sok mindenről. Ám a lány szélvészként suhant el mellette egy óriási macskát cipelve. Az állat szemmel láthatóan sérült volt. Fura szögben állt a lába.
– Nocsak! – mordult fel magában ennek láttán a férfi. – Végre megkapta a magáét az a dög? A lány állandóan ezt ölelgeti a párja helyett. Igazán ideje volt, hogy valaki megmutassa neki, hol a helye, ha már a gazdája ennyire elkényezteti. Én is eltángáltam volna a fickó helyében. Bár valószínűleg meg sem álltam volna annál a pontnál. Ha én egyszer a kezem közé kapnám azt a mihaszna, nyávogó izét, meg is ölném! – Egy pillanatra dühösen megindult Luca után az utcán, de aztán mégis megtorpant. Nem így akart neki bemutatkozni. Nem most. A jelenlegi fejlemények már bemutatkozás nélkül is elégedettséggel töltötték el. Legalább a lány macskája megsérült...
A férfi végignézett az esőkabátján, és felidézte, hogy hányszor volt már korábban véres. Ugyanis nemcsak eső ellen viselte, de azért is, hogy munka közben ne menjen vér a ruhájára.

\* \* \*

Felpattantam az éppen érkező villamosra, és imádkoztam, hogy ne jöjjön ellenőr. Ilyenkor már kevesen voltak a szerelvényen, így nem szólt senki azért, hogy nincs kosara a macskámnak, aki elég nagy méretekkel van megáldva. Szegénykém most remegve bújt a kabátomhoz, és nem feltétlenül azért, mert fázott. Gyorsan levettem a nyakamból a nagy, bolyhos sálamat, és betakargattam vele.

– Tarts ki, Lecsó... Legyél erős, kiscicám, kérlek – suttogtam neki, miközben simogattam a fejét, ő pedig nézett rám nagy, szomorú szemekkel, s néha keservesen nyávogott egyet. – Tudom, hogy milyen hős cic vagy. Tarts ki!

Időközben fél kézzel megnéztem a telefonomban, és a GPS-mód segítségével láttam, hogy már csak két megállónyira vagyunk az állatorvostól, ami az ügyeletet vitte a kerületben. Már egy megállóval a cél előtt elkezdtem készülődni, mert stabilan akartam tartani Lecsót, hogy nagyobb kárt már ne okozzak. Éles nyivákolással jelezte, ha rossz helyen fogtam meg. A szívem majd' beleszakadt.

Ahogy beértünk a rendelőbe, letettem Lecsót a váróteremben lévő egyetlen kényelmesnek tűnő fotelba, úgy, ahogy volt, a sálba bugyolálva, és dörömbölni kezdtem a kezelő ajtaján.

– Jövök már! – kiabált ki valaki, majd nyílt is az ajtó. – Jó estét, kisasszony! – jelent meg egy fiatal, szőke srác az ajtónyílásban. – Nagyon sürgős?

– Maga az orvos? – kérdeztem köszönés nélkül.

– Én lennék. Dr. Lévay Márk. Miben segíthetek?

– Jöjjön ki, kérem! A cicám a fotelben van. Én már nem akarom szakszerűtlenül mozgatni!

– Mi történt vele? – lépett ki elém dr. Lévay.

– Az az állat pasim összeverte! – sírtam el magam.

– Na jó, kisasszony. Ez tényleg rosszul hangzik, de mindjárt meg is nézzük a cicát. Minden tőlem telhetőt megteszek. Egyébként mi a neve?

– Lecsó – szipogtam.

– Mármint önnek.

– Luca.

– Rendben, kedves Luca. Akkor most szépen bevisszük Lecsót a vizsgálóasztalra. – A cicám nyivákolva fejezte ki nemtetszését, de látszólag dr. Lévayt ez egyáltalán nem zavarta.

– Vigyázzon rá, kérem! – szóltam rá, nem tudtam visszafogni magam.

– Nézd, Luca... ugye tegeződhetünk? – kérdezte. ApRót bólintottam. – Állatorvosként végeztem, és sok kisállatot meggyógyítottam már. Nem lesz baja a cicádnak, ne aggódj!

– Jó. Csak nem szereti az idegeneket, sem a hirtelen mozdulatokat, illetve nagyon kényes, és rajtam kívül legszívesebben mindenen és mindenkin uralkodna.

– Egy igazi, belevaló maine coon. Na, gyere, cica, mutasd magad! – csomagolta ki a doki Lecsót, majd elkezdte vizsgálgatni, még helyben meg is röntgenezte. Ekkor átvitte az asszisztensével egy másik helyiségbe, és én nem mehettem velük. Amíg vártunk a felvételekre, addig adott a macskának fájdalomcsillapítót, és néhány alapvitamint. Olyan kedvesen simogatta, hogy a cicám meglepő módon eltűrte.

– Itt vannak a felvételek! – tipegett be a fiatal, csinos asszisztensnő. Úgy nézett dr. Lévayra, hogy meg mertem volna esküdni: együtt vannak, vagy legalábbis kavarnak.

– Na, nézzük! Jaj! Eltört a bal hátsó lába. Mondjuk, azt láttam, hogy furán tartja, de reménykedtem benne, hogy csak rándulás. Lara, csinálj neki egy ultrahangot is, kérlek! – szólt az asszisztensnek, aki ismét magával vitte a cicámat, de immár fokozottan vigyázva az említett törött lábra.

Mikor néhány hosszú perc múlva visszaértek, megkönnyebbült mosoly virult a Larának nevezett lány arcán. – Semmi belső sérülés nincs, szerencsés macsek.

Nagy kő esett le a szívemről. Ezután dr. Lévay sínbe rögzítette Lecsó lábát, majd felírt fájdalomcsillapító cseppeket, és instrukciókkal látott el:

– Az első héten még kivétel nélkül mindennap ejts egy adag tejbe öt cseppet, hogy mindenképp kizárjuk az esetleges fájdalmakat. Ma már nem kell, mert adtam neki. Utána pedig, mivel, gondolom, jól ismered a cicád, tudni fogod, hogy mikor kell adnod neki. S ajánlom, hogy ne hagyd többet kettesben a pároddal. Ha mindenképp sűrűek a napjaid, akkor ahová csak tudod, vidd magaddal. Nagyon klassz hámokat lehet kapni ilyen nagy macsekokra is. Jobb éjszakát kívánok nektek annál, amilyen eddig volt! – köszönt el az állatorvos, majd a recepttel együtt kitessékelt minket az ajtón.

Lara az előtérben felajánlott egy bérelhető, hordozható cicakosarat is, ami puhára ki volt bélelve. Rögtön egy hétre kifizettem, s máris abba fektettem bele Lecsót. Hálásan szunyókált. Kifárasztotta szegényt a mai nap, és a fájdalomcsillapító is letompíthatta.

Felfordult a gyomrom a gondolatra, hogy hova megyünk haza, de azért vártam egy villamost visszafelé. Majdnem a tömbház előtt állt meg, ahol laktunk, így gyalog már nem kellett sokat menni. Lecsó néha felnézett, de olyan kábult volt, hogy nem sokáig tudta nyitva tartani a szemét. Ilyenkor mindig kedvesen megsimogattam, hogy legalább az álma nyugodt legyen, bár nem tudtam, hogy egy ilyen szörnyű nap után egyáltalán lehetséges-e ez. Az állatoknak – úgy hiszem – néha sokkal mélyebb érzelmeik vannak, mint az embereknek.

Nagy sajnálatomra B még ébren volt, amikor hazaértünk. Bűnbánó arccal kullogott ki elénk, de nem tudtam megszánni.

– Jobban van? – kérdezte, nehéz volt elhinni, hogy hirtelen aggódni kezdett érte. Válaszra sem méltattam, úgy haladtam el mellette. – Nem szólsz hozzám?
– Hát, nem érdemled meg – mondtam, miután Lecsót kosarastul letettem a franciaágyra. – Még meggondolom, hogy megfojtalak, vagy ugyanazt visszaadom, amit te műveltél vele. Eltörted a lábát! Felfogod egyáltalán a súlyát annak, amit tettél? Ha nem lépek közbe, agyonvered! Még jó, hogy időben hazaértem. Mégis mióta bántalmaztad szegényt?!
– Nem régóta – sütötte le a szemeit B, mint aki bánja. – Bocsáss meg, Luca, valahogy rám jött az ötperc.
– Ó, igen? Ez alapján mire számítsak? Legközelebb majd engem versz agyon? Hát, nagyon jó fej vagy!
– Nem, dehogyis!
– Ne viccelj velem, B! Aki egy ártatlan, magatehetetlen állatot képes így bántani, az nem áll messze attól, hogy ugyanazt megtegye egy emberrel is.
– Nem szokásom macskát verni!
– És ezek után ezt el is kellene hinnem? Legrosszabb ellenségemnek nem kívánom, hogy olyat lásson, amit ma nekem végig kellett néznem!
– Jössz aludni? Ugye jössz? Kérlek! – Úgy sajnáltatta magát, hogy azt még egy kölyök is megirigyelné, aki éppen rossz fát tett a tűzre, de hamar megbánta.
– Igen, megyek aludni. Lecsóhoz – mondtam, s még mielőtt megszólalt volna, berohantam a régi szobámba, és magamra zártam az ajtót. Most már egyre több időt töltöttem itt ismét.
Nem mert utánam szólni, mint máskor. Csak hallottam, ahogy lehúzza a wc-t, majd csukódik a szobájának az ajtaja. Először felhajtottam a takarót, majd óvatosan kiemeltem Lecsót a hordozóból, és odafektettem az ágyra. Mellé bújtam, és mindkettőnket betakartam. Rám nézett, álomittas volt a szeme, megsimogattam a buksiját.
– Aludj édesem, holnap én sem megyek sehova. Itthon maradok veled, hogy ne bánthasson újra. Soha nem hagylak vele többet kettesben, ígérem. – Annak ellenére, hogy sokkoló volt a napom vége, viszonylag hamar elaludtam, mert egész éjszaka éreztem, ahogy Lecsó melegít. Nem volt megnyugtatóbb dolog a cicám jelenlétnél. Meg sem moccantam reggelig, hogy nehogy ráfeküdjek valamelyik testrészére. Többször is felébredtem az éjszaka során kétségbeesetten ellenőrizni, hogy lélegzik-e még, annak ellenére, hogy dr. Lévay megmondta: nincsenek belső sérülései. Úgy aggódtam érte, mintha a gyerekem volna. És Lecsó talán olyan is volt nekem. Mert tudtam, hogy ő mindig itt lesz nekem, és amíg csak él, érte fogom feláldozni a legtöbb dolgot, annak ellenére, hogy gyerek nem volt kilátásban, mert még nem találkoztam olyan pasival, akit a sors nekem rendelt volna. Egy kissrácho meg egyedül nem vagyok elég. Így aztán Lecsónak áldoztam az életem,

és kész voltam ölni érte. Nem is tudom, B hogyan gondolta, hogy ő bármikor is fontosabb lesz a cicámnál. Ez olyan, mint amikor egy pasi arra kér, hogy döntsek, a családom vagy ő, a barátaim vagy ő. Senki nem gondol bele abba – tisztelet a kivételnek –, hogy az ember azt választja, szinte gondolkodás nélkül, aki sokkal hosszabb ideje mellette áll. Ilyen gondolatok futottak át az agyamon, akárhányszor csak felriadtam az éjszaka közepén, és nem tudtam egyhamar visszaaludni.

Szinte már vártam, hogy reggel milyen könyörgéssel áll elő, hogy elnyerje a bocsánatom. De már eleget tanultam abból, hogy nem tudja megtagadni önmagát, mindig kimutatja a foga fehérjét. Akárhányszor igyekezett jóvá tenni a hibáit, utána mindig begurult valami értelmetlen semmiségen. De most túl messzire ment. Olyan dologba tenyerelt bele, amiről tudhatta volna, hogy nekem milyen fájó pont. Ám ez is mutatja, hogy mennyire nem ismer. Annyira nem képes, hogy néhány alapvető dologról megkérdezzen. Azt hiszem, akkor kezdett végérvényesen formálódni bennem a szakítás gondolata, amikor megláttam, hogy kezet emel Lecsóra. Innentől a következő dolgok már csak a hab a tortán kategória voltak.

Mindig kiszúrt velem, állítása szerint akarata ellenére. Az ember előbb-utóbb megelégeli, ha valaki csak ártani tud neki. Én sem voltam kőszobor, aki mindent elvisel, hanem csak egy döntésképtelen lány, akinek még mindig nem volt elég. Még mindig azt láttam, hogy talán van megoldás, de persze a lelkem mélyén én sem gondoltam komolyan, csak olyan hártya volt a szememen, hogy utólag már nem tudom, miként történhetett ez meg.

Mindenesetre még ezután is csináltam tovább. Pedig élő ember nem visel el más esetben ennyi szemétséget, mint én B-től az együtt töltött, viszonylag rövidnek mondható idő alatt. Ezért is alakult ki bennem az, hogy irtózom az emberektől. Ismeretlenekkel már nem állok szóba. Az utolsó ilyen eset bizony B volt.

## 8. „Más kell már"

Nagyon nehéz volt a tegnapi nap, úgy gondoltam, hogy majd sokáig alszunk Lecsóval, ennek ellenére viszonylag korán felvert egy éktelen zaj.
– Mi az Isten van? – szédelegtem ki a szobából, és követtem a hangot. A konyhából jött. Gyorsan odaszaladtam, és azt láttam, hogy minden bútor a helyiség közepére van tolva. B és egy idegen pasi tologatták a szekrényeket.
– Jézusom! Mit csináltok? És egyáltalán ki ez a fickó? – kérdeztem felháborodottan a halántékomat masszírozva.
– Ó, Luca, felébredtél? – lépett felém B színpadias mozdulatokkal, és kitárta felém a karjait, de semmi kedvem nem volt átölelni őt.
– Tudod te, hány óra van?
– Ide sem jössz átölelni?
– Édes Istenem, B, az agyamra mész! Reggel fél hét van, te pedig tologatod a bútorokat, mintha muszáj volna. Csodálkozom, hogy az alsó szomszéd még nem hívta ki a rendőröket csendháborítás miatt.
– Rendőrök? – ijedt meg B.
– Ne parázz már! – szólalt meg teli szájjal röhögve a haverja. – Ja, bocs, Jácint vagyok – nyújtott kezet. Már az elejétől fogva nem volt szimpatikus a pasas, de a neve is nagyon idiótán hangzott. A virágnevekről mindig úgy gondolkodtam, hogy nőknek találták ki őket. Aztán később utánakerestem, a Jácint tényleg férfinév, bár ekkora butaságot még nem hallottam soha.
– Luca – vetettem oda anélkül, hogy kezet fogtam volna vele. Inkább ismét B felé fordultam. – És most mi a szándékod mégis?
– Uncsi volt a berendezés, áthívtam a haverom, ő meg jött! Ilyen az igazi barát, nem?
– Ha csak egy órát vársz az átrendezéssel, már nem vagyok ennyire kiakadva. Szerinted ez normális dolog, pláne, hogy nem is szóltál?
– Hasznosan kell eltölteni a napot – szólt közbe a Jácint nevű pasas.
– Ki kérdezett?
– Jól van na, kisasszonyka, nem kell harapni!
– B, én ma nem akartam elmenni itthonról, de most már kételyeim támadtak – ingattam a fejem.
– Elegem van abból, hogy mindig itt hagysz, aztán meg meglepődsz, ha áthívok valakit!
– Tudtommal nincs munkahelyed, én keresek kettőnkre, s emellett még egyetemre is járok. Tegnap viszont nehéz napom volt, és még az este is balhés lett neked köszönhetően, úgyhogy pihenni szerettem volna. Szerintem kettőnk közül nem én vagyok az, akit

nem lehet megérteni. – Már fordultam is volna sarkon, ha nem hallom meg, amit a haverja mond:
– Hát, öregem, most már megértem, hogy miért panaszkodsz mindig!
– Tessék? – fordultam vissza ugyanazzal a lendülettel. – Nem jól hallok szerintem!
– Szerintem meg de – vágta rá magabiztosan B. – Elegem van abból, hogy mindig egyedül kell lennem, vagy pesztrálnom a dögödet, és nem kapok cserébe semmit. Ha megkívánlak, és közeledem, csak visszautasítást kapok, semmi kedvességet, semmi gyengédséget. Más pasi nem várna rád ennyit, még akkor sem, ha arany van a lábad között! Lehetnél egy kicsit tekintettel rám is.
– Igaza van B-nek, én sem várnék rád. Az elején, elmondások alapján azt hittem, hogy valami bombanő vagy, de most, hogy látlak, hát, nem is tudom, hogy a haverom mit eszik rajtad annyira!

Nem is vártam meg, hogy folytassák, bevágtáztam a szobámba. Sírva görnyedtem össze az ágy mellett, annyira megalázva éreztem magam. Egyik sem jött utánam, hogy megkérdezze, élek-e még, bár Jácintnak inkább a halálát kívántam, és fogalmam sem volt, B miért hívta ide. Miért kell ennyire tönkretenni? El nem tudtam képzelni, hogy ez neki jólesik, vagy csak egyszerűen nincs tudatában, hogy egy nőnek mi a jó vagy mi a rossz? Nem tudtam már napirendre térni a dolgok felett. Hányingerem volt a gyomoridegtől. Nem tudom kiszámolni sem, hogy mikor ettem utoljára, de elég rég lehetett, ha már visszaemlékezni sem vagyok képes. Tudtam, hogy le kell vonszolnom magam a szemben lévő boltig, mert B meg az a faszfej haverja úgy felrobbantották a konyhát, hogy onnan nem halászok ki semmit a hűtőből egyhamar, mellesleg találkozni sem akartam velük.

Elővettem egy pulcsit meg egy bélelt cicanadrágot puha zoknival, hogy ne fázzak, és kényelmesen is legyek, majd a fürdő felé vettem az irányt. Nem volt rajta ablak, így mindig felkapcsolva kellett hagyni a villanyt, amikor bent tartózkodtunk. Miközben szappanoztam magam, valaki elhaladt a fürdő előtti folyosón, és lecsapta a kapcsolót.
– Ez az állat meg ki volt?! – kiabáltam ki idegesen, és rá nem sokra visszajött a fény, de dühös kérdésemre csak kettejük röhögése volt a felelet.
– Akkora barmok vagytok, már bocsánat! – mondtam még, de szinte meg sem hallották. Alaposan megtörölköztem, majd még bent, a fürdőszobában felöltöztem, úgy merészkedtem csak ki. Senki nem mutatott irántam érdeklődést, úgyhogy visszamentem a szobába, és egy babaméretű pléddel betakargattam Lecsót a kosarában, hogy ne fázzon, amikor majd kilépünk az utcára.
– Jól van, cicuskám – simogattam meg, majd én is felvettem a téli cuccaimat, hogy lehetőleg ne fagyjak halálra. Beledobtam a pénztárcám egy kistáskába, a telefonomat és a lakáskulcsokat meg egy eperré összehajtható bevásárlószatyrot is mellé hajítottam, és

Lecsó kosarának kiegészítő pántjával együtt átvetettem a vállamon. Őt külön fogtam is, mert nagyon féltettem. Még azt sem akartam, hogy elmozduljon abból a pozícióból, amibe épp kényelmesen sikerült elrendezgetnem.

Amikor leértem a boltba, már egy kicsit könnyebb volt. Lecsót kosarastól beletettem a bevásárlókocsiba, és úgy szeltük a sorokat. Szerettem ezt a bevásárlóközpontot, mert annak ellenére, hogy nem volt olyan nagy, mégis bátran lehetett ide állatokat hozni. Ha hordozóban hoztad a kedvencedet, akkor bejöhetett veled. Amikor a macskaeledelekhez értünk, a cicám felébredt.

– Na, kishaver, most te választhatsz, hogy milyent vegyünk. Na jó, tudom ám, hogy a lazacos a kedvenced! – cirógattam meg a fejét, és jó néhány dobozkát és tasakot bepakoltam mellé. Nyújtogatta a fejét az illatra. – Legyél türelemmel, amint hazaérünk, adok belőle. Csak még keresünk tejcsit, egy szép műanyag kisedény-szettet meg maminak is valamit – úgy beszéltem hozzá megint csak, mintha a gyerekem lenne. De tulajdonképpen a közvetlen környezetemben ő volt az egyetlen értelmes lény, szóval bőven járt neki ez a kiváltság.

– Lesz még valami más is? – kérdezte a kedves eladónő a kasszánál.

– Nem, köszönöm. Nem nagyon tudnék mást hazacipelni most – mosolyogtam rá. Látásból már ismertük egymást.

– Valami baja van a cicának? – kérdezte szomorúan.

– Igen, sajnos eltört a hátsó lába. Ezért is hoztam most a kosarában.

– Sajnálom, jobbulást neki!

– Köszönjük, reméljük, hogy hamar meggyógyul. Rossz így látni.

– Elhiszem, további szép napot nektek! – mondta kedvesen, majd oldalra mentem a pulthoz, hogy elpakoljak a táskámba, és magamra vegyem a csomagot Lecsóval együtt.

Alapból semmi kedvem nem volt hazamenni, és további sértéseknek tenni ki magamat, de nagyon fáztam, és Lecsó is egyre éhesebben nyávogott. Muszáj volt hát felmenni. Szerencsére semmilyen félelmem nem igazolódott be, sem B, sem Jácint nem figyelt rám. Bezárkóztam a szobánkba, és gyorsan kiadagoltam egy műanyag tányérra három lazackonzervet is. Lecsó kikászálódott a pléd alól, és hátsó lábát a kosárban nyugtatva, ő maga pedig félig kihajolva, félig állva villámgyorsan tüntette el kedvenc eledelét. Én is csináltam magamnak két szendvicset, és még abból is az egyiknek a felét elkuncsorogta.

– Nagyon éhes lehettél, igaz? – vakargattam meg az állát, mire hangosan dorombolni kezdett. Végre hosszú ideje újra gondtalannak láttam.

Közben írt Ati is, mintha érezte volna, hogy valami baj van.

**Atos:** Szia, nagylány! Nem hallottam rólad két napja, pedig mindig irkálsz vagy hangüzenetet küldesz. Ugye nincs baj?

Mindig is tudtam, hogy jók a megérzései, de nem nagyon akartam neki sűrűn vallomást tenni, hogy igazából milyen szarul is haladnak a dolgaim. Nem mertem volna még elárulni neki, hogy B mit tett a macskámmal, de úgy éreztem, azzal nem lehet baj, ha a ma reggeli esetről ejtek pár szót.

**Luca:** Hát, ami azt illeti, elég fáradt vagyok manapság. Két munkahely plusz az egyetem, ma meg amikor pihenhettem volna, B áthívta egy haverját, és elkezdték nagy robajjal átrendezni a lakást. Kicsit agyrém az a srác... Jácint a neve.

**Atos:** Jácint? Ez tényleg vicces...

\* \* \*

*Esett az eső, amikor Jácint sötétedéskor kilépett a kapun. Még mindig röhögött magában a B-vel töltött közös nap során történt vicces eseményeken. Azon is, hogy a csaja milyen arcot vágott, amikor ő közölte vele, hogy elmondások alapján még csak-csak bombanőnek képzelte, de a valóságban messze nem az. És azon is, hogy hogyan rikácsolt a kiscsaj, amikor ráoltották a villanyt. „Eléggé szánalmas volt" – gondolta magában. „Bár azért meghúznám. Bombanő, vagy sem. Egy menetre el bírnám viselni! Aztán félredobnám. Én nem vacakolnék vele annyit, mint B. Nem tudom, mit eszik rajta annyira."*

– *Elnézést!* – *ütögette meg valaki váratlanul Jácint vállát hátulról.*

– *Mi van?* – *kérdezte az meglepetten és kissé agresszívan. Nem szerette, ha az utcán idegenek leszólítják. Gondolta, biztos pénzt akar kérni tőle a pasas... vagy belekötni.* – *Nem tetszik valami?* – *kérdezte a mozdulatlanul, kissé fenyegetően mögötte ácsorgó alaktól. A zuhogó esőben a férfi vízhatlan kabátjának csuklyája a szemébe volt húzva, nem lehetett látni az arcvonásait. Jácint nem tudta hirtelen megállapítani, hogy ismerőse-e neki az illető, vagy valóban vadidegen.*

– *Te nem tetszel* – *felelte a férfi halkan. Alig lehetett hallani az eső zúgásától, amit mond. Közben a zsebében matatott valami után. Jácint azt gondolta, talán útbaigazítást akar tőle kérni, és most a térképet keresi, vagy egy cetlit esetleg, amire fel van írva a cím, amiről érdeklődni akar.*

*Ám ekkor tudatosult benne, hogy mit is mondott a férfi: „Te nem tetszel." Jácint épp felelni akart valami olyasmit, hogy „Na és, kit érdekel? Nem vagyok én csaj, hogy tetszeni akarjak neked!", de már nem volt ideje kimondani, amire gondolt. Az esőkabátos ember kezében, amikor váratlanul előhúzta a zsebéből, megcsillant valami az utcai lámpa fényében: Borotvakés volt nála, amit már az elővétel pillanatában gyakorlott csuklórándítással kinyitott. Ahogy nyitott állapotba csattant a borbélyszerszám, máris csillogni kezdtek rajta a frissen ráhullott esőcseppek.*

– *Mi akarsz az...* – *...zal?!* – *kérdezte volna Jácint, ha még képes lett volna hangot kiadni a torkán. Ám az utolsó szótag bizony lemaradt. Lendült a borotvakést tartó kéz, és egy szemvillanás alatt vízszintes irányban, iszonyatos erővel, mélyen átvágta a férfi torkát! Csak úgy a nyílt utcán! Bárki megláthatta volna.*

*Mégsem látta senki.*

*Sűrűn esett az eső, és már erősen sötétedett. Amúgy sem volt túl jó hírű a környék. Ilyen tájban kevesen jártak már arrafelé. Jácintnak sem kellett volna ilyen sokáig kimaradnia.*

*A torkát szorítva először térdre rogyott, majd eszméletét vesztve az útpadkának csapódott a feje. Ha nem vágta volna át a borotva a nyaki ütőerét, lehet, hogy most koponyaalapi törésbe halt volna bele.*

– Tisztelet! – köpte utána a szavakat az esőkabátos férfi lerázva a vért a borotváról az esőáztatta aszfaltra. – Több tiszteletet a női nemnek! A párja beszélhet úgy vele. Akár kezet is emelhet rá, ha szemtelen, de te nem! Túllépted a határt! Nagy hibát követtél el. Életedben az utolsót.

\* \* \*

**Atos:** Jácint? Ez tényleg vicces egy név. De... Luca, aggódunk érted Angival. Nem kellene egy olyan pasi miatt ennyire túlhajtanod magad, aki meg sem becsül. Még mindig nem gondolkodtál el az ajánlatunkon? Tudod, ugye, hogy nem évült el?

Atos túl gyorsan előhozakodott a témával. Nem gondoltam volna, hogy még mindig emlékszik. Belehasított a szívembe a fájdalom, mert nem tudtam, hogy miért nem vagyok képes lépni, pedig tisztában voltam azzal, hogy velük mennyivel jobban kijönnék. Nem tudom, hogy mi béklyózott meg ennyire.

**Luca:** Persze, tudom, és találkozunk majd. Most kezdődik egy nehezebb időszakom, de összefuthatnánk valamikor a Hadikban, rendben?

**Atos:** Legyen úgy, várom. Most mennem kell, sok a munka errefelé is! Puszi, és vigyázz magadra. S írj, ha valami baj lenne. Itt vagyok azért mindig elérhető közelségben.

**Luca:** Rendben, és köszönöm. Puszi.

Hamar lezártuk a beszélgetést. Nehéz időszak, persze... olyan jól tudtam hazudni interneten keresztül, hogy már szégyelltem magam. Mondjuk, csak annyiban volt füllentés a dolog, hogy igazából mindig nehéz időket éltem mostanában, s nem ezért akartam elhalasztani a találkozást. Meg akartam várni, hogy Lecsó jobban legyen, hogy ne kelljen mindent bevallani Atosnak. Tudtam, hogy közeleg az idő, amikor már nem fogok megélni féligazságokból, de még tartani akartam magam. Valahogy jól játszani, amíg csak lehet. Mint egy igazi színésznő.

Céltalanul kezdtem el böngészni a neten, de előbb ölembe kellett venni Lecsót. A combomra tette az egyik fehér tappancsát, ebből tudtam, hogy vágyik a babusgatásra, csak most a lába miatt még bizonytalan. Óvatosan az ölembe emeltem, és tovább vadásztam a neten. Nem sokkal később érdekes cikket találtam. Egy lány arról írt, hogy szakítás után biblioterápiával épült fel. Úgy gondoltam, hogy amit ő megtett a saját lelki gyógyulása érdekében, az talán nekem is működni fog.

Annyi időre kicsit félretettem Lecsót, míg kerestem egy szép spirálfüzetet meg egy tollat. Az első vers, amit belemásoltam, az Szabó Lőrinctől a *Semmiért Egészen* volt. Annyira illett ez a B-vel való kapcsolatomra, hogy nem is volt kérdés: ezzel akarok indítani.

A cikk még azt írta, hogy minden alkalommal át kell olvasgatni a verseket és elbeszélésrészleteket, amiket addig összegyűjtünk. Már azon gondolkodtam, hogy nemcsak másoktól fogok részleteket gyűjteni bele, hanem magam is írok majd. Ekkor fogalmazódott meg bennem először az, hogy ne csak színdarabon dolgozzak, hanem esetleg prózát is írhatnék. Kisebb idézetekkel kezdtem, hogy hátha majd egyszer eljutok a teljes regényig.

Érdekes kihívásnak tartottam a dolgot, és pillanatnyilag célt adott az életemnek. Fontos volt ez, és jó érzés, mert B mellett kezdtem mindent elveszíteni. Úgy éreztem néha, hogy már csak idő kérdése, mikor megyek le egy barkácsboltba kötelet venni. Azt hiszem, ha a macskám nem lett volna mellettem ez idő alatt, akkor már régen teljesítettem volna ezt csöppet sem bizalomgerjesztő kihívást.

– Hova jutottunk, igaz? – simogattam Lecsót, és elkezdtem olvasni a verset. *Semmiért Egészen...* – „Kit törvény véd,/ felebarátnak/ Még jó lehet;/ Törvényen kívűl, mint az állat,/ Olyan légy, hogy szeresselek./ Mint lámpa, ha lecsavarom,/ Ne élj, mikor nem akarom;/ Ne szólj, ne sírj, e bonthatatlan/ Börtönt ne lásd;/ És én majd elvégzem magamban,/ Hogy zsarnokságom megbocsásd."[4]

Az utolsó versszak volt az, amit hangosan is felolvastam, persze vigyázva arra, hogy ne hallatsszon ki. Pedig úgy érzékeltem, hogy a „belevaló páros" lelépett otthonról. Mégis volt már bennem némi alapvető félelem, miszerint – ahogy mondani szokás – még a falnak is füle van.

Mikor lenéztem az ölembe, mosolyogva láttam, hogy Lecsó érdeklődve figyel. – Tetszett a szavalásom, szépség? – simogattam meg. – Akkor még nem romlottam el annyira az SZFE-s felvételi óta. Ez mindenesetre jó hír. Szükségem is van a színészethez való szakértelmemre, ha eljutok oda, hogy ismét különköltözünk, és egy kicsit többet kell majd keresnem ahhoz, hogy meg is éljünk belőle. – Erősen meglepett, hogy magamtól jutottam el a költözés gondolatáig, annak ellenére, hogy az elmém valamiért még mindig tiltakozott ellene. Megvontam a vállam, s egy bizonytalan, ám mégis fontos első lépésként nyugtáztam ezt a dolgot.

---

[4] Szabó Lőrinc: Semmiért Egészen

# 9. „Olyan légy, hogy szeresselek"

*„Törvényen kívül, mint az állat,*
*Olyan légy, hogy szeresselek."*
Szabó Lőrinc – Semmiért Egészen

Körülbelül három héttel később, hajnalban csörgött a telefonom. Álomittasan néztem rá a képernyőre, mert annak ellenére, hogy tízre ott kellett lennem egy próbán, még nem kellett volna felkelnem. Ami azt illeti, elég későn aludtam el, így nem pihenhettem valami sokat. Apa hívott... Furcsálltam, mert már vagy egy éve nem keresett. Mindig csak anyu hívott, ő is körülbelül havi kétszer.

– Tessék? – szóltam bele álmosan, nehéz volt ébren maradnom.
– Hát, én is ezt mondom! – dörrent apa tajtékzó hangja a vonal másik végén.
– Jézusom, mi a baj, mi történt? – Szinte azonnal felriadtam, és szívem a torkomban kezdett dobogni.
– Még te kérdezed, édes kislányom? Én azt hittem, hogy egy tisztességes lányt neveltem, aztán kapok attól a jólelkű párodtól egy siránkozó levelet, amiben leírja, hogy nem is foglalkozol vele, pedig ő a tenyerén hordoz! Te meg fűvel-fával megcsalod! Nem ilyennek neveltünk szegény anyáddal!
– De apa, kérlek! – próbáltam tiltakozni. – Én nem tudom, mi zajlik itt! Nem csináltam semmit! Miért ítélkeztek felettem? Miért nem nekem hisztek? – Hiába igyekeztem tartani magam, eleredtek a könnyeim.
– Ezek után higgyünk neked? Ha csalsz, és még most hazudsz is nekünk, akkor majd mi lesz a következő? Megölsz valakit? Rettegjünk is tőled?
– Ne, Lukács, ne bántsd... – hallottam meg anya elfúló hangját a vonalban, ahogy próbálja csitítani apát, de nem jár sok sikerrel. Ha apa feldühödött, nyughatatlan volt. Olyan, mint a tajtékzó tenger vihar idején. Idő kellett neki ahhoz, hogy lenyugodjon, és sokszor már késő is volt, mert addigra olyan dolgokat tett, amikkel a másik felet visszafordíthatatlanul megbántotta. Ám ellenem még sosem fordult, ezért is rémültem meg.
– Mit tudsz felhozni mentségedre? – kért számon apám. – Mert itt ez a levél feketén-fehéren leírja, hogy miket művelsz azzal a szerencsétlen gyerekkel. Hogy utóbb bevalljam, nekünk is fura volt, hogy már egyetemista korodban főszerepeket játszhatsz, meg hogy egyáltalán olyan könnyen bekerültél oda, ahova más magadfajta lány soha nem juthat be, de akkor még inkább büszkék voltunk rád,

és ezáltal vakok. Nem láttuk át, hogy mennyire elkurvultál, amikor felkerültél a nagyvárosba.

– Milyen levélről beszélsz, apa?! – kérdeztem elhűlve. Sokkal rosszabbul estek a szavai, amikor hűvös volt és tárgyilagos, mint amikor kiabált velem. A vádak és szitkok, amiket szórt rám, tőrként fúródtak a szívembe, mert tudtam jól, hogy egytől egyik koholmány mind.

– B írt nekünk, a párod, aki mindent megad neked. Nem is értjük, hogyan lehetsz ilyen hálátlan. A helyében, ha anyád velem tett volna ilyeneket annak idején, már rég utcára tettem volna. Nem is értem, hogyan mered te ezt megcsinálni. Most mégis: ezt láttad te tőlünk itthon?!

– De nem csaltam meg soha senkit! – próbáltam magyarázkodni, de láthatóan nem sok sikerrel.

– És ezt miért is kellene elhinnünk?

– Miért hisztek egy idegen férfinak, akivel még alig találkoztatok? Miért helyezitek előbbre annak a szavát, mint a saját lányotokét? – Már inkább düh ébredt bennem, ami elnyomta a fájdalmat. – Csak hogy tudjátok – fogtam suttogásra, hogy B véletlenül se hallhassa meg –, nem megcsalom, amikor nem vagyok itthon, hanem egyetemről rohanok az egyik munkahelyemre, onnan pedig a másikra. Mert a ti hőn szeretett vőjelöltetek munkanélküli, de szeret költekezni. Én tartom el kettőnket, sőt hármunkat, mert van egy macskám is. Ő legalább megérdemli. – Még mielőtt apám bármit is válaszolhatott volna, letettem a telefont. Tudtam, hogy ez már túl sok lett volna neki, hiszen engem ingyenélőnek tartott, csak ők lehettek dolgozó emberek, és a lányuk, aki véleményük szerint „divatból" színészképzésre jelentkezett, nem érhet semmit.

Visszakuporodtam Lecsó mellé az ágyba, de a telefon ismét csörgött. Nem vettem fel, hiába láttam, hogy apám neve villódzik a kijelzőn. Inkább lenémítottam, s nem érdekelt, hányszor keresnek még. Ismét belegázoltak a lelkembe.

– Csak neked érek valamit – suttogtam Lecsónak, és egy cuppanós, könnytől ázott puszit nyomtam a bundájára. – Soha többé nem hagyom, hogy bántsanak, mert te is jó vagy hozzám. – Olyan volt, mintha a cicám értette volna, hogy mit mondok. Még szorosabban hozzám bújt, és teste hőjével melengette a lelkemet, ami apám szavai nyomán jéggé fagyott.

Egy-két óra múlva matatást hallottam a konyha felől. Óvatosan kibújtam Lecsó mellől az ágyból, és igyekeztem nagyon halkan kilopódzni a szobámból. Rajtaütést terveztem. Azt akartam, hogy tényleg váratlanul csapjak le B-re. Ez alkalommal tényleg nagyon messzire ment.

– Milyen levelet küldtél te a szüleimnek?! – dörrentem rá, amikor megláttam háttal állva a konyhában. Kiesett a kezéből, amit benne tartott, és nagy szerencsétlenségére az üvegcse éppen elém gurult.

Gyorsan felvettem. – Hát ez meg mi? – kérdeztem, s látva a rémült tekintetét, úgy éreztem, hogy ezzel a kis üveggel hatalmat szereztem felette.

– Ne csináld, Luca, szükségem van rá! Nem tudok nélküle létezni! Gondolkodni se! – Azt hitte, hogy jelenleg én tartom őt félelemben, ellenben inkább én kezdtem el még jobban rettegni tőle. Gyógyszerekkel volt tele az kis üveg, elég nagyokkal, vattával volt betömve a szája, és nem volt rajta semmi címke.

– Drogozol? – szegeztem neki a kérdést.

– Dehogyis, Luca! Ez nem drog! Mondom, csak segít gondolkodni...

– Egy esetben visszakapod, hogy bevehesd a napi adagod, bár még a gondolatától is undorodom!

– Bármit... – mondta remegő hangon. Tényleg nagyon fontos lehetett neki ez a cucc. Meglepődtem, hogy végre ennyi idő után fogást találtam rajta.

– Mondd el, mi volt az a levél, amit apáméknak küldtél! Hajnalok hajnalán hívott a szerencsétlen, totál ki volt akadva, hogy miket írtál rólam. Azt állítottad a levélben, hogy kurválkodok, megcsallak, és nem törődöm veled! Hogy mondhattál ilyesmit rólam?! Most úgy tűnik, elvesztettem apámat, s ezáltal anyámat is, mert nem fogja engedni szegényt, hogy megpróbáljon kibékülni velem. Remélem, most boldog vagy!

– Mi, milyen levél? – igyekezett úgy tenni, mintha nem tudna semmiről, de szánalmas próbálkozás volt.

– Apám elmondta, hogy te küldted, és idézett is belőle. Ha ez megnyugtat, nem a saját lányuknak hittek, hanem inkább neked, aki számukra majdnem teljesen idegen.

– Jaj, Luca! Most komolyan egy levélen fogunk összeveszni? Én nem is úgy gondoltam! – nézett rám kiskutyaszemekkel. Tipikus... ha valamit tönkretesz, akkor pitizik, hogy mindenképp megbocsássak. Bár tudtam, hogy most a gyógyszerért teszi.

– Csak ezért az üvegcséért könyörögsz most, igaz? Semmi más nem számít neked. Hogy miért is gondoltam, hogy valaha helyreállhat köztünk a rend?

– Azt mondtad, csak ismerjem be... és visszakapom!

– Ne rettegj már! Persze, hogy visszakapod... mit kezdenék vele? Nekem nem szükséges semmi szer ahhoz, hogy emberként tudjak viselkedni, habár neked legtöbbször még ezzel a szarral sem megy. Vagy olyankor elfelejted bevenni?

– Mondom, hogy élni se tudnék, ha nem venném be minden reggel!

– Csak mondd meg, mi ez! És visszaadom. Bár talán már nem is érdekel igazán... – vallottam be beletörődve. Úgy éreztem, hogy egyre mélyebbre süllyedek ebben az átkozott ingoványban, pedig már nagyon kifelé akartam kapaszkodni belőle. Már csak egy végső lökés kellett volna. Eddig úgy hittem, hogy ez a szüleim támogatása

lesz, de a mai telefonbeszélgetés után valahogy feladtam azt, hogy ebben higgyek. Még hogy tőlük várni a támogatást! Jó vicc...
— Agyserkentő szer! Most boldog vagy? — bökte ki nagy nehezen, és nyújtotta felém a kezét. Dühösen belenyomtam az üveget. Ennyi volt, nem szándékoztam vele tovább foglalkozni. Egy olyan ember nem érdemel semmit, aki szépen lassan, lépésről lépésre azon van, hogy tönkretegyen.
— Még mindig szánalmas hazugságnak gondolom ezt. De úgy hiszem, elsősorban nem nekem hazudsz, hanem saját magadnak. Legyél vele boldog!
— Kegyetlen vagy hozzám, Luca, már ne is haragudj.
— Te is hozzám, elég rég — dobtam vissza a labdát, de mégis alig bírtam visszafojtani a könnyeim. Olyan kést döfött belém ismét, ami a legjobban fájt. Én sosem akartam senkinek sem fájdalmat okozni, ő viszont most egyértelműen kimutatta, hogy neki sikerült. Pedig én nem az az ember vagyok, aki ártani tudna valakinek. Pokolba az egésszel!
— Mész ma valahova? — jött utánam a szobámba. Időközben lezuhanyoztam, és már éppen öltözködtem.
— Próbám lesz, utána pedig lehet, hogy találkozom egy ismerősömmel.
— Miért nem jössz haza rögtön?
— Na, ne őrjíts meg, légy szíves! Hozzád semmi kedvem hazajönni ezek után. Ráadásul végre egy olyan nap, amikor nem kell egyik helyről a másikra rohangálnom. Nálad is egy csomószor itt van a haverod, nekem is jár egy kis kikapcsolódás.
— Jó, igazad van. Érezd jól magad!
— Az biztos, hogy úgy lesz.
Utolsó lépésként felvettem a kabátom, Lecsót is meleg cicaruhába bugyoláltam, puha, vízhatlan zoknikat kötöttem minden lábára, és ráadtam a hámot, belecsatolva a pórázt. Már csak olyan rögzítés volt a lábán, amivel simán tudott járni. Tudomást sem vett arról, hogy baleset érte korábban, és egy hete már a fájdalomcsillapítókat is teljesen elhagytuk.
— Már mész is?
— Akarok venni valamit, mielőtt beérek — vettem fel a hátizsákot. Lecsó sem szeretett korán enni, így az edényeit is elraktam.
— Vigyázz magadra! — szólt még utánam B. Át is ölelt volna, de hoppon maradt. Egy ideje már ennyi kapcsolat sem maradt köztünk, csak éltünk egymás mellett, mint a lakótársak. Bár lehet, hogy két olyan idegen között is közvetlenebb kapcsolat van, mint köztünk. Kicsusszantam mellette az ajtón, és ahogy odaértem, meg is nyomtam a lift hívógombját. Hallottam, ahogy nagyon lassan becsukódik mögöttem a lakás ajtaja.

\* \* \*

Az esőkabátos ember érdeklődve nézett Luca után az utcán, ahogy az elsétált mellette a hidegben. A lány párafelhőt hagyott maga mögött, ahogy zaklatottan szuszogva fújta ki a levegőt. Szemmel láthatóan nagyon feldúlt volt. A férfi majdnem odalépett hozzá, hogy megszólítsa, de végül nem tette meg. Még mindig nem. Nem merte. Ő csak egy elhízott senki esőkabátban. Végül is miért tetszene egy ilyen lánynak? Miért tetszene bárkinek?

A zsebébe nyúlt. De most nem borotvakés után, hanem belemarkolt azokba a tablettákba, amelyeket a B lakásába való korábbi behatolás alkalmával csent el abból az üvegből. Állítólag „agyserkentők". A lány párja annak nevezte őket.

Néhányat a markába vett kinyúlt nadrágjának zsebében, és játszani kezdett velük. Gondolta, lehet, hogy kipróbálja a szert. Komolyan fontolóra vette, hogy bevesz néhány szemet. Akkor talán majd vele is szóba áll a lány. Még az is lehet, hogy lefogyna ezektől a tablettáktól...

\* \* \*

Könnyek kezdtek csorogni a szememből, amik az utcán egyből odafagytak az arcomra. Nagyon rossz embernek éreztem magam, de már kifogytam az erőből, és képtelen voltam arra, hogy én is rendbe akarjam hozni ezt az irreális kapcsolatot. Az volt a legszörnyűbb az egészben, hogy B pedig látszólag most kezdett bele abba a hadjáratba, hogy helyre tegye a dolgokat. Én már nem szerettem volna. Halottat kreált belőlem ez a viszony, és vissza akartam szerezni az életet. Levegőért kapkodtam, de nem úgy, mint amikor állott a levegő a szobában. Oxigén volt az utcán bőven, csak fojtogattak a démonjaim, amik dögivel uralkodtak a lakásban, amit eddig mindenáron az otthonomnak akartam nevezni. De ekkor már csak menekültem hazulról. És mióta B megverte Lecsót, már őt is hurcoltam magammal mindenhová. Hűségesen, beletörődve kocogott mellettem, én pedig csak olyan helyeket kerestem fel, ahová engedték, hogy bejöjjön velem.

A vihart próbáltuk. Érdekes volt, mert ezt is – mint a Padlást – Jani rendezte, és Liával dolgozott együtt. Jókedvű csapat jött össze, viszont bebizonyosodott az, hogy nem csak a könnyed darabokon tudunk hatékonyan együtt dolgozni. De sokkal jobban vártam most az Atival való találkozást. A próba még a végéhez sem ért, már kitaláltam, hogy a Hadikba fogom csábítani. Mindketten szerettük azt a helyet, érdekes emberek fordultak meg ott, és nagyon jókat tudtunk ott enni, kávézni. Az volt a törzshelyünk, ahol rendre kiöntöttem neki a lelkem, s amikor azon túl voltunk, még átvettünk néhány könnyed témát is, hogy ne csak szomorkodjunk. Nagyon jó csapatként működtünk együtt. Igazi barátság volt a miénk, és nagyon hálás voltam érte.

– Luca, te jössz! Nagyon elkalandoztál ma – szólt rám Jani, én pedig megráztam a fejem, hogy elhessegessem azt a sok oda nem illő gondolatot, amelyek eltelítették. Én kaptam az egyik legjobb szerepet – régóta vágytam rá –, és ha azt akartam, hogy az enyém is maradjon, alaposan oda kellett tennem magam.

– Bocsi! – mosolyogtam rá, és felszáguldottam a színpadra. Olyan átélés uralkodott el rajtam, mint azelőtt még soha. Jani inkább szidni szokott minket a próbák alatt, most mégis tapsolt. Jólesett az elismerés. Rám fért már valami pozitív érzés a sok szar után, ami otthon ért. Apám és B kikészített. Pedig nem hiányzott.

# 10. „Rab volt odakint"

A Hadik Irodalmi Szalonban találkoztunk Atival. Szerencsére már olyan jól ismertek, hogy beengedtek a macskámmal együtt, így Lecsó és egy finom melange társaságában vártam rá. Ati szinte mindig pontosan érkezett egyébként, csak most egy fontos riport előtt állt, amikor rátelefonáltam, hogy végeztünk a próbával, és nem tudott azonnal elszabadulni.

Mióta Lecsóval jártam ide, fokozatosan megismertek és megkedveltek az emberek. Miközben az éppen aktuális kedvenc verseskötetem olvasgattam, a szemem sarkából láttam, hogy vagy öten lehajolnak megsimogatni a macskámat, aki a maga egy méterével és majd tizenöt kilójával kényelmesen elterpeszkedett a padlón. Olyan volt, mint egy uralkodó, aki végre hazatért a palotájába. Élvezte a betérő különleges vendégek szeretetét, akik között rendszerint gyakran akadtak diplomás színészek, főállású írók és költők is.

Míg a macskám „uralkodni" járt ide, én menekvésből. Egyetem után egyre ritkábban akartam hazamenni, mert ott borzalmas állapotok vártak rám. B teljesen bekattant, mióta kidobták a legutóbbi munkahelyéről. Minden feszültségét rajtam akarta levezetni, és ebből teljes mértékben elegem lett. Lecsót is azóta hordoztam magammal, mióta úgy megverte, hogy az éjszaka közepén sírva villamosoztam vele a legközelebbi állatklinikáig, félve, hogy belső sérülései lehetnek. Annak idején szerencsére a doki megnyugtatott, hogy komoly baja nem esett a cicónak, csak fájdalmai lehetnek, ezért felírt egy komplex antibiotikumot, amit Lecsó kedvenc édességébe, túrórudiba tömve tudtam csak beadni neki nap mint nap.

Gondolataimból és az éppen olvasott versből – Szabó Lőrinc: Semmiért Egészen – a telefonom csörgése ébresztett. Hiába egy kedvenc dalom szólt a hangszóróból, a Madách Színházban játszott Én, József Attila musical Áldalak búval, vigalommal-ja, azonnal összeszorult a gyomrom. Azt hittem, hogy B hív. Annak pedig még sosem volt jó vége. De szerencsére csak Ati telefonszáma villódzott a képernyőn. Helga néven volt elmentve, és egy barátnőm arca volt a hívókép, hogy ne akadjon ki a párom, amikor hívást fogadok. Amióta bántotta Lecsót, én is csak még jobban félni kezdtem tőle. –
Szia, Ati! Merre jársz?

– Bocsi, csajszi, már a környéken – hangzott a felelet a vonal másik végéről, és hallottam, hogy kapkodja a levegőt.

– Te futsz? – kérdeztem meglepetten.

– Már elég rég. Nem jött a busz, amivel indulnom kellett volna, így gondoltam, egyszerűbb utat választok!

– Teljesen őrült vagy – nevettem el magam.

– Szerintem ezért vagyunk mi ketten barátok.

– Szó, mi szó. Mikorra érsz ide? – faggattam. – Már lassan ebédidő van, és ma még nem ettem semmit. A finom illatok a konyha felől, mondanom sem kell...

– Te mindig éhes vagy, Luca! De akkor egye fene, úgyis előre lemozogtam.

– Nem is igaz – ráncoltam az orrom. Tudtam, hogy nem láthatja, de egészen biztos voltam benne, hogy sejti, milyen az arckifejezésem. Olyan sokat beszélgettünk délutánonként a Hadikban egy-egy finom kávé felett, hogy az idők során elmélyült az ismeretségünk. Mindig is utáltam a felszínes barátságokat, de egy olyan összetartás kialakulásához, ami köztem és Ati között volt, idő kell.

Miközben még viccelődtünk egy darabig a telefonban, egyszer csak belépett a Hadik ajtaján, és szélsebesen ott termett az asztalomnál. Ekkor már nem volt vonalban, így én is letettem magam mellé a telót, és a székemről felpattanva átöltem üdvözlésképp.

– Szia, nagylány!

– Szia! – Abban a pillanatban, hogy kikeveredtem az erős karok atyai öleléséből, vissza is telepedtem a kávém mellé.

Kisvártatva Lecsó akarta mindenképp kikövetelni magának Ati figyelmét, de ezzel sosem járt jól. Bár tipikus macska volt, azt meg kell hagyni, azoknál kuncsorgott a legjobban simogatásért, akik allergiások a bundásokra. Így aztán Atos is megkapta tőle rendesen. Most épp az asztal alatt kezdett Lecsó az ölébe kapaszkodni, miután ő rendelt, és leült velem szemben. Még nehezen mozgott, de már csak egy kötés volt a lábán, ami nem annyira akadályozta, mint a korábbi sín. Amikor egy hete visszamentünk dr. Lévayhoz, azt mondta, meglepően gyorsan gyógyul, s összeforrt a törés a lábacskájában.

– Sicc innen! – mondta Atos nevetve.

– Sajnálattal közlöm, hogy ő legalább annyira szeret téged, mint amennyire te nem őt.

– Nem arról van szó, hogy nem szeretem, csak zárt térben nehéz elviselni.

– Persze, persze, én is ezt mondanám. – Ahogy Atos megérkezett, elkezdett felengedni a fagy. Jól éreztem magam a próbán is, de hiányoztak azok a viccek, amiket csak tőle hallottam. Nem nagyon ismertem rajta kívül másik ilyen embert, így hát megbecsültem a barátságát. Ő volt az egyetlen, aki rendre rákérdezett arra, hogy milyen a kapcsolatom. Sajnáltam, hogy mindig valami semmiséget kellett hazudnom neki, de tudtam, hogy amint az igazat mondanám, változásra szeretne bírni, arra pedig úgy éreztem, hogy még képtelen vagyok.

Kétféle nyomás nehezedett rám. Az egyik oldal őszintén azt akarta, hogy boldog legyek, ezt képviselte Atos és a felesége. Mindketten kétségbeesetten próbáltak segíteni rajtam. Azaz próbáltak volna, ha hagyom. A másik oldal pedig nem látott bele a valóságba, ezért aztán, ha bármikor is lett volna bátorságom lépni, azonnal az ellenkező irányba befolyásoltak. Hogy miért akarok én elhagyni egy ilyen jó embert? Mihez kezdek majd nélküle? Pont emiatt, hogy két tűz közé kerültem, nem akartam egyiknek sem engedni. Olyan nyomás volt ez, amivel szerintem élő ember nem tudna megküzdeni. Amikor a szobám magányába kellett burkolóznom, jobb híján Lecsót ölelgettem, aki nagy ritkán ezt egyetlen nyávogás nélkül tűrte, máskor pedig kétségbeesetten kapálózva próbált szabadulni a szorításomból. Abban a pillanatban, hogy az egyik karma elért, ő nyert. Viszont nagyon galád tudott lenni: Mikor rájött, hogy neki sem igazán jó nélkülem, akkor sunyin visszaoldalgott, és befúrta magát a plédem alá. Még nyáron is kegyetlenül tudott melegíteni, ha hozzám préselődött.

– Akkor akarsz enni valamit? – kérdezte Atos a tekintetemet fürkészve. – Föld hívja Lucát.

\* \* \*

– Ki a fene ez az alak vele? – kérdezte magában az esőkabátos férfi lopva bekémlelve az irodalmi szalon ablakán. – Vajon honnan ismeri? A pasija lenne? De vajon minek neki szerető, ha egyszer a párja mindent megad neki? Vacsorázni viszi, elpakol helyette, még el is mosogat, pedig az aztán igazán nem a férfiak dolga! Hát semmi sem elég ennek a lánynak? Kimondottan ellenszenvesnek találta a Lucával beszélgető férfit. Kisportolt alkatúnak tűnt, bár a hosszú ujjú fehér ingben ez nem igazán volt egyértelműen kivehető. Annyi azért igen, hogy lapos volt a hasa és szélesek a vállai. A kopasz fej lehetett éppen kopaszodás miatt is, de a leselkedő férfinek úgy tűnt, hogy Luca „jó barátja" inkább sport miatt nyírja ilyen rövidre a haját. A fickó elég jóképűnek is látszott. – Mi a fenét akar tőle? Ki ez egyáltalán? – A szék háttámlájára terített sportos zakó alapján valamiféle üzletember lehet, esetleg riporter. – Biztos, hogy a szeretője! Úgy vigyorognak egymásra, mint két tinédzser. Pedig már a lány sem az! Micsoda dolog ez?!

A „riporter" ekkor odanyúlt, és játékosan megborzolta a lány haját, akár egy gyereknek. – Lehet, hogy a lánya? – Az esőkabátos férfi elbizonytalanodott. – Bárhogy is, de előbb-utóbb ennek is mennie kell! Túlzottan jóban vannak. Még az is lehet, hogy sz-e-r-e-t-i. – Ez utóbbi szót határozott undorral ejtette ki gondolatban. – Nem akarom, hogy bárki mást szeressen. Ha majd egyszer bemutatkozom neki, onnantól én fogok parancsolni. Akár azt, hogy vetkőzzön le, akár azt, hogy tűrje, ahogy verem, de semmiképp nem akarom, hogy más férfiakkal kapcsolatban legyen. Ez csak megbonyolítaná a párkapcsolatunkat. – Megsimogatta zsebében az összecsukott, megtisztított borotvakést. Egy pillanatra szórakozottan eszébe jutott, hogy talán Luca barátja is ilyet használ a zuhanyzóban, amikor a fejét borotválja. – Vajon hagyná, hogy én csináljam neki? Én is le tudnám nyírni ilyen rövidre. Elég jól bánok vele. Mi lenne, ha közben megcsúszna a nyakán, és mélyen, erőből belevágnék... egészen a nyelőcsövéig?

\* \* \*

– Nem ennél valamit? – ismételte Atos kedvesen. – Föld hívja Lucát!
– Ja, itt vagyok! – ráztam meg a fejem, hogy elhessegessem a gondolatörvényt, ami egy az egyben a közepébe szippantott. – Enni?
– Igen, tudod, kaját.
– Aha! Éhes vagyok már reggel óta.
– Istenem, Luca, miért nem ettél ma semmit?
– Mert siettem! – fogtam rá. Igazából tegnap este is veszekedtünk B-vel, így nem igazán volt kedvem semmihez. Még egy szendvicset se tudtam összedobni reggelire, és ha nem is kávézok, akkor a próbán már valószínűleg összeestem volna.
– Jó. Akkor eszünk valami finomat – bólintott Ati. – Minden rendben amúgy otthon? Mi a helyzet B-vel?
– Megvagyunk. Most ő is nagyon dolgozik valamin. És neked a riport? Milyen volt? – váltottam témát, amilyen gyorsan csak tudtam. Utáltam magam, amiért ilyen nagyot hazudtam B-vel kapcsolatban, de ekkor még nem nagyon láttam más utat.
– Örülök, ha minden rendben. De ugye tudod, hogy nekem elmondhatnád...? – Csak egy bólintással válaszoltam. Tudhattam volna, hogy Atit nem tudom átverni. Riporterként olyan jól kiismerte az embereket, mint senki más. Ám nagy szerencsémre nem firtatta tovább a dolgot.
– Persze. Na de nem mondtál nekem semmit a riportról.
– Az igaz.
– Pedig én nagyon kíváncsi vagyok rá!
– Olyan nőkkel készítek riportokat, természetesen név nélkül, akik kiszabadultak már egy olyan kapcsolatból, amelyben fizikai bántalmazás áldozatai voltak.
– Huh! – csak ennyi reakcióra voltam képes. Igaz, hogy nekem B-vel még nem mérgesedett el annyira a kapcsolatom, hogy fizikailag bántson, de lelkileg elég rendesen ment az adok-kapok odahaza, és általában én maradtam alul.
– Valamit mondani akarsz, Luca? – nézett rám kérdőn Atos.
– Nem, dehogyis. Csak azt maximum, hogy már nagyon éhes vagyok – tereltem el gyorsan a témát.
– Akkor rendeljünk valamit! Jókai bableves és Gundel palacsinta? – kacsintott rám Ati.
– Kitaláltad a gondolataimat! – nevettem el magam. Olykor, amikor hosszabb találkozásokra ültünk össze, akkor azzal menőztünk, hogy írókhoz kapcsolódó ételeket ettünk. A csülkös bablevesről, azt hiszem, mondanom sem kell semmit, a Gundel palacsinta pedig eredetileg Márai Sándorhoz kötődik.
Amikor megérkeztek az ételeink, Lecsó egyértelműen nemtetszését fejezte ki az iránt, hogy ő nem kapott semmit. Nia, a felszolgáló azonnal vette az adást, és egy pofás kistányérban tejet

rakott az állatom elé. A macsek elégedetten lefetyelte ki az utolsó cseppig, addig volt nyugtom enni, ugyanis ezután lelkesen folytatta a koldulást az asztal alatt. Mivel Atos igyekezett nem figyelembe venni, végül nekem kellett finom falatokat leküldeni. A friss kenyér belét belemártogattam a bablevesembe, és kis darabokban nyújtogattam az asztal alá. Igyekeztem nem lenézni, protestálva, hogy én igazából nem kényeztetem el Lecsót, de minden alkalommal éreztem, ahogy az érdes nyelve megérinti az ujjaimat. Ebből tudtam, hogy már falatozik.

– Elrontod a macskát – csóválta a fejét Atos. – Kap a palacsintából is talán?

Elpirulva néztem lefelé a lassan üresedő tányéromba. A barátom harsányan elnevette magát. – Te még egy cicusnak se tudsz nemet mondani, Luca!

– Csupa hűség ez a nagyra nőtt szőrgombóc – simogattam meg Lecsó fejét, miközben érdeklődve leskelődött fel félig belekavarodva a terítőbe. Nem volt az a tipikus kiscica, hanem egy hatalmas maine coon, ami már majdnem elérte a végleges nagyságát – legalábbis remélem –, de akkor is az én tündérem, aki már nagyon sok mindent el kellett, hogy viseljen miattam. B talán úgy érezte, hogy akkor bánt engem igazán, ha Lecsónak tesz rosszat. Egy ilyen alkalommal telt be a pohár, azóta mindenhová magammal hordtam, és oda nem is mentem többé, ahova őt nem engedték be velem. Szerencsére amikor előadtam a „szerencsétlen cica, lesoványodva találtam rá az utcán, csak bennem bízik meg"-sztorit, mindenkinek megesett rajta a szíve. Az igazságot még vele kapcsolatban sem igazán mertem megosztani senkivel.

– És ti mit próbáltatok ma? – kérdezte Atos, miközben a palacsintát is letették elénk. Lecsó nyávogva adta tudtomra, hogy éhes – még mindig. Feneketlennek tűnt a bendője.

– Shakespeare-t.

– Eredeti szöveggel? – szerettem, hogy Atos értelmesen tudott hozzászólni a témákhoz. Egyébként ilyen volt a felesége, Angéla is. Ha hármasban találkoztunk, mindig kergették egymást a témák, és egy délután alatt rengeteg közös nevezőn sikerült áthaladnunk.

– Nem, Nádasdy-fordítás. Bár én jobban örülnék neki, ha eredetiben nyomnánk. Szerintem nagyobb kihívás lenne.

– Tőled nem is számítottam volna más válaszra. Na és melyik darab? Kit játszol?

– A vihar. Ez lesz az idei év végi vizsgadarabunk, szóval most nagyon fontos, hogy tudjak teljesíteni. Mirandát játszom. Érdekes szerep, nagyon szeretem.

– Örülök neki! Tényleg szép eredményeket érsz el a tanulmányaid során, csak gratulálni tudok hozzá. – Jólestek Atos szavai, úgy éreztem mostanában, hogy rajta és Angélán kívül senki sem hisz bennem igazán. Nem tudom, hogy hol lennék nélkülük.

Lecsó közben ismételt nyávogással adta a tudtomra, hogy az utolsó falat palacsintáimat neki kell adnom. Miközben apró

darabokra vágtam a tésztát, és elkezdtem leadogatni a macskának, összenéztünk Atossal, és elnevettük magunkat. Már nem szólt rám.
– Nagyon elszaladt az idő – nézett az órájára. – Nemsoká találkozom Angival, nem messze innen.
– Megértem, ha menned kell... – sóhajtottam fel, igyekeztem elfojtani a hirtelen jött szomorúságomat.
– Most igen, de ugye tudod, hogy bármikor számíthatsz ránk? Ha kell, gyere át este.
– Tudod, hogy akkor B kiakadna. Ez az egy, amit nem visel el tőlem, hogy egy szó nélkül máshol aludjak. Meg ott van Lecsó is! Allergiás vagy rá, eléggé kikészülnél, összezárva vele.
– Ez nem jelent problémát. Majd duplán szedem az allergiagyógyszerem. Azon ne múljon, valahogy elviseljük egymást a szőrössel.
– Köszönöm, kedves vagy, de tényleg haza kell mennem. Örülök, hogy egyáltalán eddig nem keresett. – Olyankor kibukott belőlem az őszinteség, és Atos szeméből még több aggodalom sugárzott.
– Hívj, ha szükséged lenne ránk.
– Persze, mindenképp – bólintottam. – Hát, akkor, szia! Üdvözlöm Angit! – öleltem át búcsúzóul is, majd megrántottam finoman Lecsó pórázát, jelezve, hogy indulunk.
– Szia, Luca, és vigyázz magadra! – intett búcsút Atos. Pedig mennyire mentem volna inkább haza hozzájuk. Csak nem volt ehhez elegendő bátorságom. *Talán majd egyszer* – vigasztaltam magam, ám nem tudtam, hogy komolyan gondolom-e, hogy képes lennék-e rá. Ezért is nem mondtam ki hangosan. Nem lett volna fair.

## 11. „Magam törvénye szerint"

Jókedvűen mentem haza, miután találkoztam Atival. Mindig elképesztően jó volt vele beszélgetni, mert eloszlatta fölöttem a viharfelhőket, s tulajdonképpen el is felejtettem, hogy milyen problémák várnak otthon. Őt még Lecsó is szerette, már az első pillanattól kezdve. Mindig bújt hozzá, annak ellenére, hogy szerintem a cicám is sejtette titkon, hogy Atos allergiás a macskaszőrre. Szerintem a kisállatok nem olyan hülyék, hogy ne érezzék meg ösztönösen ezeket a jelentéktelennek tűnő részleteket. Mindenesetre ennek a két „személynek" – Atinak és Lecsónak – a társaságában mindig gyorsan telt az idő. Angélát is nagyon kedveltem, Atos feleségét, csak ő a munkája miatt keveset tudott velünk lenni. De amikor úgy volt időm, akkor estefelé is mindig átmentem hozzájuk, és vagy maratoni beszélgetésbe kezdtünk, vagy egy jót videóztunk. Sosem volt olyan, hogy kellemetlenül éreztük volna magunkat, mert program vagy téma híján lettünk volna.

A probléma most is akkor kezdődött, amikor hazamentem. Már mielőtt kinyitottam volna az ajtót, éreztem, hogy valami fura szag szűrődik ki a lakásból, de nem tudtam hova tenni. Majd amikor a kulccsal végre beletaláltam a kulcslyukba, és benyitottam, azt hittem, rossz lakásba léptem be. Az addig teljesen minimális, szolid színű előszoba rikító sárgában játszott, a bútorok középre voltak tolva, fóliával letakarva. Még Lecsó is megijedt, és inkább besorolt a hátam mögé. Csak kicsi léptekkel mert előre haladni, engem követve. Olyan volt, mint egy nyomozótárs, aki inkább hátulról fedez, minthogy az élvonalban nyomuljon. Erre a hasonlatomra alapesetben nevetni lett volna kedvem.

– B? – kérdeztem bizonytalanul. – Hahó!

Ekkor az emlegetett előlépett a szobámból festékfoltosan. Egyre magasabbra ment bennem a pumpa, ahogy elindultam a szobám felé. Rettegtem, hogy mi fog fogadni. Pontosan olyan rossz volt a látkép, mint amire számítottam, bár az új szín még annál is rosszabb volt, mint amit el tudtam képzelni. Mindent fólia borított, B, amit tudott, eltologatott a faltól, és neonzöldre festette át az addig kellemes, barackszín birodalmamat. – Nee! – nyögtem fel az undortól. A látványhoz még borzalmasan tömény festék- és hígítószag is társult, amitől abban a pillanatban el tudtam volna hányni magam, ha nem gyakorlok erős önuralmat.

– Hát nem tetszik? – kérdezte a tettes bárgyú mosollyal az arcán. Fel tudtam volna pofozni, de nem akartam kivívni magam ellen a haragját. Bár nem voltam benne biztos, hogy lehet-e még ennél jobban.

– Hát, öhm, mit is mondjak, nem erre számítottam, ami azt illeti!

- Jaj, drágám, egy mosolyt engedj már el! Mindig azt mondod, hogy unalmas a lakásom, azért tettél ki faliújságokat, és így tovább. Nos, arra gondoltam, hogy izgalmassá teszem nemcsak a szobádat, hanem az egész lakásunkat. Most mondd, hogy nem lett nagyon szuper!
- Őszinte legyek? – sóhajtottam fel. – Mindjárt megvakulok ezektől a színektől. És egyébként hova rejtetted el a faliújságot? Megvan azért minden? – kérdeztem riadtan.
- Nem igaz, hogy nem tudsz semminek se örülni! De nyugodj meg, minden a fóliák alatt van! Ha megszáradnak a falak, majd visszapakolok!
- Mindent átfestettél? – kérdeztem elkeseredve.
- Már csak a fürdőszoba, a wc meg a közös szobánk van hátra. Nézd meg a konyhát, szerintem az lett a legjobb! – Félve mentem ki az említett helyiségbe, és sajnos a megérzéseim tökéletesen jól működtek. Az egész konyha feketére volt mázolva, az összes fényt az egyetlen ablakon beszűrődő napfény szolgáltatta. Felkapcsolgattam a lámpákat, de még így sem lett jobb a helyzet. – Na, mit szólsz? Olyan, mint egy barlang, nem? – kérdezte lelkesen.
- Inkább, mint a pokol – nyögtem fel panaszosan.
- Jaj, Luca, ne legyél ilyen negatív! Én meglepetést akartam szerezni neked!
- Hát, alaposan megleptél, az biztos!
- De jó, ennek örülök! – vigyorodott el B. *Istenem, nem tudtam elhinni, hogy ennyire hülye! Most komolyan azt hiszi, hogy örülök ennek a förtelemnek, amit művelt?*
- Figyelj, B! – Kínomban elröhögtem magam. – Én nem pozitív értelemben lepődtem meg, de ne stresszeld rajta magad. Majd ha lesz annyi fölösleges pénzünk, akkor valahogy helyrehozzuk a dolgot, bár nem tudom, hogy milyen szín lenne az, ami ezt a förtelmes feketét eltakarja. De egyet mondok, amit örülnék, ha megfogadnál jó tanácsnak: A fürdőt és a wc-t hagyd békén. Az nem érdekel, hogy a saját szobáddal mit kezdesz, de legalább két értelmes színű helyiség hadd maradjon a lakásban!
- Most tényleg nem tetszik?
- Úristen, B! Szerinted ki fest egy amúgy is fénytelen helyiséget *feketére*? Melyik lakberendezési magazinban látsz te ilyet manapság? Mert én egyikben sem! A neonzöld meg az előszoba rikító sárgája pedig kiszúrja a szemem! A fürdőt milyenre tervezted? Hupililára? A wc-t meg libafoszöldre? Esetleg pont fordítva? – kérdeztem idegesen.
- A fürdőt pinkre, a wc-t szintén feketére – felelte felháborodott hangon.
- Hát, az remek lett volna! Barbie-baba fürdőszobája mellé egy denevérbarlang. De jó ötlet! Ha csak egy kicsit is tekintettel szeretnél lenni arra, hogy nem egyedül élsz ebben a lakásban – legalábbis egyelőre –, akkor a maradék helyiségeket hagyd úgy, ahogy

vannak. Habár az, hogy a saját szobáddal mit kezdesz, nem igazán érdekel.

– Hát, csak hogy tudd, én jót akartam, de ezzel a maradiságoddal el is vetted a kedvemet a lakásfelújítástól! – vetette oda, majd visszazárta az aktuálisan használt festékesdobozt, és dúlva-fúlva bement a szobájába, hogy átöltözzön.

– Akkor van Isten! – kiabáltam utána, reflektálva az előbbi megszólalására. A konyhában szétnézve még mindig a szívinfarktus kerülgetett, de azt sem tudtam, hogy hogyan fogok tudni elaludni egy olyan idegesítő színű szobában, mint amilyen az enyém lett. Ráadásul, ha szellőztettem, csak a hideg levegő tódult be megállíthatatlanul, de a festékszag nem akart távozni. Nem véletlenül szokták az ilyen munkákat nyárra hagyni, de úgy tűnt, hogy a pasimnak teljesen elment még az a maradék józan esze is.

– Tényleg ennyire nem tetszik? – kérdezte egy fél óra múlva, amikor már tiszta ruhákban oldalgott elő a szobájából.

– Tényleg – sóhajtottam fel. Veszekedni már nem igazán volt kedvem.

– Pedig én csak jót akartam, Luca. Eszembe jutott, hogy múltkor azt mondtad, egyhangú a lakás, és most gondoltam, meglepek, mire hazaérsz.

– Máskor kérdezz meg!

– De akkor oda a meglepetés.

– Nem az a lényeg, hogy tudok-e róla, hanem hogy aztán jól is érezzem magam. Így most, nem túlzok, tényleg olyan lesz, mintha a pokolban kellene folytatnom a mindennapjaimat. De ha kicsit is kikéred a véleményem, mondjuk, minimum a saját szobám színével kapcsolatban, akkor már előrébb lennénk. És nem lett volna utolsó dolog esetleg akkorra hagyni a felújítási hullámot, amikor jobb az idő. Meg fogunk fulladni a festékszagtól!

– Engem nem zavar – vonta meg a vállát.

– Jaj, B! Még nem egyedül élsz ebben a lakásban.

– Hogy érted azt, hogy még nem?

– Ennyire nem tiszta? Szerinted van értelme a végtelenségig húzni egy nem működő kapcsolatot?

– De hát én igyekszem! Nem látod?

– Jézusom, B, értékelem! De akkor sem találjuk meg a közös hangot, semmiben. Én elfogadom, hogy neked tetszik így a lakás, és ez az ízlésed, de nem gondolod azt, hogy akkor keresned kellene egy olyan valakit, aki ugyanígy gondolkodik a világról?

– Jó, akkor fessük vissza – jelentette ki úgy, mint aki teljesen elengedte a füle mellett az előbbi monológomat, pedig annak ellenére, hogy kellemetlen témákat feszegettem, nemcsak magamnak, hanem neki is jót akartam.

– Ez nem csak ennyin múlik – csóváltam a fejem csalódottan. – Nemcsak a szobák színében nem tudunk megegyezni, hanem szinte mindenen vitatkozunk. Semmiben sem találjuk a közös hangot! Én tényleg nagyon hálás vagyok neked, hogy annak idején

idefogadtál, megmentettél az albérlet-keresgéléstől, de bebizonyosodott az idők során, hogy nem lett volna szabad ennél tovább lépnünk, párkapcsolatot erőltetnünk.
– Ha elhagysz, én megölöm magam!
– Jaj, B, én nem akarok neked rosszat, és nem is azt mondtam, hogy el akarok költözni – visszakoztam. – Csak azt, hogy amit jelenleg erőltetünk, az nem működik.
– Pedig azt hittem, hogy te nem vagy olyan lány!
– Jó, igazad van, nem vagyok – hagytam rá a témát, mert éreztem, hogy nem igazán fogok vele dűlőre jutni. Ha valaki nem akarja megérteni azt, amit mondani akarok neki, akkor ott nincs min vitatkozni, mert csak egy meddő szóváltásnál fogunk kikötni, ahol mindketten a magunk igazát fújjuk.
– Na, örülök, hogy egyetértünk – mondta B olyan érzéketlenül, hogy néha még mindig meglepődtem rajta. Valahogy nem tudtam elhinni, hogy létezik ennyire nagy játékos, mint ő. Mindenki imádta, a társaság középpontja volt, de közben meg olyan szinten hiányzott belőle az empátia, hogy kezdtem kapiskálni, hogy miért nem volt barátnője akkor sem, amikor megismerkedtünk.
– Rendben.
– Kérsz vacsorát? – kérdezte úgy, mintha az előbb csak az időjárásról társalogtunk volna.
– Nem, köszi. Teleettem magam.
– Hol voltál?
– Egy barátommal a Hadikban. És mivel meg is éheztem, nem csak kávéztunk.
– Lecsó se éhes?
– Mióta érdekel téged a macskám? – kérdeztem meglepetten.
– Most még az is bajod, ha próbálok odafigyelni arra, ami számodra fontos? – kapta fel a vizet.
– Nem! Dehogyis, csak olykor nagyon furán viselkedsz, ezért kérdőjelezlek meg néha.
– Én tényleg igyekszem mindent megtenni érted, Luca, de te semmit sem értékelsz, és aztán még engem vonsz kérdőre – vágott vissza B idegesen. Sajnos ő akármennyire is azt mondta, hogy igyekszik helyrehozni a kapcsolatunkat, minden arra utalt, hogy zátonyra futottunk.
– Jó, figyelj rám!
– Mindig azt teszem. – Ezen a feleletén csak röhögni tudtam volna, de nem akartam már tovább feszíteni az idegeit.
– Ezután én is megpróbálom majd jó irányba terelni a viszonyunkat, csak mivel már hozzászoktam, hogy mindenből vita van, nehéz lesz ismét türelmesnek lennem. Esetleg számíthatok arra, hogy olykor, mielőtt azonnal rám robbannál, elszámolsz tízig, és hagyod, hogy elüljön a haragod?
– Szerintem ilyen esetekben nem nekem kellene tízig számolnom, de legyen, ha csak ennyin múlik.

– Kösz! – vetettem oda, mert nem tudtam kedvesebb lenni. Egyszerűen annyira felhúzott, hogy úgy válaszolgat, mintha egyiptomi fáraó lenne, s a trónján ülve osztogatna parancsokat és ítéleteket.

– Átjössz aludni? – kérdezte.

Eléggé csábító volt most az ajánlat, mert elmondása szerint a másik szoba nem lett átpingálva, így ott nem fenyegetett sem idegesítő szín, sem elviselhetetlen szag, de a másik oldalról ott volt az, hogy egy ilyen emberrel nem akartam közös – ráadásul egyszemélyes – ágyban aludni. – Nem, bocsi.

– Elviselhetetlen tudsz lenni, Luca!

– Szerintem nekem lesz rosszabb éjszakám. Én fuldoklom, neked meg lesz egy csomó helyed.

– Nem akkor alszom kellemesen, ha el tudok nyújtózni, hanem annak örülnék, ha átölelhetnélek.

– Nagyon romantikus, de nem szeretem, ha gúzsba kötnek alvás közben. Még, ha veled aludnék, se örülnék az ölelgetésnek.

– Nem könnyíted meg a dolgom – állt fel, arra készülve, hogy otthagyjon.

Mikor magamra maradtam, levettem annyi fóliát az ágyamról, hogy elérjem a takarót, és Lecsóval együtt le tudjak feküdni aludni. Bár nem sokat pihentem az éjszakából, mert félóránként, ha már nagyon fulladoztam, mindig igyekeztem alaposan kiszellőztetni, hátha javul a helyzet, de nem igazán lett jobb, még egy hajszálnyit se. Lecsó is furán vette a levegőt, neki se jött jól ez az elviselhetetlen szag, pedig azt hittem, hogy a macsekok többet bírnak. – Tarts ki, reggel lelépünk itthonról – vigasztaltam, bár nem tudom, hogy erre neki vagy nekem volt-e inkább nagyobb szükségem. Soha nem volt még ennyire csábító a kora reggeli próba, bár arra meg mertem volna inni a kénsavat, hogy használhatatlan leszek. Nem jött a szememre álom egész éjszaka, mert felváltva fulladtam vagy hányingerem volt kaparó érzéssel a torkomban. Nagyszerű! Még egyszer alaposan köszönetet fogok mondani ezért B-nek. Ja, nem!

*  *  *

*Az esőkabátos férfi elképedve állt az éjszaka közepén a festékszagú lakásban. Nem először jött már be hozzájuk, amíg aludtak. Szeretett bejárni ebbe a lakásba. Megnyugtatta a gondolat, hogy amíg a fiatal pár alszik, ő vigyáz rájuk. De akár bánthatná is őket. Kizárólag az ő döntésén múlik, hogy mi lesz velük.*
*– Mi nem tetszik Lucának ebben a festésben? – kérdezte magában hüledezve. Szerinte nagyon is kreatív, művészi hajlamra utaló döntés volt ilyen színeket választani a felújításhoz. A neonzöldet kimondottan fiatalosnak, a konyhában a feketét pedig bátor döntésnek gondolta. – Mi ütött ebbe a lányba? És még ez nevezi magát művésznek? Inkább örülne, hogy a párjának ennyire egyéni, kifinomult ízlése van!*
*A férfi elővette a zsebéből a borotvakést, lassan kinyitotta, és végigsimított a pengén. Nem az élén, csak a lapos oldalán, hogy nehogy megsebezze vele magát. Egy pillanatra végigfutott az agyán, hogy álmában megvághatná vele a lányt. Lehet, hogy azt, ahogy a saját spriccelő vére a falon vörös csíkokat húzna a neonzöldbe, művészibbnek tartaná a jelenleginél. Talán az ő ízlését jobban értékelné, mint a párjáét.*
*De aztán meggondolta magát, és halkan összehajtva eltette a kést. Úgy döntött, nem ez a megfelelő megoldás. Legalábbis egyelőre még nem. Máshogy fog segíteni rajtuk. Óvatosan odalopakodott a konyhában a szerszámosszekrényhez, halkan kinyitotta, lehajolt, és kivett az aljából egy tekercs bontatlan szigetelőszalagot. Halkan beóvakodott B szobájába, és letette az éjjeliszekrényére.*
*A férfi remélte, hogy „barátja" – ő magában ekképpen gondolt B-re – érteni fogja a célzást, és használja majd a ragasztószalagot arra, amire kell.*

## 12. „Felebarátnak még jó lehet"

Ahogy reggel kinyitottam a szemem, rögtön sokkot kaptam a neonzöld falaktól – pedig elvileg a szimplán zöld falak nyugtató hatásúak – a rikító sárga előszobáról pedig már ne is beszéljünk, a konyhától egyenesen hányingerem volt. A festékszagot is szörnyűnek találtam – nem tudom, hogy tudtam egyáltalán elaludni este.

Úgy lógtam meg ismét otthonról, hogy B észre sem vette. Nem tudtuk már rendbe hozni a dolgokat, hiába próbáltunk felváltva tenni érte. Összedolgozni már képtelenek voltunk. Habár utóbb belegondolva, azt sem tudom, hogy miért akartam egyáltalán bármit is rendbe tenni, hiszen nem is volt köztünk semmi. Olyan dologért igyekeztem küzdeni, ami nem létezett, csak azért, mert B homályt vetített a szememre, amely által vak voltam, s közben mégis azt hittem, hogy a tökéletes valóságot látom.

– Srácok, csajok! Egy kis figyelmet kérek! – tapsolt össze minket Jani még egyszer utoljára a próba végén. – Tudom, hogy még nem mi ünneplünk, de kaptunk egy meghívást holnap estére. Premierbuli! A Tháliában! Szerintem ezt az alkalmat nem kellene elszalasztanotok, mert sok jó összeköttetésre tehettek szert, ami még a későbbiekben bizony hasznotokra válhat. Ugye ott lesztek? – kérdezte, mire mindenki egy hatalmas „igent" kiabált.

Én is örültem neki, mert már nagyon éreztem, hogy ki kellene törnöm B mellől. – A macskát, légyszi, legalább oda ne hozd – szaladt oda hozzánk Lia. Mondanom sem kell, Lecsó őt se nagyon bírta, ahogy Lia sem a cicámat.

– Jó, találok valakit, aki arra az időre vigyáz rá – adtam be a derekam.

– A pasid miért nem felügyeli, ahogy korábban? – Ha nyilvános lett volna a B-vel fennálló balhé, akkor most elmagyaráztam volna a rendezőasszisztensnek, hogy miért nem, de így csak titokban hányingert kaptam ettől a kérdéstől.

– Aha, valóban vigyázhatna rá ő! Csak ez a szőrgombóc kicsit jobban hozzám nőtt mostanában – hagytam rá a dolgot.

Hazaérve B mosolyogva fogadott, de olyan fura volt ez a majdnem természetes vonal az arcán, hogy borzongás futott tőle végig a gerincemen. Mindegy, igyekeztem elhessegetni magamtól ezt a rossz érzést.

– Hogy vagy, Luca? Jó napod volt? – kérdezte. Az utóbbi időben már mindig rosszat sejtettem, amikor jópofizni próbált, de azért készségesen válaszolgattam az általános kérdéseire, gondolván, sosem lehet tudni.

– Most épp minden rendben – feleltem, s ez a külsős dolgokra igaz is volt. – Meg vagyunk hívva az osztállyal a holnapi premier utáni ünneplésre a Thália színházba.

– És elmész? – Meghökkentem a kérdésén.
– Hát, persze, hogy el! Úgyis van az a csini ruhám, tudod, azzal a sok flitterrel meg szelíd fodrokkal.
– Öhm, igen – húzta a száját.
– Valami baj van? – kérdeztem.
– Ja, nem, nem, biztos csini leszel.
– De hiszen már láttad rajtam! – küldtem felé egy bizonytalan, s éppen annyira hazug mosolyt. – Biztos nehéz lesz most a festés miatt előszedni, de üsse kő.
– Szólj, ha megtaláltad! Ööö... szívesen látnám rajtad újra.
– Figyelj, B... biztos nincs baj?
– Már miért lenne? – tördelte a kezét.
– Nem is tudom, hogyan fogalmazzak finoman, de elég furán viselkedsz.
– Ja, hogy az! Csak nagyon elfáradtam tegnap a szobafestésben, tudod...
– Sajnálom, drága, tényleg kár volt a fáradozásért – mosolyogtam kelletlenül.

Bementem a szobámba, lerántottam a fóliát a szekrényemről, és elkezdtem böngészni a felvállfázott ruhák között, de azt, amit emlegettem, nem találtam sehol, pedig azon kívül csak régebbi alkalmik lógtak bent, és nem akartam volna olyat felvenni, amit a csoporttársaim már egy csomószor láttak rajtam.

Gondoltam, adok még egy esélyt a dolognak, és bementem B szobájába is. – Mit keresel a szekrényemben? – szegezte nekem azonnal a kérdést.
– Mivel az enyémben nincs az a ruha, amit fel szeretnék venni, ezért itt is megnézem.
– Kár is törnöd magad, Luca, az én szekrényemben biztosan nincs! – jelentette ki kategorikusan.
– Jó, jó, de akkor hol van? Biztos te is emlékszel rá!
– Melyik ruha is az?
– Jaj, B, ne játszd itt a hülyét! Tudod, az az ezüstös!
– Ööö... Jaj, sajnálom, Luca, tényleg! – váltott bűnbánatos arckifejezésre.
– Mit sajnálsz? – ment bennem azonnal magasabbra a pumpa.
– Tegnap, amikor festettem, előtte pakolásztam a szekrényedben, elöl maradt a ruha, festékes lett, ki akartam mosni, és összement, aztán kidobtam... De azóta már elvitték a konténert, nem találnád meg! – hadarta gyorsan el a történetét. Nagyon nem volt hihető. Azt hittem, hogy menten felrobbanok.
– Hogy tehetted ezt?! – dörrentem rá.
– Véletlen volt! – mentegetőzött.
– Véletlen? Ennyit tudsz csak mondani? Nagyon szükségem lett volna még arra a ruhára! Holnap egy nagyszabású partira megyek, ahol megalapozhatom a jövőmet! Most szerinted mit vegyek fel? – Sírni tudtam volna idegességemben.

– Talán nincs másik ruhád? – kérdezte ő is dühösen. – Egyébként is! Kezdek arra a következtetésre jutni, hogy igaz az, amit kamuztam korábban azoknak a hülye anyádéknak, csak azért, hogy kopjanak már le rólad! Lehet, hogy tényleg igazam volt, és előre láttam, hogy egy ribanc lesz belőled! Fontos parti? Nagy színházban? Ki akarod csípni magad? Hát miért mész te oda, ha nem azért, hogy bepasizz?

– Színésznő leszek, ha nem fogtad volna még fel! És ez nem egy olyan szakma, amit két éve találtak ki. Telített, ez igaz, már akkor is tudtam, amikor megkezdtem a tanulmányaimat! Szükségem van arra, hogy megismerjenek az emberek, és tudjanak a létezésemről! Mégis mi bajod ezzel? Te sem tartod tisztességes munkának?

– Szerintem minden vagy te, Luca, csak tisztességes nem! – indult meg felém B, aztán az utolsó pillanatban megtorpant, pedig már lendítette a kezét az arcom felé. Úgy megrémültem, hogy mozdulni sem tudtam. Végül csak hozzám vágta az első dolgot, ami a keze ügyébe került. Szerencsére ez nem egy nehéz, kemény tárgy volt, hanem csak egy díszpárna, de lelkileg akkor is nagyobb fájdalmat okozott, mint bármely valaha általam érzett fizikai kín.

Inkább átmentem a saját szobámba, lerogytam a fóliával félig letakart ágyamra, és rám tört a sírás. Körülbelül így érezhette magát bármely nép szegény polgára, akiket diktátor tartott rettegésben, ki tudja hány és hány évtizeden át. Most B is egyeduralkodóként gyakorolt hatalmat felettem, s amikor nem voltam kész meghajlani a szava előtt, éktelen haragra gerjedt, s nem ismert irgalmat.

Lecsó mellettem termett. – Hát megint te vagy az egyetlen vigaszom? – kérdeztem tőle szipogva. – Ígérem, már nem sokáig vagyunk itt, csak össze kell szednem a gondolataim, hogy miképp tudunk végleg kiszabadulni innen. Vissza sem fogunk nézni! Szerzek majd zsákokat, dobozokat. Csak holnap még el akarok menni arra a partira, hogy szakmai kapcsolatokat tudjak építeni, aztán belevágunk, ígérem – magyaráztam suttogva a macskámnak, hogy mi a tervem, de volt egy olyan érzésem, hogy ezt inkább magamban kell tudatosítani, nem pedig benne. Neki talán valójában teljesen mindegy volt, csak a saját érzéseim vetítettem ki rá. Szánalmasnak éreztem magam néha, hogy egy cicához beszélek, mert igazából másnak nem merem megvallani, hogy milyen borzalmas az életem, s hogy mennyire szükségem van arra, hogy letépjem a láncaim, és továbblépjek. Ez volt most már az egyetlen út, hiszen eljutottunk a tettlegességig. B már nem csak lelkileg tartott pokolban, hanem szép lassan áttért a fizikai bántalmazásra is, és még időben ki kell lépnem ahhoz, hogy ne érjen véget idejekorán az életem. Nem tudom, hogy miért engedtem elharapódzni a dolgokat, de épp itt volt az ideje annak, hogy változtassak.

– Nem hiszed el a ruhás témát, mi? – kérdezte B, hirtelen, kopogtatás nélkül belépve a szobámba. Azt hittem, mentem

szívinfarktust kapok, pedig kivételesen nem volt fenyegető a hangja, csupán érdeklődő.
– Látom, magadtól is rájöttél – szipogtam.
– Akkor hallgatlak, szerinted mi az igazság? Vádaskodj csak nyugodtan! Megöltem valakit, és most a holttestén van a ruhád? Vagy megerőszakoltam valakit, és annak adtam fájdalomdíjként? Mi az, amit el tudsz képzelni rólam, mondd csak! Rólam, aki segítettem rajtad, hogy ne kerülj utcára. Most már jó lenne, ha tiszta vizet öntenénk a pohárba, és tudomásomra hoznád, hogy milyen embernek gondolsz.
– Most meg miért csinálod ezt? – kérdeztem, mert már egyszerűen nem fért a fejembe, hogy miért kell tőle ennyi szörnyűséget elviselnem. Olyan dolgokat vetett fel opcióként, amiktől rettegtem, mely szituációk a legvadabb rémálmaimban merültek fel.
– Én már elmondtam, hogy mit gondolok rólad. Igaz, hogy nem jól cselekedtem, mert nem veled közöltem először, hanem anyádékkal, méghozzá, igen, belátom: orvul, egy levélben. Azt is felvállalom, hogy ez egy csúnya hátbatámadás volt tőlem annak idején. Viszont te sosem mondtad el, hogy mit gondolsz rólam. Még ennyit sem kaptam „viszonzásul". De mibe fogadjunk, hogy a hátam mögött fűnek-fának panaszkodsz, csak nekem nem mondod el a problémáidat? Pedig senki másra nem tartoznának, csakis kettőnkre. Most már én is ismerni akarom az álláspontodat. – B olyan kimért és tárgyilagos volt, hogy még annál is jobban rám ijesztett, mint amikor hozzám vágta a díszpárnát. Pedig a fizikai bántalmazásnál nem nagyon tudtam sokkal rosszabbat elképzelni, ahogy tegnap meglengette annak az előszelét. Most viszont rájöttem, van annál is kegyetlenebb: ha nem vesznek emberszámba, ha tárgyként kezelnek.
– Én, én nem gondolok rólad semmi rosszat... – nyökögtem kétségbeesetten.
– Hát, persze, Szent Luca vagy, mi? Te nem mondasz és nem gondolsz soha semmi rosszat senkiről... Ó, hát persze! Pedig biztos vagyok benne, hogy minden nyavalyás kis barátodnak, szeretődnek meg ki tudja még, kidnek, a pszichopata pasidként emlegetsz. Ők pedig nem tudják, hogy én csak azért vagyok frusztrált, mert neked semmi sem jó! Tehetek akármit, kidolgozhatom a belemet is. És ki tudja, hány hónapja, mióta együtt vagyunk, még egy érintésre sem vagy képes szexuálisan. Tudod, hogy ha ezt az ici-pici információt hozzátennéd, amikor rólam mesélsz, máris kicsit objektívebb lenne mindenki megítélése!
Nem tudtam, mi történt B-vel, de csak úgy fröcsögött belőle az indulat.
– De tudod, mit? – folytatta. – Nevezz csak nyugodtan mindenki előtt – s természetesen a hátam mögött – pszichopatának! Csak ne lepődj meg azon, ha egy napon úgy is kezdek el viselkedni! Remélem, majd akkor is olyan nagy lesz a szád. Én pedig jót fogok

rajtad nevetni, mert a porban fogsz előttem csúszni-mászni, kegyelemért könyörögni. Önként akarod majd széttenni a lábad, de akkor már késő lesz! És én szóltam... – hagyta félbe a monológját, aztán otthagyott a szobában.

Már valóban úgy viselkedett, mint amit emlegetett, ugyanis este teljesen normális volt, kedves, egy valódi úriember. Vacsorát készített, kihúzta nekem a széket, úgy kínált hellyel. Igaz, hogy csak az újonnan kifestett fekete konyhánkban voltunk, de úgy viselkedett, mintha valami nagyon elit étteremben vacsoráznánk éppen.

Ezzel még jobban megriasztott, mint a nemrég elhangzott, fagyosan, érzelmek nélkül elszavalt monológjával. Mások, ha ezt látták volna, azt hihették volna, hogy képzett színész. Szerintem még Jani se nagyon tudta volna róla megmondani, hogy nem végzett színészképzést, pedig ő aztán igazán profi.

Ekkor még nem tudtam, hogy ez a viselkedése minek az előfutára volt. Kár volt reménykednem abban, hogy időben meg tudok menekülni. Sajnos túl sokáig húztam az időt, s alaposan el is késtem. Az eddigi apróbb rengések csak előjelei voltak az igazi kitörésnek, amikor is fény derült arra, ki is B valójában.

Másnap robbant fel a B nevezetű időzített bomba, amikor készülődtem a Thália színházban megtartott premierbulira. Nem tudtam elrejtőzni a detonáció elől. B ismét nekem esett. Haragja olyan erővel söpört végig az összevissza mázolt lakáson, mint egy hurrikán, és élő ember nem tudott volna talpon maradni egy ilyen elemi erejű támadással szemben. B bizonyára egész életében az áldozatok erejét elszívva tartotta fenn magát, és bizony én voltam a soron következő. Csak azt nem tudom – őszintén homály fedi előttem –, hogy miért voltam ennyire vak? Rám nem jellemző az, hogy befolyásolni tudjanak. Pláne nem, hogy ennyire, és ilyen hosszú időn át...

## 13. „E bonthatatlan börtönt"

– Elegem van belőled! – rontott rám toporzékolva B, miközben az estére sminkeltem. Mostanra már teljesen ok nélkül voltak dühkitörései. Meg sem szólaltam, mégis nekem esett, de nemcsak szóval, hanem tettel is. Annak ellenére, hogy még mindig sovány volt, valami eddig nem ismert erő szállta meg. Elkapta, és hátracsavarta mindkét kezem, aztán kétszer körbetekerte a csuklóimat szigetelőszalaggal.
– Mit csinálsz velem, B?! – tört rám a sírás. – Miért nem beszélhetjük meg higgadtan? Mire kell ez? Miért teszed ezt? Mi a terved?
– Hallgass, különben a szádat is beragasztom, pedig nem terveztem! Ha nem kiabálsz, akkor azt legalább kihagyom. Megfojtani nem akarlak, bár nem is rossz ötlet! Ne hidd, hogy bárkinek is hiányoznál!
– Nem teheted ezt velem! – kiáltottam kétségbeesetten, de rémületemben elfúlt a hangom.
– Dehogynem, te kis kurva! Száz százalékig biztos vagyok abban, hogy megcsalsz! Nem tudom, hogy kivel, de ki fogom deríteni!
– Dehogy csallak meg, édes istenem, csak erről van szó? – kérdeztem riadtan, miközben a székre lökött, és erősen odakötözött. Megtehettem volna, de tényleg nem feküdtem le senkivel. Igaz vele sem, de másnak sem adtam oda magam, mióta nála laktam.
– Most már biztos nem fogsz, mert ott maradsz, te ribanc!
– Ne vegyél ilyen címszóval a szádra! – bújt elő a sértett női önérzetem még egy ilyen lehetetlenül veszélyes helyzetben is.
– Sért egy kis szidalmazás, de közben pénzért kefélsz a hátam mögött? Hát kit fogadtam én a lakásomba? Ha legalább bevallanád, megkímélnélek!
– Nincs mit bevallani!
– Á, szóval még mindig makacskodsz! Akkor elmegyek, megkeresem, és még majd eldöntöm, mit kezdek vele! Ne hidd, hogy nem találom meg! Ha addig élek is, megtudom, hogy ki az, és még az ükunokája is megemlegeti, amit kap! Nem fogom tűrni, hogy vígan élje világát, miközben galádul elvette tőlem a lehetőséget arra, hogy boldog legyek a barátnőmmel!
– De miért nem hiszed el, hogy nincs senkim?! – sírtam kétségbeesetten. Annak ellenére, hogy senkivel sem feküdtem le, már elkezdtem félteni a férfi csoporttársaimat is és a társulati tagokat, akikkel valaha is szóba álltam. Most már saját bőrömön is megtapasztaltam, hogy B milyen elvetemült tud lenni. Most már nemcsak Lecsót bántotta, hanem az engem körülvevő emberek ellen is fordult.

– Most még lett volna lehetőséged arra, hogy könyörüljek rajta! Ha mondtál volna egy nevet, és nem nekem kellene még nyomozgatnom is! Hát, végtére is megvolt a lehetőséged.
– De mondom, hogy nincs senki!
– Jól van, ismételgesd csak! Az a rühes macskád majd hallgatja!
– Nehogy bántani merészeld Lecsót! – kiáltottam kétségbeesetten, s próbáltam kirántani a kezem a kötelékből, de hiábavalóan. Felváltva vágott bele a kezembe a szigetelőszalag széle és a kötél. Fájdalmasan felszisszentem.
– Rá most nincs időm! Elő kell kerítenem azt a szemétládát!
– Mondom, hogy... – *nincs senki* – mondtam volna, de nem hagyta, hogy befejezzem. Visszakézből arcon csapott. Már nem jött ki hang a torkomon, csak némán csorogtak a könnyeim. Így néztem és hallgattam végig, ahogy kiviharzik az ajtón, becsapja maga után s a kulcszörgésből hallottam, hogy kettőre zárja. Úgy éreztem magam, mint aki börtönbe került.

Nem sokkal később, hogy B elment, Lecsó nyávogva ballagott elő a szobámból. – Ó, édes kiscicám! Nem tudlak most megszeretgetni – sírtam el magam újra hangosan.

A következő pillanatban Lecsó felugrott a kicsit távolabb, szemben lévő kanapéra. Azt hittem, hogy hisztiből teszi, mert nem kapott egyből simogatást, aztán rájöttem, hogy korántsem ezért. Unatkozott, és ilyenkor mindent képes volt játéknak titulálni. Most a mobilomat látta meg, amit azzal a lendülettel le is pofozott a földre. Máskor ráripakodtam volna, hogy összetöri, most viszont drukkolni kezdtem:

– Úristen, Lecsó, ügyes vagy! Erre lökd, a gazdi felé! Ne, ne az asztal alá! – siránkoztam. – Lecsó, kérlek, felém! Nézd! – mozgattam meg a lábfejem, ez persze elvonta a figyelmét, és inkább odaugrott ahhoz. – Neee... milyen macskát neveltem én? – Ekkor szerencsére rezgett egyet a telefonom, valami Facebook értesítés lehetett, de a lényeg az, hogy a mobil ezzel ismét felkeltette a cica figyelmét. És ekkor, mintha Lecsó ösztönből megérezte volna, hogy szükségem van rá, addig pofozta a telefont, míg az a székem mellé nem került. De túlságosan magasan voltam ahhoz, hogy felvegyem, arra pedig már tényleg nem tudtam volna rávenni a macskámat, hogy adja is a kezembe.

Hirtelen ötlettől vezérelve hintázni kezdtem a székkel, míg fel nem borultam. Tudtam, hogy később kék-zöld leszek, de most csak ez segíthetett. Nagy nehezen addig ficánkoltam, míg el nem értem hátul összekötözött kezeimmel a telefont. Hálát adtam az égnek, hogy annyit nyomkodtam nap mint nap, hogy nagyjából már tudtam, mi hol helyezkedik el. Most bajban lettem volna, ha le van kódolva, de nem volt. Kitapogattam, hogy hol van a hangerő gomb az oldalán, ebből tudtam, milyen irányba áll éppen. A képernyő jobb alsó sarkában volt a tárcsázó, találomra megnyomtam, majd valahova oda böktem, ahol a kilences számot sejtettem. Atos volt gyorshívóra állítva. Sikerült a hadművelet: a telefon a máskor idegesítő, most áldott ricsajával kicsengett.

– Halló, Luca, de jó, hogy hívsz! Már épp kérdezni akartam, hogy nincs-e kedved meginni egy kávét. Hadik? – kérdezte szokásos mosolygós stílusában Atos.

– Jaj, Atii! – sírtam el magam a hangját hallva. – Segítened kell! Meg fog ölni!

– Jézusom, Luca, hol vagy? Ki fog megölni? – kérdezte ijedten.

– B azzal gyanúsít, hogy biztos megcsaltam, és azért nem feküdtem le vele! Ati, segítened kell, meg fogok halni, ha nem teszed! Sajnálom, hogy korábban nem hallgattam rád, nagyon hülye voltam, bocsásd meg nekem! – Hullámokban tört rám a pánik, nem tudtam összefüggő mondatokban beszélni. Úgy éreztem, ha nem is a világnak, de az én életemnek egészen biztos elérkezett a vége.

– Jó, figyelj, Luca, először is, nyugodj meg… – mondta Atos, de közben hallottam, hogy az ő hangja is pánikkal telik meg.

– Hogyan nyugodjak meg? Meg fog ölni!

– Mondd a címet, odamegyek!

– De mi van, ha bántani fog? És be is zárt! Azt mondta, elmegy megkeresni az állítólagos szeretőmet.

– Vagyok én olyan erős, hogy betöröm az ajtót, és ha elment megkeresni azt, aki tulajdonképpen nem is létezik, akkor egyhamar nem ér haza. Ha mégis, akkor megvédelek! Az életemre esküszöm, ne félj, amíg engem látsz!

Bár remegett a hangom, gyorsan bediktáltam a címet. Közben kétszer is megakadtam, nehezen működött az agyam ilyen helyzetekben, de végül sikerült Atosnak a helyes lakcímet megadnom. – Az nincs is olyan messze! – mondta. – Most leteszem, mert indulok!

– Jaj, Ati, le ne tedd! Az egyetlen biztonságot most az jelenti nekem, hogy a vonalban vagy. Megőrülök, ha egyedül maradok! Lecsó is feszült.

– Rendben, Luca, nem kell aggódnod. Itt maradok, csak néha félre kell tennem a telefont, amikor jegyet lyukasztok, és így tovább. De máris indulok!

– Hova mész, Ati? – hallottam a telefonon keresztül, ahogy Angi faggatni kezdte.

– Lucáért!

– Tessék?

– Ne most, drágám! Baj van!

– Édes istenem! – hallottam, ahogy Angéla is felkiáltott, de már csukódott is az ajtajuk.

– Na, itt vagyok, Luca! Lélegezz mélyeket! – szólt hozzám ismét Ati.

– Próbálok, próbálok. Megkötözött! – sírtam el magam. – Megkötözött, Ati, és a földön fekszem!

– Tessék? Ez egy őrült! Már korábban is mondtam!

– Tudom – szipogtam. – Biztos vagyok benne, hogy meg tudna ölni. – Muszáj, hogy elhozzalak onnan. Egy percig sem hagyhatom tovább, hogy egy ilyen emberrel létezz egy légtérben. Utána pedig elmegyünk a rendőrségre, és feljelentjük! Ki tudja, hogy még kinek ártana, ha te meg is menekülsz tőle.
– Rendben.
– De hogy kerültél a földre?
– A... a telefont akartam felvenni, de... mivel megkötözött... hozzá ehhez a székhez, így nem volt más esélyem: önszántamból fel kellett borulnom, hogy elérjem. A hátam mögött volt a kezemben, amikor tárcsáztam... gyorshívón vagy egy ideje. Szinte... szinte éreztem, hogy szükségem lesz erre.
– Megyek, sietek! Késik ez a rohadt busz. Hát, nem tudják ezek, hogy életek múlhatnak a pontosságukon?! A picsába is, Luca! Csak két percre, de le kell tennem. Hívok inkább egy taxit! Azzal előbb odaérek. – Rettegve bár, de belementem, hogy néhány percre letegye a telefont. Feszült idegekkel vártam, hogy megcsörrenjen újra, s amikor megszólalt, akkor nagyon koncentráltam, hogy ügyesen húzzam oldalra a felvevő gombot. Érdekes, hogy máskor az ember rutinból teszi ezt, szinte oda sem néz, amikor pedig kényszerből kell anélkül tennie, hogy látná, akkor erős koncentrációra van szükség.
– Itt vagyok, Luca! Minden rendben? Már taxiban ülök, húsz perc, és ott vagyok! – hallottam meg Ati megnyugtató hangját.
– Húsz perc? Az nagyon sok idő! – A szívem a torkomba szökött, és ott dobogott tovább. Ha máskor hiányában lettem volna az adrenalinnak – mint például reggel, ébredéskor –, akkor most bepótolta a termelődést ez a hormon is. Olyan gyorsan vert a szívem, hogy esküdni mertem volna rá, hogy közel járok a szívinfarktushoz.
– Tudod, Luca, hogy hozzád képest a világvégén lakom – felelte Ati szomorúan.

Húsz perc most végtelenül hosszúnak tűnt ebből a lehetetlen perspektívából. Elfogytak a megnyugtató érvek, egyikünk sem tudott arra gondolni, hogy milyen lesz majd, ha elmúlik a veszély. Mindkettőnknek a lehetséges következményeken, történéseken, terveken kattogott az agya. – Nem hozhatsz magaddal sok mindent, attól tartok, nem lesz rá idő – rukkolt elő Atos az első megoldáselemmel, ami a költözéssel kapcsolatban hirtelen eszébe jutott. – Ruhából maximum egy váltást, tárgyakból a legfontosabbakat! Ami pótolható, azt ott kell hagynod! Tudom, hogy az embereknek költözéskor amúgy is fájni szokott a sok kikukázott dolog, megannyi emlék stb., de most nem lesz még annyi időnk se, mint amennyi legutóbb volt neked. – Ati próbált mindenre megoldást találni, és megállás nélkül beszélt. Két szempontból is hálás voltam neki: a hangja megnyugtatott, és ilyen helyzetben is tudott higgadtan gondolkodni. Irigyeltem ezért. Bár számomra is mindig könnyebb volt más problémáját megoldani, ellenben a sajátom mindig egy hegység súlyával nehezedett rám, s minden pillanatban azon volt, hogy lelkemet-testemet összeroppantsa.

A percek csigalassúsággal haladtak. Elegem volt. Lecsón is egyre inkább látszott a feszültség. Borzalmasan felpörgött, nyávogva rohangált összevissza az egész lakásban, mindenre felugrott. – Lecsó, kiscicám!

– Mit csinál? – kérdezte Ati, kihasználva, hogy talán egy kicsit el tudja terelni a figyelmem a pánikomról.

– Mindenre felugrál – panaszkodtam. – De megértem... – szomorodtam el ismét. – Átérzi, amit én érzek, és ez neki sem tesz jót. Állítólag azok a háziállatok, amelyek közel állnak a gazdihoz, megélik ugyanazokat az érzéseket.

– Hát, nem irigylem a cicádat – sóhajtott fel Ati. – De nyugodjatok meg mindketten, nemsokára ott vagyok! Már csak kilenc percet ír ki a GPS hátralévő időnek. Közeledem! Hányadikon laksz, Luca?

– Kilencediken! Csillag, kilenc-nyolc-kilenc-hét, csillag a kapukód! Ha felérsz, és kilépsz a liftből, rögtön a középen lévő ajtó, teljesen szemben – igyekeztem elmagyarázni. – Ki van írva az én nevem is az ajtóra. Még az elején, amikor... – kezdtem el mondani, de nem tudtam elmesélni, hogy B ajándékba szánt meglepetése volt ez számomra, mikor még normális volt. Atos félbeszakított:

– Inkább ne beszélj róla a szükségesnél többet. Őszintén megmondva, Luca, nem érdekel egy olyan ember, aki így kicsinált téged! És neked sem tesz jót...

– Igazad van.

...Pár perccel később.

– Luca, jó hírem van! Itt vagyok a ház előtt! Most fizetek, és már futok is! Tarts ki! Minden rendben lesz.

Habár Atos még nem volt fent a lakásban, mégis megnyugodtam, már a puszta jelenléte is ilyen hatással volt rám. Tudtam, hogy erős, hogy a barátom, hogy mellettem áll és megvéd. Már ennyi is elég volt ahhoz, hogy rendezettebben szedjem a levegőt.

– Megmenekülünk – suttogtam Lecsónak, és lehunytam a szemem.

Máris hallottam, hogy valaki babrál a zárral. Ezek szerint Ati nagyon gyorsan felért! Nem tudtam, hogyan fogja tudni kinyitni az ajtót kulcs nélkül, de annyira találékony ember, hogy simán kinéztem belőle, hogy még ezt is megoldja valahogy. Már nyílt is az ajtó, és nagy megkönnyebbülésemre ott állt...

– B?! – kiáltottam halálra váltan. Azt hittem, Ati ért fel ilyen hamar. De nem! B jött vissza, és egyszerűen csak kinyitotta a kulcsával az ajtót. – Mit keresel te itt?!

– Itt lakom – mondta nemes egyszerűséggel. Látszólag egyáltalán nem zavarta, hogy a földön heverek a megkötözött kezeimmel. Meg sem próbált felállítani a székkel együtt. Közben azon gondolkodtam pánikba esve, hogy mi lesz, ha most Ati is belép mögötte ugyanazon, a most már csak kilincsre zárt ajtón? Azonnal egymásnak esnek? Vajon melyikük az erősebb? Ati kisportolt, jó karban lévő negyvenes. B vékonyabb, fiatalabb, viszont őt adott esetben talán az őrülete hajtaná. El sem tudtam képzelni, hogy melyikük gyűrhetné maga alá a másikat, vagy melyikük lenne elég ügyes ahhoz, hogy harcképtelenné tegye ellenfelét.

– Elegem van belőled! – szólalt meg B dühösen. – Tudod te, hogy mekkora csalódás vagy nekem? Egyszerűen semmi sem elég jó neked, soha semmi nem elég! Elpakolom utánad a holmijaidat, mint egy túlhajszolt anya, mosok rád, mint egy feleség, beágyazok, mint egy bejárónő, és mindezért cserébe még szexet sem kapok, mint egy valamirevaló férj! Nem tűnt fel, hogy *kissé* sokat eszem?! Szerinted miért csinálom? Jókedvemben? Megint elkezdtem visszahízni! Ugyanolyan kövér leszek, mint régen, és ez mind a te hibád! Te idegesítesz annyit, hogy már kínomban nem tudok mibe menekülni. Mindig is kényszeres stresszevő voltam, és el sem tudom mondani, hogy annak idején mennyire nehéz volt erről leszoknom! Kínok kínját álltam ki, hogy leadjam a túlsúlyomat. És most megint jön vissza az egész, nézd! Néézd! – markolt saját hasába undorodó arckifejezéssel, és olyan erővel kezdte rázni, hogy még a mellei is belerengtek. Valóban felszedhetett néhány kilót mostanában. Nekem valahogy fel sem tűnt. – Megint hízok, dagadok, mint a disznó! Ismét gyötör a *kényszer*! Úgyhogy most már nem érdekel! Innentől nem töröm magam. Magadnak köszönheted ezt az egészet! – ordította, és odalépett a ruhásszekrényéhez. Dühödten kivágta az ajtaját, leguggolt, és vadul kotorni kezdett az alján.

– Mit művelsz? – kérdeztem tőle. – Mit keresel? Én nem raktam el semmidet. Az nem az én szokásom, már ne is haragudj. És miféle stresszevésről beszélsz? Korábban ezt sosem említetted. Azt hittem, csak szeretsz enni, ennyi az egész. Mit keresel ott a szekrény aljában? – kérdeztem ismét, most már egyre ijedtebben.

– Ezt! – mutatta fel diadalmasan. Egy összehajtott, rikító zöld színű, kopott valamit emelt ki a szekrény aljából. Megrázta, és az nyikorgó, csattogó hangot adva legördült, kibomlott, mint a sátorponyva. Először azt hittem, hogy az, de nem. Azért annyira nem volt nagy méretű. Bár B testalkatához képest ruhának akkor is túl nagynak tűnt.

Amikor teljesen kinyitotta, és az a valami felvette eredeti formáját, már rájöttem, hogy mi az: egy zöld színű, régi, nagy méretű, műanyag esőkabát.

Habár az a vacak egyértelműen túl nagy volt rá, B mosolyogva magára vette, begombolta, majd elégedetten zsebre vágta benne a kezét. Először azt hittem, hogy csak ennyi. De nemcsak pihentetni csúsztatta be a kezét a kabát zsebébe, hanem egyből elő is vett belőle valamit:

Egy csillogó borotvakést!

– VÉGE AZ ELSŐ RÉSZNEK –

ROBERT L. REED

# KÉNYSZER

## Második rész

# 1. „Bitang napok, kegyetlen kölykei az időnek"

Az iskolaudvar hátsókertjében felállított fémmászókáról nagy foltokban pergett le a barna festék, felfedve ezzel a csúnya hegesztési varratokat és a korróziót, amit az éveken keresztül elhúzódó hanyag karbantartás hagyott maga után. Egész nap tűzött rá a nyári nap forró sugara, amitől annyira felforrósodott a felülete, hogy égette a gyerekek kezét, ahogy fel akartak mászni a legfelső fokra. A csúcs a kiváltságosok helyének számított. Oda nem juthatott fel akárki. A kis ötödikesek még túl alacsonyak voltak. A hatodik osztályból viszont már akadtak olyanok, akik megpróbálták volna a mászást. De ők sosem mertek szembeszállni a hetedik és nyolcadik osztály legkeményebb srácaival, akik alanyi jogon igényt tartottak erre a mászókára, ami egyfajta hierarchiát testesített meg, egy felnőttek által érthetetlen szubkultúra alapköveként, amiért a gyerekek akár nap mint nap megküzdöttek egymással. Azon a délutánon Peti és a hetedik, valamint a nyolcadik osztályból verbuválódott barátai voltak a fémszerkezet csúcsán. Vigyorogva bámulták a testes, szemüveges kisfiút a homokozó mellett, akiről azt beszélték, hogy azért kellett megismételnie a hatodikat, mert az összes létező tantárgyból megbukott. Jókat vigyorogtak azon, ahogy ott ült a homokozó szélét jelző korhadt fadarabokon, és egy bottal rajzolgatott a homokba. A félig leragasztott szemüveg olyan nyomorult benyomást keltett a tokás, gömbölyű fejecskén, hogy a srácok le sem bírták venni róla a tekintetüket. Már csak azt nem értették, hogy a szikrázó napsütés ellenére miért tartja maga mellett azt az átlátszó, felnőtt méretű esőkabátot.

– Hé, Peti? Hogy hívják az új srácot?
– Valami Béla. Vagy Bence. Mit tudom én, nem is érdekel.
– Nézd már, milyen dagadt!
– Az semmi! Azt a félig leragasztott szemüveget nézd! Csórikám nagyon béna!
– Nézd az esőkabátot! Tuti, hogy zakkant.
– Kicsit túráztassuk már meg! Neki is meg kell tanulnia, hogy hol van itt a helye!

Peti elmélázva figyelte a srácot, nézte a barna bőrszandálból kilátszó csíkos zoknit, amit már beborított a hajnali eső miatt még mindig nedves homok. A zöld bársonynadrágja koszos volt, a térdeinél kivásott – biztos, hogy napok óta ebben járkál –, és a sárga pólója sem tűnt sokkal jobb állapotúnak. Ami még ennél is szánalmasabbá tette, hogy túlsúlya miatt a póló jóval a csípője fölé csúszott, így kilátszottak a derekán gyűrődő zsírpárnák, amiket hófehér bőre csak még hangsúlyosabbá tett. Jellegtelen barna haja

zsíros volt és hosszú, a nagyobbak hatodikból azt is beszélték, hogy a padtársa szerint még büdös is. Biztosan nem fürdik. Petit irritálta ez a szánalmas, homokba rajzolgató, két lábon járó szerencsétlenség. Undorította a fiú mássága: messziről ordít róla a tény, hogy nem ide való. Nem az ő iskolájába, ahol senkinek sincs joga ennyire szánalmasnak lenni.
– Tudod mit, Tibi? Neveljük meg egy kicsit! – Peti továbbra is mereven bámulta az új fiút, és érezte, hogy barátja közben gonoszan vigyorog rá a háta mögött, mert tudta jól, hogy most mi fog következni.
– Megverjük? – kérdezte Vera, aki már ötödikes kora óta Peti barátnője akart lenni, és a fiú is kezdte észrevenni Vera egyre kerekdedebb idomait. Tetszett neki a lány vagánysága, lófarokba kötött hosszú barna haja, és a rózsaszínű haspólóval kombinált szűk farmer, amit a lány gyakran hordott. Ő is tetszeni akart neki, és ez a kis csökevény egy újabb lehetőség volt arra, hogy bebizonyíthassa, nincs nála keményebb arc ebben az iskolában. Szerette fitogtatni hatalmát, ezért vágta oda az ellenőrzőjét is Anita néni asztalára, egy félig-meddig hangosan dünnyögött „Bassza meg" kíséretében, mikor az szaktanárit akart adni neki a matematikaórán bemutatott rendbontó viselkedéséért. Pedig ő csak a toll szárából kialakított köpőcsővel akarta nyakon lőni Tomikát, aki hangosan röhögött azon, ahogy a nyáltól ázó papírgalacsin a nyitott naplón landolt, és nem a fiú tarkóján. Nem is történt semmi, ez bárkivel megeshet, egyébként is csak móka volt. Be akarta bizonyítani, hogy ő nem fél senkitől. Vele nem lehet csak úgy szórakozni. Ő egy komoly, tizenhárom éves férfi, van barátnője, akit már látott meztelenül is, a cigit már egyenesen az anyja veszi neki, és az Ausztriában dolgozó apjának elég erősek a kapcsolatai, hogy olyan jövője legyen, mint senki másnak az osztályban.

A fiúk, Peti, Tibi és még két barátjuk, Verával egyetemben leugrottak a mászókáról, és a homokozó felé indultak. Ahogy egyre közeledtek Béla, Bence – vagy ki tudja, mi is a neve – felé, szinte érezték, ahogy lépésről-lépésre gyűlik bennük a harag. Ők nem akárkik, és itt most egy akárki a létezésének szánalmas tényével háborgatja az ő területüket.

– Mi van, debilkém?! Esni fog? – szólította meg Peti Balázst vagy Benőt, vagy ki tudja, hogy is hívjákot, mire a többiek harsány nevetésben törtek ki.

– A mama – nézett fel a kisfiú a hozzá lépő gyerekekre. – A mama azt mondta, mindig legyen nálam, mert sohasem lehet tudni, hogy mikor fog eleredni az eső.

– Esőember! Esőember! Fogyatékos! – kiabálták be többen is hangosan vihorászva.

– Miket rajzolgatsz te itt, öcskös? – nézett át Vera a fiú válla felett a homokozóra, mert ott még a béna kabátnál is valami viccesebb dologra lett figyelmes.

A homokba egy bottal rajzolt kis kép egy tengerpart melletti őrbódét ábrázolt, aminek tövében egy pálcikaember nézett a távolba: az egyik kezét csípőjére tette, a másikban pedig valamiféle hengeres tárgyat szorongatott. A háttérben, a nedvesebb homokban hullámokat ábrázoló mintázat volt kivehető. Az ábra szerint egy fuldokló alak sodródott a vízben, a kép alatt pedig egy felirat díszelgett:
– Mit írtál bele? Bayvach? – röhögött fel Peti. – Te nyomorék, azt nem így kell írni!
Peti kirántotta a rajzeszközül szolgáló kis botot a fiú kezéből, és átjavította a feliratot: „Baywatch".
– Így kell írni, te gyökér! Még ezt sem tudod?
– Biztos erre polírozza a répát a kis nyomi! – kiabálta be Vera hangosan röhögve, amin ekkor a fiú barátai is kacarászni kezdtek.
Peti megragadta a kövér fiú sárga pólójának nyakát, marokra gyűrte a vásott, megfakult anyagot, és annál fogva magához húzta a fiút. Gondosan eltervezte a mozdulatot, de nem számított arra, hogy tizenhárom évesen azért nem annyira könnyű szemmagasságig emelni egy túlsúlyos tizenkét évest. Ezért kicsit kibillent az egyensúlyából, és a menőnek gondolt koreográfia egy csapásra komikussá vált, ahogy tehetetlenül ráesett a kövér kisfiúra.
– A kurva anyádat, te hájas disznó! Szállj le rólam! – kiabálta Peti, de a barátai már mindkettőjükön nevettek, ami túl megalázó volt a fiú önérzetének. Felpattant, és hatalmasat rúgott a zsírpárnával borított hasra.
– Ez az, Peti, egy teli rüstöst! – kiabálta Tibi.
Bence vagy Béla – de akár Benő is lehetett – összegörnyedve feküdt a homokozó mellett, fejéről leesett a szemüveg, amit Vera vett fel a földről, míg barátja a kis szerencsétlent csépelte. A lány a fehér szigetelőszalaggal leragasztott szemüveget saját szeme elé helyezte, meggörnyedt, kezével pólója alá nyúlt, kinyomta úgy, mintha kövér lenne, és idétlen pofákat vágott. Barátai hangosan felnevettek, és egyre többen gyűltek köréjük élvezni ezt a nem mindennapi előadást.
– Mi folyik itt? – szakította meg a mókát Feri bácsi, aki egészen eddig szívesebben foglalatoskodott a cigarettájával, mint az udvarügyelettel. Ő is csak az egy kupacban tömörülő, hangosan vihogó gyerekseregre lett figyelmes, de azért azt a pár slukkot, ami még maradt a cigiből, elszívta, nehogy már egy kis rendbontás miatt el kelljen nyomnia egy majdnem fél staubot. – Mit csináltok itt?!
Peti felegyenesedett, és a tanár szemébe nézett.
– Feri bá, ez a kis szemét magára húzott, mikor én csak meg akartam nézni, mit rajzolt a homokba! Nem tehettem mást!
– Hallgass, fiam! – Feri bácsi szemügyre vette az új fiút, akinek a nevét még nem sikerült megjegyeznie. Valami „b" betűs, de nem akart kockáztatni. Mégiscsak szégyen, ha egy pedagógus nem tudja a saját diákjainak a nevét. Lehajolt hozzá, és a hónalja alá nyúlva felsegítette.

– Vigyázzon, tanár úr, nagyon büdös a gyerek! – kiabálta be valamelyik hatodikos, amin az összegyűlt tömeg hangosan felröhögött. – Tessék ám kezet mosni utána!
– Elhallgasson mindenki! Jól vagy, fiam? – Kérdésére Feri bácsi nem kapott választ, de a kis kövér fiú a hasát fogva bólogatni kezdett. Vera jó szándékának jeléül odanyújtotta a szemüveget a gazdája felé.
– Tessék, ezt elejtetted – mondta a lány, ami valamiért újabb heves hahotát váltott ki az összegyűltekből.
Feri mérhetetlenül unta már a gyerekek ostobaságait, belefáradt abba, hogy igazságos Mátyás király legyen. Aznap volt még négy órája hátra, és aztán mehetett a kettes busszal haza. Nem hiányzott neki még ez is, ezért gyorsan mérlegelte a lehetőségeit, ahogy végignézett Petin és az új fiún.
– Mindkét jómadár induljon az igazgatói iroda felé! Azonnal! A többieknek meg sorakozó! – Feri úgy gondolta, hogy szenvedjen vele az igazgatónő, ha már felvette ide ezt a kis szerencsétlent. Peti meg úgyis visszajáró vendégnek számított az irodájában. Oldja meg a nagyságos asszony a problémát, ő már túl öreg és fáradt ehhez a cirkuszhoz.

\* \* \*

Az ebédlőben már alig akadt hely. A tanári asztal üresen állt, de oda nem lehetett ülni. A gyerekek számára már csak a két hosszú, harminc főre tervezett asztalt tartották fent, de mindkettő tele volt. Az ebédeltetés gondos levezetését ezen a napon Margit néni kapta, aki szívesebben bámult ki az ebédlő ablakán át az utcát szemlélve, minthogy azt nézze, ahogy a gyerekek esznek. Egyébként is unta már a felesleges szónoklatokat az evőeszközök helyes tartásáról, a szürcsölés miatti leszidásokról már nem is beszélve. Megelégedett azzal is, ha a gyerekek nem hangos büfögéssel jelzik az ebéd utáni elégedettségüket.
Nemsokára kettőt ütött az óra, és Margit néni szerette volna elérni a kettes buszt. Ezt mindennél fontosabbnak tartotta. Már csak a hetedik óra utáni ebédlősök voltak hátra, az pedig nem sok, pár nyolcadikos meg hatodikos, és végre mehet haza. Időpontja volt a fodrászhoz, és este szerette volna megnézni a Szerencsekereket is, ami a kedvenc műsora lett. Jelentkezett is a játékra, mert nagyon vágyott egy kisebb nyereményre, amit a Keravillban elkölthetne. Amikor Peti és Vera beléptek az ebédlőbe, szívesen kizavarta volna őket, hogy nincs hely, de rájött, hogy minél több gyereket tessékel ki, annál tovább tart ez a végtelenül unalmas közjáték, ezért leültette őket a tanári asztalhoz. Unta már a gyerekek körülményeskedéseit, ezért, hogy időt nyerjen, saját maga sétált el a levest és a második fogást tartalmazó porcelán tálakért, és tette az asztalra Peti és Vera elé.

A hatodik osztályból kicsengetés után úgy rohantak ki a gyerekek, mintha puskából lőtték volna ki őket. A menzások az ebédlő felé vették az irányt, de mikor meglátták, hogy csontleves lesz és sóska, a legtöbben úgy döntöttek, hogy inkább hazamennek. Az új fiú nem akart hazamenni. Már az előző iskolájában is állandóan piszkálták a túlsúlya miatt, de akkor is szeretett enni. Mikor az anyja és az apja külföldre utazott, és őt a nagymamánál hagyták, az evés segített, hogy jól érezze magát. Nem értette, hogy a mama miért beszél csúnyán az anyukájáról és az apukájáról, miért használ olyan idegen szavakat, mint a dilisztálni vagy disszidálni. Akárhányszor erről volt szó, a mama dühösen csapkodni kezdett, amivel a papát is felidegesítette, pedig évek teltek már el azóta, hogy anyát vagy apát láthatta volna. El is csattant pár pofon, főleg ha a papa ivott egy kicsit. A fiú ilyenkor gyakran elbújt a kamrába, ahol a mama a lekvárokat és kolbászokat tárolta. Csak akkor volt baj, ha a papa megtalálta. Akkor kapott ő is.

A csontlevest és a sóskát ő sem szerette, de így legalább most nyert egy kis időt, mielőtt hazamenne. Az igazgatói figyelmeztetés a tájékoztató füzetében rányomta a bélyegét a hangulatára: félt, hogy mi lesz, ha a mama elkéri az ellenőrzőjét. Márpedig el szokta. Aztán a mama megmutatja a papának, aki pedig minden bizonnyal meg fogja büntetni.

A fiú belépett az ebédlőbe, ami tele volt diákokkal. Épp sarkon fordult, amikor Margit néni rákiáltott:

– Hé! Új kisfiú! Ne haragudj, de nem jegyeztem még meg a neved! Gyere ide, ülj le a tanári asztalhoz! – Hevesen integetett a fiúnak, és ujjával egy asztalra mutogatott, ahol Peti és Vera már a sóskát fogyasztották.

Bátortalan lépéseket tett az asztal felé, de ma már kapott egy igazgatóit. Nem szerette volna, ha a mai napon még valami kellemetlen esemény történik. Ideges volt, fejét leszegte, de felpillantott a már az asztalnál ülő párosra és azok gúnyos vigyorgására. Félt, hogy a délelőtti kaland még nem ért véget.

– Ülj le szépen! Egyél gyorsan, jó? Van még más is kint az ajtó előtt?

A fiú lassan kihúzta a széket, és helyet foglalt. Szemét végigjáratta az evőeszközökön, és meglepetten tapasztalta, hogy kés és villa is van, holott a mai menühöz bőven elegendő lenne egyetlen kanál is.

– Nincs más odakint.

– Jaj, az jó! Merj magadnak szépen, és egyél! – Margit néni visszafordult az ablak felé, és várta, hogy a gyerekek nekilássanak az ebédnek.

Peti Verára nézett, majd állát a mellkasához szorítva felszívta orrváladékát, amit aztán a csontleves táljába köpött. A zöldes váladék gusztustalanul elkavarodott a leves felszínén úszkáló zsírfoltok tengerében. Vera kuncogni kezdett.

– Csendben egyetek! – kiabált hátra a tanárnő, de meg sem fordult.

Peti odahajolt az új fiú arca elé, és odasuttogta:

– Edd meg a mocskot, te zsírdisznó!

A fiú enyhén megremegett. Egyszerre félt, és érezte, hogy a düh ott belül felemészti. Az asztal alatt ökölbe szorította a kezét, és elképzelte, hogy teljes erejéből a Verával összevigyorgó Peti képébe üt. Látta maga előtt a fiú arcát, hogy vér serken a kis orrból, ahogy fogak törnek ki, és ajkak repednek fel. Elképzelte azt is, hogy Vera haját megragadja, és a fejét beleveri a tálba, amibe a barátja az imént beleköpött. A szilánkok majd összevagdossák azt a csinos ki pofikáját, és egy életre emlékezni fog arra a napra, amikor őt bántotta. Elméjében egyre hangosabbá vált a nevetés, holott a két gyerek még a kezét is a szája elé tette, nehogy a tanár észrevegye vihogásukat.

Az új fiú lassan felemelte a kezét az asztal alól, és szinte öntudatlanul nem a kanálhoz, hanem a késhez nyúlt. Egy hirtelen mozdulattal a válla fölé emelte az evőeszközt, és teljes erejével lesújtott Peti kézfejére! A tompa, recés kés éle könnyedén szakította át a kézfejet borító gyenge bőrt, és tört utat magának a csontok között úgy, hogy az asztal lapjában megbicsaklott, és közel egy centiméteresre mélyítette a seb bemeneti nyílását. A fejes- és a horgascsont közt keletkező sebből spriccelő vér beterítette Verát és az új fiút is, akinek a szeme szinte kifordult az erőfeszítéstől, amit beleadott ebbe a borzalmas megtorlásba. Az üvöltés hatására a konyhában dolgozó szakácsnők kezéből kiestek a frissen elmosott tányérok, és az utcáig hallatszott a csörömpölés. Margit néni sikítva takarta el kezeivel a szemeit. Vera is hátradőlt ijedtében, és túllendülve a biztonságos ponton elesett a székkel, majd' szétverve a fejét a piros-fehér csempével borított padlón. Az üvöltésről nem lehetett eldönteni, hogy Peti vagy az új fiú adja-e ki magából, de az eddig békésen ebédelő gyerekek ereiben ennek hatására meghűlt a vér.

## 2. „Zűrzavar, bölcs és esztelen"

A nyári zápor szakadatlanul áztatta az utcát, és a szerteszét dobált cigarettacsikkek apró, fehér hajókként úszkáltak a járdapadka mellett kialakított lefolyók feneketlennek tűnő zuhatagjai felé. A nagy, szürke, klasszicista stílusban felépített épület homlokzatára megkopott, vörös betűkkel volt kiírva a „Megyei Pedagógiai Szakszolgálat", a magas bejárat előtt egy idősebb nő és egy esőkabátban csendesen nézelődő kisfiú várakozott. A nő újabb csikket pöckölt el, és idegesen az órájára nézett.

– Ezt jól megcsináltad, te kis mocsok! – reccsent rá a fiúra. A kemény szavak egy keményebb pofonnak ágyaztak volna meg, de a nyílt utcán a hölgy ezt nem szerette volna megkockáztatni. A kisfiú némán hallgatta az eső kopogását, próbálta elengedni a füle mellett az idős hölgy becsmérlő szavait. – Anyád jól kicseszett velünk! Az a céda! Majd ha hazaérünk, neféd' a papa ellátja még a bajodat! Egy veréssel ezt nem úszod meg! Ilyen tortúrát okozni nekünk, te kis utolsó szemét! Remélem, bedugnak valami intézetbe, és eltűnsz végre az életünkből! Tönkreteszel mindent, amihez csak hozzáérsz. Ezt érdemeljük mi? Ezt érdemeljük? Hallod?! – Megrángatta a fiú vállát, aki fejét elfordítva, tekintetét egyetlen távoli pontra szegezve csendben tűrte a mama kitörését, ami az elmúlt napokban többször is megesett. Nem tudta, hogy milyen lesz ez a vizsgálat. Kicsit félt tőle, ezért kezét ökölbe szorította, mély levegőt vett, majd lassan kifújta, ahogy az osztályfőnöke mondta az ebédlős incidens után. Nehezen emlékezett vissza a történtekre, csak ijedt, az igazgató asztalánál idegesen mászkáló felnőttek képe maradt meg benne, ahogy ki tudja, hova, ki tudja, kinek telefonálgattak az ő ügyében. A képsorok szakadozottak voltak, mint mikor vihar idején nézte a tévét, és egy filmből kimaradtak részletek a sistergés közben. Persze arra azért tisztán emlékezett, hogy milyen kemény a papa tenyere, ahogy a hófehér arcbőréhez ér, és ahogy a gyűlölt szemüvege a pofon lendületétől elrepül a nappali közepe felé. A fájdalomra is emlékezett, és arra a fémes, sós ízre a szájában.

\* \* \*

– Rajzolj nekem egy házat! – kérte a szemüveges, kissé pocakos, középkorú bácsi, és egy rajzlapot tett a fiú elé. Az arca kedvesnek tűnt, és végre nem mondogatta, hogy mit és miért kell megtennie, csak egy házat akar. Mást nem mondott. Hát, megkapja!

A fiú kezébe vette a grafitceruzát, és rajzolni kezdett. A férfi leült vele szemben a nagy íróasztalhoz, és papírokat nézegetett. Talán pont az ő pedagógiai jellemzését olvasgatta, vagy a jegyzőkönyvet, amit a történtek után azonnal elkészítettek.

Mikor elkészült a rajzzal, letette a ceruzát a lap tetejével párhuzamosan, amin dolgozott. A teremben, ami inkább hasonlított irodára, semmint tanteremre, a ceruza koccanása az asztal lapján kizökkentette a férfit, aki még mindig elmélyülten olvasgatta a kezében lévő papírokat.

– Kész vagy? – kérdezte a bácsi, de válaszul csupán hallgatást kapott, és egy fura tekintetet a leragasztott és kicsit elferdült szemüveg lencséi mögül.

Odalépett a fiú asztalához, elvette a kész művet, majd egy újabb üres lapot tett elé.

– Kérlek, rajzold le a családodat!
– De nekem nincs anyukám, én...
– Csak rajzolj, kérlek! – szakította félbe a férfi. – Rajzold le, amit szeretnél. Ahogy akarod, ahogy gondolod, itt minden megfelelő. Nincs jó vagy rossz. Csupán rajzolj. – A mély, kedvesnek azért nem mondható, mégis megnyugtató hang kioltotta a fiúban felébredő aggodalmat. Felvette a ceruzát, majd újra elmélyedt a munkájában.

A férfi leült a székbe, és tanulmányozni kezdte a házról készült rajzot. Megdöbbentette, hogy habár a fiú mellett egy bögrében színes ceruzák is voltak, ő egyiket sem használta. Csak a grafitot, amit jó erősen rányomott, ezért a vonalai inkább feketének tűntek, semmint szürkének. A házat két dimenzióban ábrázolta, holott ebben az életkorban már gyakori rajzoláskor a harmadik dimenzió kissé ügyetlen használata. A lap közepét sem sikerült eltalálnia, és a vonalak is távol álltak a merőleges és párhuzamos fogalmaitól. Felpillantott a fiúra, és a kezét nézte. A ceruzafogása nemcsak bizonytalannak, de teljesen rossznak bizonyult. Szinte rámarkolt az íróeszközre, akár egy fegyverre, nyoma sem volt a könnyed eleganciának, a precíz és finom kézmozdulatoknak. Finommotorikáról nem lehetett beszélni az ő esetében, ez inkább olyasminek tűnt, mintha fel akarta volna szabdalni a papírt egy képzeletbeli késsel. Minden mozdulatban ott volt a düh, az erő, és ahogy tanulmányozta a fiú mozgását, észrevette, hogy az a kézmozdulatok közben összeszorítja az ajkait és hunyorgat. Mintha fájna neki minden egyes ceruzavonás.

Újra a házat nézte, azt a fekete, ablaktalan valamit. Nem rendelkezett ablakkal, ezáltal külvilág sem létezett. Sőt, még ajtót sem rajzolt, olyan volt, akár egy fekete lélek, amiben nincs sem kijárat, sem bejutási lehetőség. Kémény sehol, hiányzott az otthon melege, nem volt udvar, sem hinta, csak a durva vonalak keszekusza hálózata, amik inkább börtönre, semmint házra emlékeztettek.

A ceruza koppanása jelezte, hogy elkészült az újabb rajz. A férfi megnézte, majd letette a házikót ábrázoló képet az asztalkára, majd újabb fehér lapot vett elő.

– Most kérek szépen egy kígyót, egy fát és egy napocskát is!
– Ilyet hittanon is kellett! – kiáltott fel a fiú.

A férfi elgondolkodott, hogy milyen gyorsan asszociált a gyermek a bűnbeesésre.
– Szereted a bibliai történeteket?
– Igen. Régen a mama sokat olvasott nekem belőle.
– Melyik a kedvenced?
– Ez. A kiűzetés a Paradicsomból.
A férfi elgondolkodott. A gyerekek a bibliai történetek közül a Dávid és Góliát meséjét szeretik a legjobban, vagy a Tékozló fiút. Olyat még nem látott, akinek a kiűzetés lett volna a kedvence.
– Ez most nem egészen olyan. Csak rajzolj, kérlek, egy kígyót, egy fát és egy napocskát!
A bácsi visszaült a székébe, és a családot ábrázoló képre nézett. Az alakok kissé zavarosak voltak, az ifjú alkotó teljesen szétszórta a lapon a szereplőket. Középen egy nagy, erős férfialak látszott, akit oldalról ábrázolt. Valami nagy kabátszerűséget viselt. A teste a kisebb fiúalak felé fordult, és a kezét, amiben valami élesnek tűnő tárgyat – esetleg egy régi borotvát – tartott, a levegőbe emelte. Szorosan mellettük egy női alak állt, erre utalt a hosszú haj és a szoknya. A kezei ennek a személynek is a levegőben voltak, mintha segítségért kiáltana. A lap szélein nagyon apró méretben egy férfi és egy nő. A rajzot vizsgáló szakembert meglepte a házhoz képest a kép ezen részének kidolgozottsága. Minden alaknak megvoltak az ujjai, a szeme, a füle és a haja. Ezeken a helyeken még színt is használt, egyetlen egyet: a pirosat. A kisebb, fiúalak szeméhez, orrához és szájához piros csíkokat rajzolt.
A ceruza újabb koccanása jelezte, hogy a gyerek elkészült a következő rajzzal is. A férfi az asztalhoz lépett, és ránézett a képre. A fiú ismét csak grafitceruzát használt. A fénylő nap apró volt, a lap felső sarkába helyezte, és két három sugár indult ki a közepéből, ami önértékelési zavarokra és meglehetősen alacsony számú szociális kapcsolatra utalt. A fa csak megerősítette ebben a gondolatában: a vékony, alacsony törzs, két-három ág, a lombkorona teljes hiánya szépen egybevágott az aprócska nappal. A kígyó kidolgozása viszont ismét meglepte a rajzot szemlélő embert. Az állat fején látszottak a szemek, és a szájából elővillantak a halálos méregfogak. A legtöbb gyerekrajzzal ellentétben az állat teste nem néhány enyhe hullámvonalból állt össze, hanem a pikkelyes izomtömeg agresszíven feltekeredve, támadó pozíciót vett fel. A férfi idegesen megnyalta a szája szélét, majd a fiú elé tette a kezében tartott családot ábrázoló rajzot.
– Itt középen az a kis fiúcska – mutatott rá a képen a pirossal összemázolt képű figurára. – Az vagy te?
– Nem – válaszolta a fiú hidegen. – Az a papa.

## 3. „Kire számíthatok, ha nem magamra"

A fiú elbújt a kamrában. Szándékosan nem kattintotta fel az ajtó melletti villanykapcsolót, ezzel is el akarta terelni a papa figyelmét, aki kezében nadrágszíját lobogtatva kereste őt az egész házban és az udvaron. Az sem zavarta, hogy odakint, ahogy fel-alá járkált, a nyári zápor már teljesen átáztatta a ruháját.

– Gyere elő, te kis szemétláda! – üvöltötte torka szakadtából, nem foglalkozott vele, hogy esetleg a szomszédok meghallhatják. – Szíjat hasítok a hátadból, te!

A gyerek összehúzta magát a kis helyiség sarkában, és remegett. Sejtette, hogy előbb vagy utóbb a papa meg fogja találni, és a mama nem fog a segítségére sietni. Miért is segítene? Hiszen ő is gyűlöli! Sokszor emlegette, hogy a fiú csak egy púp a hátán, egy istencsapása, de nem volt mindig így. Amíg anyáék itthon voltak, a mama sokszor mesélt neki. Felolvasott történeteket, olykor meg is simogatta. De ahogy a szülők eltűntek, egyre többet ittak a nagyszülők.

– Egész nap csak zabálsz, nézed a tévét, te kis szaros! Miféle ember lesz belőled, mi? – A dühödt ordítozás hangjai szinte már döngették az ajtót. – Olyan senkiházi leszel, mint az apád! Egy mocsok, léhűtő tróger!

A fiú a kilincs zörgéséről már tudta, hogy véget ért a bujkálás. Ahogy nyílt az ajtó, a papa háta mögötti fénycsóva reflektorként világított a kamra sarkában kuporgó gyermekre, aki ijedt képpel nézett fel az öregre.

– Hát itt vagy, te kis görény! Úgy gyűlölöm azt a szánalmas, kövér kis pofádat! Te kis idióta!

Jobb kezével erősen megragadta a fiú felkarját, és kivonszolta a kamrából, a másikban még mindig a nadrágszíjat tartotta. Elindultak a ház mögötti pajta felé, át az időközben teljesen felázott udvaron keresztül, és ebből a gyerek már tudta, hogy most komoly verés fog következni.

– Mit csinálsz, András? – kiabált utánuk a mama a teraszról, aki egész eddig csendben hallgatta csak az eseményeket.

– Megnevelem ezt a dilinyós kurafit, de úgy, hogy azt egy életre megemlegeti! – Az ég dörgése miatt a mama nem hallhatta, hogy „...még az se baj, ha beledöglik!"

Az öreg belökte a fiút a pajtába, aki elterült a döngölt padlót beborító szénaszálak között. A tetőről nagy cseppekben hullott alá az esővíz, ami utat tört magának a pala rései közt. A papa letette a szíjat, és feltűrte ingujját. Nekikészülődött a verésnek, amit mindig is a nevelés leghatékonyabb formájának tartott. „Csak le kellene baszni neki egy pofont!" – Hányszor megmondta a lányának, hogy így kellene nevelni. De nem. Csak kényeztették. Etették, itatták, élték a nagy életet. Új Lada a Merkúrból meg Balatonozás, aztán mikor a pénz elfogyott, leléptek a férjével külföldre, a kis disznót meg itt hagyták. Emlékezett az éjszakára, mikor a lánya sírva borult a nyakába: „Visszajövünk, papus!" – mondta, de az öreg tudta, hogy hazudik. Ő nem erre nevelte a lányt. Nem értette, hogy miért nem jó neki a Termelőszövetkezetben, mint mindenki másnak. Elvégre nem volt buta, akár irodában is dolgozhatott volna. Persze mit is várt, hiszen az anyja nevelte. A szép szavak a lányoknak valók, de még azok se hallgatnak rá. A fiúkat erővel kell átformálni. És most itt a lehetőség. Mellényét egy farönkre dobta, a mellé a vastag tuskó mellé, aminél borotválkozni szokott. A lavór hideg víz még mindig ott volt, ki sem öntötte, ahogy a régi Solingen márkájú, fanyelű borotvát sem tette vissza a bőrtokjába. A fiú felé fordult, és lenézett a földön szánalmasan heverő gyerekre. Arcán nem látszottak a könyörület legapróbb jelei sem, de az alkohol már vörös színűre festette a kegyetlen ráncokat, a nagy orrot és a keskeny ajkakat. Felvette a nadrágszíjat, és hatalmas lendülettel a levegőbe emelte, majd iszonyatos erővel lesújtott a gyermek testére.

A masszív bőrszíj végén lévő kemény fémcsat óriási erővel csattant a háton, a karon, a lábon és minden egyes becsapódást fülsiketítő sikítás kísért.

– Most megkapod, te idióta!

A gyermek próbált elmászni, amitől az öreg csak még dühösebb lett.

– Elmenekülsz?! Olyan dagadt disznó vagy, hogy a saját súlyodat sem bírod el! – És ütött. Újra és újra.

– András! – kiabált a mama, aki a pajta bejáratánál állt. – Fejezd be!

– Hallgass, asszony! Az a kurva lányod, az a ribanc nem nevelte meg. Ahogy te sem! Majd én férfit csinálok belőle!

A szíj újra a levegőbe lendült, és ezúttal a fejét találta el úgy, hogy a hurkás kis tarkót fedő lágy bőr azonnal felszakadt, és vér spriccelt a lassan átnedvesedő földre. A fiú nem mozdult.

– András, ha nem hagyod abba, én... hívom a rendőrséget!

A férfi dühös pillantást vetett az asszonyra.

– Hogy mit csinálsz?

– Azt mondtam, hogy hívni fogom a rendőrséget!

A férfi teljes testével a felesége irányába fordult. Lassan megindult a pajta bejárata felé, ahol a nő egyre idegesebben tördelte a kezét, így nem láthatta, hogy a fiú épp azt a rönköt nézi, amin a papa a borotváját hagyta.

– Ez az egész a te hibád! – kiabálta az asszonynak, majd tett egy lépést hátrafelé. – Ti, nők, elpuhítjátok a férfiakat!

A földön heverő fiú szemébe csöpögött az eső, és a fején keletkezett sebekből némi vér is. Észrevette a fatuskót, amin a papa borotválkozásra használt, zománcozott lavórja állt, s amiről már nagy területen lepattogott a máz. Ott volt mellette a borotva is, amit a fiú titokban gyakran nézegetett, ha a papa nem volt otthon. „Solingen, Made in Germany" A gyönyörűen megmunkált fanyélből elegánsan siklott elő a csillogó penge, amint kézbe vette. Rámarkolt a nyélre, majd felegyenesedett, és a pajta bejáratában álló két alakot figyelte:

A papa éppen képen törölte a mamát, aki nekiesett a pajta falának. Kiabált, de a gyerek már csak a szájmozgást érzékelte, füle csak egy egyre erősödő sípolást hallott. Megindult feléjük, kezében a borotvával. A férfi ütött és ütött, a fiú pedig közeledett.

A férfi teljesen beleélte magát a verésbe, észre sem vette, ahogy a jéghideg penge hátulról a bordái közé hatol. A gyors és erős vágás feltépte ugyan a fehér inget, ami a seb mellett tenyérnyi helyen vörössé vált, de azonkívül, hogy kicsit gyengültek az ütései, szinte nem is érzett semmit.

– Mi a bánat? – nézett hátra a válla felett a fiúra. – Neked meg mi van a kezedben?

Ahogy elfordult, akkor érezte meg a hirtelen testébe maró éles fájdalmat, és csuklott össze felüvöltve. Észrevette a mély sebből patakzó vért, és ahogy kezével megérintette oldalát, felfogta, hogy a pajta döngölt padlóját az ő vére öntözi.

Ahogy térdre esett, szeme egy vonalba került a fiúéval, aki még mindig a kezében szorongatta a pengét.

– B... – Nem volt már ideje kimondani a nevet. A borotva egyetlen gyors és pontos mozdulattal szelte át az idős férfi nyakát, és a hajszálvékony sebből azonnal ömleni kezdett a vér. A test előre dőlt, arccal a fiú lábai elé. A tekintete körbejárt a pajtán, és végül a mama eszméletlenül heverő testén nyugodott meg.

A gyerek kiment a pajtából, és a veranda felé indult. Esett az eső. „Az esőkabátot mindig fel kell venni, nehogy megfázzunk!" – A mama mindig ezt szokta mondani. A fiú felvette a felnőtt méretű, zöld kabátot, felhajtotta a csuklyáját, és a konyha felé indult. A konyhaasztalon észrevette a nagy kést, amit a mama a főzéshez használt. Kézbe vette, elmélyülten nézegette az éles pengét, majd ismét a pajta felé vette az irányt. A mama teste mozdulatlanul feküdt a bejárat mellett, de a fiú látta, hogy az asszony még mindig lélegzik. Az otthonkája már teljesen átázott, arcára nagy rögökben sárdarabok tapadtak, és a papa pofonjainak hatására néhány helyen fel is hasadt a petyhüdt bőr. Letérdelt a mama mellé, és egy darabig nézte, majd a két test közé dobta a kést. Nem tetszett neki a nagy és ormótlan penge, ezért inkább a borotvát vette elő a zsebéből. Kihajtotta, és a mamát bámulta. A borotvával rezzenéstelen arccal vágta el a ráncos torkot, amiből a vér az esőkabátra spriccelt.

„Nem is volt teljesen hülye az öreglány" – gondolta a fiú, hiszen a ráfröccsenő vér gyorsan összekeveredett a rájuk hulló esővel, és pillanatok alatt tisztára mosta a vízhatlan anyagot.

A borotvát visszahajtotta a nyélbe, zsebre tette, és úgy érezte, hogy végre szabad. Megkönnyebbült. Nincs többé ütleg, nincs többé kiabálás, nincs többé megalázás, nincs semmi, ami az útjába állhatna. Életében először úgy érezte, hogy igazán boldog.

\* \* \*

A fehér Lada 2107-es oldalán a kék sávba írt Rendőrség felirattal és villogó fényhíddal szinte megbabonázta a szomszédokat. Még azok is kimentek az utcára, akik egyébként nem is ismerték a családot. Körbeállták a járőröket, akik beültettek egy kisfiút a hátsó ülésre, és elhajtottak a főutcán. Egyre több rendőrautó és mentő érkezett a helyszínre, és a tömeg egymást túlharsogva kiabálta, hogy szerintük mi történhetett.

– Ittak ezek mind!
– Szegény gyereket verte az öreg!
– A Julis jól tette, hogy belevágta azt a kést! Én is agyonbasztam volna az uram, ha olyan lett volna, mint az András!

A járőr gondosan kifeszítette a rendőrségi kordonjelző szalagot a ház kapuja elé, hogy senki se jöhessen be az udvarra az illetékeseken kívül. Odabent a két holttest már fekete zsákokba helyezték, és azon gondolkodtak, hogy ideje lenne szétoszlatni a tömeget.

– Mi történt itt, százados elvtárs? – kérdezte egy bajszos, pocakos járőr, aki ebben a faluban élt, és látásból ismerte a családot.

– Gyilkosság, tizedes elvtárs – mondta Károly. – A férfi feltehetőleg bántalmazta a gyereket. Megvan a nadrágszíj, a fiú testén nagy valószínűséggel ennek a csatja okozta azokat a sebeket. – A bizonyítékot oda is fordította a tizedes elé, akit megrémített a nedves bőröv a csaton még látható megalvadt vérrel.

– Továbbá nyitva volt a veranda ajtaja – mutatott a pajtával szembeni épület felé. – A feleség minden bizonnyal innen látta, hogy a férfi veri a gyereket, és a pajtához sietett. Gondolom, kiabált is. Aztán dulakodtak. Az asszony a gyereket védte, a férfi meg erősen ittas állapotban volt. Ami azt illeti, a nő is bűzlött a pálinkától.

– És a kés? – kérdezte a tizedes.
– Gondolom, a nő hozta magával. Talán rá akart ijeszteni az öregre, vagy ilyesmi. Zűrös család volt ez, azt beszélik...
– Jól beszélik, százados elvtárs.
– Összevagdalták egymást. Ezt írjuk a jegyzőkönyvbe.
– És a gyerek?
– Szegény ördög... Nem lesz szép élete!
– Beviszik az őrsre?
– Már be is vitettem. Értesítettük a családsegítő szolgálatot, ma estére ott alhat az átmeneti otthonban. Aztán meglátjuk.
– Mi történt ezzel a világgal? – kérdezte a járőr inkább magától, semmint kollégájától.

– Új szelek fújnak, elvtárs.
– Új vizek...
– Új horizontok... – A két rendőr egymásra mosolygott. – Nem is tudtam, hogy szeret olvasni, tizedes!
– Remélem, azért *új kínok* nem jönnek, százados elvtárs.

Birkás Károly százados szomorúan nézte a két vérbe fagyott testet, és nem válaszolt. Szerette Adyt.

# 4. „Azt hittem, lehet a világon segíteni"

Ferinek mindig összeszorult a szíve, amikor felpillantott a Gyermekek Átmeneti Otthonának ablakait keretező vasrácsokra, ami nem a fiatalok szabadságát korlátozta, hanem megakadályozta őket abban, hogy kiolthassák saját életüket. Vagyis kísérletet tehessenek rá, hiszen kétemeletnyi zuhanást egy fiatal, életerős szervezet jó eséllyel kibír. Nem szerette, ha fiatalkorúakat kellett gondoznia, mert túlzottan megviselte a tény, hogy az ilyen gyerekek jó eséllyel sohasem fognak beilleszkedni az őket körülvevő társadalomba. Neki is rossz emlékei voltak az intézetekről, és hálával gondolt Mariannra, az ő gondozójára, aki embert faragott belőle, és nem hagyta, hogy elsodródjon az árral, mikor állami gondozásba került. A rácsokat figyelve mindig elkalandozott egy kicsit, nem is emlékezett rá, hogy mióta áll járó motorral a parkolóban. Csak most vette észre, hogy a Trabant 601-es olaj és benzin keverékének fojtogató, nehéz szaga elviselhetetlen ebben a kora reggeli hőségben, ezért elfordította a gyújtáskapcsolót, és véget ért a fülsértő berregés, amit gépjárműve szolgáltatott. A rádió elzárására már fokozottan odafigyelt, nem szeretett volna a lemerült akku miatt egy hosszúnak ígérkező munkanap után hazagyalogolni a szomszédos faluba. Nem először fordult volna elő. Kiszállt, és gyűlölte a tényt, ahogy az Anita által kézzel tisztára mosott fehér ingje a verítékben úszó hátához tapad. Mappáit már otthon gondosan rendszerezte, mindent a műbőr aktatáskájában hordott magával, amit nagybátyjától kapott a harmincötödik születésnapjára. A négyjegyű számzár Anita születésének éve volt, ezzel is szerette volna kimutatni, hogy mennyire szereti a menyasszonyát. Még munka közben is csak ő járt az eszében, ott volt vele minden mozdulatban és pillanatban. Elkészítette a gondozási lapokat, de akárhányszor a fiú történetére gondolt, görcsbe rándult a gyomra. Nekik sohasem lehetett gyermekük. Anita meddősége a mocskos élet kegyetlen játéka, hiszen ők annyira várták, és annyira megérdemelték volna azt, hogy életük egy csodás és egészséges gyermekben teljesedhessen ki. Mások sorozatban potyogtatják a világra az újszülötteket, akiket rettenetes körülmények között nevelnek – ha nevelnek egyáltalán –, és fel sem fogják, hogy a születés mekkora csoda, és értékelni kellene ahelyett, hogy egy óvatlan éjszaka esetleges nem kívánt következményeként kezelik. Gyűlölte az ilyen embereket, és azt, hogy érdemtelenül megkaphatták, amiért ők ketten bármit megtettek volna. Voltak napok, mikor azt is nehéz volt elfogadnia, hogy neki ilyen emberekkel kell dolgoznia. Úgy gondolta, hogy talán kezd kiégni.

Látta maga előtt Balázs vagy Bendegúz üres tekintetét, ahogy csak maga elé bámul a konzultációk alatt. Atyaég! Annyira ideges, hogy még a keresztnevét is elfelejtette. A motorháztetőn kinyitotta az aktatáskát, és papírjai közt lázasan keresgélni kezdett. Homlokáról egy verejtékcsepp a gemkapcsokkal összefogott lapokra hullott, amikor meghallotta Anna hangját:
– Feri! Már rég elkezdtük az esetmegbeszélést! Hol a francban voltál?
– Ne haragudj, Annus, tudod, a körforgalomnál megint dugó volt... – magyarázkodott Ferenc zavartan, majd úgy döntött, hogy inkább visszateszi a papírokat a táskába.
– Gyere hamar, nagy a baj!

\* \* \*

Kovács Ferenc levette szemüvegét, az asztalra helyezte, és izzadt orrnyergét kezdte törölgetni. Az asztalra helyezett hamutartó tele volt cigarettacsikkekkel, és a némaság csak tovább nehezítette a párás, füstös meleg levegőt.
– Nem ő tette! – kiáltott fel Ferenc, és szíve szerint az asztalra csapott volna, de visszafogta indulatait.
– Feri, nem volt senki más a szobában. Csak ő és Peti. Az ő íróasztala feletti parafatáblából hiányzott az összes rajzszög, amit tegnap éjjel a sebészeten kiszedtek abból a szerencsétlen gyerekből! Nézd meg a röntgenfelvételt, nézd meg mit tett vele! – Ágota, az intézet vezetője határozott mozdulattal vágta Ferenc elé a röntgenfelvételt, ami egyértelműen kimutatta a gyomorig eljutott apró, éles tárgyak kontúrjait. – Az éjszakás világosan elmondta, hogy vacsora után ő és Peti a szobájukba mentek, ahogy azt a házirendünk előírja. Nemsokkal később hallott valami kiabálást, de akkor nem tartotta elég fontosnak, hogy utánanézzen. Ez hiba volt, felelősségre is fogom vonni, de most nem ez a lényeg. Peti a fektetés után körülbelül egy órával vért hányt. Kitámolygott a szobából, és összeesett a folyosón. Ő még csak fel sem ébredt, nyugodtan aludt, míg szobatársa szenvedett. Itt a jegyzőkönyv is!
Ferenc elé csúsztatta a tűzőgéppel összekapcsolt lapokat, aki még mindig elmélyülten tanulmányozta a röntgenfelvételt.
– Ez a gyerek gonosz, Feri. Hidd el nekem!
– Milyen szakmaiatlanság ez, már ne is haragudjatok! – fakadt ki a férfi, és az asztalra csapta a kezében szorongatott felvételt. – Mi az, hogy gonosz? Miféle szakterminológia az ilyen? Nincs semmi bizonyíték arra, hogy ő volt. Lehet, hogy a Petike maga ette meg azokat a rajzszögeket, mert megint szökni akart, csak ezúttal nem úgy sikerült, ahogy eltervezte. Nem az első eset lenne, Ágota, te is tudod! Tavaly a lábujját törte el, és szökött meg két napra a kórházból! Sopronból hoztuk vissza! Ti is tudjátok, hogy hajlamos az ilyesmire. A másik pedig azért aludt, mert fogalma sem volt róla, hogy mi történik!

– Akkor mivel magyarázod a zúzódásokat a testén? A szája körül friss sebek vannak, a szemhéja is felrepedt!
– Azzal magyaráznám, hogy összeverte magát, miközben vonaglott.
– Te is tudod, hogy többször is verekedtek.
– Mert Petike állandóan csúfolta a szemüvege miatt, meg azért, mert kövér.
– Huh! – Ágota fájdalmasan felsóhajtott, és szorosan összezárta kezeit mellkasa előtt. – Ha hallanád magad! Az a baj, hogy te túlzottan sajnálod azt a fiút, és az is baj, hogy átlépted a határt, Feri! A kompetenciahatárokat sosem vetted figyelembe, de most túl messzire mész!
– Azóta utálod ezt a kis szerencsétlent, mióta idekerült. Ez az igazság, Ágota!
– Igazság?! Ferenc, te szakember vagy! Nem mutatunk érzelmeket a gondozottak felé, és pont most kéne észrevenned, hogy nem én vagyok szakmaiatlan, hanem te! Te mutatsz érzelmeket a fiú iránt, nem én. De akkor sem vagy az apja!

Ferencet az apa szó teljesen kifordította önmagából, felállt, és kiabálni kezdett:
– Nem, én nem lehetek apa! – Anita könnyes arca villant át a gondolatai között, mikor az orvos felállította nekik a diagnózist. – Családsegítő vagyok, és megteszek mindent, amit csak tudok azért a szerencsétlen gyerekért!

Ágota is felállt, olyan lendülettel, hogy feldöntötte a széket, amin eddig ült. Teljes erejéből az asztalra ütött, a hamutál a csikkekkel együtt a padlószőnyegre esett.
– A főnököd vagyok, és neked ezzel az esettel több dolgod nincs. Elveszem tőled, és Annának adom.

Ferenc az asztal lapján megtámaszkodott, fejét a vállai közé ejtve mély levegőt vett.
– Anna még túl fiatal – dörmögte fel sem pillantva. Próbált bármiféle kapaszkodót keresni, valami kis fogást a felettesén, hogy megtarthassa az esetet.
– Majd én eldöntöm, hogy túl fiatal-e, vagy sem. Ő kapja ezt az esetet, és javasolni fogom, hogy helyezzék el egy javítóintézetben. Te pedig elmész egy kis szabadságra. Hidd el, jót fog tenni! – A nő hangja nyugodt volt, és ott csengett benne a féltés, amit munkatársa iránt érzett. Jól tudta, hogy mi játszódik le Ferencben, hiszen elég régóta van a pályán, hogy észrevegye, ha egy munkatársa érzelmileg érintetté válik. – Feri, ha kipihented magad... – A mondatot nem tudta befejezni, mert a férfi kihúzta magát, és kirohant a tárgyalóteremből.

A szűk folyosó végén a lépcső egyenesen az átmeneti otthon szobái felé vezetett, melyek egy tágas, közös helyiségből nyíltak. Egyenesen a fiú szobájához sietett, a nappali műszakot teljesítő nevelőt szinte elsodorta, ahogy átviharzott a helyiségen, és benyitott. Kicsit félt, hogy esetleg vért fog találni a padlón, aggódott,

hogy a gyerek talán majd zavart lelki állapotban lesz, de a szoba üres volt.
– Hol van? – kérdezte ellentmondást nem tűrő hangon a nevelőtől.
– Nem tudom. Kint volt a folyosón, a tárgyaló előtt.
Ferenc izzadt hátával nekidőlt az ajtófélfának, és félig halkan, félig hangosan csak annyit mormogott maga elé, hogy „Bassza meg!".

\* \* \*

Az átmeneti otthon mögötti kis kertben a macska gerincét homorítva megfeszülten figyelte a fűben ugráló rigót. A fiú nézte a vadászatot, és nem szeretett volna arra gondolni, amiket az imént hallott. Ő nem akart intézetbe menni, nem értette, hogy miért nem hagyják már őt végre békén.

A macska a madár felé ugrott, és éles karmaival könnyedén szakította át a fekete tollak alatti gyenge bőrt. Fogait ösztönösen a rigó nyakába mélyesztette, miközben teljes testsúlyával áldozatára nehezedett. Egy kis vér fröccsent, és toll szállt föl a magasra nőtt fű rejtekéből. Ennyi az élet. Vannak vadászok és áldozatok. Ő nem akart áldozat lenni. Lassan odalépkedett a macska mellé, aki rá se hederített a fiúra, annyira lefoglalta magát a madár tetemének szétmarcangolásával. Az sem érdekelte, hogy az emberi kéz megsimogatta a hosszú, izmos gerincoszlopa mellett. A kis ujjak játékosan összeborzolták a szürke bundát, és kedves kis érintésekkel egyre feljebb kúsztak, egészen a nyakáig. Az eddig gyengéd cirógatás egyre erősebb szorítássá változott, a kisállat kezdett pánikba esni, és ijedt nyávogásba fogott volna, ha marad még egy kis levegője, amit apró tüdejéből ki bír préselni. Heves rángatózásba kezdett, de a szorítás egyre erősebb és erősebb lett, a fiú pedig teljes testsúlyával a macskára nehezedett. Érezte, ahogy a szőrös, puha testben valami összeroppan odabent. Élvezte a tompa reccsenés hangját, és azt a tudatot, hogy hatalma van élet és halál felett. Olyan ez, mint az előbb, amikor a macska volt a ragadozó, a madár pedig az áldozat. De a szerencse forgandó, most már ő a vadász, és a macska a vad. Nézte az állat szájából lassan csordogáló vért, amint a föld felissza. Örömöt érzett, az intézetet már szinte el is felejtette. Éhes lett, és egy pillanatra elszomorodott, mert félt attól, hogy ha elmúlik a pillanat, nem lehet többé boldog. Tudta, hogy több ilyen pillanatot kell még találnia az életben. Végül is mindenki a boldogságot keresi, nem igaz?

# 5. „Szakítsd, ami szakadni akar, mást úgysem érdemel"

Az intézet inkább hasonlított egy klasszicista könyvtárra, semmint börtönre. A kétemeletes épület ablakain szinte csak a rács jelezte, hogy a falak mögött nem könyveket rejtegetnek. Azokat nem szükséges sem ráccsal, drótkerítéssel, sem pedig telepített fasorokkal elzárni a külvilág fürkésző tekintete elől.

A fiú szobájának falán málladozott a tapéta, a sarkokban a gyakori beázások miatt a penész már felütötte a fejét. B egy ideig kis vonalakat karcolt a falra, ahogy a tévében is látta Belmondótól A profi című filmben, de két év után megunta, a nevelők pedig amúgy sem nézték jó szemmel a falak összefirkálását.

A rendszerváltás mindenkinek sok újat hozott. A nevek mögül elhagyták az elvtárs szót, az ablak rácsai között pedig egyre gyakrabban lehetett látni nyugati vagy japán autókat. Az igazgató urat is megcsapta a nyugat csábító szele, ezért is döntött úgy, hogy öregségére a kék Lada kombi szocialista romantikája helyett egy fehér Mercedes 190e nyugatnémet kényelmével kényezteti magát az intézetben lakó fiúk nagy örömére. Nem győzött válaszolni a srácok szakadatlanul érkező kérdéseire. Mennyivel megy? Mekkora a motorja? Mennyibe került?

Az öreg pedagógus nem vonult nyugdíjba, szerette vezetni ezt az intézetet, nem utolsó sorban jól is jövedelmezett neki ez az állás. Mire beért az irodába, már zúgott a feje a folyosón és az ablakokban zsongó fiataloktól.

A változásoknak köszönhetően a dolgozók új egyenruhákat kaptak, sőt egy Magyarországra költözött autógyár támogatásából egy számítógépes szobát is építettek. Új falfestésre azért már nem tellett, ezért ahogy a kamaszkor végén járó fiatal férfiak szokták, B képeket akasztott ki meztelen nőkről, elfedve a repedéseket, penészfoltokat és korábbi rongálásokat. A dohos szagot tovább rontotta a fiúk testének kipárolgása. Jácint az ágyán fekve a fal felé fordulva, önmagát egy takaróval elrejtve maszturbált, míg szobatársa a plafont bámulva gyújtott rá egy cigarettára a szomszéd sarokban.

– Siess már! Nekem is kell az az újság!
– Mindjárt! Mindjárt! – lihegte Jácint, majd heves zihálással a hátára feküdt, és lerúgta magáról a takarót. Boxeralsót és fehér pólót viselt. Vigyorogva fordult szobatársa felé: – Kapd el, Husi!

A Playboy 2000. márciusi számán pózoló Bíró Ica vadul repült a fiú felé, aki reflexből elkapta a levegőben, de a cigaretta kiesett a szájából.

– Tüzes a csaj, mi?

– Te hülye barom! Felgyújtjuk a szobát! – Kezével csapkodni kezdte az ágyra hullott parazsat, ami kiégette a plüss pokrócot, amin feküdt. – Baszd meg, Jácint, mekkora seggfej vagy!
– Verd ki, és menjünk vacsorázni. Meghalok az éhségtől!
A kövér fiú magára terítette a pokrócot, és letolta a melegítőnadrágját.
– Te, Husi! Mielőtt nekilátnál megkönnyeztetni a kopasz kobrát, adjál már egy cigit!
– Kapd be!
A pozdorjából készült fehér ajtó kilincsét valaki kívülről lenyomta, de a szobába nem jutott be. Egy mély férfihang szakította félbe a fiúk délutáni tevékenységét:
– Nyissátok ki! – Az illető dörömböléssel nyomatékosította a bejutási szándékát, és a hangszíne sem arról árulkodott, hogy a nemleges választ elfogadhatónak tartja.
A fiúk felpattantak, kinyitották az ablakot, majd mintha számítana, kezükkel próbálták a füstöt az ablak felé terelni... haszontalanul.
– Nem mondom még egyszer! Nyissátok ki! Nincs bezárkózás, ezt tiltja a házirend! – kiabált az ajtó túloldaláról Vince bácsi, akiről mindenki tudta, hogy nagyon nem szereti, ha valaki áthágja a szabályokat. Icát a matracuk alá rejtették, a hamutartó tartalmát pedig nemes egyszerűséggel kizúdították az ablakon. Jácint a dezodorával próbálta javítani a levegő állapotát, majd az ajtóhoz ugrott, és elfordította a zárban lévő kulcsot. Az ajtó kinyílt, és egy morcos, középkorú ember nagyon szigorú tekintete villant az előtte katonásan felsorakozó srácokra.
– Cigiztetek!
– Mi soha, tanár úr!
– Ide a dobozt!
A fiúk összenéztek.
– Husi, add oda neki! – súgta Jácint. Erre a nagydarab fiú a matrac alól elővette a barna-fekete csíkos papírba csomagolt Sopianaet.
A tanár nézegette a kezébe adott dobozt.
– Barna tigris. Ugye tudjátok, hogy a házirend tiltja a dohányzást a szobákban?
– Igen, tanár úr – válaszolta Jácint, aki szerette átvenni a szót barátjától, akiről tudta, hogy megnémul a feszült helyzetekben.
– Mégis megszegtétek...
– Többé nem fordul elő! Megígérjük!
– Szóval... megígéritek! – A tanár ingpólója felső zsebébe tette a dobozt, majd rezzenéstelen arccal Jácint gyomrába vágta az öklét, aki görnyedten rogyott a padlóra. – Azt kurvára ajánlom, hogy többé ne forduljon elő! – Hideg tekintetét a másik fiúra szegezte. – Ha már ilyen ocsmány vagy, legalább több eszed lehetne! Ha elpofázod, ami itt történt, kitaposom a beledet! Megértetted?

A fiú nem mozdult, nem szólalt meg, csak meredten bámult maga elé.
– Azért jöttem, mert látogatód van. Az a családsegítős faszi. Lent vár a társalgóban! És ha elmondod, mi történt, rád küldöm Milost. Ő majd kicakkozza azt a dagadt valagadat! Na, lódulj!

\* \* \*

A társalgó közepén egy kis, barna faasztalnál lehetett helyet foglalni és beszélgetni a látogatókkal. Ferenc idegesen kocogtatta körmeit egy doboz lakkozott felületén. Tudta, hogy már régóta nem látogatta meg a fiút, és ezért bűntudatot érzett. Anita gondosan becsomagolta a dobozt, amivel szerette volna kárpótolni a kihagyott hónapokért.

A társalgó ajtaja kinyílt, és egy marcona nevelőtanár a karjánál fogva vezette be a fiút, aki közönyösen bámult maga elé.
– Fél órát kapnak, utána vacsora! Ez a házirend, kérem, tartsák tiszteletben!

Az ajtó bezárult, végre ketten maradtak a helyiségben. Ferenc felállt, szerette volna átölelni a fiút. Boldog volt, hogy láthatja, mégis sírni támadt kedve. Hibásnak érezte magát, hogy hagyta ide bezáratni ezt a fiatalembert.
– Szia! Rég nem láttalak... – Ennyi idő után nincs olyan szó, ami ne hangzana végtelenül ostobának. – Hoztam neked valamit. Anitával arra gondoltunk, biztosan hasznát tudnád venni ezeknek.

B felnyitotta a doboz tetejét, ami úgy nézett ki, mintha karácsonyi vagy születésnapi ajándék lenne.
– Egy szép felső és egy új melegítő. Van még... – Feri kotorászni kezdett a dobozban, mert idegességében azt is elfelejtette, hogy miket pakoltak bele tegnap éjszaka. – Csokoládé! Egy egész tábla. És újságok. Autós meg ilyen képregényesek is! Régen szeretted az ilyeneket!
– Cigit hoztál? – A kérdés nyers szenvtelensége meglepte a férfit.
– Nem, azt nem. Nem hinném, hogy jó ötlet lenne.
– Akkor baszd meg a csomagodat!
– Kérlek, ne beszélj így velem! Tudod, hogy nem akartam rosszat neked!
– Mégis elbasztad! Itt rohadok huszonegy éves koromig, és te hülye újságokat meg béna melegítőt hozol ide nekem?! Baszd meg! Cigit hoztál volna!

Ferenc a zsebeihez kapott. Tudta, hogy a zakója belső zsebében van egy megkezdett doboz Marlboro. Elővette, és a fiú elé tette, majd leült az asztalhoz. A fiú felvette, és leült a régi gondozójával szembe.
– Arról mesélj, hogy hogy vagy mostanság. Jársz még az asztalos foglalkozásra?
– Nem.

– Akkor kipróbálhatnál valami mást! Kerámiázhatnál, vagy esetleg beiratkozhatnál a szakácsképzésre. Azoknak jó dolga van mostanság. A vendéglátózás nagy biznisz – ecsetelte Ferenc segítőkészen.

– Hagyjad már! – B tudta, hogy ha el akar érni valamit, hangnemet kell váltania. Ferenc talán az egyetlen igazi barátja, aki segíthet rajta. Némileg lágyabb hangon folytatta hát: – Beiratkoztam a számítógépes tanfolyamra.

– Hű! Na, ez már valami! Az a jövő, azt mondják!

– Már inkább jelen. Pentium 166 MMX processzorral felszerelt gépekkel dolgozunk. 16 MB EDO RAM és 256-os merevlemezek. Nem valami jók, inkább Pentium kettesek kellenének, de azért megjárja. A Windows 98 elmegy rajtuk.

– Egy szót sem értettem abból, amit mondasz, de örülök, hogy ennyi mindent tudsz már.

– Van internet is! Jöttek új modemek. Netscape böngészőket is telepítettünk.

– Az… az már igen!

– Elég gyorsak, hasít rajtuk a pina.hu!

Ferenc elmosolyodott, nem szokott hozzá, hogy már nem egy gyerekkel, hanem fiatal felnőttel beszélget. Végül is férfi, ezért inkább cinkos mosollyal fogadta az új információkat, és nem kezdett bele végeláthatatlan erkölcsi szónoklatokba.

– Kijössz a nevelőkkel és a többi lakóval?

– Nagyjából. Van itt pár seggf… – Újrafogalmazta, elvégre meg akarja nyerni Ferencet az ügyének, és ez a téma pont egy jó alap lehet a kiszabadulásra. – Pár fafej. Néha cikiznek a súlyom miatt, de lett egy új szobatársam, aki egyben a barátom is: Jácint. Vele jól elvagyunk. A nevelők többsége rendes, csak néha van egy-két balhé. De megnyugtatlak, nem velem.

– Ezt jó hallani. Örülök, hogy lett egy haverod. Persze a többiek az más. Mindig vannak ilyenek. Amikor kollégiumban laktam, ott is voltak.

– Nézd, nem kertelek. Ne is haragudj, de ez itt nem egy kollégium. Ez javító! Itt nem áll meg annyinál a dolog, hogy beszólogatnak. Itt néha kapok pár maflást is.

– Bántalmaznak? – kérdezett vissza Ferenc aggódva.

– Néha igen. – Szerette volna a férfiben felkelteni az apai ösztönt, amit eddig is gyengén leplezett. Csak kellett valami kulcsszó, amire ráharap. – Szexuálisan is.

Ferencet a szó szíven ütötte. Mindig is sejtette, hogy az ilyen intézetekben, ahol azonos nemű és életkorú egyéneket zárnak össze, ott kialakulhatnak devianciák. Aki pedig ellenáll, azt be kell törni.

– Ki az?!

– Feri, neveket nem mondhatok. De itt a nevelők is benne vannak! Tudnak mindenről.

Ferenc idegességében az asztalra csapott.

– Tudod, hogy adtunk már be fellebbezést, amit elutasítottak. Erről miért nem beszéltél eddig?
– Nem lehetett. Most sem lehetne, de nézd, én már nem bírom ezt sokáig. Csinálj valamit!
– Próbálok! Tudod, hogy folyamatosan próbálkozok!
– Akkor nem álltál ki mellettem! Most itt a lehetőséged, hogy kihozz!
– A szexuális zaklatás nem játék, fiam! Ha ezzel állunk elő, akkor itt kő kövön nem marad. Az intézetet be is zárhatják!
– Nem lenne kár érte!
– Ennél csak rosszabb helyek vannak! Inkább beszélj, és polgári perre viszem!
– Nem! Az nem elég. Engem ártatlanul varrtatok be ide! Tegyétek jóvá! – Ferenc gondterhelten temette tenyerébe az arcát. Kezét ökölbe szorította, és fogaival ráharapott. – Talán nem hiszel nekem, Feri?
– Dehogynem!
– Úgy, mint akkor?
– Akkor is hittem neked! Én voltam az egyetlen, aki hitt az ártatlanságodban!
– Akkor csinálj valamit!
– De mit?!
– Nem érdekel, hogy mit, te vagy a szakember. Hozz ki innen! Bármi áron!
Az ajtón kívülről dörömbölni kezdtek.
– Vacsora!
A két férfi felállt. A fiatalabbik felvette a csomagot, és a hóna alá szorította.
– Anita jól van?
Ferencet meglepte a hirtelen témaváltás.
– Igen. Jól van. Még mindig ápolónő. A fővárosban dolgozik, és ezért én is kértem az áthelyezésem. Nemsokára költözünk.
– Na, az igen. Gratulálok!
– Köszönjük. – Odalépett a fiúhoz, átölelte, és magához szorította. – Tudod, hogy mindig számíthatsz rám.
– Akkor juttass ki innen!
Kiléptek a helyiségből, a fiú pedig egyenesen az étkező felé indult, nem nézett vissza Ferencre, aki még mindig az ajtóban állt. Féltette ezt a gyereket. Hinni akart neki, de főnöke szavai ott csengtek a fülében. Tudta, hogy érzelmileg érintett, hogy átlépte a kompetenciahatárokat. Mégis így érezte helyesnek. Az intézetről sejtette, hogy maga a pokol. De ennek a pokolnak az egyik arca a büntetés végrehajtás felé néz, másrészről viszont óvja a külvilágtól azt, akit ide bezárnak. Tudta, hogy a fiú nem lenne képes beilleszkedni a kinti világba. Érezte, hogy ha kijutna, valami tragédia történne. Szívesen magához vette volna, hogy legyen a gyámja, de a munkája miatt az összeférhetetlenség jogi kategóriája gúzsba kötötte a kezeit. Anita talán el is fogadta volna, mert tudta, hogy

milyen sokat jelent neki, de akkor fel kellene mondania, munka nélkül a fővárosban pedig nem létezhetnek túl sokáig egyetlen ápolói fizetésből.

\* \* \*

Robi bácsi a főbejárat előtti asztalnál üldögélt, és az órát figyelte. Háromnegyed négyet mutatott. Mindjárt négy óra, a kimenőideje. Odakint szakadt az eső, ezért nem számított sok sétálni vágyóra. Szórakozottan dobolt ujjaival a kilépőkártyákat tartalmazó dobozon, amiket a portán kellett leadni, és figyelte a lassan gyülekező, folyton bepróbálkozó fiúkat.

– Robi bá'! Csak most az egyszer! – kérlelte a pedagógust Jácint. – Csak most az egyszer hadd kapjuk meg a pénzt!
– Fiúk! Nem lehet. Tudjátok, mi a szabály. Nincs készpénz. Csak a nevelővel együtt lehet elkölteni!
– De, tanár úr! Szaros kétezer forint! Ennyit kapunk! Csak kólát akarunk venni meg csokit, egy kis chips...
– Meg cigaretta, meg egy kis pia is kijön belőle, nem igaz? Vágom én a témát, fiúk!
– Tanár úr! Ne legyen már ilyen! Randink van!

A fiatal férfi összeráncolt szemöldökkel nézett Jácintra és túlsúlyos barátjára.

– Randi? Azt meg hogy?

A fiúk cinkos mosollyal összenéztek, és Jácint belekezdett a történetbe:

– Az úgy volt, tanár úr, hogy az internetes foglalkozáson regisztráltunk egy ilyen helyi honlapra. Tudja, ilyen társkeresős cucc. Chaten lebeszéltünk egy találkozót egy lánnyal.
– Na persze! – mosolyodott el Róbert. – Ez a történet nem áll túl erős lábakon.
– De most komolyan, tanár úr! Gondoljon már bele! Menjünk el úgy, hogy még csak egy üdítőre se hívhatjuk meg? Az milyen dolog már?! Ne legyen ilyen! Maga még nem olyan vén trotty, mint a kollégái, csak megérti!

A férfi önérzetének jót tett, hogy a fiúk nem tartják még „vén trottynak", ezért egyre inkább kezdte felkelteni érdeklődését ez a történet.

– No, és miféle leány az?
– Szőke. Zöld a szeme. Végzős – lelkendezett Jácint, kézmozdulataival önkéntelenül is melleket imitált maga elé. – Nagyon fullos, nem igaz, Husi?
– Igaz – mondta az egykedvűen, még csak fel sem nézett a pedagógusra vagy a barátjára. A magára terített esőkabáttal volt inkább elfoglalva. Jácint érezte, hogy ez a közöny árt az ügyüknek, ezért inkább gyorsan átvette a szót.
– Olyan segge van, tanár úr, hogy megáll rajta a sörös doboz. A hangja cseng-bong, a tekintete tutajos.

– Tutajos?
– Hát tudja, a tutajon van az árboc, az meg áll, mint a cövek!
Felnevettek.
– És mindezt a chaten derítettétek ki.
– Ott hát! Magának is fel kéne néznie esténként, tuti, hogy akadna valami a horgára!
– Fiúk, az feltűnt már, hogy szakad az eső?
– Eshet, de minket a szerelem tüze fűt, tanár úr!
– Na, jól van, fiúk, ne fárasszatok már! – mondta, de szórakoztatónak találta Jácint lelkesedését. Végül is fiatal, tele energiával, és be van zárva az intézet falai közé. Egy kicsit sajnálta is.
– Csak meg akarjuk hívni egy üdítőre. Ennyi. – Róbert elgondolkodott. – Csak egy üdítő! – Körbenézett, hogy ha esetleg odaadná a fiúk zsebpénzét, akkor ki látná meg. Csak pár idősebb lakó lézengett a kijáratnál, és mindegyikük el volt foglalva valami mással, amíg a kilépőosztást várták.
Mély levegőt vett. Letette a dobozt az ajtó melletti asztalra, és a kijárattól nem messze lévő gazdasági iroda felé indult. Pár percet töltött odabent, majd visszament a fiúkhoz.
– Szerencsétek, hogy Bea néninek ma jó napja van! – Átnyújtotta a pénzt a fiúknak, akik vigyorogva gyűrték be a farzsebükbe. Felvette az asztalról a dobozt, és teli torokból kiáltozni kezdett:
– Kilépő! Gyertek a kilépőért! – Mikor Jácintékhoz ért, egy halk „sok sikert"-et és egy kacsintást intézett a srácok felé.

\* \* \*

A romos kastély néhai barokkos szépségét már erősen megtépázta az idő. A többszörösen csavart kovácsoltvas kerítés rozsdától vöröslött, a faragott kőoszlopok omladoztak, az ablakokat és az ajtókat már rég bedeszkázták a vandálok ellen – inkább kevesebb, mint több szerencsével. A sárga falakat sok helyen graffitik csúfították, amik a Metallica zenekar nagyságát hirdették, háttérbe szorítva a cirádás faragások szépségét. A kert viszont a sétálgató helyiek paradicsoma volt, és tartogatott némi romantikát a maga elgazosodott, kelet-európai valóságában. A padokat még nem lopták el, persze ez is csak idő kérdése volt. A szemetesekben üdítős és alkoholos italok üvegei, valamint körülöttük szerteszét hajigált cigarettacsikkek tömkelege hevert. A néhai nemes építtető család minden bizonnyal nem így képzelte el hagyatékát, amikor a jövőbe tekintett.

Jácint egy pad háttámláján ült, és felbontotta a dobozos sört.
– Elállhatna már az a kurva eső! – méltatlankodott, és nagyot húzott a dobozból, majd barátja felé nyújtotta.
– Mondtam, hogy hozz esőkabátot!
– Szerinted eljön?

– Dehogy jön. Hülye kis kurva mind! – A túlsúlyos fiú az esőkabát zsebében babrált valamivel, de Jácint nem látta, hogy mi lehet az, igaz, nem is érdekelte.
– Meddig várjunk még? Hamarosan sötétedik. Hatig vissza kell érnünk.
A bejáratul szolgáló kapuban egy női alak tűnt fel. Testét egy vastagabb kabát fedte, aminek a csuklyáját a fejébe húzta. Szőke hajtincsei kilátszottak, így Jácinték sejtették, hogy Lilla mégis eljött. A lány észrevette a pad tetején ülő fiúkat, és elindult feléjük. Könnyű lépteivel gyorsan odaért hozzájuk, és mosolyogva üdvözölte őket.
– Sziasztok! – A köszönés mellé még integetett is, amitől nagyon gyermetegnek látszott.
A fiúk szemügyre vették, és próbálták felidézni azt, amit tudtak róla, de amit láttak, nem egyezett azokkal a történetekkel, amiket a lány leírt magáról. Végzősnek túl alacsony volt, az arca olyan pattanásos, mint aki még a pubertás korból sem lépett ki, a fogszabályzója pedig még tovább rontotta az összképet. Bár a kabát elrejtette testét, a domborulatok nem arról árulkodtak, hogy hatalmas mellei lennének, a feneke pedig kimondottan lapos volt. Egyértelművé vált, hogy a lány hazudott nekik a külsejét illetőleg, amit a fiúk rendkívüli csalódásként éltek meg.
– Ugye nem te vagy a Lilla?
A lány zavarba jött ettől a hangnemtől, elbátortalanodott, és a lélegzete is elakadt ekkora bunkóságtól.
– Menj haza, anyuci biztos keres már! – mordult rá a nagydarab esőkabátos.
– Jácint? Melyikőtök Jácint? – kérdezte félénken a lány.
– Én vagyok – szállt le a padról a magas, vékony fiú, aki egy fejjel nagyobb volt a lánynál.
– A chaten sokkal normálisabbnak tűntél!
– A chaten egy szexistennőnek adtad ki magad!
– Hát, mert…
– Hát, mert egy ostoba kis ribanc vagy, akinek viszket már a likja!
– A nagydarab is felállt, és hangjában az indulat leplezetlenül a lány felé irányult. – Átvertél minket!
– Tizennyolc vagyok! Én csak ismerkedni akartam! – A lány kezdte visszanyerni bátorságát, de azért tett egy lépést hátrafelé. – Nem beszélhettek így velem!
– „Nem beszélhettek így velem!" – ismételte meg az esőkabátos szándékosan elvékonyított hangon. – Mi azt hittük, hogy végre dughatunk egy jót, erre idejön egy ilyen kis csitri!
– Mondtam már, hogy tizennyolc vagyok!
– Akkor is csak egy semmilyen kis ribanc vagy! – kiabált rá a nagydarab, és zsebéből előrántott egy régimódi borotvát. Jácint döbbenten nézett barátjára.
– Te, öreg, azért ezt nem kéne!

– Hallgass! Majd én megmutatom ennek a hazug kis kurvának, hogy kivel szórakozzon!

A lány sikítva fordított hátat, és futni kezdett a kijárat felé a felázott kavicsos talajon. A nagydarab utána indult, de túlsúlya miatt nehéz lépteivel gyorsan lemaradt a fürge teremtés mögött. Mire a kapuhoz ért, a lány eltűnt. Kisvártatva Jácint is odaért barátjához.

– Te nem vagy normális, öreg! Most mire volt ez jó?

– Megérdemelte volna, hogy felnyissam azt a hamvas kis bőrét! Átvert minket a kis repedtsarkú!

Jácint zavart pillantást vetett barátjára.

– Húzzunk haza!

# 6. „Az idő és a közöny már fertőtlenít"

A portaszolgálatot teljesítő Attila arcára hideg fényt vetett a CRT monitor. A biztonsági kamera képét csak azért nem figyelte, mert szüksége lett volna egy káró kettesre, hogy az ászt dupla kattintással a helyére tehesse. A pasziánsz volt a kedvence az éjszakai műszakban, a Fekete macskát és az Admirálist nem szerette annyira. Figyelmét olyan szinten lekötötte a kattintgatás, hogy nem láthatta a másodlagos monitor képén a kerítésen átmászó vézna, magas srácot és a nagydarab esőkabátos figurát. Az sem érdekelte, hogy két kilépőkártya pihent a mellette lévő fadobozban, amit már rég jelentenie kellett volna az éjszakás nevelőnek, aki ma este is Vince bácsi volt.

\* \* \*

A fiúk gumitalpú sportcipői nyikorogtak a linóleumpadlón, ahogy szobájuk felé siettek. Sejtették, hogy az éjszakás már kiszúrta a hiányzókat, ezért mindketten azon törték a fejüket futás közben, hogy miféle alibit találjanak ki maguknak. Elsuhantak a falra kifüggesztett tablók és az intézetet ábrázoló, gondosan bekeretezett képek előtt. A szobájuk már nem volt messze. Csak egyetlen forduló, és a kivilágítatlan folyosó a végén már ott is a 101-es meleg, dohos levegőjű biztonsága. Jácint futott elöl, az ő léptei lényegesen könnyebbek voltak. Úgy belehúzott a végére, hogy túlsúlyos barátja kissé lemaradva el is vesztette őt szem elől a fordulónál. Mikor a sarokra ért, először meglepődött, hogy egy tompa puffanást hall, és ahogy szeme hozzászokott a sötéthez, észrevette, hogy Jácint a hátán fekszik a szoba ajtaja előtt.

– Na, mi van, baszki, eltaknyoltál? – Bár kapkodva vette a levegőt, elvigyorodott a földön elnyúló barátja láttán. Azt azonban nem vette észre, hogy az ajtót körülölelő vastag tokozat sötétjében ott tornyosul Milos is.

Jácint a kezével a száját törölgette, és a sötétben nem láthatta tisztán, de érezte, hogy a felrepedt ajkak közül elég erősen szivárog a vér. Mikor a barátja már közvetlenül mögötte járt, kiáltani próbált, hogy álljon meg, fusson el, de akkor már késő volt.

Milos megindult az esőkabátos alak felé, karját hátrahúzta, és bár a sötétben ő sem látott mindent kristálytisztán, teljes erejét beleadva hatalmasat ütött előre. Öklével nem csak a vizes, puha bőrt találta el, hanem valami tárgyat is, ami műanyagból és üvegből készült. Talán egy szemüveg lehetett, ami azonnal elégedettséggel töltötte el, hiszen még ilyen rossz fényviszonyok mellett is sikerült fejre mérnie az első ütést. Épp, ahogyan szokta.

A két fiú a földön fekve ijedten takarta el a fejét a további csapások tompítása érdekében, ám azok elmaradtak. Egy erős zseblámpa fénye vakította el őket, és egy ismerős, mély, karcos férfihang így szólt:

– Fiúk, fiúk! Hát nem mondtam még nektek, hogy velem ne baszakodjatok?

– Vince bácsi, meg tudjuk magyarázni! – Jácint szívesen kezdett volna mesélni egy történetet.

– Milos!

A kopasz, kigyúrt, erős fiatal férfi jól be volt már idomítva az ilyen helyzetekre. Tudta, hogy ha Vince bácsi a nevét kiáltja, akkor olyan dolog történik, ami nincs ínyére az öregnek. Márpedig ha ő segíti Vince bácsit, akkor a nevelő is segíteni fogja őt. Olykor jól jön egy kis cigaretta, soron kívüli kaja, némi segítség a külvilágban. Vince keze elég messzire elért, ami pont kapóra jött Milosnak. Ráadásul semmi olyat nem kellett tennie, ami nehezére esett volna, csak annyit, amiben már azelőtt is jó volt, hogy bevarrták ide. Egy orr beverése vagy egy végtag eltörése bőven megér egy cigit, ráadásul még élvezte is. Ezúttal is jól végezte a dolgát, és célba vette a földön fekvő Jácint gyomrát. Lábfejével találta el a testet, jó nagy lendületet adva a rúgásnak, és az acélbetétes bakancsnak, amit pont Vince bácsitól kapott. A földön fekvő fiú összegörnyedt, és köpött. Nyál és vér, talán egy kis hányadék is keveredett a csúszós linóleumon. Milos szerette hallani a nyögéseket.

– Az a helyzet, fiúk, hogy kurvára elegem van már a pofátokból.

– Vince leguggolt a földön fekvő fiúkhoz, és a szemükbe nézett. – Arra gondoltam, hogy Milossal együtt kicsit megnevelünk benneteket.

– Tanár úr... – próbált szólni Jácint.

– Milos! – Újabb rúgás érkezett, ezúttal a mellkasára. A levegő bennszakadt a vézna testben, és hangos szűkölés töltötte be a folyosót.

– Te aztán nehezen tanulsz, ifjú barátom! – Vince a tekintetét most a kövérre fordította. – Remélem, neked több eszed van, fiam!

Csend.

Feszült csend telepedett a négy alakra, amit a tanár tört meg.

– Megtanítom nektek, hogy mi az a rend. Megtudjátok, hogy hol van a helyetek a világban! Most elmentek szépen alukálni, és holnap Milossal, a tanársegédemmel folytatjuk az edukációt.

Milos hangosan felröhögött, és Vince ajkai is mosolyra húzódtak. Úgy sétáltak el a földön heverő testek mellett, mintha mi sem történt volna.

* * *

A mezek tapadtak, a veríték fojtogató bűze pedig teljesen betöltötte a tornatermet. Kocsis Gábor hitt abban, hogy minél jobban izzadnak a fiúk, annál szívósabbak, szálkásabbak lesznek. Edződik a tüdő, a bőr ráfeszül az izmokra. Az intézet kosárlabdacsapatának nevét minden környékbeli iskola rettegte, mert híresek voltak durvaságukról, a kemény faltokról és a pályán kívüli erőszakról. Milos, a csapat kapitánya élvezte, ha fájdalmat okozhat az ellenfél játékosainak. Szeretett könyökkel a bordák közé szúrni, külön érzéke volt ahhoz, hogy hallgatta a sporttársak kilégzését, és a megfelelő pillanatban verte oda könyökét az illető oldalába. Ha pontot szerzett, képes volt teli torokból üvöltve dicsőíteni önmaga képességeit, és az ellenfél csapatát is gyakran becsmérelte.

Ezen a késő délutáni sportfoglalkozáson egyik legjobb formáját mutatta Gábor bácsi nagy örömére. A védőket hatalmas vállával lazán félrenyomta, és az irdatlan test olyan könnyedén emelkedett a levegőbe, mintha súlytalan lenne. Profi módon engedte útjára a kosárlabdát, amit a gyűrű szinte mágnesként vonzott. A játékszer íve gyönyörű volt, csont nélkül esett a hálóba. Milosnak nem számított, hogy edzésen van, és most nem élesben játszik, mellkasát döngetve futott egy tiszteletkört a pálya körül. Sosem hagyta volna ki, hogy a kispadon ülő szerencsétlenek felé ne nyújtsa ki gúnyos vigyorral kísérve ökölbe szorított jobb kezének középső ujját. Aki ugyanis a kispadot melegítette, az nem számított embernek a szemében, így Jácint és a kövér barátja sem volt több eltiporni való férgeknél. Kiváltképp azért, mert Vince bácsi is ezt a hozzáállást várta el tőle.

– Szép volt, fiúk! Hétvégén ugyanezt, ha egy mód van rá! – szólt Gábor bácsi. – Vezetjük a bajnokságot, de ez nekem nem elég. Azt akarom, hogy minden csapat rettegjen tőlünk, amikor pályára lépnek ellenünk. Nemcsak azt akarom, hogy győzzetek, hanem mérjetek rájuk megalázó vereséget! Döngöljétek bele őket a földbe úgy, hogy a kosárcsapat helyett inkább kertészszakkört alakítsanak. Értve vagyok?

A csapat szinte egy emberként zengte az „igen" szót, de úgy, hogy a terem falai is beleremegtek.

– Akkor induljatok zuhanyozni!

* * *

Milos a padon ülve várta a pillanatot, mikor Jácint és a hájas vetkőzni kezdenek. Itt senki nem volt gátlásos, de a fiúk tudták, hogy Milos nem fogja kihagyni ezt a lehetőséget arra, hogy Vince bácsinak örömöt okozzon.

– Azta, de kurva dagadt vagy! Mikor láttad a farkadat utoljára? – Az öltözőben hangos röhögés tört ki. – Ki tudod még verni, vagy a kis buzi haverod megteszi helyetted?

A fiúk nem mertek visszaszólni, mert a csapat Milos pártját fogta volna. Eszük ágában sem volt beleállni egy ilyen játékba, amiben csak vesztesek lehetnek. Féltek.
– Vagy inkább le szokott pippantani? – A röhögés szinte hisztérikussá vált. – Mondjuk, azt kétlem, mert a hasad úgy rálóg a pöcsödre, hogy a feje oda se fér! – Milos a mutatóujját a szájába vette, és szinte lenyomta a saját torkáig. Jácintra nézett. – Begerjedtél mi, buzikám? – Felállt a padról, és odaült Jácint mellé. – Szeretnél most az egyszer egy igazi farkat leszopni? Akarod, hogy elővegyem az enyémet? Csak attól félek, hogy kiveri a szemed! – A csapat nagyon jól szórakozott az előadáson, de érezték, hogy Milos kezdi átlépni azt a határt, ami még belefér a tesztoszterontól fűtött kamaszfiúk világába. – Menj csak be zuhanyozni, Jácintka, én majd innen figyelem, hogy mikor ejted le a szappant. Mert lehet, hogy inkább beteszem neked hátulról. – Jácint tekintetét a padlóra szegezte. – Biztos finom szűk lukad van! – Milos a kezével megfogta a fiú farpofáját, és kéjesen vigyorgott.
– Elég! Fogd be a mocskos pofádat! – Jácint barátjának húsos keze rácsapott Milos kézfejére, aki hangosan felnevetett.
– Csak nem féltékeny lettél, zsírdisznó? Belegázoltam a kis lelkivilágodba? Jaj, egyem a kis szívedet! Félsz, hogy elveszem a kis barátnődet? – A cinikus hangnemtől a csapattagok is megijedtek, és elkezdtek kifelé szállingózni a zuhanyzóból. – Vagy talán te vagy a köcsög? Olyan dagadt vagy, hogy bárhol hajtogathat rajtad egy lyukat ez a kis burnyák! Csak azért nem baszlak seggbe, mert amilyen kövér vagy, ki sem tudod törölni rendesen! – Kiegyenesedett, és erotikusan beletúrt a kövér fiú hajába, imitálva egy nő érintését. – Mi is a neved? Bence? Vagy Barna? Tudod, mit? Legyen csak simán B, mint Buzi. – Milos a túlsúlyos fiú fejét teljes erőből beleverte a mögötte lévő szekrény ajtajába. A füléhez hajolt, és suttogva kezdett beszélni: – Csak azért nem öllek meg, mert Gábor bácsi még a teremben van. De ne félj, ami késik, nem múlik. Eljövök érted! – Jácintra nézett, akinek remegtek az ajkai, és kezével félmeztelen testét próbálta takargatni. – És érted is, cicám!
Gábor bácsi lépett az öltözőbe, ahol már csak a három fiú volt.
– Mi zajlik itt, uraim?
– Semmi, tanár úr! Csak motiválni próbáltam a csapattársaimat a jobb játékra! A kispad ugyebár mégiscsak a veszteseké, nem igaz?
A tanár sejtette, hogy több zajlik itt puszta csapaton belüli eszmecserénél, de nem akart beleavatkozni a fiúk dolgaiba. Kamaszok. Vadak. Egy kis agresszió pedig igazán jót tesz a pályán.
– Na, siessetek, szeretnék zárni!
Milos könnyed természetességgel húzta magára a pólóját, és dobta fel a vállára sporttáskáját. Kisétált az öltözőből, de Jácint még jól látta rajta a diadalittas gúnyos vigyort, ahogy átlépte a küszöböt.

\* \* \*

A 101-es szobában a fiúk az ágyuk szélén ültek, és egymást nézték, nem foglalkoztak a folyosón felhangzó villanyoltásra felszólító kiabálással. Tudták, hogy két órán belül Vince bácsi körbe fog járni a zseblámpájával, és mindenkire rávilágít, hogy alszik-e.
– Ma este lelépünk, Jácint! – szólalt meg a kövér fiatalember. – Elegem van ebből az egészből! A sok faszkalapból, a basztatásokból.
– De hogy?
– Bízd csak rám! Elkapom azt a vén faszt. Meg a kiskutyáját is. Velem nem fognak így baszakodni!
– Mit akarsz csinálni? – Jácint ezúttal komolyan fúrta tekintetét barátja szemébe, amiben olyan ürességet és hideg gyűlöletet vélt felfedezni, amitől egy pillanatra meghűlt a vér az ereiben.
– Te ne csinálj semmit! Bízd rám az egészet! Szedd össze a cuccaidat egy táskába, és felöltözve feküdj le! Takarózz is be, ne lássák, hogy nem pizsama van rajtad!
– Rendben.
– Tudom, hogy félsz. Nem lesz szép látvány az, ami történni fog. De bármi is lesz, ne avatkozz közbe! Csak azt csináld majd, amit mondok. Ha maradni akarsz, maradj, nekem mindegy. De ha velem maradsz, reggelre szabad leszel.

Jácint nézte, ahogy a nagy test karja kinyúl, és a fal melletti szekrényből kivesz egy esőkabátot. Lassan magára húzta, majd az ágy melletti éjjeliszekrényből elővett egy kisebb méretű tárgyat, és a zsebébe helyezte. A szekrényből előkereste sporttáskáját is, és a szekrénypolcon lévő ruháit, fontosabb dolgait elkezdte bepakolni. A fiú jobbnak látta, ha ő is így tesz, mert szobatársa komolyan gondolja azt, amit mondott. Érezte, hogy véresen komolyan.

\* \* \*

Vince az órájára nézett: lassan éjfél. Lehalkította a rádiót, ami Pat Banatar „Hit me with your best shot" című slágerét játszotta. Nem szerette ezt a zenét és a Danubius esti kívánságműsorát sem, de híres volt arról is, hogy ő sosem alszik az éjszakai műszakban. A polcról levette a zseblámpát, és meggyőződött róla, hogy megfelelően működik. A szobák ajtaját nyitó kulcscsomót a zsebébe tette, majd leoltotta maga mögött a villanyt, és kilépett a sötét folyosóra. Gumitalpú cipője néha nyikorgott a takarítószemélyzet által nemrégiben felmosott linóleumon.

Fejből tudta a szobák lakóinak névsorát, ezért könnyedén kiszúrta, ha valaki hiányzik, vagy nem a saját helyén fekszik. Mikor belépett a szobákba, várt és hallgatózott. A légzésből tudta, hogy ki az, aki alszik, és ki az, aki csak imitálja a pihenést. A szoba levegőjéből megállapította, hogy kik cigarettáztak lefekvés előtt, a házirenddel összeegyeztethetetlen tárgyakat pedig szerette elkobozni. A cigaretta keményvalutának számított, ezzel tudta Milost is irányítani. Egy doboz sör, némi cigaretta vagy pornóújság bármit megold egy ilyen intézetben. Szerencsére akadtak bőven elkobzásra váró készletek.

Az első szobában mindkét fiú mélyen aludt. Ahogy az arcokra világított, a szem körüli izmok még csak össze sem húzódtak. Tudta, hogy itt nincs semmi dolga, ezért be is csukta maga mögött az ajtót. A második és a harmadik szoba is rendben volt, már azon gondolkodott, hogy rég volt ennyire nyugalmas éjszakája. Közeledett a 101-eshez. Szórakoztatta az a gondolat, hogy ha a fiúk már alszanak, felveri őket. Talán egy kis fekvőtámasz jólesne nekik az éjszaka közepén, a dagadtabbikra különösen rá is férne a testmozgás. Magában kuncogott azon, hogy mi mindent megtehet azokkal a nyomorékokkal.

A 101-es kilincsét sokkal óvatosabban nyomta le, mint a többit. Hangtalanul akart beosonni, így a kis éjszakai ébresztője még hatásosabb lesz majd. Az ajtó bezárult mögötte. A lámpával először Jácint arcára világított, akinek a szem körüli izmai összerándultak. A légzés egyenletesnek tűnt, ezért átfordult a másik ágy felé.

A fénypászma egy rémisztően vigyorgó fejre esett, aminek kegyetlen tekintete egyenesen Vince felé irányult. Belenézett a pedagógus szemébe, aki megrémült ettől a látványtól, és hátrált egy lépést. Hirtelen megértette, hogy ezúttal nem ő fogja bántani a fiúkat. A kövér srác szinte kirobbant a takaró alól, és hangosan hörögve vágta át Vince nyakát a borotvával, amit egészen a nyeléig belemártott a borostás, petyhüdt bőrbe, majd lassan forgatni, nyiszálni kezdte. Vince térdre rogyott, szánalmasan halk nyüszítést hallatott, és amikor a saját spriccelő vérét meglátta, akkor értette meg, hogy a fiú miért visel esőkabátot. A zöld színű anyagra nagy erővel lövellt ki Vince vére, aki ekkor már teljes testében remegett. Elejtette a zseblámpát, aminek fénye Jácintra vetült. A fiú ijedten nézte, ahogy tanára haldoklik. Kezét segélykérően kinyújtotta a fiú felé, aki szinte megbénulva feküdt a félelemtől. Vince érezte, hogy a borotvát kirántották a testéből, és a férfi csendes puffanással nyúlt el a szoba közepén. A nyaki sebből az egyre lassuló szívverésének ütemére spriccelt a vér szerteszét a linóleumon. Kezét próbálta a sebre szorítani, de ujjaival érezte, hogy a vágás hosszanti irányban túl nagy. Kiáltani próbált, de nem sikerült. Mintha a tüdejéből kiáramló levegő nem jutna el a hangszálakig, mert menet közben elszökne valahol. Látása egyre elhomályosult, majd látóterét betöltötte egy szenvtelenül mosolygó, szemüveges, kövér arc. A szemét le kellett hunynia a kövér ajkak közül kilövellő nyál miatt. Leköpték. Ez a gusztustalan torz vigyor és a lassan csordogáló nyáltenger volt az utolsó, amit ebből a világból láthatott.

\* \* \*

A két fiú hangosan trappolt futás közben a folyosón, nem érdekelte őket, hogy esetleg felkelthetik társaikat. Jácint szinte eszénél sem volt, csak követte a barátját, aki megtorpant a 85-ös szoba ajtaja előtt. A zsebéből ismét elővette a borotvát, aminek a pengéjén még ott csillogott Vince lassan alvadó vére. Jácint felfogta, hogy ez Milos szobája.
– Hagyjuk! Inkább tűnjünk innen! – próbálkozott Jácint.
– Megmondtam, hogy csak csináld azt, amit mondok! Maradj kint!

A nagy testű alak lassan és óvatosan nyitott be a szobába, majd ugyanilyen finoman csukta be maga mögött az ajtót. A baljós némaság nyomasztóan telepedett rá a sötét folyosóra. Jácint közelebb lépett az ajtóhoz, hallgatózni próbált, és apró neszekre lett figyelmes. Először egy halk nyüszítés jutott át a pozdorja nyílászárón, ami szinte azonnal elhalt. Az ágy rugóinak nyikorgása összemosódott egy néma sikollyal, aztán csak a súlyos csend maradt. A fiú mégsem jött ki a szobából. Egyik sem. Újabb tompa puffanás, egy mély lélegzet, és dulakodás hangjai szűrődtek ki. Nem tartott sokáig, a hangok gyorsabban elhaltak, mint egy pillanat. Jácint is visszatartotta a lélegzetét, majd egyre közeledő lépéseket hallott. Hátralépett, amint megpillantotta, hogy a kilincs megmozdul. Egy kövér, esőkabátos alak lépett ki rajta, akit már vörösre festett az eddig ráfröcskölődött vér. Mosolygott. Boldognak és kiegyensúlyozottnak látszott. Megállt Jácint előtt, és megveregette a vállát:
– Most már mehetünk. Lett egy kis pénzünk is! – Levette az esőkabátot, és elrakta. A sporttáska cipzárjának elhúzása olyan hangosnak tűnt, mintha egy repülőgép szállt volna le a közelben. Csak úgy, véresen begyűrte a többi ruhanemű közé, és a borotvát is hanyagul beledobta a táskába. – Na, mi van? Indulhatunk!

Jácint belebámult a nyitott ajtó mögötti sötétségbe. Két test sziluettjét látta az ágyon heverni, az egyik – feltehetőleg Milosé – félig a padlóra csúszott. A feje lehetetlen szögben állt a nyakához képes, szinte csak az a vérben ázó vékony bőrcafat tartotta a helyén, ami valaha a tarkója lehetett. Összeszorította a szemhéját, és bízott abban, hogy csak a képzelete játszik vele. Szeretett volna felébredni ebből a rémálomból, de mikor kinyitotta, ismét csak barátja örömittas képét látta. Nem tudhatta, hogy a mosolygó arc tulajdonosának elméjében felsejlett egy idős házaspár, egy régi szobatárs és egy kismacska halvány képe.

\* \* \*

A portán Attila bácsi számára nem volt jó a lapjárás. Megint az a mocsok káró kettes hiányzott a sorhoz. Idegesen nyúlt cigarettásdoboza felé, csak arra nem emlékezett, hogy hova tette az

öngyújtóját. Nagyot kortyolt a már elhűlt kávéjából, és a zsebeit kezdte tapogatni. A monitoron két figura tűnt fel, akik a kerítés belső oldalát nézegették, de épp megpillantotta a meztelen nőt ábrázoló öngyújtóját az asztal alatt.
– Jaj, bébi, hát ide bújtál!
Lehajolt az asztal alá, amiben tekintélyes pocakja némileg meggátolta. Mire rágyújtott, és felnézett a kamera által szolgáltatott kis képekre, a kerítés ott árválkodott magában, senki által nem háborgatva.
Rákattintott a fájl menüre, és új játékot indított.

# 7. „Röppenni megint, tisztán, fényesen"

Hogy túl korán vagy túl későn volt-e, azt már Jácint nem tudta eldönteni. Hátradőlt a kényelmes székben, és bámulta a McDonald's aranyszínű, kivilágított logóját. Jólesett neki a tömény, nehéz ételszag és a légkondicionált levegő furcsa kettőssége. Alig akadt néhány vendég rajtuk kívül, de amikor jobban belegondolt, egyáltalán nem tartotta magukat gyanúsnak. Egy külső szemlélőnek ők ketten csak két, buliban megfáradt fiatal, akik megéheztek az éjszakai pörgésben. Nézte a szobatársát, ahogy tömte magába a hamburgereket. Szája szélén a húsból csöpögő zsír keveredett a mustárral, talán egy kis nyállal is.

– Egyél már, baszki! – szólította fel teli szájjal Jácintot. – Eszemet se tudom, mikor ettem ilyen jót!

Jácint észrevette, hogy még hozzá sem ért a szendvicséhez, csak a sült krumplit birizgálta.

– Nem kell? Akkor add ide, betolom! – Szenvtelenül nyúlt át az asztal felett, a fiú barna tálcáján lévő ételhez, és mohón beleharapott. – Ez valami kurva jó!

– Most mi lesz? – kérdezte Jácint félénken.

– Hogy veled mi lesz, azt csak te tudhatod. Én megkeresem a régi családgondozómat, a Ferit. Tudod, amelyik azt játssza, hogy az apám. Meghúzom magam nála egy kis időre.

Jácint elveszettnek érezte magát. Születése óta állami gondozott volt, ezért hiába vágyott mindig is a szabadságra, most, hogy az ölébe hullt, nem igazán tudta, mihez kezdhetne vele.

– Szerintem keress valami melót! Elmúltál már tizennyolc. Úgyse maradhattál volna sokáig abban a koszfészekben!

– De nem értek semmihez!

– Szard le! Figyelj! Elosztjuk a pénzt fele-fele arányban. Van annyid, hogy felmenj a fővárosba, és ott beállj, mit tudom én, például egy étterembe. Feketén. Hidd el, megtalálod a módját!

– De keresni fognak! – aggodalmaskodott Jácint.

– Azt fognak. Ezért kell megpattannunk innen. Hidd el, azok a szarfaszúak azt se tudják, hol keressenek!

– Embereket öltél, baszd meg! – csapott az asztalra Jácint, és érezte, hogy ez a mondat elég hangosra sikeredett.

A dühös pillantástól megrémült, amit barátjától kapott a kirohanásáért. Mindketten körbenéztek, de csak azt a néhány fáradt, közönyös arcot látták maguk körül, akik már jó ideje magukkal voltak elfoglalva.

– Még egy ilyen, és elvágom a torkod. Ezt kurvára jegyezd meg! – böfögött egy hatalmasat, és röhögni kezdett. – Szabadok vagyunk, baszd meg! Kedvünkre szárnyalhatunk mint a kismadár! Örüljél már, a kurva életbe! Bármit megtehetünk! Érted? Bármit!

Jácint csendben maradt, nem ragadt át rá barátja lelkesedése. Szerette volna tudni, hogy az a „bármi" mit is jelent. A szabadság nagyobb terhet jelentett számára, mint a bezártság. Azt legalább ismerte.

– Menjünk ki a WC-re! Itt az ideje az osztozkodásnak! Csak hogy lásd, mekkora úr vagyok, most én fizetek. – Felállt, és megveregette Jácint vállát. – Gyere!

Bementek a férfirészleg mellékhelyiségébe, ahol teljesen magukra maradtak. Jácintot sokkolta, ahogy a sporttáska cipzárja feltárta ocsmány tartalmát. Barátja olyan nyugalommal kotorászott a véres esőkabáttól összemocskolt ruhadarabok között, mintha csak a napi szennyese lenne. Egy tárcát húzott elő, ami nem is olyan régen még Milosé volt. Ahogy belenéztek, nagyjából negyvenezer lehetett benne. Szó nélkül megfelezték a pénzt, tudták, hogy nem sok, de szökésre pont elég.

Ahogy végeztek az osztozkodással, visszaültek az asztalukhoz.

– Kérsz még valamit? – kérdezte Jácintot, aki csendben maga elé bámult. – Azt ugye mondanom sem kell, hogy ha esetleg elkapnak, és eljár a szád... akkor... – A sokat sejtető szünetek és a hideg tekintet egyértelművé tette a fiú számára, hogy mi a mondat befejezése.

Felálltak. A testes fiú a kasszához sétált, és rendezte a számlát. Együtt léptek ki az ajtón, arcukba csapott a friss, üde levegő. Lassan kivilágosodott. A felkelő nap aranyszínűre festette a parkoló autókat és a közlekedési táblákat. A város ébredezett, a forgalom zaja megtöltötte élettel ezt a félreeső kis utcát és a szívüket is.

– Na, érzed már, hogy szabadok vagyunk?

\* \* \*

A kövér fiatalembert a vonat húgyszagú vagonja pofonként rángatta vissza a valóságba, ahogy ott zötykölődött a főváros felé vezető elhanyagolt vasútvonalon. Alatta a kényelmetlen bársonyülés fűteni kezdett, amit még egyáltalán nem talált indokoltnak. Nem is gondolt már Jácintra, az sem érdekelte igazán, hogy merre viszi majd az útja. Csak arra fókuszált, hogy el kell jutnia Ferenchez, de szüksége volt még némi pénzre. Körülnézett a vasúti kocsiban, de egyetlen utastársáról sem feltételezte, hogy nagyobb mennyiségű készpénz lehet nála. Az is eszébe jutott, hogy ha esetleg itt elkapna valakit, könnyen a nyomára akadhatnak, mert egyértelmű lenne, hogy a vágott sebek összefüggésben vannak az intézeti áldozatokkal. Maradt annyi pénze, hogy ha szűkösen is, de pár napot vagy hetet eltölthet a nagyvárosban. Majd ott keres magának valakit, aki pont megfelel a céljainak.

* * *

A hajléktalanszálló omladozó betonépülete előtt már kígyózott a sor. B napok óta nem fürdött, haja zsíros csomókban állt össze, ruhája piszkos volt, szaglott a verejtéktől és a köztereken eltöltött éjszakáktól. Nem tűnt ki a tömegből, de nem is bánta. Pontosan ez volt a célja. Mikor felismerte magát egy kioszk kirakatában kifüggesztett hírújság címlapján, tudta, hogy valamihez kezdenie kell a külsejével. A cikk szerint a rendőrség teljes erőbedobással keresi a javítóintézeti mészárlás elkövetőjét. El is mosolyodott ezen a hangzatos szalagcímen. Szakálla gyorsan nőtt, ahogy a haja is. A ruháit kifordította, és sárral kente össze, mert ha épp eléggé visszataszító a megjelenése, az emberek többsége inkább elfordul tőle, semmint tüzetesen megnéznék. A szállón kap meleg ételt, akár fürödhet is, de ami megfizethetetlen, az az információ. A hajléktalanok tudták, hogy hol érdemes koldulni, részletes személyleírással is szolgáltak azokról az idős nénikről, akik rendszeresen adnak nekik pár száz forintot. Akadt olyan is, aki megjegyezte annak az autónak a rendszámát, aminek a sofőrje volt annyira szociálisan érzékeny, hogy egy ezressel jutalmazta a kellően szívszorító történetet az elhunyt feleségről és a zsebmetsző orvosokról. Az egyetlen dolog, amitől tartania kellett, hogy a hajléktalanok egy csoportja bizonyos területeket kisajátított magának. De azt szerette ezekben az emberekben, hogy amint előkerül a borotva, inkább odébb állnak, semmint felvennék a harcot. Érezte, hogy felettük áll, hogy hatalom van a kezében. Ezt pedig nagyon élvezte. Szerette elvenni a mások által összekéregetett párezer forintot úgy, hogy a torkuknak szegezte a pengét. Ezért amikor beállt a sorba, nem úgy tette, mint egy elesett, a társadalom perifériájára sodródott egyén, hanem mint egy király. Féltek tőle.

* * *

Az éjszaka sötét volt, és hűvös. A félreeső utcában már kint álltak a lányok, és erősen hiányos öltözékben kellették magukat az arra járó autósoknak. A combokra feszülő neccharisnya, a bordó melltartó felett viselt kopott bőrkabát és a tűsarkú annyira közhelyes volt, hogy messziről le lehetett olvasni róluk a legősibb mesterség címerét. Az esőkabátos többször is látta már ezeket a nőket, de nem foglalkozott velük. Ez az éjszaka azonban más volt, mint a többi. A rágózó, cigarettázó prostik közt észrevett egy új arcot. Neki nem volt platinaszőkére festve a haja, hanem egyszerű barnán viselte, ami lófarokban összefogva omlott le a háta közepéig. Nem viselt harsány sminket sem, arca maga volt a természetesség. Termete alacsony, szinte már gyerekes, mégis végtelenül nőies. Szolid ruhát viselt, csupán egy testhez álló farmer és rózsaszínű női póló feszült rajta, ami felett fehér farmerkabátot viselt. A férfit emlékeztette valakire ez a lány, akit még gyerekkorában ismert meg. Kiköpött olyan volt, mint Vera, aki annak idején az iskolában megalázta. Az esőkabátos megállt az utca túloldalán, és bámulni kezdte a barna hajú prostit. Érezte, hogy erekciója támad, és agyában lüktetni kezdett a gondolat, hogy meg akarja kapni ezt a nőt. Hezitált. Ráébredt, hogy még sosem volt dolga a szebbik nemmel. Dühös lett, és valami zavart érzett odabent. Mások miért élhetik át a gyönyört, és ő miért nem kaphatta meg soha? Ott, abban a pillanatban gyűlölt minden nőt, akit anya valaha is a világra hozott, mégis testének minden porcikája azt kívánta, hogy magáévá tehessen egyet. Egy olyat, amelyik különleges, amelyik más, mint a többi. Felizgatta a hús, a gömbölyded formák, a szépség és az elviselhetetlen fájdalom okozásának képessége, az a keserédes kettősség, amit egy nő az ő számára képviselt. Arra vágyott, hogy birtokolhasson egyet tetőtől talpig. Neki az a lány kell, aki ott áll az utca túlsó oldalán. Nem tudta, hogy mi legyen az első szó, amit kimondhatna. Milyen szánalmas, hogy a férfi a maga világot megváltoztatni képes erejével semmivé válik egy gyönyörű és vonzó jelenés egyetlen pillantásának súlya alatt.

Egy autó állt meg a lányok előtt, és az esőkabátos aggódni kezdett. Biztos, hogy a kocsi vezetője Verát akarja majd, mert kitűnik a sok egyforma nő közül. Érezte, hogy cselekednie kell itt és most. Lelépett az aszfaltra, és megindult a lányok felé.

– Vera! Vera! – kiabálta, és elhitte, hogy gyerekkori ismerősét látja a járdán álldogálni.

Az autó sofőrje észrevette a közeledő és kiabáló rossz küllemű férfit, és inkább elhajtott.

– Baszd meg, te fasz, most elbasztál nekünk egy fuvart! – kiabálta az egyik harsányabban sminkelt nő.

– Vera!

– Kopj le, te geci! – ordította egy másik.

Odaért a járdához, és megfogta annak a lánynak a kezét, akit felismerni vélt, arcán közben gyengéd mosoly suhant át.

– Vera – ismételte ezúttal halkabban.

– N... nem. Engem nem így hívnak – nézett a lány zavartan a férfira.

– Te beteg fasz! – A harmadik prosti a táskájával fejbe vágta az esőkabátost, akinek leesett a szemüvege az aszfaltra. Szánalmas mozdulattal kapott utána, de még mindig úgy mosolygott, mint aki nem is veszi észre a többi lányt.

– Anti, segíts! – A kiáltásra a járda melletti kerítés mögül egy tagbaszakadt, vastag aranyláncot viselő férfi lépett elő, és kérdés nélkül belerúgott a lányokat zaklató csövesbe.

– Hordd el magad, különben kitaposom a beledet!

A koszos férfi még mindig Verát nézte, de a mosoly már lehervadt az arcáról.

– Nem ismersz meg, Vera?

– Nem ismer téged, te állat, takarodj innen! – A strici rugós kést húzott elő nadrágjának farzsebéből, és a hajléktalanra fogta, hogy hitelt adjon szavainak.

A csöves egyenesen kihúzta magát, és belebámult a strici szemébe. Aztán hátat fordított, és elindult az utca másik oldala felé. Ahogy kikerült a közvilágítás fénypászmájából, elnyelte a sötétség.

– Így van, húzz innen, te köcsög! – kiabálta utána az egyik prosti.

\* \* \*

B csak annyira ment messze, hogy még láthassa a lányokat. A járdát kisebb-nagyobb bokrok szegélyezték, amik mögé el tudott rejtőzni. Elővette a péniszét, és maszturbálni kezdett. Az aktus nem tartott sokáig, nem is emlékezett rá, hogy mikor ejakulált utoljára. Lihegve szedte rendbe a ruházatát, miközben végig a lányt figyelte.

Hajnali három és négy között a prostituáltak elkezdtek szétszéledni. Eljött a pillanat, hogy végre Vera is elinduljon valamerre. A hajléktalan nem kis örömére pont abba az irányba haladt, ahol ő is elbújt. A szíve a torkában dobogott, amikor az utca túloldalán szinte csak karnyújtásnyira került a lánytól. Abban a pillanatban, ahogy biztonságosnak érezte a távolságot, előmászott a bokrok mögül, és követni kezdte a prostit. Újra erekciója volt. Az éjszaka friss levegőjében érezte a lány erős, olcsó pacsulijának illatát, tekintetét folyamatosan a fenekén és lófarokba kötött haján pihentette. Nem akarta leteperni az utcán, olyan helyre volt szüksége, ahol biztonságban kiélheti minden eddigi elfojtott vágyát a törékeny női testen. A lány cigarettára gyújtott, és letért az aszfaltozott járdáról a város szélét jelző tábla felé. A férfi igyekezett a kavicsos gyalogút füves részén haladni, így tompította lépteinek zaját. Igaz, hogy jócskán lemaradva követte, de tudta, hogy ha a lány hátrafordul, és észreveszi, akár meg is lóghat előle. Bízott a csendben, az éjszakában és a felhőkben, amik eltakarták a Holdat.

A lány a hallójáratába dugta a Discman fülhallgatóit, és ringó csípővel a város ipari negyede felé vette az irányt. Elég tisztességes séta volt, amit meg kellett tennie a „munkába járáshoz". A gyárakhoz vezető kavicsos út mellett széles mező terült el, amin a férfi több elhagyott lakókocsit is látott, melyeket nagy többségében hajléktalanok laktak. A lány nem szerette ezt a környéket, de a sötét horizonton már kirajzolódtak a panelházak sziluettjei, ahol albérletben lakott. A lakókocsik fehér burkolata már málladozott, az ablakaikat betörték. A használhatóbb alkatrészeiket, mint például az ajtókat, már régen lelopták. Az egész egy roncstelepre hasonlított. B úgy érezte, ez a helyszín pont megfelelő lenne, ezért szaporázni kezdte a lépteit. Négyméteres távolságból már észrevette, hogy a lány a fülhallgatók miatt nem sokat hallhat a külvilágból, ezért még egyszer utoljára körbenézett, és lomhán, de nagy irambam futni kezdett az utcalány felé. Lendületből vetette rá magát áldozatára, akit a hatalmas test maga alá temetett. A Discman törötten gurult el

a kavicsos járdán, ahogy a nagy súly leteperte az apró testet. Sikítani próbált, de a férfi a koszos kezeit a vékony ajkakra tapasztotta. A mellkasára ült, és egészen közel hajolt a fejéhez, amit erőszakkal elfordított, hogy a fülébe suttoghasson:
– Verácska! Drága kicsi Verácskám! Olyan régen láttalak! Hát szabad így bánni egy régi baráttal?! Mostantól te leszel az én kis külvárosi barátnőm. – A hangjában egyszerre volt jelen a negédeskedés és a mérhetetlen gyűlölet. Tébolyult vigyora megrémítette a lányt, szemei majd kiugrottak a helyükről az erőlködés miatt. Ismét sikoltani akart, de a hang nem tudott utat törni magának a mocskos, ragadós ujjak között. A férfi hatalmas ütést mért jobb öklével a pici fejre, amitől az áldozat azonnal elveszítette az eszméletét.

\* \* \*

Homály selymes fátyla borított mindent, ahová a lány csak nézett. Próbálta kinyitni a szemeit, de csak elmosódó sziluetteket látott maga körül. Egy fehér fal, majd sötétség. Újabb próbálkozás: Ezúttal egy kitört ablak képe és erős fejfájás volt a jutalma az erőfeszítéseinek. Ahogy tisztult a tudata, rádöbbent, hogy a hátán fekszik. Mikor újra kinyitotta a szemét, egy borostás, ápolatlan arc töltötte be a látóterét, és átható szájszag meleg fuvallata csapta meg az orrát. Elfintorodott, és hányingere támadt. Gyomra összeszorult, de ahhoz is gyenge volt, hogy fejét elfordítsa. Egy gusztustalanul sikamlós nyelv érintését érezte a nyakán és az állán. Vad szuszogást hallott.
– Kérem... ne... – suttogta.
A férfi teljes testsúlyával ránehezedett, kezei vadul matatni kezdtek a lány farmerjének gombja körül. Egy erős rántás, és az áldozat érezte, hogy altestét immár nem fedi semmi. Összeszorította a szemét, nem volt képes ellenállni. Megértette, hogy mi fog történni, és próbált felkészülni a fájdalmas behatolásra, ami csak nem jött. Az erős kezek letépték a rózsaszínű felsőt, és az izzadságtól bűzlő nehéz férfi mocskos kezeivel a melleit kezdte markolászni. Egy könnycsepp tört utat magának az összezárt szemek erős szorítása mögül. A lány a testének remegése felett már nem volt képes uralkodni, legbelül sikítani akart, de ajkai némák maradtak. Nem volt képes felvenni a harcot. A torkán hideg fém érintését érezte, majd belé hatolt valami a testébe, aminek a fájdalma lelkének legmélyebb zugáig is eljutott. Minden egyes lökés újabb fájdalomhullámot generált, és érezte, ahogy lassan kiszáll belőle az élet. Ha ki is jut ebből a mocskos lakókocsiból, sohasem lesz többé olyan, mint azelőtt, még akkor sem, ha egy prostituált élete nem is mérhető a hétköznapi emberek mércéjével. Ez az éjszaka kettéosztja az életét azelőttre és azutánra. Ahogy a férfi egyre mélyebbre hatolt, és egyre vadabbul vonaglott rajta, az áldozat már inkább a halált kívánta az élet helyett. A penge, amit a

támadó végig a nyakához szorított, könnyen felsebezte a vékony, selymes fehér bőrt. A vörös vér spriccelni kezdett, és ahogy a férfi lassan elveszítette a kontrollt mozdulatai felett, a hideg acél egyre mélyebbre hatolt a lány torkában. Az még mindig nem tudott sikítani. Mikor utolsó lehelete elhagyta ajkait, a teste már régen halott volt.

A férfi fütyörészve húzta fel a nadrágját, és szedte viszonylagos rendbe toprongyos ruházatát. A lakókocsi félig lógó ajtaja felé indult, de mielőtt kilépett volna, a holttestre pillantott, ami vérbe fagyva, szétterpesztett lábakkal, meztelenül és élettelenül, üres szemekkel nézett vissza rá.

– Még eljövök hozzád, kicsim! Megígérem. – Jókedvűen, nevetve lépett ki a lakókocsiból, és a belváros felé indult.

# 8. „Az élet, ha sokan akarjuk, megváltozik"

A hajléktalanszálló falait fehérre meszelték, és minden szobában feszületet helyeztek el, ahonnan Jézus Krisztus leszegett fejjel tekinthetett végig eltévelyedett gyermekein. A feszület alatti vaságyakon, egymással szemben két férfi ült: egy testesebb és egy magas, öltönyt viselő alak. A formális viselet csak messziről tűnt elegánsnak, közelebbről már bárki láthatta, hogy a zakó könyöke vásott, a nadrág több helyen kiégetve, a zsebek pedig lógtak. Inkább egy kolduskirály megjelenése volt ez, semmint egy üzletemberé. A nyitott ablakokon keresztül beszűrődött a város zaja: duda, fékcsikorgás és szirénák fülsiketítő vijjogása. A szálló bejárata előtt gyakran fékeztek le a szolgálati fehér Opel F Astrák és Ford Focusok a kék Rendőrség felirattal és a jól ismert megkülönböztetőjelzéssel, majd az egyenruhás, marcona fakabátok mindenféléről kérdezősködtek. Kábítószer, eltűnések és az utóbbi időben gyilkosságok is terítékre kerültek.

– Imre, szükségem van azokra a papírokra! – nézett a kövér hajléktalan a vele szemben ülő öltönyösre.

– Tudom. De ahhoz több pénz kell. Egy új személyazonosság nem olcsó.

A nagydarab, koszos férfi felállt az ágyról, kezeit a tarkójára tette, és mély levegőt vett.

– Megkapod az összeget.

\* \* \*

A férfi a fürdőszoba mocskos mosdókagylója felett elhelyezett törött tükörben farkasszemet nézett önmagával. Az egyszer használatos Gillette borotva felsebezte az arcot, amire szinte rá sem ismert. Úgy nézett ki, mint egy megtört negyvenes, pedig alig volt több a felénél. Egy körömvágó ollóval igyekezett megigazítani zsíros hajfürtjeit, a fejét a csap alá dugta, és szappannal dörzsölni kezdte korpás fejbőrét. Egy koszos törölközővel felitatta a vizet az arcáról, majd a tisztábbik pulóverét és farmerjét húzta magára. Visszament a szobába, és a lopott Nokia 3310-est lehúzta a töltőről. A portáról kikérhető telefonkönyvből már előző este kimásolta a helyi családsegítő szolgálat számát, akiket fel is hívott. Illedelmesen bemutatkozott, és arról érdeklődött, hogy van-e Kovács Ferenc nevű munkatársuk, aki nem is olyan régen még őt gondozta. Elmesélte, hogy milyen hálás Ferencnek, és sosem jutott volna el idáig, ahol most tart az életben, ha akkor nem kap segítséget. A vonal másik végén végighallgatták a történetét, és kiadták neki Ferenc munkahelyi telefonszámát. A kis hölgy őszintén bízott benne, hogy az egykori gondozott és segítője újra egymásra találnak majd, és egy kávé mellett csodás emberi kapcsolatnak lehetnek részesei. Mikor bontották a vonalat, B elégedetten gondolt arra, hogy bizonyos emberek anélkül is megteszik, amit akar, hogy borotvát nyomna a torkukhoz. A megfelelő szavakkal, a megfelelő időben talán nem is lesz olyan nehéz az érvényesülés. Ölébe vette régi sporttáskáját, és bepakolta a legfontosabb tárgyait: néhány váltás nadrág, pólók, pulóverek és egy régi esőkabát. Szíve hatalmasat dobbant, mikor kézbe vette a borotvát. Kinyitotta, és a pengéről visszaverődő fény szinte elvakította. „Solingen. Made in Germany" – megbabonázta ez az acélba mart felirat, örömmel nézegette a sima, éles fémet. Szerette, ahogy a fa markolat a tenyerébe simul. Összecsukta, és a táskába helyezte.

\* \* \*

Ferenc a tágas nappaliból a konyhába, majd a hálószobába ment. Gyakran nézett a faliórára, ami még mindig csak három óra tizenkét percet mutatott. A hálószobában a falra függesztett tükörben megnézte magát, majd újra a konyhába ment, ahol leült a pult előtti bárszékre. Néhány perc múlva megint felállt, és az órát nézte.

– Ideges vagy? – kérdezte Anita lágy hangon. Tudta, hogy ez nagy nap a férje számára, hiszen a fiú fontos szerepet töltött be az életében. Mikor még csak jegyben jártak, sokszor vigasztalta a férfit, aki önmagát okolta azért, hogy intézetbe zárták. Ami végül ott történt, arról mindenki csak találgatott. A fiúk lehettek elkövetők és áldozatok egyaránt. A média ismeretlen tettesekről beszélt, majd a srácokat szedték szét. Egy alkalommal őt is próbálták a firkászok meginterjúztatni, de elutasította. Csak akkor szólalt meg nyilvánosan, amikor a helyi újság címlapon, tényként lehozta, hogy minden bizonyíték egykori gondozottja és annak szobatársa ellen szól. Kitartott amellett, hogy az intézeti mészárlásban idegenkezűség történhetett, a két fiatal férfi pedig azóta is menekül. A közvélemény szerint viszont egyértelműnek bizonyult, hogy a két tettes azóta is szökésben van.

Ferenc átölelte, s erősen magához szorította a nőt.

– Indulok. Nem baj, ha várnom kell egy kicsit.

– Jól van. Menj! – A nő hosszú, gyengéd csókot lehelt szerelme ajkára, aki ott, abban a pillanatban a legboldogabb ember volt a Földön. A nő gyermekkel ugyan nem ajándékozhatta meg, de Ferenc most újra láthatja azt az embert, akit fiaként szeretett.

Akkora lendülettel sietett az épület alatti mélygarázs felé, hogy majdnem elsodorta kedvenc szomszédait: Teri és Juci nénit.

– Hova-hova, fiatalember? – kérdezte a mindig vidám Teri néni.

– Elnézést kérek, drágáim, de nagyon sietek!

– Menjen csak, Ferenc! De vigyázzon magára, hallja?! – kiáltott a férfi után Juci, majd idős barátnőjére nézett. – Ezek a fiatalok! Mindig sietnek valahová. – Összemosolyogtak.

Feri az autójának kulcsára integrált ajtónyitó gombot már akkor megnyomta, amikor még méterekre volt a piros Auditól. A szervomotorokkal ellátott ajtó finom kattanással jelezte, hogy a zárszerkezet kioldott, és mikor Ferenc bepattant a sofőrülésbe, még el tudta olvasni a kormány mögötti fedélzeti számítógépen a „Welcome" feliratot, a középkonzolon pedig felvillant a négy karika ezüstös képe.

Erősen benyomta a motor indítására szolgáló gombot, amitől dühösen felmordulva életre kelt a 3.2-es V6-os motor. A fordulatszámmérő mögötti LED lámpák sejtelmesen megvilágították az analóg műszereket, amelyek azonnal reagáltak a kormány mögötti váltófülek mozgatására. Egy nagy „R" betű jelent meg a kis kijelzőn, és az autó hatalmas lendülettel tolatott ki a térkővel burkolt beállóhelyről. Ferenc jókora gázfröccsöt adott, és csak a bekapcsolt menetstabilizátor akadályozta meg a tizenkilenc colos kerekek vad kipörgését.

\* \* \*

Szerencséje volt, hogy a megbeszélt találkozóhelyhez közel talált egy üresen álló parkolót. Letette az autót, és megállt a kávézó bejárata előtt. Az órájára nézett, és már csak negyven percet kellett várnia arra, hogy viszontláthassa a fiút.

Az utcán hömpölygő embertömeget figyelte. Unott arcokat látott, akik beletemetkeztek mobiltelefonjaikba, és leszegett fejjel törtettek előre, ki tudja, hova. Mikor fiatalabb volt, az emberek előre néztek, és ha meglökték egymást, bocsánatot kértek egy baráti mosoly kíséretében. Manapság már természetes a tolongás, egymás képletes vagy tényleges eltiprása. Ferencnek eszébe jutott, hogy ez a sok ismeretlen ember mennyire őszintén írja ki üzeneteit az IWIW-re vagy az új őrületre, a Facebookra, értik-e azt a sok megható idézetet, amit posztolnak, és hogy mennyire a szerénység vezérli őket, amikor feltöltik a bikiniben pózoló fotóikat a nyaralásukról, és hagyják, hogy idegenek is megnézhessék. Mennyire lehet úgy szöveges üzenetet küldeni valakinek – aki talán fontos –, hogy a boldogság egyetlen kis, vékony sugara sem tükröződik tekintetükön? Egy ilyen világban vigyázni kell a meglévő emberi kapcsolatokra, vagy megpróbálni helyrehozni azt, ami valahol, valamikor elromlott. Ezért volt fontos neki a fiú.

A forgatagban megpillantott egy szakadt öltözetű, testesebb fiatalt, vastag szemüvegben, vállán sporttáskával. Szíve hatalmasat dobbant, mert akármennyi idő is telt el, felismerte azokat a vonásokat, amiket gyakran fürkésző tekintettel figyelt a látogatások alkalmával. Valaha látta azokat a most üresen bámuló szemeket sírni, ezt a kifejezéstelen arcot mosolyogni. Felé fordult, és nem kellettek szavak ahhoz, hogy ezt a régi kapcsolatot onnan folytassák, ahol akkor megszakadt. A srác kezet nyújtott felé, de a férfi inkább magához ölelte.

– Örülök, hogy látlak! – suttogta a fülébe.
– Én is örülök neked, Feri. Köszönöm, hogy eljöttél!
– Ez csak természetes, fiam!

Egy pillanatra kínos csend kezdett kialakulni, de a fiatalember megtörte:

– Hol van a Trabantod?
– Ó, hát az az öreg tragacs már rég nincs meg. Tudod, mikor ide költöztünk, nemsokkal később a helyi szolgálat vezetője lettem. Ez van helyette. – A közelben parkoló Audira mutatott.
– Ejjha! Jól felvitte az Isten a dolgod!
– Nem panaszkodom. De figyelj! Üljünk már be egy kávéra. Ott beszélgessünk inkább!

\* \* \*

A gőzölgő kávé illata betöltötte a levegőt. Egymással szemben foglaltak helyet. A múltidézés nem tartott sokáig, Ferenc nem akart tapintatlan lenni barátjával, de azon gondolkozott, hogy miként hozhatná fel azt a témát, ami a legjobban érdekelte.

– Örülök, hogy Anita jól van.
– Ő is nagyon boldog volt, amikor felhívtál. Tudod, a híradó bemondta, hogy mi történt az intézetben... – Ám nem tudta befejezni a mondatot.
– Azt hiszed, hogy én tettem? – vágott közbe a fiatalember.
– Dehogy! Nem erről van szó. Fiam, én sohasem feltételezném rólad, hogy...
– Azt jól is teszed, Feri. Nem én voltam.

Az arcán átfutó fintor egyértelműen jelezte Ferenc felé, hogy szeretné ejteni ezt a témát.

– Ha nem akarod, nem kell beszélned róla.
– Helyes. Nem akarok. Elég ha elhiszed, hogy nem én voltam. Nem mondom, hogy nem keveredtem bele bizonyos dolgokba. Azt sem állítom, hogy az intézetben történteknek nincs köze azokhoz a dolgokhoz, de nem én tettem.

Ferenc megtámasztotta az állát a mutató- és hüvelykujja között, mélyen elgondolkodott azokon, amiket hallott. Annyi információval kell beérnie, amit csepegtetnek neki, és a fejében összeállt egy kép az ilyen és ehhez hasonló intézetek viszonyairól. Kábítószer, nők és pénz mérgezi a fiatalok életét, és ez a szerencsétlen nem tehetett mást, mint sodródott az árral. Talán lopott, talán a rossz emberbe kötött bele, de Ferenc biztos volt abban, hogy egykori gondozottja ártatlan.

Mindeközben a szemüveges fiatalember idősebb barátja tekintetét vizsgálta. A szemek felett és a homlokon megjelenő ráncok arról árulkodtak, hogy a férfi átgondolja a hallottakat, ám a légzése egyenletes és nyugodt maradt. Hitt neki. Csak egy apró lökés kellett még, hogy Ferenc felajánljon valamit, amire szüksége van.

– A szökés miatt nem sok mindenem maradt. Lassan mennem kéne, tudod ilyenkor a legforgalmasabb a TESCO parkoló. Hónap eleje van, sokan most kaptak fizetést, és ilyenkor adakozó kedvükben szoktak lenni, ha... érted, mire gondolok.

Ferencet a mondatok súlya azonnal visszarántotta a valóságba.

– Ugye nem gondolod komolyan, hogy visszaengedlek az utcára koldulni?!

– Nézd, ez az én dolgom, nem kívánhatom tőled, hogy esetleg... – szabadkozott, de tudta, hogy a férfi bekapta a csalit. Már csak arra kell ügyelnie, hogy el ne nevesse magát. Elesettséget, megtörtséget kellett ábrázatára erőltetnie. Nagyon nehéz ez, ha az ember majd kicsattan a boldogságtól.

Ferenc felállt az asztaltól, és kifizette a számlát.

– Gyere! Anita is szeretne már végre látni téged. Ma nálunk alszol. És holnap is, és amíg csak szeretnéd.

– Nem is tudom, Feri. Igazán nem fogadhatom el.

– Végre jóvá tehetem azt, amit veled tettem, fiam. Hidd el, az élet megváltozhat! Csak akarni kell!

A fiatalember a lelke mélyén túl giccsesnek érezte, ha most azt mondaná, hogy „köszönöm, apa". Megtörte volna a színjáték drámai hangvételét, ezért inkább csak megfogta Ferenc kezét, és mélyen a szemébe nézett. Könnycseppeket akart ejteni, de nem jöttek. Néhai családsegítőjének viszont ennyi is elég volt. Azt persze nem sejthette, hogy a vele szemben álló ember most nem az őszinte hálára gondol, hanem egy jéghideg acélpengére, „Made in Germany" felirattal, ami hozzásegíti ahhoz, hogy elvegye, amire szüksége van.

# 9. „Ezt a hálát adom neked"

Az új életet kezdett fiatalember tenyerével letörölte a párát a fürdőszobatükörről, és az arc, ami visszanézett rá, olyan volt, mintha nem is az övé lenne. Fekete haját Anita mindig rövidre vágta, így kellemes összhangot teremtett fekete szemeivel. Az arc vékony volt, kicsit talán beesett is, de lehet, hogy csak a vastagkeretes szemüveg keltette ezt az illúziót. Egy törölközőt csavart a derekára, és sokáig nézte a lapos hasat, amire a bolyhos fehér textil rátekeredett. Eltűnt a nagy, hájas párna, ami miatt olyan sokan szekálták. Nem volt már többé sem zsírdisznó, sem Husi, sem bármi ilyesmi, sőt szinte betegesen soványnak tűnt. Magára húzta a pólót, amit még a fürdés előtt bekészített a mosdókagyló mellé. Egy különösen nagy, XXXL-es ruhadarab volt, amitől képtelen volt megválni, ahogy a többi nagy méretű pólójától sem. Újra a tükörbe nézett, és hirtelen megrémült, ahogy a vastag, húsos tokára tévedt a tekintete.

Azonnal odakapott a karjával, de csak a feszes bőrt tapintotta. Nincs toka.

Pislogott, és közel hajolt a tükörhöz.

Sovány.

Már nem az, aki egykor volt. Anita figyel arra, hogy egészségesen táplálkozzanak, ami meg is tette a hatását. Idősebb lett ugyan, de sokkal jobban nézett ki, mint azelőtt. Felöltözött, és kilépett a fürdőszobából. Olykor el is felejtette, hogy voltaképp miért érkezett Ferenc lakásába. Befogadták, és családtagként kezelték. Végigsétált az Anita által választott perzsaszőnyegen, és leheveredett a nappaliban. Ferenc és Anita ilyenkor dolgozott, egyedül volt az egész lakásban. Szerette azt gondolni, hogy ő ide tartozik. Bárcsak mindig is ide tartozott volna, de ez nem több egy álomképnél. Itt semmi sem az övé, ő csak egy megtűrt vendég ezen a helyen, nem több. A falon függő képeket nézte: Az egyiken Ferenc és Anita egy lépcsőn ültek egymás mellett. Anita kiengedett szőkésbarna hajjal simult Ferenchez lila felsőben és farmer rövidnadrágban, míg Ferencen egy laza póló és nyárias piros sort volt látható. Idilli fotó egy idilli párról. Közvetlenül mellette egy másik képen ugyanebben a ruhában egymás mellett állnak, és átölelik egymást. Anita szemében ott bujkál a kimondatlan boldogság, és Ferenc az alacsony nőt vállánál átkarolva húzza magához, óvva, féltve mindentől, ami kárt tehetne benne. Az ő kis gyémántja, ami amilyen pici, éppolyan értékes. Egy harmadik képen már hárman vannak, őt is megörökítették, amint pártfogói mögött pózol egy középkori várrommal a háttérben. A csengő szakította félbe a pihenést, amit minden fürdés után beiktatott. Az ajtóhoz sétált, és elfordította a kémlelőnyílást záró kis fémkupakot.

Egy esőkabátos férfi fekete szemekkel bámult bele a kis nyílásba, amit az ajtón helyeztek el. Ahogy meghallotta, hogy belülről babrálnak az ajtóval, hátralépett egyet, és a zsebéből egy tárgyat vett elő. Dühösen az ajtó felé lépett, és mintha be akarná törni, vadul ütlegelni kezdte a kémlelő melletti burkolatot.
– Ne felejtsd el, hogy miért vagy itt, baszd meg!

A csengő szakította félbe a pihenést, amit minden fürdés után beiktatott. Furcsán érezte magát, mintha ott belül valami felkavarta volna. Az ajtóhoz sétált, és elfordította a kémlelőnyílást záró kis fém kupakot.
– Ferenc! Anita! Csak a Teri néni vagyok! Kedvesem, nincs véletlenül egy kis liszted? Sütni szeretnék, de teljesen kifogytam!

A fiatalember feltépte az ajtót, és vadul ráförmedt a kedves, idős nénire:
– Nincsenek itthon! Nem is lesznek! Hordja el magát! Menjen el abba a kurva boltba lisztet venni!

Terka nénit viszont nem olyan fából faragták, akit csak úgy kioszthat egy ilyen taknyos.
– Tudja, fiatalember, erősen kétlem én, hogy maga a Ferenc unokaöccse! Annak a csodálatos embernek nem lehet rokona egy ilyen senkiházi léhűtő, aki egész nap itthon ül, és csak a hátsó fertályát vakargatja! Mi is a maga neve? Bence? Barna? Benő?

A fiatalember arcán gonosz vigyor jelent meg, és egészen illetlenül közel hajolt a nénihez:
– Belzebub! – Hatalmas csattanással vágta rá az ajtót Teri nénire. Az ajtó mögül hisztérikus nevetés hallatszott, és valami olyasmi, hogy „Egyszer eljövök még érted".

B magában mormogva átsétált a tágas, barackszínű nappalin. Majdnem visszaült a heverőre, de inkább megint a képeket kezdte nézegetni, és odalépett ahhoz, amin mind a hárman látszottak. Tűnődve fürkészte a boldog arcokat. Dühöt érzett. Gyűlöletet, hogy mindez nem lehet az övé. Ő is ilyen barátnőt akart, ilyen jólétet, sőt egészen pontosan ezt az életet akarta, amit Ferenc élt. Leemelte a falról a képet, és teljes erejéből a falhoz vágta a bekeretezett, kinagyított fotót. Az üveg hangos csörömpöléssel tört apró darabokra, és szóródott szét a nappaliban.

„Család! Egy kibaszott, mocskos, hamis idill, egy ócska hazugság!" – dühöngött magában. A hazugság szó, akár egy beakadt magnószalag, egyre csak ismétlődött a fejében újra és újra. A szobájába futott, és feltépte a kis szekrényajtókat. „El kell vennem! El fogom venni! Megszerzem, és az enyém lesz! Hazugság!" – A gondolatok vadul cikáztak a fejében. „Ez az egész egy nagy hazugság!"

– Hol a faszban van?! – mormolta félhangosan.

Kutatott. Ahova nyúlt, a ruhák szerteszét hullottak mindenfelé. Csak akkor csillapodott le, amikor megtalálta a sporttáskát.

A cipzár könnyen nyílt, és felfedte a táska tartalmát. Fejtetőre állította, majd rázni kezdte, míg meg nem hallotta az esőkabátot és a borotvát tompa puffanással landolni a világos szőnyeggel borított parkettán.

\* \* \*

A lépcsőházban Ferenc előre engedte Anitát, nemcsak udvariasságból, hanem mert nem maradt szabad keze a munka utáni bevásárlás eredményeképpen keletkező táskák miatt. A kulcsot mindig a nő tartotta magánál, Ferenc pedig intézte a piszkos munkát. Ahogy a lakásba léptek, Anita felkattintotta a villanyt, de a sötétség nem oszlott el.

– Biztos kiment az izzó. Megint – morogta a férfi, majd a nappali felé kiáltott: – Fiam, itthon vagy? Fiam! – Nem kapott választ.

Anita előrebotorkált a nappaliig, és felkattintotta a kapcsolót. Itt is sötét maradt.

– Ez se jó!
– Francba! Megnézem a biztosítékot, de az kint van a folyosón.
– Menj csak, szívem, kiismerem magam! Van zseblámpa a konyhában.

A férfi kiment, és talán megszokásból, de becsukta maga mögött az ajtót. A nő apró kezeivel a falat tapogatta, hogy el ne vétse az irányt. Óvatosan lépdelt, egészen addig, míg meg nem érintette a nappalira néző konyhapult szélét. Innen már könnyű dolga volt, mert a konyha az ő terepe, betéve tudta, hogy melyik fiókban mi van, hiszen ő rendezte be ezt a helyiséget. Magabiztosan kihúzta a második fiókot, és gyorsan rátalált a fémből készült, hengeralakú lámpára. Felkattintotta, és szinte fájdalom hasított a szemébe, amint az erős fénycsóva visszaverődött a csillogó inox szagelszívóról a tűzhely felett.

A nappali felé sétált, és körbevilágított. Azonnal észrevette, hogy a padló tele van üvegszilánkokkal, és ahogy feljebb irányította a fénypászmát, látta, hogy valaki leverte a képeket a falról.

Fel akart sikítani, de a háta mögött erős szuszogást hallott, és egy nyirkos tenyér tapadt a szájára. Erős férfikéz húzta vissza a konyhapult mögé, majd az oldalába hasító éles fájdalomtól elvesztette eszméletét.

– Nem tudom, mi történhetett, le volt csapva a biztosíték – lépett az előtérbe Ferenc, majd felkapcsolta a lámpát. A folyosó fényárba borult.

– Mit főzöl vacsorára? – Levette cipőjét és zakóját, várta a választ, ami gyanúsan sokáig váratott magára. – Ani? Kicsim?

A konyha felé indult, és ott is felkapcsolta a villanyt.

– Jézusom! – kiáltott fel, amint megpillantotta a vértócsát a fehér járólapon. Idegesen körbenézett, és látta a nappaliban szétszóródott üvegdarabokat és a szétdobált képeket. Vékony vércsík és nagyobb vöröslő foltok vezettek a hálószobájuk felé. Kihúzta a fiókot, és egy konyhakést vett a kezébe.

– Ani! Fiam! Jézusom! – Átsuhant az elméjén az a gondolat, hogy azonnal hívja a rendőrséget, de mi van, ha az elkövető még itt van? Talán azok az emberek jöttek el, akiknek a fiú pénzzel tartozott. Lehet, hogy még mindig itt vannak. A hálószoba felől halk neszeket hallott. – Ki van ott? Ki van ott? – Tétova lépést tett a szoba felé, elméjét hatalmába kerítette a félelem. Izzadt, és érezte, hogy a tenyere is nedves, ezért jó erősen szorította a műanyag markolatot.

– Hívom a rendőrséget! – Ahogy kimondta, szinte szánalmasnak érezte ezt a mondatot. Manapság ez senkit sem fog elijeszteni, főleg egy olyan embert nem, aki már odáig jutott, hogy betör egy idegen lakásába. Most erősnek kell lennie.

Újabb lépést tett a szoba felé. Gondolatban felkészült arra, hogy ma véget is érhet az élete. Ott, abban a szobában lehet, hogy Anita vagy a fiú bajban vannak, és neki segítenie kell rajtuk. Egyre határozottabban lépkedett, majd a nappaliból beszűrődő fényben meglátta felesége meztelen holttestét. A nő oldalán a mély vágásból még mindig szivárgott a vér, ami eláztatta a hófehér ágyneműt, és a padlón egy sötét tócsában gyűlt össze. A szoba sarkában véráztatta esőkabátban egy borotvát szorongató fiatal férfi álldogált csendesen, és a testet nézte.

– Istenem! Ó, édes Istenem! – fakadt ki Ferenc, és torkát elszorította a fájdalom, lelkét gúzsba kötötte a kín. Az esőkabátos alakot nézte, és nem akarta elhinni, hogy az ott ő. Nem lehet ő. Pedig úgy néz ki, mint a fia. A férfi leejtette a kést a padlóra, és térdre rogyott. Zokogott.

– Szükségem van az életedre, Ferenc! – mondta az esőkabátos olyan természetességgel, mintha csak kölcsönkérne valami teljesen hétköznapi apróságot. – Azt az életet akarom, amit te élsz! Mert te boldog vagy!

A férfi zokogott, szeméből záporozni kezdtek a könnyek, és próbált a torkában lévő gombóc mellett hangokat kipréselni magából:

– Sosem lehetett saját gyermekünk. Az igazi boldogságot akkor tapasztalhattuk meg, mikor te hozzánk költöztél. – Végül csak megértette. A holttestet és a véres esőkabátot nézve megértette, hogy végig tévedett a fiúval kapcsolatban.

– Sajnálom, Feri. Ez a te problémád.

Odalépett Ferenc elé, aki üveges szemekkel nézett fel a csuklyát viselő alakra.

– Fiamként szerettelek! – Bizonytalanul ránézett az elejtett késre. Tudta, hogy akár el is érhetné.

– Sajnálom. – A hangok önmagukban nem hordoznak jelentést. Mikor összeállnak egy értelmes szóvá, egy megfoghatatlan többletet nyernek. De neki ez a szó nem jelentett semmit. Nem tudta, milyen érzés sajnálni, azt sem, hogy milyen szeretni. Amit keresett, arról ő maga sem tudta, hogy mi is az valójában. Csak meg akarta kapni, elvenni és élvezni. A boldogság hajszolása *kényszer*, ami ott legbelül mindenkit hajt. Mind ugyanazt akarjuk. Boldognak lenni.

Egyetlen mozdulattal vágta át Ferenc torkát, aki ugyan a sebhez kapott, de nem tanúsított ellenállást. Már nem volt miért élnie.

# 10. „Eljátszom, folytatom életünket, úgy, ahogy kellett volna, hogy legyen"

A fiatalember bekapcsolta a rádiót, és élvezte, ahogy a felkelő nap sugarai bevilágítják a tágas nappalit. Beengedte a napfényt, ahogy a dal is kérte tőle, ami épp megszólalt a háttérben. A vérfoltokat feltakarította, a testeket a fürdőkádba pakolta. A borotvával nagyon nehéz volt a bőrt és a húst lefejteni a csontokról, de sem időt, sem energiát nem spórolt a gondos munkára. Amikor már túl sok vér szivárgott ki a testekből, leengedte a vizet, és újat engedett helyette. Légfrissítővel folyamatosan telefújta a fürdőt, hogy semlegesítse a kellemetlen szagokat. Az apró cafatokat a konyhai turmixgépbe tette, és az undorító löttyöt kiöntötte a lefolyóba. A csontokat mésszel is lekezelte. Napokig a testek eltüntetése kötötte le, a végső maradványokat pedig ágyneműbe csomagolta, és az Audi csomagtartójába tette.

Este regisztrált egy fiókot a Facebookon, és rákeresett Jácintra. Megörült, amikor a kis indexképen felismerte régi szobatársát. Jelölte ismerősnek, és egy rövid üzenetet küldött neki:

„Egyszer igazán meglátogathatnál!"

Másnap délután kiautózott a városból az ipari negyed felé, és lehúzódott ahhoz a félreeső kis ösvényhez, ami mellett a lerobbant lakókocsikat hagyták. Jól emlékezett rá, melyikben hagyta Verát. Kedve támadt egy kis beszélgetéshez, ezért leállította a motort, kivette a csomagtartóból az ágyneműbe tekert maradványokat, és a lakókocsik felé indult. Örömöt érzett, mikor rátalált arra a helyre, ahol elveszítette ártatlanságát. Szép emlékek. Kopogott, és bekiáltott.

– Vera! Vera drágám, itthon vagy? Szeretnék valakiket bemutatni neked.

\* \* \*

Esteledett már, mikor hazaért. A lakás tiszta volt. A hálószobában átkutatta az összes fiókot, Anita minden dobozkáját, ahol meg is találta azt a készpénzt, amit a család a nehezebb napokra halmozott fel. Az új élet zálogát.

Másnap a hajléktalanszállón nem ismerték fel. Bő pólót viselt, olyat, amilyet még akkor hordott, mikor kövér volt. A kopott zakóban ott várta már a kolduskirály, aki nagyon örült, hogy régi ismerősének így felvitte az Isten a dolgát. Gondolta, így legalább valóban ki fogja tudni fizetni azt, amit kért tőle korábban.

* * *

Az Audi hűtött kesztyűtartójában az új papírjaival az egyetem felé vette az irányt. Élvezte, hogy sokan utána fordulnak a piros sportkocsinak, és hogy a járókelők figyelmét még jobban felkeltse, gyakran tekerte fel a Harman Kardon rendszer hangerejét. Szerette az utcán sétáló embereket nézegetni, szerette az elismerő pillantásokat olyan nőktől, akik azelőtt talán észre sem vették volna őt. Ahogy oldalra tekintett, felfigyelt egy lányra, aki szemmel láthatóan elmerült a gondolataiban. Gondterheltnek látszott, és a gyalogátkelőhely felé sétált. Nem nézett rá. Pedig itt ez az autó, benne egy fekete hajú, fekete szemű, vékony, fiatal srác. Milyen dolog ez, hogy nem veszi észre? A világosbarna, szinte szőkébe hajló hajszín, a zöld szemek felkeltették az érdeklődését, és elfogta valami megmagyarázhatatlan birtoklási vágy. Gondolta, talán vele boldog lehetne. Tökéletes kiegészítő mindazokhoz a javakhoz, amiket már megszerzett magának.

A lámpa pirosra váltott, és a lány lelépett a zebrára. Felmerült benne, hogy talán ez a pár lépésnyi távolság vezet majd a boldogsághoz.

A fiatalember a kormány mögötti váltófüleken egyesbe tette az autót, és határozott gázfröccsel kipörgette a hátsó kerekeket. Lelépett a fékről, amire az autó vadul kiugrott a gyalogosátkelő felé. Ismét a fékre taposva felcsikordultak a gumik, és a lányt sikerült oldalba kapnia a krómozott hűtőráccsal.

*Egy esőkabátos férfi állt a közeli újságosbódé mögé húzódva. Onnan nézte lopva az eseményeket. Nem először csinálta ezt. Elég gyakran figyelt meg másokat. Nem esett az eső, mégis esőkabátot viselt. Ugyanis ha sokat áll az ember az utcán, akkor bizony okozhat neki meglepetést az időjárás. Jobb előre felkészülni.*

*Amikor egy piros Audi fékcsikorgatva túl közel állt meg a zebrán áthaladó lányhoz, és megütötte az oldalát, az esőkabátos férfi elmosolyodott:*
*– Ez szép volt!*


– VÉGE A MÁSODIK RÉSZNEK –

GABRIEL WOLF

# KÉNYSZER

## Harmadik rész

# 1. „Patás angyal röppen fel az erkélyről, szárnya volna?"

– Atyám. Köszönöm, hogy fogadott.
– Nincs mit, professzor. Hogy őszinte legyek, először meglepett a kérése, miszerint beszélni szeretne velem. De készséggel állok elébe. Örömömre szolgál, ha tudok segíteni egy ilyen neves szaktekintélynek, mint ön.
– Ugyan! Szaktekintélynek azért nem mondanám magam. Gyakorló pszichiáter vagyok nyolcórás beosztásban, mint bármelyik más kollégám. Egyetemen sem tanítok már jó ideje.
– Na jó, de ön korábban szakkönyveket írt pszichiátria témakörben. Sőt, az ifjabb generációk azóta is azokból tanulnak az egyetemen, ha minden igaz.
– Nem tagadom – mosolyodott el az orvos. – De nem azért vagyok itt, hogy engem dicsőítsünk. Habár nem szoktam hevesen ellenkezni az ellen sem. A feleségem többnyire csak szid otthon, hogy túl sokat dolgozom, és túlzottan a munkámba temetkezem. Bizony jólesik az embernek a szakmai elismerés. Vagy bármilyen jó szó. Az sosem árt a léleknek. Ez utóbbit pszichiáterként, szakvéleményként is bármikor aláírom. Habár a lélek nem egészen az én szakterületem ugyebár.
– Miben segíthetek? – tért a pap a tárgyra, miközben visszatolta a helyére az idő közben orra közepéig lecsúszott szemüvegét. Nem udvariatlanságnak szánta a kérdést, de valóban nagyon kíváncsi volt rá, hogy miért kereste fel őt a híres pszichiáter.
– B-ről szeretnék beszélni magával, atyám – mondta ki a doktor nemes egyszerűséggel.
– Bálintról? A túlsúlyos fiúról az intézetben?
– Bálint? Milyen Bálint? Azt hittem, Bencének hívják. Habár én sem voltam biztos benne, ezért is egyszerűsítettem B-re. Valamiért mindig kiesik a neve az emlékezetemből. Pedig itt van a nyelvem hegyén, csak valamiért előfordul, hogy nem ugrik be.
– Valószínűleg túl sokat agyal rajta – mondta a pap együttérző módon. – Olyankor előfordul, hogy az ember képtelen részleteket felidézni. Szerintem önt nagyon erősen foglalkoztatja a fiú sorsa. Talán ezért sem képes a nevét kimondani. Érzelmileg befolyásolttá válhatott az ügyében.
– Most akkor ki a pszichiáter, én vagy ön? – nevetett fel a doktor. Nem vette rossz néven a tiszteletes elmélkedését. Sőt, örült neki, hogy végre egy gondolkodó, értelmes emberrel hozta össze a sors. A legtöbb kollégája vagy egy az egyben utasításokat szokott követni, vagy mindenben a tankönyvek és munkaköri leírások

szerint halad. Kevés köztük a kreatív gondolkodó. Örült neki, hogy az atya ezek szerint ilyen ember lehet.

– De egyébként igaza van – árulta el a papnak. – Egy ideje valóban erősen foglalkoztat a téma. Talán ezért is felejtem el a nevét mindig. Önnel is előfordult már, atyám, hogy annyira szerelmes volt egy lányba, hogy amikor fel akarta idézni a szeretett vonásokat és az igéző szemeket, egyszerűen képtelennek bizonyult rá, és csak egy arctalan kirakatbábot látott maga előtt, mert túl erősen koncentrált rá, és ezáltal leblokkolt a memóriája?

A tiszteletes egy pillanatra gondolkodóba esett e kérdés hallatán.

– Jaj, elnézést! – helyesbített a pszichiáter. – Elfelejtettem, hogy maga pap. De hülye vagyok! Tényleg ne haragudjon. Nyilván nem járt még senkivel. Ez nagyon rossz hasonlat volt.

– Református lelkész vagyok... – mosolygott a férfi – és tíz éve nős. Nekünk megengedett, hogy legyen feleségünk.

– Ó, értem! Milyen szerencse! – sóhajtott fel az orvos. – Vagy mégse? – kérdezett vissza bizonytalanul.

– Ahogy vesszük – vigyorgott a pap. – Na jó, csak viccelek. Persze, hogy szerencse. Boldogok vagyunk a nejemmel. Nem szívesen élnék cölibátusban, ez tény. Értem egyébként, hogy mire gondol. Velem is előfordult már, hogy nagyon sokat gondoltam valakire, és emiatt nehezen tudtam felidézni a vonásait. Talán a fiú nevével is ez a helyzet. De tudja, mi a vicc? – A pszichiáter kérdőn nézett a férfire, de nem felelt, csak várta a folytatást. – Az a vicc, hogy én sem emlékszem a srác nevére! Nekem elsőre Bálint ugrott be, de ahogy ön kimondta a Bencét, azóta én sem vagyok benne biztos, hogy melyik lehet. Nem tudom, nem inkább *Balázs*?

– Ha megölne, sem tudnám eldönteni. Nincsenek nálam a fiú ügyével kapcsolatos papírok. Anélkül meg mindig kimegy a fejemből. Egyébként a többi gyerek az intézetben szintén nem a nevén szokta szólítani, hanem egyszerűen csak lekövérezik, ledagadtozzák, vagy néha „Husinak" is szokták szólítani. Valószínűleg ezért sem ugrik be senkinek elsőre a neve.

– Értem. Maradjunk szerintem akkor B-nél. – A pszichiáter helyeslően bólintott. – Miatta van tehát itt. Miben segíthetek, doktor úr?

– A véleményére lennék kíváncsi a fiúval kapcsolatban, atyám.

– Az én véleményemre? Nem maga a szakorvos? Azt hittem, az ön szakvéleménye ezerszer többet nyom a latban, mint egy buta... habár jóindulatú... pap hablatyolása a fiatalember jóságáról vagy bűnös gondolatairól.

– Vannak neki olyanok?! – csillant fel az orvos szeme.

– Sajnálom, doktor, de köt a papi titoktartás. A gyónáskor elhangzó dolgokat senkivel sem oszthatom meg.

– Nem azt mondta, hogy református? – kérdezte a pszichiáter gyanakvóan, összeszűkölő szemekkel. – Azoknál mióta szokás gyónni?

– Azóta, amióta hatvan évvel ezelőtt egy nevelőintézet nyílt mellettünk, és utasításba kaptuk, hogy vezessük be ezt a lehetőséget, mert a lakóinak nagy szüksége van rá. Állami utasítás volt ez annak idején, nem tehettünk ellene semmit. Ennek folytán mi egyfajta átmenetet képezünk egy katolikus és egy református templom között. A lényeg, hogy nálunk van gyónás. De ezt az egyet leszámítva mindenben a reformátusok elveit követjük.
– Értem. Tudok róla, hogy a gyónás titoktartással jár. De mi a helyzet a bűncselekményekkel? Azokról köteles a pap értesíteni a hatóságokat, vagy nem?
– De – bólintott a férfi. – Csakhogy B sosem beszélt olyasmiről.
– Hanem mikről?
– Abba nem mennék bele – mosolygott a pap. – Még mindig köt a titoktartás. De elismerem, ez jó húzás volt. Most majdnem elszóltam magam. A betegeivel is ezt csinálja? Időnként visszakérdez, hogy hátha belezavarodnak, és véletlenül kimondják az igazságot?
– Nos, nem tagadom, előfordult már, hogy bevált ez a módszer... Na jó, nem faggatom arról, hogy mi mindenről gyónt magának a fiú, ha valóban nem említett bűncselekménnyel kapcsolatos eseményeket. De azért véleményt, gondolom, mondhat róla, nem? Akár papként, akár emberként? Gondolom, az azért nincs megtiltva, ugye?
– Persze, hogy nincs. De hogy őszinte legyek, nem tudok róla túl könnyen véleményt mondani.
– Miért nem?
– Nos, talán ugyanazért, amiért ön is hozzám jött véleményt kérni róla. Önben is sok a megválaszolatlan kérdés, doktor úr, és az ezzel kapcsolatos elvarratlan szálak. Maga is válaszokat akar, vagy nem? Nos, bennem is sok minden felmerült B-vel kapcsolatban, amit kicsit sem értek.
– Például? ... Várjon csak! Van egy ötletem! Ha egyértelmű, értelmes válaszaink talán nincsenek is a fiúval kapcsolatban, de jobb híján megoszthatnánk egymással a kérdéseinket. Hátha már abból következtetni tudnánk valamire! Bármire, ami segítene jobban megérteni őt.
– Rendben – helyeselt a pap. – Mondok én akkor egy példát. Amúgy is témába vág, hiszen önnek ez a szakmája. Hadd kérdezzek valami durvát: Maga szerint *őrült* a fiú?
A pszichiáternek a kérdés hallatán gondterhelt kifejezés ült ki az arcára.
– Nos... – kezdett bele nehézkesen. – A mi szakmánkban nem használják ezt a kifejezést. A pszichiátrián nincsenek őrültek, dinkák, dilinyósok vagy hülyék. Nálunk csak *betegek* vannak. A betegségnek pedig különböző fázisait és súlyossági szintjeit tartjuk számon.
– Jó, tudom – bólintott a pap. – De azért érti, mire gondolok. Ön *pszichopatának* tartja B-t?

– Ez egy érdekes kérdés. Tulajdonképpen pont emiatt vagyok itt. Ugyanis a válaszom: nem, nem tartom annak. Nem állítom, hogy egészséges. Lehetnek ferde hajlamai... mint titokban a legtöbb embernek... lehetnek fura gondolatai... mint bárki másnak, lehetnek defektjei, gyerekkora óta elnyomott vágyai, frusztrációi. De én személy szerint nem tartom pszichopatának, azaz olyan mentális betegségben szenvedő embernek, aki az elmeállapota miatt bűncselekményeket követne el.

– Tehát B nem pszichopata – konstatálta a lelkész.

– Megesküdni azért én sem mernék rá. Nem gondolatolvasó vagyok, csak egy hétköznapi ember orvosi diplomával és professzori minősítéssel. Ebből kifolyólag engem is meg lehet téveszteni: Tettetheti magát egy teljesen egészséges, tehetséges színész is őrültnek, és sajnos egy súlyosan beteg, közveszélyes ember is szimulálhat annyira, hogy az orvosok nagyon nehezen veszik észre az intő jeleit annak, hogy a társadalomra nézve veszélyes. Mindezeket figyelembe véve én nem tartom őt annak, amiről társalgunk. Veszélyesnek viszont igen. Többek között ezért vagyok itt, hogy az ön véleményét is kikérjem erről.

– Sajnos nem hiszem, hogy ebben a segítségére tudnék lenni – vonta meg a vállát a pap szomorúan. – Nem tisztem megítélni, hogy ki veszélyes, és ki nem. Az az orvosok és a rendőrség dolga.

– És azt ki ítéli meg, hogy ki a gonosz?

## 2. „Vicsorgás a sötétből, nevetés a szekrényből, keze volna?"

– „Ne ítélj, s nem ítéltetsz" – idézett a pap válasz helyett a Bibliából. – Nem az én dolgom, hogy megítéljem, ki a jó és ki a rossz ember. Én istentiszteleteket tartok, próbálom a híveket a jó irányba terelni, próbálok segíteni, ahol tudok, meghallgatom őket. Ha kérnek, akár tanácsot is adok. De nem bélyegzek meg senkit olyannal, hogy rossz ember lenne. Lelkészként szent kötelességem, hogy higgyek a bűnbánatban és a bűnbocsánatban. Minket annak idején nem arra tanítottak, hogy keresztet mutatva magunk előtt, futólépésben hátrálva meneküljünk a gonosztól, mint a horrorfilmekben, hanem arra, hogy beszéljünk az illetővel, hallgassuk meg, próbáljuk meg jó útra terelni. Ez a legtöbb esetben sikerül is.

– B-vel sikerült? – kérdezett vissza pszichiáter kissé cinikus hangnemben.

– Nem tudom – felelt a férfi bizonytalanul. – Mint mondtam, bennem is sok a kérdés. Az egyik ilyen az volt, hogy vajon egy pszichiáter erre a típusra mondaná-e, hogy pszichopata. De ezek szerint nem. Vagy legalábbis a fiú állapota nem ennyire egyértelmű.

– És mi lett volna a második legfontosabb kérdése vele kapcsolatban? Várjon! Hadd találjam ki! Szerintem ugyanaz, mint nekem: Az, hogy ha *nem őrült, akkor viszont gonosz-e*?

Az atya nem felelt, csak szomorúan, óvatosan bólintott, mintha nem szívesen ismerné be, hogy ilyenek fordultak meg a fejében. Eleinte hezitált a válasszal kapcsolatban, majd mégis kimondta:

– Igen. Nekem is gyakran jár ezen az agyam.

– Papként ön találkozott már valaha ilyesmivel?

– Mármint?

– A valódi „gonosszal", hogy úgy mondjam. Tudja, sok mendemonda szól ördögűzésekről. Tudtommal ezeknek a sztoriknak a fele sem igaz. Többnyire ördög vagy démon általi megszállást vagy haszonszerzési célból szoktak szimulálni és eljátszani, hogy az illető családja híressé váljon és pénzt keressen vele, vagy skizofrének hiszik azt magukról tévesen, hogy démon szállta meg őket, pedig egyszerűen csak betegek. Ön szerint létezik egyáltalán ilyesmi? Van olyan, hogy „gonosz"? Tudom, hogy a Biblia szerint igen, de a való életben is van, kézzelfoghatóan? Azért kérdezem, mert ilyen értelemben bizony akárhogyan is nézzük, de Isten sem létezik. Vagy legalábbis nincs jelen. Nem ül itt köztünk az asztalon törökülésben, és mellettem sem a másik széken. Nem tudni, hogy létezik-e, nincs rá fizikai bizonyíték. Az emberek hisznek benne, de senki sem erősítheti meg ezt az állítást. Gondolom, ezzel nem mondok újat... – bólintott mintegy saját magának, anélkül hogy megvárta volna a pap válaszát. – Na de mi a helyzet a Gonosszal? Az létezik? Vagy létezhet olyan ember, akit az irányít, vagy aki nem betegségből cselekszik rosszat, hanem az ördögi lelke viszi rá?

– Tudja, doktor úr, éveken át... hosszú éveken át erre úgy válaszoltam volna, hogy *nem*. Akkor azt feleltem volna, hogy szerintem nincs gonosz ember, csak olyan, aki eltévelyedett, rossz útra tért, akit befolyásoltak, manipuláltak, félrevezettek, felhergeltek, bántottak, üldöztek. Az ember csak arra reagál, ami körülveszi őt: a külső hatásokra, a neveltetésére, a kollégái, barátai, szerettei elvárásaira és viselkedésére.

– Régen ezt mondta volna – bólintott a doktor. – És most?

– Amióta beszéltem a fiúval, némileg máshogy kezdtem szemlélni a világ dolgait. És itt sajnos nem pozitív értelemben vett megvilágosodásra gondolok.

– Tehát *az*? B maga szerint is gonosz? Kérem, mondja már ki nyíltan és érthetően. Magánemberként vagyok most itt. Ami itt elhangzik, nem hagyja el ezt a szobát.

– Teljesen őszinte leszek – ismerte be a lelkész szégyenkezve. – Nem tudom, mit jelent a valódi gonoszság fogalma. Én többnyire piti ügyekkel és bűnökkel foglalkozom. Bolti lopásokat vallanak be, olyanokat, hogy megkívánnak egy filmszínészt a TV-ben, és szerintem az bűn-e. Néhány megcsalásról is beszámolnak időnként. Haragos gondolatokról, kicsinyes bosszúkról, hogy keresztbe tettek valakinek a munkahelyükön. De én ezek egyiket sem nevezném gonoszságnak.

– Úgy érti, nincs viszonyítási alapja?

– Nincs túl sok. Ide hozzánk csak környékbeli nyugdíjasok járnak, akik azért gyónnak, mert otthon nem beszélget velük senki. Azon a címen, hogy beismerik a bűneiket, időnként a fél életüket elmesélik, mert különben nem lenne kinek. És igen, idejárnak az intézetből a gyerekek is. De ők se nagyon szoktak lopáson, önkielégítésen és hazugságokon kívül túl sok mindent meggyónni. Azért az ilyen esetek messze nem közelítik meg a bibliai Ősgonosz fogalmát ugyebár.

– Értem. – A pszichiáter tulajdonképpen belátta, hogy attól még, hogy valaki papként dolgozik, nem lesz szakértője annak, hogy felismerje a démoni megszállottságot, vagy akár meglássa a kígyót valaki lelkében. Azt a kígyót, ami annak idején rávette Évát, hogy egyen a tudás fájáról. – Nézze, belátom, hogy mint ahogy a pszichopata címkét sem minden esetben egyszerű ráragasztani valakinek a homlokára, így ördögnek sem lehet valakit kikiáltani csak azért, mert nem értjük, és mert tett már egyet s mást, ami megkérdőjelezhető. De ha B nem pszichopata és nem gonosz, akkor micsoda?

– Rémisztő – mondta ki a lelkész. – Mondja csak, doktor, érezte valaha gyerekkorában, hogy amikor éjjel az ágyában behunyta a szemét, mintha valaki állna a szobájában? És hogy az a valaki bántaná, ha ön nem húzná magára a takarót, hogy az megvédje? Érezte, hogy az a valaki gonoszul vicsorog vagy gúnyosan mosolyog önre? Hogy kuncog odabent a szekrényében a felakasztott ruhák között, és azon mulat, hogy ön mennyire retteg? Felmerült önben, hogy mi lenne, ha az az illető felemelné a kezét, és kinyitná belülről a szekrényt? Mi lenne, ha odasétálna az ágyához, és lerántaná magáról a szánalmas módon védelemnek hitt vékonyka takarót? Nem tudom, hogy B nevű barátunkra rá illik-e vagy rá szabad-e mondani, hogy gonosz, de engem félelemmel tölt el, hogy léteznek ilyen emberek ezen a világon, mint ő. Tudja, vannak személyek, akikből kinéznék egyet s mást. Meggyónnak nekem valami piti ügyet, de én úgy látom, hogy annál azért többre is képesek lennének... rossz értelemben.

– B is ilyen lenne? Belőle kinézne annál rosszabbat is, mint amiket meggyónt?

– Ennél némileg aggasztóbb a helyzet.

– Hogy érti? Az előbb azt mondta, hogy van, akivel kapcsolatban súlyosabb dolgokat is fel tudna tételezni. Mi a helyzet B-vel? Belőle mit nézne ki?

– Bármit. A világon bármit, ami csak rossz lehet és ártalmas. Annak a fiúnak szerintem semmi sem szent. Semmitől sem fél. Nincsenek erkölcsei, a lelkiismeret fogalma ismeretlen a számára. Nincs benne szemernyi jóérzés sem. Sem pedig szeretet. Tudja, mit? Helyesbítenék: Az előbb azt mondtam, hogy nem tudom, mi az a gonosz. Korrigálnám azt a kijelentést aszerint, hogy habár nem tudom, hogy konkrétan mi az, és hogyan néz ki, vagy miről lehet felismerni, de ha megpróbálnám definiálni ezt a kifejezést, tudja, ki jutna eszembe elsőnek?

A pszichiáter nem felelt, csak beleegyezően bólintott.

Vannak kérdések, amelyekre nem szükséges válaszolni...

Érzések, melyeket nem lehet kimondani...

Léteznek emberek, akiket nem lehet megjavítani. Mint ahogy egy totálkáros autót sem. Mint ahogy a romlott élelmiszert sem lehet többé újra ehetővé tenni. Hogy miért? Azért, mert rothad. Abból pedig nincs visszaút. Enyészetből sosem sarjad friss hajtás. A sötétben a napraforgó nem fordul el semerre. A csótányok sem építenek soha díszes kastélyokat, hanem csak pusztítani, mocskolni és szemetet zabálni tudnak.

A szobában ülő két férfi, ahogy elcsendesedtek, és békében, de aggodalommal teli lélekkel szótlanul ültek egymással szemben, érezték, hogy mindketten ugyanarra gondolnak:

B lelke elevenen rothad. Nevezhetik ezt betegségnek – habár nem minden állapotra létezik egyértelmű orvosi diagnózis – vagy akár gonoszságnak – még akkor is, ha az még a pap számára is inkább egy rémmesébe illő fogalom... De ami egyszer romlásnak indult, és már az enyészeté, annak az élők többé nem sok hasznát veszik. Jobb inkább menekülni előle.

Mint ahogy talán B esetében sem az a legfontosabb kérdés, hogy hogyan lehetne segíteni rajta, hanem inkább az, hogy mikor merre jár, és hogyan lehetne a lehető legmesszebb kerülni attól, amit okozni képes.
– Rémisztő? – kérdezett vissza a pszichiáter. – Milyen értelemben?
– Olyan értelemben, amit épeszű ember nem tud megindokolni vagy megmagyarázni. Amit halandó ember talán nem is érthet, mert bizonyos szempontból felette áll a világ általunk ismert racionális törvényeinek.
– Természetfelettire gondol, atyám? Olyasmi nem csak a mennyben és a pokolban létezhet?
– Egy ideje úgy gondolom, hogy nem feltétlenül kell az égre emelnünk a tekintetünket ahhoz, hogy a megmagyarázhatatlan felé forduljunk. Talán elég magunk elé nézni az utcán, és belebámulni a tömegbe. Vagy ránézni a velünk szemben ülő javítóintézetben élő fiúra, aki valami fura oknál fogva száraz időben is mindig esőkabátot visel.

# 3. „A szobámban van, mégsem látom, dallamot súg a szájszerve"

Három évvel később...
Napjainkban...

Miután B magára öltötte a nagy méretű, zöld esőkabátot, elővette a borotvakést, és meredten figyelte Lucát.
– Mi a szart akarsz azzal? – kérdezte a lány halálra váltam. – Te teljesen megőrültél?! Először megkötözöl, itt hagysz, aztán valami koszos, régi esőkabátot magadra rángatva borotvával fenyegetsz? Mondd, neked tényleg teljesen elment a józan eszed?
– Csak meg akartam mutatni – felelte B mosolyogva. – Ezek a tárgyak nagyapámé voltak. Fontos jelentőséggel bírnak számomra. Ugye, milyen szépek? Látod, ahogy még mindig csillog a fény a borotvakés hibátlan, rozsdamentes pengéjén? Ez aztán minőségi acél! Mi a véleményed?
– Fejezd ezt be, de nagyon gyorsan! Megijesztesz! Ez már nem játék, B, ugye tudod? Ez gyilkossági kísérlet, súlyos testi sértéssel való fenyegetés, fogva tartás, tudom is én, mi minden még! Valamelyik a három közül biztos! Rendőrt hívok, ha nem oldozol el azonnal! Ne merészelj fenyegetni és megfélemlíteni engem! Nehogy azt hidd, hogy ezt büntetlenül megúszod. Ennek komoly következményei lesznek.
– Ugyan már! – mosolygott B kiismerhetetlen arckifejezéssel. – Nem akarlak én bántani. – Odalépett Luca székéhez, és nagy nyögések közepette felemelte a bútort a megkötözött lánnyal együtt, és visszaállította az eredeti függőleges helyzetébe. – Nyugi! Ne ficánkolj már annyira. Csak azért vettem elő a borotvát, hogy elvágjam a ragasztószalagot, és megszabadítsalak! El akarlak engedni, nem érted?
– Nem hiszek neked! Akkor miért kötöztél volna meg egyáltalán, ha most csak úgy elengedsz?
– Sajnáloom! – nyafogott B viszonylag hihető megbánással a hangjában. – Csak azt akartam, hogy ne menj el. Nem akartalak bántani. Tényleg bocs, hogy túlzásba vittem. De már minden oké, látod? Már vágom is el a kötést, ami a kezedet tartja.
– Ne érj hozzám! Még a végén megvágsz azzal a borzalmas izéveI! Nem bízom benned! Hívom a rendőrséget!
– Ugyan, ne gyerekeskedj! Tetőtől-talpig meg vagy kötözve. Hogyan akarsz így telefonálni? Egyébként sincs semmi okod kihívni őket. Semmi olyan nem történt.

– Semmi *olyan*?! B, te megkötöztél, és most borotvával fenyegetsz! Te tényleg megőrültél. Ez szerinted „semmi"?!

– Sajnálom, hogy elragadtattam magam. Tényleg egy kicsit túlzásba estem, de nagyon felhúztál azzal, hogy ennyi bajt okozol manapság. És még szexelni sem vagy hajlandó. Nézd, nem játszhatod el egy férfival, hogy állandóan húzod az agyát, szexuálisan provokálod azzal, hogy lenge ruhában mászkálsz a lakásában, hívogató pózokban fekszel az ágyon, miközben a laptopodon regényeket és színdarabokat írsz, aztán amikor rákérdezek a szexre, durván elutasítasz!

– Mert nem kellesz! Nem érted, hogy nem kellesz? Én nem ezért költöztem ide! Hanem mert nem maradt hová mennem! Még ha eleinte létezett is bennem valami minimális szimpátia irántad, az is csak baráti volt, semmi több. És az is már rég a múlté! Engedj el, és elhagylak! Örökre! Soha többé nem akarlak látni!

– Sajnálom – hajtotta le a fejét a férfi. – Tényleg ez hát a végső döntésed?

– Ez! Engem az életben ne keress többé, vagy megbánod! Eressz el, és akkor talán nem jelentelek fel, te félőrült vadbarom! Oldozz el, de most!

– Rend... – „...ben", akarta B befejezni a választ, de már nem volt rá ideje. Ekkor ugyanis valami meglepő dolog történt: Atos robbant be mögöttük a kilincsre csukott ajtón.

– Ne érj hozzá! – ordította a betoppanó férfi magából kikelve. – Meg ne sértsd azzal a pengével, te vadállat! Ha megsebzed, Isten az atyám, hogy kicsinállak! Dobd el a borotvát, és lépj hátra! Akkor talán kijutsz még innen ép bőrrel. Vagy legalábbis nem bántalak, ha a rendőrség hamar ideér. Már kihívtam őket!

– Ki ez a *fasz*? – mordult rá B Lucára. Szemében olyan harag villant, amit a lány még életében nem látott tőle. – Ez az egyik szeretőd a sok közül? Ezzel kefélsz, amikor épp nem vagyok itthon?

– Nem! – ellenkezett a lány még mindig gúzsba kötve. Úgy tűnt, B-nek egyelőre esze ágában sincs őt eloldozni. Atos eközben még mindig az ajtóban állt rezzenéstelenül, ám ugrásra készen, hogy bármikor B-re vesse magát. – Atos nem a szeretőm. Csak egy jó barát. A feleségével is jóban vagyok.

– Francokat! – emelte fel B egyre inkább a hangját. Vékony alkata alapján mások ki sem nézték volna belőle, hogy ilyen hangerő is fel tud belőle törni, ha dühös. – Ezzel az alakkal kúrogatsz a hátam mögött? Hogyan csináljátok?! – üvöltötte. – Jól berakja neked, te meg közben rajtam röhögsz, hogy én úgysem tudok róla? Vagy akkora puhapöcs, hogy be sem képes tolni neked, csak piszkáljátok egymást, mint két gyerek?! Ja, biztos erről lehet szó. Ki nem nézem belőled, hogy egy egészséges párkapcsolatod legyen. Olyan biztos nem, mint velem! Gondolom, ez valami perverz egyezség köztetek, hogy időnként idejár fogdosni téged valami szerepjátékos színházi kosztümben, vagy tudom is én, miben. Ugye? Ugyee?!

Lehet, hogy csak véletlenül, de B gesztikulálás közben tett Luca felé egy fenyegető mozdulatot a borotvával. Atos ennek láttán egyetlen másodpercig sem késlekedett: azonnal a férfi irányába vetette magát! Nem számolva a következményekkel, nem ügyelve a saját testi épségére, puszta kézzel nyúlt a kinyitott borotva felé, hogy megragadja az eszközt, vagy lehetőleg a fenyegetőző férfi csuklóját, hogy kicsavarja belőle a fegyvert.

B kicsit későn kapcsolt, mert Atos képes volt erősen megragadni a karját, ám ennek ellenére a meglepett férfi rendkívül fürgének bizonyult ahhoz képest, hogy régen mennyire túlsúlyos volt. Átbújt Atos karja alatt, és csípőjével olyan testhelyzetbe fordult, hogy Atosnak hátratekeredett az ellenfele csuklóját szorongató keze. Ez a mozdulat kiszakította B karját Atos markából. B ezen felbuzdulva azonnal felé csapott a borotvával:

– Nem akarlak bántani, te szemétláda! De húzz el innen! Ez csak rám és Lucára tartozik!

Atos nem törődött a figyelmeztetéssel. Ismét támadásra szánta el magát: Magasra lendítette a lábát, hogy B-t kézfejen vagy csuklón találva kirúgja a kezéből a borotvát. Az azonban megint nagyon gyorsan reagált. Félreugrott a rúgás előtt. Már épp vigyorogni kezdett volna, amikor oldalról véletlenül nekiütközött Luca székének, és óriási lendülettel egy az egyben felborította a lányt.

A riadt tehetetlenséggel szemlélődő lány most még hatalmasabbat zuhant a székkel, mint korábban. Ráadásul szerencsétlenebbül is esett: pont a halántékát érte az ütés, ahogy beverte a fejét a padlóba. Majdnem elvesztette az eszméletét. Úgy érezte, hogy sűrű köd telepik az elméjére és látására.

Dulakodás tompa moraja ütötte meg lüktetően csengő füleit. Olyan visszhangosan hallott mindent, mintha víz alá merülve, egy medence aljáról próbálná az ember meghallani, hogy miről beszélnek odafent az emberek. Teljesen nem ájult el, csak valahogy egyelőre mozdulatlanná vált a fejét ért ütéstől. Egy pillanatra kótyagos elméjével arra gondolt, hogy talán komoly fejsérülést szenvedett. Felmerült benne, hogy kettényílt a koponyája, és ezek talán élete utolsó pillanatai.

„Te jó ég!" – gondolta magában. „Tényleg erről lehet szó. Hiszen vérzek. Uram atyám, mennyi vér!"

Luca ekkor már nem látta a dulakodó férfiakat. Nemcsak azért, mert zavaros és homályos volt számára minden az esetleges agyrázkódástól, de azért is, mert a szék dőlés közben oldalra fordult, és a lány most pont háttal feküdt a két őrajta marakodó, halálos küzdelmet vívó férfinak.

Luca arca előtt először egy vékony vércsík folyt végig a padlón. Majd egyre szélesebbé vált.

A széles csíkból jókora vértócsa lett. Aztán már akkora, hogy azt a vérveszteséget nem biztos, hogy bárki is túlélné.

Lucában megállt egy pillanatra az ütő. „Elvérzek" – gondolta magában riadtan. „Túl nagy volt az ütés. Valószínűleg felnyílt a koponyám. Még az is lehet, hogy az agyam egy része a szabadban van. Akkor pedig onnan nincs visszaút! Azt még soha senki nem rakta a helyére ilyen esetekben."

Ám ekkor meglepődve tapasztalta, azaz rájött, hogyha képes ennyire összefüggően gondolkodni, akkor mégiscsak egyben kell, hogy legyen a koponyája. És mivel a fájdalom sem volt olyan elviselhetetlen, ami oldalt a halántékánál lüktetett, így kezdett hinni – bízni – benne, hogy az ott a padlón nem az ő vére. De akkor vajon kié?

– Aaa...tos? – kérdezte bizonytalanul. – Remélte, hogy ha barátja válaszol, akkor lehet, hogy B már nem él. Talán Ati felülkerekedett vézna támadójukon, és olyan komoly sérülést okozott neki, hogy az máris harcképtelenné vált. – Aaatos? – ismételte elfúló hangon. Habár a koponyája, úgy tűnt, egy darabban van, mégis nehezére esett a beszéd. Mégiscsak elég nagy lehetett az az ütés. Csak reménykedni tudott abban, hogy nem sérült meg az agyának a beszédközpontja.

Ám nem érkezett válasz semmilyen irányból. – Ez jelen esetben azt jelentette, hogy Luca háta mögül, mivel maga előtt csak az enyhén repedezett vakolatú, sárgára festett falat látta.

A lány minden erejét összeszedve elkezdett vergődni a székben. Féregszerű mozgással megpróbált annyira kitekeredni, hogy ha kiszabadulni nem is nagyon tud, de legalább átforduljon annyira, hogy megnézze, mi történt mögötte, és ki nyerte végül a harcot. Már előre rettegett attól, hogy milyen látvány fogadja majd. Szörnyű balsejtelem gyötörte azzal kapcsolatban, hogy egyik férfi sem válaszol neki. Bár erősen remélte, hogy azért, mert B meghalt vagy kereket oldott, Atos legrosszabb esetben csak elájult. „Talán ő is elesett, és beverte a fejét ugyanúgy, mint én" – gondolta aggódva.

– Atos! – kiáltotta most már magabiztosabban, végre megtalálva a hangját. Ám válasz továbbra sem érkezett. Azaz...

– Levágta... – hallotta meg egy nagyon gyenge, valószínűleg csak félig eszméleténél lévő ember bizonytalan hangját.

– Ati, te vagy az? – kérdezte Luca. Már sikerült pár centit arrébb vergődnie a székkel, megkötözött állapotban, de még mindig nem látott rá az illetőre, akivel épp társalogni próbált.

– Levágta! – felelte a férfi ezúttal hangosabban. Minden kétséget kizárólag Atos szólt hozzá. De a férfi mintha nem lett volna teljesen magánál. Alig lehetett felismerni a hangját. Mintha valamiért sokkos állapotban lett volna.

– Tessék? – kérdezte Luca rémülten, csak ekkor felfogva, hogy nagyjából mit zagyvál a barátja. – Mit vágott le? Most is meg vagyok kötözve. Engem nem oldozott el senki. Mit csinált B? Ati, felelj már, kérlek! Nagyon nehezen tudok arrébb mozdulni! Még mindig nem látlak!

– Nem láttam, ki volt az – mondta a férfi félájult állapotban. Valószínűleg a sokktól. – De levágta.... Levágta a kezemet!

## 4. „Az esti város zsongó lármát tölt a fülembe, eldugít"

Ahogy Atos kimondta az előbbi szörnyű mondatot, Luca tudata szinte egy szempillantás alatt kitisztult. Egyszerre nemcsak Atos kétségbeesett szavai jutottak el az agyáig, de még az odakintről beszűrődő város monoton zajai is jól kivehetőek lettek számára. Minden kitisztult – ekkor már a látása is –, és nagy nehezen barátja felé fordulva látta, hogy az miért van annyira kétségbeesve:

A sűrű, nagy kiterjedésű, sötét vértócsa sajnos Atos irányából folyt oda Luca arca elé a padlón. Ugyanis Ati jobb keze csuklótól lefelé hiányzott!

– Jézusom! – kiáltotta a lány vadul rázva a széket, amelyhez bomlott elméjű egykori kedvese odakötözte. – Ati! Tarts ki! Hívok segítséget.

Pánikszerűen körbenézett a szobában lehetőségek után kutatva. Emberi segítségre nem igazán számított – mivel rajtuk kívül csak B tartózkodhatott volna a helyiségben, aki viszont minden kétséget kizáróan eddigre sikeresen kereket oldott –, de bármilyen eszközzel beérte volna, amivel el lehet vágni vagy tépni a testén körbetekert erős ragasztószalagot.

– Hogyan akarsz segítséget hívni? – kérdezte Atos meglepő nyugalommal. – Igaz, hogy nekem csak egy kezem van, neked viszont egy sem, kicsi lány. Úgy gúzsba kötött téged az a barom, mint egy húsvéti sonkát. Felejtsd el! Majd én hívok segítséget.

– Ati, ne hülyéskedj! Elvérzel! Dől a vér a csukódból!

– Kösz a biztatást! Ilyenkor sokat segít, ha ilyet hall az ember. Szerencsére amúgy sem vagyok halálosan megijedve. Úgyhogy nyugodtan mondj még hasonlókat – viccelődött a férfi kínjában, csak hogy enyhítse kicsit az rájuk telepedett kilátástalanságérzést és pánikot. – Arról nem akarsz mesélni, hogy hogyan fogom ezentúl kitörölni, ha WC-re kell menni? Ugyanis jobbkezes vagyok. Mármint voltam. – Bizonytalanul körbenézett. – Nem látom azt a rohadt kezet sehol! Pedig mennyire kedveltem azt a kis szemetet. Már nagyon a szívemhez nőtt. Úgy is mondhatnám, hogy szerettem. Kamaszkoromban... jobb híján... még szeretkeztem is vele. Bár ezt ne igazán hangoztasd mások előtt, mert akkor meg kell, hogy öljelek.

– Te tiszta hülye vagy! – nevetett fel a lány könnyes szemmel. – Mi lesz így? Hogyan fogják így visszavarrni? Hová lett? De hát mi történt egyáltalán? És hogyan állítsuk el a vérzést?

– Vegyük akkor szép sorjában. – Atos némileg megkönnyebbültebbnek tűnt így, hogy B kereket oldott. – Visszavarrni valószínűleg sehogy sem fogják, mivel nincs meg.

Hacsak nem Lecsóét varratjuk oda. Mást rajta kívül itt most nem nagyon látok, aminek mancsa van.

– Jézusom, ilyet még viccből se mondj!

– Jó, jó! Neki legalább maradna még úgy is három. Nekem pedig már csak egy van. Hogy lehetsz ennyire irigy? Te egyet sem adnál? Kérdezzük meg akkor Lecsót, szerintem ő lényegesen nagylelkűbb.

– Ati, szerintem te sokkot kaptál. Összevissza beszélsz. Egyébként is, hogyan vagy képes egyáltalán humorizálni egy ilyen helyzetben? Nem rettegsz? Nincs halálfélelmed? ... Már bocs – tette hozzá gyorsan. – Nem akartalak megijeszteni.

– Á, nem tesz semmit. Az sosem ijesztő, ha az embertől levágott kézzel, kb. két liter vérveszteséggel megkérdezik, hogy nincs-e halálfélelme. Ez inkább biztató ilyenkor. Jólesett hallani. Máris jobban vagyok, köszönöm. Amúgy én sem tudom, miért humorizálok. Talán azért, hogy ne ájuljak el. Végül is eddig bevált, nem?

– De hová lett a kezed, te szegény?

– Nem tudom – komorodott el erre Atos. Ahogy elsötétült a tekintete e mondat hallatán, úgy terült szét arcán a falfehér sápadtság is. Valószínűleg igaza volt az előbb: Kizárólag a pozitív hozzáállása és a viccelődés tartotta vissza eddig attól, hogy elájuljon. – Szerintem B elvitte.

– B?! De miért tett volna ilyet? Egyáltalán tényleg ő vágta le?

– Ki más? Hisz te is láttad, hogy borotvakéssel hadonászott. Csak ő lehetett.

– De nem láttad egyértelműen?

– Nem. Amikor dulakodni kezdtünk, volt egy pillanat, amikor kitekeredett a szorításomból, és megpördült. Nagyon fürge az a kis szarzsák. Akkor egy pillanatra elvesztettem az egyensúlyom, és letámaszkodtam a kezemmel a földre, hogy nehogy arcra essek. És akkor sújtott le.

– Ki? B?

– Gondolom. Csak egy zöld villanást láttam, és...

– Zöldet? – vágott közbe lány.

– Gondolom, az esőkabátja ujját. Aztán valami fém csillant a lámpa fényében. A következő emlékem, hogy iszonyú fájdalom hasít a csuklómba. Akkor vágta le. Egyszerűen lecsapta a jobb kezemet, mint egy háziasszony egy kígyóuborka végét.

– És magával vitte? De minek? Ati, szorítsd erősebben! – kérlelte a lány rémült hangon. – Úgy látom, nagyon erősen vérzik.

– Tudom. Köszi az információt. Eddig még nem voltam eléggé rosszul. Így most már hányingerem is van. De ennél erősebben akkor sem tudom szorítani. Egyre gyengébbnek érzem magam. Az rossz jel?

– Ez most megint vicc akar lenni? – kérdezte Luca reménykedő félmosollyal.

– Nem. Tényleg nagyon szarul vagyok. Alig látok. Ha nem tudnám, hogy ez a te hangod, szerintem fel sem ismernélek, mert

csak a körvonalaidat tudom nagy nehezen kivenni. Kezd minden elsötétedni előttem.
– Ülj le! – szólt rá a lány. – És el ne ájulj nekem! Valahogy el kell oldoznod engem, hogy segítséget hívhassak. Lehet, hogy egyedül képtelen leszek rá. Ati, el ne ájulj, hallod?! Oldozz el az ép kezeddel! Minél előbb. Aztán hívok mentőt, és utána akár el is ájulhatsz tőlem, csak addig húzd ki valahogy, rendi?
– És szerinted hogyan oldozzalak ki az ép kezemmel, ha azzal szorítom el a kettévágott ütőeremet? Ha elengedem, spriccelni fog belőle a vér, mint egy szökőkútból. Szerinted úgy hány óra alatt vérzik ki végérvényesen egy ember?
– „Óra" alatt? Ati, te bejártál egyáltalán annak idején biológiaórákra? Én inkább perceknek mondanám, ami alatt elvéreznél. Úgyhogy igazad van. Szorítsd minél erősebben. Nem engedheted el. Más megoldáshoz kell folyamodnunk. Ó, de hülye vagyok! A telefon! Ati, látod valahol a telefonomat?
– Nem. De vajon hová lett? ... Várj csak! – Atos odatámolygott az ágyhoz, és lerogyott mellé. Luca azt hitte, elájult, és talán többé fel sem kel onnan, de nem. Csak lehajolt, és sérült karját markolva valahogy ügyetlenül bekotort alá. Pár pillanat múlva, ahogy kihúzta a kezét, megcsillant nála a lány telefonjának enyhén berepedt kijelzője. Valószínűleg dulakodás közben valamelyikük berúgta a készüléket az ágy alá. Csoda, hogy Atos észrevette.
– Működik még? – kérdezte a lány reménykedve.
– A kijelző világít – mondta Atos elhaló hangon. Szemmel láthatóan egyre gyengébb volt, és már nem sok maradt neki hátra ahhoz, hogy hosszú időre elájuljon a vérveszteségtől.
– Told ide nekem. Elég ha a lábadat használod. Már az előbb is használtam megkötözve. Boldogulok vele. Úgy hívtalak fel korábban is. Gyerünk, rúgd csak ide!
– Rendben. – Ám amikor Atos mozdult volna, hogy lábával finoman Luca felé lökje a készüléket, a férfi egyszerűen csak hangtalanul összerogyott, és puffanva a padlóra zuhant. A lány halálra rémült, hogy barátja meghalt. De remélhetőleg csak elájult.
„Mi a fenét csináljak most?!" – gondolta magában kétségbeesetten. Eszébe jutott az az aggasztó gondolat, hogy a férfi talán nemcsak eszméletét vesztette, de meg is halt. Ha valami csoda folytán mégis életben van, akkor sürgősen mentőt kell hívnia, ugyanis Atos karjának csonkjából most már valóban sugárban spriccelt a vér! Először a barna színű perzsaszőnyeg lett olyan, majd a tarka mintás, kötött ágytakaró is. Aztán valahogy minden kezdett egy véráztatta horrorfilmhelyszínné változni Atos mozdulatlanul fekvő teste körül. Ijesztően gyorsan lövellt ki a vér a csuklójából. Talán csak percei lehettek hátra.
Luca önmagát nem kímélve teljes erejéből rángatózni kezdett, hogy hátha sikerül meglazítania az őt tartó rugalmas, de kegyetlenül erős ragasztószalagokat. Ám azok meg sem mozdultak. Bár időnként némileg megnyúltak, de azonnal vissza is ugrottak eredeti

méretükre, és ismét szorosabbra fonták magukat a lány teste körül, mintha egy kegyetlen óriáskígyó ölelésében vergődött volna.

– Lecsó! – kiáltott fel megkönnyebbülten, amikor meglátta a jószágot előmerészkedni az ágy mögül. – A jókora cica engedelmesen odakullogott gazdijához. Valami baja lehetett. Talán a két férfi korábbi dulakodása ijesztette meg. De az is elképzelhető, hogy valamennyire fel tudta mérni, hogy gazdija és annak macskaallergiás, ájult barátja komoly bajban vannak.

A maine coon lassan, de határozott, puha léptekkel odaosont Luca mögé, és mintha megérezte volna, hogy mire van szükség, mancsával piszkálni kezdte a lány csuklóira tekert szigszalagot.

– Ne úgy! – szólt rá Luca türelmetlenül. – Lecsó, ne csak piszkáld, karmold rendesen! Tépd meg! Szaggasd szét!

De Isten fura humorának köszönhetően a macskák sajnos nem értenek emberi nyelven. Sem a „karmold" szót nem ismerik, a „rendesen"-t pedig pláne nem. Talán még ha a gazdája egy ismert macskaeledel nevét emlegeti, akkor beugrott volna neki valami halvány emlékfoszlány... valószínűleg akkor is csak egy íz... vagy egy alapos korábbi gyomorrontás. Ám a lány utasítása számára nem igazán bírt semmilyen jelentéssel.

Luca ekkor kétségbeesett döntésre szánta el magát. Fogalma sem volt, hogy van-e értelme megpróbálni, de jobb híján, gondolta, úgysincs vesztenivalója. Kutyamorgást kezdett utánozni. Eleinte óvatosan, hogy nehogy elijessze macskáját. Aztán mivel az nem igazán rémült halálra, a lány egyre hangosabban utánozta a nem túl életszerű – de azért kutyához némileg hasonló – hangot.

Lecsó ekkor meglepő reakciót produkált: Amíg addig a pillanatig csak puha mancsával pofozgatta gazdija összekötözött csuklóit, most a hang hallatán valahogy ösztönösen előugrasztotta jobb mancsán a karmait, és a puha tapogatásból – talán nem is szándékosan – most éles karmolászásba kezdett.

– Aú! – kiáltott fel a lány. Ugyanis a macska nemcsak a ragasztószalagot kezdte felkaparni, de az ő érzékeny csuklóját is.

Lecsó ekkor gazdija fájdalmas kiáltásának hatására abbahagyta a marcangolást. Korábban is előfordult már, hogy véletlenül – pusztán játékból – karmolni kezdte Lucát, és most felismerte azt a hangot, amikor a lánynak fájdalmat okozott vele. Így hát most is azonnal abbahagyta.

– Nee! – kiabálta Luca ezúttal kétségbeesetten. Már azt sem bánta, ha macskája az összes eret kicincálja a csuklójából karmolás közben, csak valahogy oldozza el, hogy segítséget hívhasson ájult barátjához.

A cica ettől a hangtól még jobban megijedt. Valószínűleg sajnos szidásnak, rosszallásnak vette a tiltószót. Luca azonban gyorsan kapcsolt, és ismét heves kutyamorgásba kezdett. Szerencsére kezdett belejönni. Most már egészen hitelesen csinálta. Egy pillanatra meg is lepődött magán. „Lehet, hogy hobbiból állathangokat kellene utánoznom?" – morfondírozott szórakozottan.

Korábban még sosem próbálkozott ilyesmivel. „Vajon lehet azzal pénzt keresni?" – Ám mielőtt még továbbfejthette volna ezt a majdhogynem teljesen értelmetlen és jelenleg haszontalan gondolatmenetet, óriási öröm érte. Felindultságában fel is kiáltott azonnal:

– Ez az! – Ha nem lett volna gúzsba kötve, valószínűleg még teátrálisan a levegőbe is öklöz a boldogságtól. Ugyanis Lecsó végül egy ügyes mozdulattal kiszabadította Luca egyik kezét! A lány pedig heves, csavaró mozdulattal azonnal kioldotta a másikat is. Enyhén vérző csuklójával mit sem törődve – mivel Lecsó sajnos valóban elég szépen elintézte – pánikszerűen letépkedte, letekerte és legyűrte magáról a rugalmas kötözőanyagot, feltápászkodva a földről pedig Atos felé tántorgott.

A férfi egyenletesen, de szemmel láthatóan elég gyengén lélegzett. Még életben volt, de komoly vérveszteséget szenvedett. Nem lehetett már sok neki hátra.

Luca lehajolt a megrepedt kijelzőjű mobiltelefonért, és azonnal a mentőket kezdte tárcsázni. Ám meglepetésére semmi sem történt. Nem csengett ki. Nem is kapcsolt.

– Mi a szar van ezzel?! – szitkozódott dühében. – Hú, de gyűlölöm ezeket a tetves mobilokat! Lefagyott? Újra kéne indítani? Vagy mi baja van?

– Szerintem nincs térerő – szólalt meg Atos alig hallhatóan a földön heverve. Úgy tűnt, révületben van a vérveszteségtől, de amit mondott, az azért végül is logikusan hangzott.

– Nincs térerő? Az mi a fenét jelent? – kérdezte a lány frusztráltan. – Én nem értek az ilyen informatikus izékhez.

– Azt, hogy az épületben talán túl vastagok a betonfalak. Van, hogy ilyen helyeken bizonyos lakásokban vagy akár az egész épületben egyáltalán nem lehet hívást indítani.

– Akkor most mit csináljak? Egyébként sem lehet igaz, amit mondasz, már ne is haragudj. Itt lakom egy ideje. Máskor is tudok telefonálni innen!

– Akkor talán a szolgáltató vacakol. Lehet, hogy leállt valami szerver náluk, vagy a faszom tudja, mi. Ennyire azért én sem értek hozzá.

– De király! Akkor most mit csináljunk? Így el fogsz vérezni. Legalább szorítsd újra!

A férfi engedelmeskedett, és ismét markolni kezdte ép kezével a csonka csuklóját. Csoda, hogy még maradt annyi ereje – és lélekjelenléte –, hogy ezt megtegye. – Szerintem maradjunk az ősi módszereknél – mondta aztán Atos elhaló hangon.

– Mit akarsz vele csinálni? Van valami ötleted? „Ősi módszer?!" Te jó Isten, ugye nem akarod levágni, vagy ilyesmi?

– Levágni? – nevetett fel Atos kábán, aztán köhögött párat. – Azt B barátod már megtette. Minek vágnám még tovább? Nem elég rövid már így is? Figyelj, Luca, ugye nálatok nem elektromos a tűzhely? Kérlek, mondd, hogy nem az.

– Nem. Hagyományos gázzal működő. Miért? Mit akarsz vele csinálni? Éhes vagy, vagy mi?
– Elégetem a sebet. Ha segítesz, odavonszolnom magam, begyújtjuk a gázt, és beletartom a karcsonkomat a lángba. Meg fog égni annyira, hogy azonnal eláll tőle a vérzés.
– Te jó ég, de az nem fog nagyon fájni? – kérdezte a lány megrendülten, szinte önkívületben az aggodalomtól.
– Fáájni? Nem hinném. Végül is miért is fájna az, ha az ember tűzbe tartja a frissen levágott kezét? Szerintem jó buli lesz. Később már csak nevetünk majd az egészen, meglátod. Vagy nem. Na gyere, kislány, próbáljuk meg! Más választásom most úgyse nagyon van. Vagy esetleg levághatom rövidebbre is, ha szerinted úgy logikusabb – mosolygott a férfi fátyolos tekintettel.
– Ati, te nem vagy normális!

# 5. „Lenyelem a hangokat, hogy rút sikolyom elcsituljon"

Két és fél évvel korábban...

– Atyám, biztos benne, hogy él még?
– Szerintem igen. Még stabilan lélegzett, amikor betuszkoltuk a csomagtartóba. Él, de véleményem szerint jó pár órára elcsitult.
– Hát, remélem, igaza van – sóhajtott fel gondterhelten a pszichiáter. – Nem megölni akartam azt a szerencsétlen fiút, csak épphogy annyira kupán vágni, hogy elájuljon, és magunkkal hozhassuk.
– Ne hibáztassa magát, doktor – mondta a pap. – Még én sem ütöttem le soha senkit. Fogalmam sincs, hogy mennyi erőt kell beleadni ahhoz, hogy valaki elveszítse az eszméletét, de szörnyet azért ne haljon. Szerintem jól csinálta. Amennyire láttam, épphogy csak lett egy kis púp a fején. És nincs magánál. Valamint életben van. Szerintem ennél jobban már nem is csinálhatta volna.
– Köszönöm, de azért ön nem tartja elkeserítőnek, hogy idáig süllyedtünk? Hová jutottunk, atyám? Megtámadni valakit majdhogynem fényes nappal? Emberrablás? Testi sértés? Talán *súlyos* testi sértés?
– Az ember teszi, amit tennie a kell. A Biblia is azt mondja, „Segíts magadon, és az Isten is megsegít." Mi nemcsak magunkon segítünk azzal a lépéssel, amire készülünk, de az egész emberiségen. Ne okolja magát miatta. A jó ügy érdekében cselekszünk.
– Biztos benne? És mi lesz, ha nem sikerül?
– Akkor is legalább megpróbáltuk. Ártani nem fog neki. Ha nem történik semmi, akkor elengedjük, szabadon távozhat.
– Ön szerint így lesz? Azok után, hogy elraboltuk? Majd rálegyint a dologra, hogy nem történt semmi, megbocsát, és köszönést követően felsétál a maga pincéjéből az utcára, aztán hazaballag az intézetbe?
– Nos, ha ennyire nem is egyszerű az egész, bízom benne, hogy lesz a fiúban annyi belátás, hogy értsen a jó szóból. Nem akarunk mi semmi rosszat, csak kiűzni belőle valamit, ami nem odavaló. Ha nincs benne olyasmi, akkor úgysem fog történni semmi.
– És önmagában a feltételezés? – kérdezte a pszichiáter. – Miszerint valakit az Ördög szállt meg? Ön szerint az nem sértő? ... Amennyiben hibásnak bizonyul a feltételezés, és tévedünk?
– Fogalmam sincs. Azaz de, biztos vagyok benne, hogy ennél sértőbb dolog a világon nincs, minthogy valakit azzal vádolnak, hogy ő a megtestesült Gonosz, de akkor sem tudunk mit csinálni. Inkább

tévedjük és sértődjön meg, minthogy a Sátán szabadon kószáljon a városunk utcáin.
– Igaza lehet – ment bele a doktor.

Már harminc perce vezetett az orvos megállás és szó nélkül, amikor végül aztán mégis megtörte a csendet:
– Mondja, atyám, gondolkodott már azon valaha, hogy mi vagyunk a világ urai?
– Mármint mi, emberek?
– Nem. Hanem ön és én.
– Miről beszél? – nézett rá a pap zavartan. Némi ijedtség is volt a tekintetében. Éppen egy pszichiáterrel, akit hat hónapja ismer, elraboltak egy intézetis fiút, hogy erőszakkal kiűzzék belőle a Gonoszt, és erre most meg kiderül, hogy a tettestársa komplett őrült? „Te jó ég!" – gondolta magában. „Lehet, hogy most óriási hibát követek el? Talán erre az egész őrültségre is valójában a doktor vett rá? Az ő téveszméje miatt keveredtem valahogy bele?"
– Mármint nem szó szerint értem – helyesbített a pszichiáter. – Úgy értem, a szakmánkból kifolyólag. Ön nem úgy érzi, mintha mi lennénk a világ urai? Várjon... Hadd fejtsem ki. Látom, nem igazán érti, mire gondolok.

A lelkész a fejét rázta, de most némileg megenyhültek a félelemtől az előbb kissé eltorzult vonásai.
– Úgy értem – folytatta a doktor –, hogy végül is mi döntünk az igazán komoly kérdésekben a világon, vagy nem? Az emberek azt hiszik, hogy a politikusok azok, de szerintem valójában inkább mi. Élet és halál urai vagyunk. Gondoljon csak bele. Ki mondja ki valakire, hogy bűnös vagy nem bűnös?
– Az esküdtszék a bíróságon? – próbálkozott naivan a pap.
– Nem. Azok csak találgatnak, diskurálnak ilyesmiről. Aztán a végén közös megegyezés alapján kinyögik azt, amit a legvalószínűbbnek találnak és amiben több órás veszekedés után megegyeztek. A valódi ítéletet, azaz megítélést nem ők mondják ki, hanem a papok. A hívő meggyónja a bűnét, a tisztelendő atya pedig ezt tulajdonképpen konstatálja, azaz rábólint: „Igen, bűnös vagy, gyermekem." Ott nem kell esküdtszék. Nincs találgatás, senkinek nem kell megegyeznie másokkal. A pap egyszemélyben bűnösnek nyilvánít valakit, és kész.
– Na jó, de mi nem ítélünk halálra senkit. És le sem csukatunk embereket.
– Számít az, hogy végül mi a büntetés, ha egyszer ön eldönti valakiről, hogy bűnös, és büntetést szab ki rá? Nem úgy szokott lenni, hogy feloldozásképp a bűnös mondjon el tíz Miatyánkot? Az is büntetés, vagy nem?

A pap bólintott, bár látszott rajta, hogy nem egészen ért egyet barátja okfejtésével.
– Szóval – folytatta a doki – ön kimondja valakiről, hogy bűnös, anélkül hogy valójában kinyomozná a körülményeket, és utánajárna

az ügynek. Nem kellenek sem szemtanúk, sem bizonyíték. Ha a hívő azt állítja, hogy bűnös, ön azonnal meg is bünteti. Sőt, talán még akkor is, ha a hívő kertel, mellébeszél, és nehezen mondja ki azt, amit tett. Ön akkor is megbünteti. Kiszab rá néhány elmondandó imát, és Isten nevében megbocsát neki. Akiről, hozzáteszem, nem igazán bizonyított, hogy valaha is létezett volna egyáltalán. Tehát ha így nézzük, valójában ön büntet és ön bocsát meg, nem pedig az Isten. Ez nem olyan, mintha a világ... vagy legalábbis az emberiség... *ura* lenne?

– Zseniális elmélet – fintorgott az atya elégedetlenül. Szemmel láthatóan nem igazán volt ínyére az okfejtés. Ő annak idején nem ezért állt papnak, hogy uralkodjon bárkin is vagy terrorizáljon embereket. Segíteni akart, szolgálni, adni, nem pedig bántani és elvenni. – És mi a helyzet az ön szakmájával, kedves doktor? – kérdezte cinikus hangnemben. Remélte, hogy az orvos a saját hivatását legalább annyira lesújtóan fogja körülírni, mint az övét.

– Nos, az én helyzetem sem annyira más. Én nem bűnösnek kiáltok ki embereket és megbüntetem őket, hanem bebörtönzöm. Elveszem a maga istene által ajándékba adott, alanyi jogon járó szabadságukat.

– Bebörtönzi őket? Miről beszél? Maga nem bíró, hanem orvos.

– Úgy értem, pszichiáter szakorvosként jogom van valakiről olyan szakvéleményt kiállítani, hogy az illető ön- és közveszélyes. Akkor viszont irány a zárt osztály! Azaz, ahogy mások mondanák: a „gumiszoba"! És onnan aztán csak akkor jöhet ki az illető, ha én úgy látom jónak, azaz gyógyultnak titulálom. Vagy legalábbis javulnia kell annyira a beteg állapotának, hogy már ne minősítsem a társadalomra nézve veszélyesnek.

– De ugye nem szokott ilyet viccből csinálni, visszaélés jelleggel?! – kérdezte a pap ijedten.

– Dehogy! Mit nem mond?! Nem azért tettem le a hippokratészi esküt, hogy bárkit is bántsak vagy korlátozzam a jogait. De éppenséggel megtehetném. Végül is egyetlen tollvonás az egész, nem? Őrült a kedves beteg? Akkor ikszelje be a megfelelő helyen! Igen vagy nem? Ha őrült, akkor irány a gumiszoba. Még esküdtszék sem kell. Merő előítélet az egész. És csak egyetlen tollvonás.

– Megijeszt, doktor úr.

– Hogy őszinte legyek, én magam is félek. Túl sok hatalom van bizonyos emberek kezében. Nem mi kettőnkre gondolok. Mi nem élünk vissza vele, de mások talán igen. Erre gondoltam, amikor felhoztam ezt a témát: élet és halál urai, a világ urai. Ha ön azt mondja, bűnös, akkor bűnhődnie kell, ha én azt mondom őrült, akkor be kell zárni.

– Nem azt mondta korábban, hogy a pszichiáterek nem használják az „őrült" szót, hanem csak betegeknek hívják a pácienseket?

– Nos, a szemükbe legalábbis nem mondjuk. És a rokonaiknak sem. De, tudja, egymás között azért ugyanúgy röpködnek a „dinka",

„félnótás", „agyilag zokni" és egyéb kifejezések. De ha lehet, akkor ezt ne nagyon hangoztassa nyilvánosan, jó? Még a végén rosszakat gondolnának a pszichiáterekről. – Erről az utolsó mondatról a lelkész nem tudta volna megmondani, hogy barátja komolyan mondta-e vagy kimondottan szarkazmusnak szánta.

– Rendben. Nem fogom hangoztatni. Amúgy értem már, hogy mire gondol. Igen, valóban túl nagy felelősség van a kezünkben. És nem biztos, hogy képesek vagyunk bánni vele, vagy jogunk lenne egyáltalán megpróbálni.

– A törvény szerint igen – nyugtatta meg a doktor. – Nem mintha nem érne lószart az egész úgy, ahogy van.

– Szerintem hagyjuk a politikát és a törvényeket – legyintett rá a pap. – Már csak azért is, mert jelenleg mi is tilosban járunk. Éppen emberrablást követünk el, ha esetleg ez elkerülte volna a figyelmét.

– Nem igazán kerülte el. Valójában már hét hónapja tervezem ezt. Azóta, amikor először találkoztam B-vel. Valahogy mindenképp ki akartam vonni a forgalomból, mármint eltávolítani az intézetből a többi fiatal közeléből. Túl veszélyes. Nemcsak a társaira, de az ott dolgozó felnőttekre nézve is. Meggyőződésem, hogy előbb-utóbb nagyon komolyan bántani fog valakit. Valószínűleg többeket is. És aztán megszökik. Meg mernék rá esküdni, hogy megtenné, ha hagynám.

– És ha kiűzzük belőle a Gonoszt?

– Szerintem akkor... mármint ha egyáltalán létezik Gonosz, és lesz mit kiűzni belőle... akkor a srác épp olyan normális lesz, mint maga vagy én.

– Köszönöm – mondta a pap.

– Mit?

– Egy pszichiátertől mindig nagy dicséret és megnyugtató, ha „normálisnak" titulálja az embert – mosolyodott el az amúgy gondterhelt, fekete reverendát viselő férfi.

– Atyám, ha ön nem lenne *normális*, sosem kértem volna fel erre az *őrült* tervre. Még ha ez így kimondva kissé paradox állításnak is hangzik, de attól még igaz.

# 6. „Az agyamig hatolnak hangjegyei, barázdákat verve bele"

– Verjen le szögeket! Máris hozok egy zacskóval – utasította a pap a barátját. – Nincs mihez kikötni a fiút. Egyszerűbb, ha masszív szögeket ütünk a padlóba, és azokhoz rögzítjük a kötelek végét. Úgyis tiszta lyuk már itt a pincében a parketta. Jó párszor beázott a magas talajvíz miatt. A vízbojlerünk is kétszer megrepedt. Na, akkor aztán állt itt a víz rendesen! Nem csoda, hogy tönkrement az egész burkolat. Sosem értettem, hogy a feleségem minek akart egyáltalán parkettát rakatni ebbe a penésztől bűzlő verembe.
– Tényleg, hol is van most a kedves feleség? Már ha nem vagyok nagyon tolakodó – zihálta a doktor, ahogy lecipelték a fiú súlyos testét a pince lépcsőjén, és letették a helyiség közepére.
– Hosszú műszakban dolgozik nővérként. Ilyenkor bent alszik a belvárosban. Vagy az egyik kolléganőjénél, vagy bent a kórházban. Szóval két napig haza sem jön.
– Micsoda szerencse! Már elnézést! Nem úgy értettem. Csak most a helyzetünkre tekintettel mondtam.
– Semmi gond – nyugtatta meg a pap.
– Tehát, ha az asszony nem toppanhat be váratlanul, akkor csak ketten vagyunk? Biztonságban?
– Én azért remélem, hogy *hárman*. Ugyanis ha ketten lennénk, az azt jelentené, hogy a fiú már halott. Nem igazán az volt a cél, hogy halálra sújtsa ugyebár.
– Igaza van. De amúgy nem akart az előbb szögeket hozni? Egyáltalán mennyi ideig alszik az ember egy fejbeveréstől? Nem kéne kicsit belehúzni a dolgokba? – kérdezte a doki.
– Nem tudom, maga az orvos. Nem tanultak annak idején ilyesmit, hogy mennyi időre lehet így kiütni valakit?
– Az emberrablás nem igazán felvehető tantárgy az orvosi egyetemen, hogy úgy mondjam. Altatógázról esetleg be tudnék számolni, hogy hogyan hat, de a fejbeverés nem éppen szakterületem.
– És mi van, ha a fiú fel sem ébred többé? – kérdezte a lelkész.
– Akkor talán megóvtuk a világot egy második Hitlertől, ki tudja. Talán még jót is tennénk vele.
– Ne vicceljen ezzel. Nem megölni akarjuk, csak kiűzni belőle azt, ami gonosszá teszi. Nem ön is azt mondta, hogy most már hisz ebben?
– Azt azért sosem állítottam. De mivel nincs orvosi magyarázat vagy definíció a fiú állapotára, így kizárásos alapon látok

lehetőséget abban, hogy ilyesmivel próbálkozzunk. Ártani nem ártunk vele neki. Hacsak meg nem halt az ütéstől – vakargatta meg a fejét a doktor. – Nem. Még életben van. Látja, ahogy emelkedik és süllyed a mellkasa? Nem lesz itt gond! Csak hozza azokat a szögeket! Kifeszítjük a testét, rögzítjük, felébresztjük valahogy, aztán kezdheti ráolvasni a rontást vagy mit – kuncogott fel. – Na jó, csak hülyéskedek. Mármint a szent szöveget, ami ilyenkor használatos.

A pap eltűnt a barátja szeme elől a pince egyik távoli, sötét sarkában, és leguggolva kotorászni kezdett egy régi, penésztől felpuhult kartondobozban. Elég nagy zajt csapott közben. A doktor már kezdett aggódni amiatt, hogy B fel fog ébredni a zajra:

– Muszáj így zörögnie? – súgta oda feszülten. – Állati nagy lármát csap!

– Nem találok megfelelő szögeket – felelte fojtott hangon a lelkész. – Azt hittem, itt lesznek nagy, százas szögek, amelyeket sátorcölöpökként leverhetünk, és azokhoz kikötözhetjük a srácot, de csak ilyen kis... szarok vannak mindenhol, amik semmire sem jók! Maximum egy képeslapot lehetne felakasztani rájuk!

– Ejnye, atyám! Azt hittem, a papok nem káromkodnak.

– Ördögűzés előtt bármi megengedett – felelte az szórakozottan.

– Olyankor pedig aztán végképp, amikor Isten szolgája nem talál *egyetlen* kurva szöget sem, ami megfelelne!

– Akkor hozza azt, ami van.

– De mire megyünk velük?

– Van egy ötletem – mondta a doktor türelmetlenül. Egyre jobban aggasztotta, hogy B idő előtt felébredhet, és esetleg dulakodniuk kell majd vele. A fiú jóval nagyobb darab volt náluk. Talán még ketten együtt sem adták volna ki a testsúlyát. Úgy leteperte volna őket, mint toporzékoló bika a gyomot. Leütni is csak úgy sikerült, hogy a doki alattomos módon mögé osont. Szemtől szemben sosem gyűrték volna le a tagbaszakadt fiatalembert. – Megmondom, mit csinálunk! Ez az ocsmány régi esőkabát, amit a srác visel, meglehetősen masszív anyagból készült. Ráadásul leér a combjáig. Ha azt végigszögeljük körülötte a kis szögekkel, B úgy oda lesz tapadva a padlóhoz, mint légy a pókhálóba. Nem kellenek ide nagy szögek. Hozza csak a kicsiket! Csak jó sok legyen! Úgy körbekalapáljuk, mintha odavarrnánk a földhöz.

Neki is láttak egyből, nem húzták tovább az időt. A pince a dohossága ellenére nem nedvesítette át annyira a parkettát, hogy ne maradjon meg benne az a hegyes tárgy, amit belevernek. A doki tartott attól egy darabig, hogy a szögek egyszerűen kifordulnak majd a lyukaikból és kiesnek. Szerencsére azonban a parketta elég keménynek és száraznak bizonyult a művelethez.

Nem telt három percbe sem, és ketten két kalapáccsal valóban úgy körbeszögelték a fiút, hogy ha fejre állítják az egész házat, az ő teste valószínűleg akkor is ugyanott marad, csak akkor már a plafonról lógott volna lefelé.

Kalapálás közben alaposan megcibálták B ruháját, sőt egyre jobban rá is feszült, ahogy tíz centinként rögzítették, hogy esélye se legyen felkelni. A folyamatos rángatásra és hangos kopácsolásra a fiú sajnos magához tért:
– Hé! Mi a fene folyik itt? Mit művelnek velem? Kik maguk? – Pedig B mindkettejükkel találkozott már, ismerte őket, de a szeme valószínűleg nem tudott elég gyorsan alkalmazkodni a pincében uralkodó félhomályhoz. – Atyám?! – ismerte fel nagy nehezen az egyiküket.
– Igen, én vagyok az, B. A dokit pedig már szintén ismered. Gondolom, nem kell bemutatnom. Mondd csak, mi is a keresztneved? Valamiért egyszerűen nem tudjuk felidézni a doktor úrral.
– Nem tökmindegy? – hörögte B, miközben teljes erejéből próbált elszabadulni. Úgy rángatózott, mint akit áram ráz. A pap egy pillanatra halálra rémült a fiú elszántságától és szemmel látható fizikai erejétől. Talán csak másodpercek voltak hátra addig, hogy B kitépje magát a padlóhoz szögelt esőkabátból. – Kinyírlak benneteket, basszátok meg! Ennek meglesz a böjtje!
– Kezdje el olvasni, atyám! – sürgette az orvos. – Ne bájcsevegjünk vele. Ennek nem lesz jó vége!
A tiszteletes egy pillanatig sem tétovázott. Ő sem akart érvelni és társalogni a fiúval. Ha olyasmit tervez, eleve le sem ütik, hogy idehozzák ebbe a sötét pincébe. Előkapta hát a zsebébe rejtett papírt, kihajtogatta, és máris hozzáfogott:
„Regna terrae, cantata Deo, psallite Cernunnos
Regna terrae, cantata Dea psallite Aradia."
– Maga meg mi a francot hablatyol? – kérdezte B. – Ez valami vers?
– Ne figyeljen rá, atyám! – intette az orvos óvatosságra. – A Gonosz beszél belőle. El akarja bizonytalanítani.
– Bizonytalanítja a halál – röhögött B. – Mondják, mi a fene folyik itt? Miért ütöttek le? Maguk tették, ugye? Azért fáj a fejem ennyire? Így hoztak ide? Hol vagyunk? Nincs joguk engem itt tartani! Ugye tudják, hogy ennek milyen következményei lesznek?! Ez emberrablás! Ráadásul kiskorú vagyok. Mik maguk, pedofilok? Fel fogom jelenteni magukat! Azonnal eresszenek el!
A pap erre ijedten abbahagyta a felolvasást.
– Ne higgyen neki, atyám! Manipulálja. Ez nem egy ijedt fiú. Ő a Gonosz. Ne hagyja, hogy meggyőzze és megvezesse. Most csak gyengének, sebezhetőnek mutatja magát. De abban a pillanatban, hogy elengednénk, nem hagyná, hogy élve elhagyjuk ezt a helyet.
– Tudom – bólintott a férfi, és folytatta a felolvasást:
„caeli Deus, Deus terrae,
Humiliter majestati gloriae tuae supplicamus"
B teste erre hevesen vergődni kezdett.
– Látja, doki? Mondtam, hogy hatni fog! – örömködött a lelkész. Egy pillanatra abba is hagyta a ráolvasást.

– Hat a francokat! – kiabálta B. – Csak ki akarok szabadulni! Eresszenek már el! Mit szórakoznak itt velem? Egyáltalán miféle hatásra számítanak?

„Ut ab omni infernalium spirituum potestate" – folytatta a pap rövid gondolkodás után. „Laqueo, and deceptione nequitia, Omnis fallaciae, libera nos, dominates."

– Áá! – ordított B. Most úgy tűnt, mintha valóban fájdalmai lennének. – Szúr az egyik rohadt szög! Beleállt a karomba! Szedjék ki! Szedjék már ki! Kurvára fáj!

– Ne higgyen neki! – szólt rá a doktor. – Folytassa csak!

– De mi van, ha igazat mond? – kérdezte a pap egyre bizonytalanabbul.

– Szarok rá! – kiabált a pszichiáter. – Ha kell, álljon bele az összes szög a dagadt hasába. Akkor sem engedjük el, amíg végig nem olvasta azt a halandzsát! Ha szúr, hát szúr. Nem kell belehalni. Darázscsípésbe sem pusztul bele senki. Hacsak nincs szögallergiád, kedves fiam – nézett a vergődő, szitkozódó fiatalemberre. – Na olvassa csak tovább, barátom. Nehogy már elhiggye neki, hogy fájdalmai vannak. Csak szimulál.

„Exorcizamus you omnis immundus spiritus
Omnis satanica potestas, omnis incursio..."

– Áá! Nagyon fáj! Valami nem stimmel. Engedjenek el! Kérem, eresszenek! Érzem, hogy nagy baj van. Lehet, hogy nem is a karomba, hanem a gerincembe állt az a szög! Meg fogok bénulni! Ezt már maguk sem akarhatják!

– Nincs szög a gerincénél. Kamuzik a gonosz szemétládája. Folytassa csak, atyám!

„Infernalis adversarii, omnis legio,
Omnis and congregatio secta diabolica."

– Ezért még kinyírlak, geci! – ordította B magából kikelve. Most nem úgy tűnt, mintha fájdalmai lennének. Inkább dühös volt. Gyilkos harag tombolt benne.

„Ab insidiis diaboli, libera nos, dominates,
Ut coven tuam secura tibi libertate servire facias,
Te rogamus, audi nos!"

– Nem hat! – röhögött B. – Semmit sem érzek! A világon semmit. Egész végig kamuztam. Nem szúr sehol. Valójában tök kényelmesen fekszem itt. Maguk tényleg ekkora idióták? Azt hitték, lesz bármi hatása annak, ha rám olvasnak valami rontásfélét? Egyáltalán miféle marhaság az a szöveg? Mondom: *semmilyen* hatást nem gyakorol rám. Nem viccelek.

„Ut inimicos sanctae circulae humiliare digneris,
Te rogamus, audi nos!"

– Sokáig tart még? Mert habár rohadtul nem érzek tőle változást, meglehetősen untat. Nem akar inkább valami izgalmas thrillert felolvasni? Hátha az jobban lekötne.

A pszichiáter ekkor kérdőn ránézett barátjára. Most már ő sem tűnt biztosnak abban, hogy jó ötlet volt-e idehozni a fiút. A pap

megvonta a vállát, és rezzenéstelen arccal folytatta. Gondolta, ha lúd, akkor legyen kövér. Miért is hagyná abba most? Tudják le akkor legalább egyhuzamban az egész szöveget. Ne végezzenek már félmunkát:
„Terribilis Deus Sanctuario suo,
Cernunnos ipse truderit virtutem plebi Suae,
Aradia ipse fortitudinem plebi Suae."
– Áá! – ordított B megint magából kikelve. Ezek szerint az előbb talán mégsem szimulált. Mindkét férfi erre gondolt, és az önjelölt ördögűző tiszteletes most már akkor sem hagyta volna abba az olvasást, ha a pince fala elkezd repedni, vagy akár rájuk is omlik a mennyezete:
„Benedictus Deus, Gloria Patri,
Benedictus Dea, Matri gloria!" – kiáltotta a férfi fennhangon az utolsó szavakat.

És ekkor valami olyan történt, amire egyikük sem számított:

B dereka elemelkedett a földről, és oldalt a csípőjénél elpattant néhány szög, mert nem bírtak ellenállni az iszonyatos terhelésnek. A fiú háta ívbe feszült, és úgy ordította a fájdalomtól:

– Nee! Szétszakadok! Nee!

Az ördögűzést végző két férfinek fogalma sem volt, hogy mit történik, és mit él át a „megszállott".

Ám mielőtt megkérdezhették volna egymást, hogy mit tegyenek, és mi lehet az oka a fiú fájdalmainak, az ijesztő jelenet amilyen gyorsan elkezdődött, olyan hamar véget is ért: B csípője visszaereszkedett a földre, és elcsendesedett. Egy pillanatra nyomasztó némaság ülte meg a pincehelyiséget. Az a fajta csend, amikor az embernek csengeni kezd a füle, mert annyira nincs mit hallani, hogy az már fülsértő.

A pszichiáter azt találgatta, hogy B vajon meghalt-e. Talán azért óbégatott az előbb, mert kettészakadt a szívizma a terheléstől, vagy esetleg a gerince tört ketté, amilyen nagy ívben meghajolt a háta... Ám a doktor ekkor egy hirtelen hangra lett figyelmes.

Abból az irányból, ahol korábban a barátja matatott a szögek között a pince egy távoli sarkából, most ismét csörgést hallott. Csakhogy a pap most ott állt mellette. B pedig még mindig a földön feküdt odarögzítve. Még ha néhány szög ki is ugrott a derekánál az esőkabátból, a többi szerencsére érintetlen maradt.

– Ki van ott? – kérdezte a doktor ijedten a lelkésztől a pince végébe mutatva. – Maga volt ott az előbb! Van ott valaki más is?! Miért nem mondta?

– Nincs ott a világon senki! – legyintett a pap megnyugtatóan. – A pince nemcsak penészes, de patkányok is garázdálkodnak itt néha. Ne aggódjon miatta. Azért sem irtjuk őket, mert ad1: keresztények vagyunk, és nem igazán fűlik a fogunk a gyilkossághoz, ad2: nincs belőlük olyan sok. Évente csak egyet-kettőt látni. Ad3: Szögeken és dohos parkettán kívül errefelé mást

nem nagyon találnak. Ha van kedvük itt sziesztázni... áldásom rá! Egyenek szöget, nekem nem fáj.
A pszichiáter megvonta a vállát, és ismét B felé fordult:
– Ön szerint mi történt vele? Mit értett azalatt, hogy kettészakad? Nekem nem úgy tűnik, mintha két darabban lenne.
– Talán lelkileg értette, nem tudom.
– Vagy talán a *kiűzésre*. Kettészakadt, mert elszakadt tőle a gonosz énje. Végül is logikus lenne, nem?
– De bizony. Viszont a szent szöveg felolvasásakor olyannyira nem történt semmi, hogy én már nem igazán hiszem, hogy ördögi megszállás áldozata lett volna. Tudom, hogy ez inkább az ön szakterülete, doktor úr, de sajnos kezdek mégis ismét azon az állásponton lenni, hogy ez a fiú egyszerűen csak beteg. Nem gonosz, nem megszállott, hanem csak skizofrén, esetleg skizoid alkat, vagy valami ahhoz hasonló.
– Akkor hát nincs megoldás?
– Mire? – kérdezte B váratlanul, ahogy magához tért.
A két férfi megkönnyebbülten sóhajtott fel, hogy az „alany" még mindig életben van.
– Arra, hogy jobban légy – felelte neki a pap őszintén.
– Máris jobban lennék, ha eloldoznának innen. Megtennék? – kérdezte csendesen motyogva a fiú. Úgy tűnt, mintha némileg megtört volna. Most nem szitkozódott, nem fenyegetőzött, csak udvariasan kért.
– Mi lesz, ha eloldozunk? – kérdezte az atya bizonytalanul.
– Semmi. Visszamegyek az intézetbe. Nézzék, nem tudom, mi ütött magukba, és honnan vették, hogy megszállt engem valami, de megmondom őszintén, nem is érdekel. Csak nyugalmat szeretnék. Ha eleresztenek, megígérem, hogy nem mondom el senkinek, hogy mi történt itt. Csak felejtsük el egymást, és menjünk Isten hírével. Tényleg olyan nagy kérés ez? Vagy akár illogikus?
– Valójában meglepő, hogy mennyire racionális és értelmes kérés ez – mondták ki szinte egyszerre. Ezen elbizonytalanodva néztek össze egy pillanatra. Egymás tekintetét fürkészték. A szájuk semmit sem mondott, de a szemük igen. Mégpedig azt, hogy „Egész biztos, hogy nem sikerült az a kiűzés? A fiú most mintha kedvesebb, megértőbb lenne. Sőt, talán az a fura légkör is megszűnt a közelében, ami korábban évek óta körüllengte."
– Hogy érzed magad? – kérdezte az orvos B-től.
– Túlélem – morogta az. – Csak fázik a hátam ettől a rohadt nyirkos padlótól, és kissé lüktet a fejem, ahol ön vagy a drágalátos haverja fejbe vágott. De mindegy. Nem akarok panaszkodni. És vádaskodni sem. Csak eresszenek el. Akkor nem mondom el senkinek, hogy mit tettek velem.
– Játszik velünk – mondta ki a pap, amit a barátja is gondolt. – Abban a minutumban, hogy eloldozzuk, összever minket, eltöri kezünket-lábunkat, talán meg is öl, aztán elmegy a rendőrségre azzal, hogy elraboltuk, és önvédelemből tett mindent.

– Dehogy! – nevetett B. – Maguk szerint mennyire tartanak itt engem ezek a nevetséges szögek? Semennyire! Eleinte azért mentem bele a játékba, mert kíváncsi voltam, mire akarnak kilyukadni. Egy percig sem hátráltatnak ezek a szarok. Bármikor képes vagyok felkelni innen.
A két férfi riadtan nézett össze. – Az előbb, amikor fájdalmasan grimasztoltál, és ívbe feszült a hátad, nekem nem úgy tűnt, hogy ki tudnál onnan szabadulni – vitatkozott a pap.
– Nem kiszabadulni próbáltam, csak fájdalmaim voltak. Nem tudom az okát. Talán felfáztam ettől a rohadt hideg padlótól. Ezért is lett elegem... És most szépen felkelek innen.

# 7. „Valami a szobámban van, hogy hártyájával beburkoljon"

A két férfi azt hitte, nem jól lát:
B olyan könnyedén ült fel az odaszögelt esőkabáttal együtt, mintha semmi sem tartotta volna ott. Vagy a szögek nem bizonyultak elég erősnek, vagy a padló volt mégiscsak nyirkos és felpuhult, de az is lehet, hogy a fiú rendelkezett nagyobb fizikai erővel annál, mint amit eredetileg kinéztek belőle.
– Látják? – kérdezte. – Eddig is megtehettem volna. Nem tartott vissza semmi. Csak kíváncsi voltam, mire akarnak kilyukadni ezzel az egésszel. Most sem bántom magukat – mondta lassan, óvatosan felállva, hogy ne ijessze meg (még jobban) a felette álló két férfit, és leporolta a ruháját. – Mondom: nem akarok kárt tenni magukban. Tény, hogy nagyon durván túlléptek a határt, de nem igazán érdekel. Valami naiv és szerintem részemről túlzottan jóindulatú oknál fogva el tudom képzelni, hogy tényleg csak jót akartak. Azt hitték, hogy valamiféle démoni megszállottság áldozata vagyok. Megpróbáltak segíteni. De nem jött be, ennyi. Nem vagyok, és nem is voltam soha megszállott. Csak sokat szenvedtem gyerekkoromban. Az én történetemben nincs semmi misztikum. Vagyok, aki vagyok. De nem rosszabb, mint bármelyik más intézetis. Sőt, mondok jobbat: még akár maguknál sem. Önök is embert raboltak. Feljelenthetném magukat érte. Mégsem teszem.
– Miért nem? – kérdezte a pap megrendülten, őszinte értetlenséggel a hangjában.
– Mert ellentétben azzal, amit eddig hittek rólam, én nem vagyok gonosz. Ezáltal pedig bosszúálló sem. – Azzal B komótosan, némileg átlyuggatott esőkabátban megindult a pincéből felvezető lépcső irányába.
Egyik férfi sem próbálta megállítani. Azért, mert hittek neki. Annyira hiteles volt, ahogyan előadta magát, és annyira logikus, amiket mondott, hogy valahogy fel sem merült bennük: akár hazudhat is.
A pap épp szóra nyitotta volna a száját, de az orvos figyelmeztetően felemelte mutatóujját, és oldalirányban megmozgatva arra utalt, hogy „Nem, nem! Ne mondjon semmit. Jobb, ha hagyjuk elmenni. Ennél már csak rosszabb lehet, hogy bármit utánaszól."
És a férfi engedelmeskedett barátja intelmének. Inkább hallgatott.
Vártak még néhány percet, amíg B eltűnt a szemük elől, beleveszett a lépcső tetején az emeletről leszűrődő fénybe... aztán ők is megindultak utána felfelé. Nem szóltak semmit. Tudták, hogy

hibát követtek el. Nem volt miről beszélniük. Örülhettek, ha egyáltalán a fiú nem fogja feljelenteni őket mindezért. Hibásnak érezték magukat. De nem csak ők gondolták így... Az a fiatalember is egyet értett ezzel, aki a korábban megrepedt vízbojler mögé rejtőzve figyelte őket eddig a sötétből. Ő volt az, aki megbotlott a pap által ottfelejtett szögesdobozban. Az zörgött akkorát, hogy azt hitték, ismét patkányok garázdálkodnak a pincében. A rájuk leselkedő fiú erősen túlsúlyos volt. Zöld színű esőkabátot viselt, és egy kinyitott borotvakést szorongatott a kezében.
– *Ezért még megkapjátok a magatokét!* – nevetett magában. – *Senki sem fogja büntetlenül bántani a barátomat. Egyszer még kinyírlak titeket! Aztán fogom magam, és kihozom B-t abból a szörnyű javítóintézetből. Ha kell, akkor gyilkosságok árán. Sőt, akkor is gyilkolni fogok, ha egyáltalán nem szükséges. B egyedül nem lenne rá képes. Még azzal a félkegyelmű Jácinttal sem. Mert nincs meg benne a megfelelő elszántság. Nincs benne motiváltság, nincs bátorsága hozzá, fél a következményektől. Nincs meg benne a...* kényszer.

# 8. „Rovarként gyermekeknek bábozódom egy apró színházban"

– Borzalmas álmom volt – panaszkodott Atos. Épphogy csak másfél órát sikerült aludnia a kocsiban menet közben. Amikor elhagyták az épületet, meglátták, hogy a taxi, amivel Ati érkezett, még mindig ott várakozik. A sofőr beszaladt egy pitáért a gyrososhoz, és benne hagyta a kulcsot az autóban. Eredetileg meg akarták kérni, hogy taposson bele, és vigye őket messzire, de amikor meglátták, hogy nincs az autóban, átültek az első ülésre, egyszerűen ellopták a kocsit, és elhajtottak vele. Luca ült a kormányhoz. Atos szinte azonnal elájult, de aztán viszonylag hamar magához tért. Azért is, mert annyira fájt a frissen levágott és megégetett, felhólyagosodott karja, hogy még a Lucáéknál talált Advil sem ért ellene semmit, pedig kettesével nyelte. Továbbá azért, mert a lány olyan rosszul vezetett, hogy még az is csoda volt, hogy egyáltalán egyenesen haladtak, és nem körbe-körbe. – Luca, komolyan félek melletted ülni autóban. Ha lenne még egy kézfejem, amivel irányítsak, biztos nem engedném, hogy te vezess. Mondd csak, hogyan szereztél így jogosítványt?

– Jogosítványt? – kérdezett vissza a lány. – Ki mondta, hogy van nekem olyanom? Már a második forgalmi vizsgán megbuktam, mert összevissza rángattam a kormányt. A vizsgáztató azt mondta, hogy nincs műszaki érzékem, ezáltal pedig arról sincs fogalmam, hogy hogyan irányítsak és tartsak kordában egy ekkora járművet, vagy hogy miként érzékeljem a kiterjedését. Ez utóbbi állítólag a térlátásommal kapcsolatos, ami elmondása szerint nekem szintén nem a legjobb.

– Ez jó pár kérdésre választ ad – reflektált Atos fájdalmas arccal. – Akkor az előbb ezért mentél át a záróvonalon is?

– Milyen vonalon?

– Tudod, azon az összefüggőn, amin nem lenne szabad.

– Ja, azt hittem, a szaggatott vonal azt jelzi, hogy lassabban kell haladni, a folyamatos pedig azt, hogy nincs sebességkorlátozás.

– Édes Istenem! – fohászkodott Atos. – Jó! Tudod, mit? Csak ne üss el senkit, és ne hajts bele más autókba. Ha ez sikerül, már akkor nagyon hálás leszek. Egyáltalán hová megyünk? Meddig feküdtem ájultan?

– Nem olyan sokáig. Alig több mint egy óra lehetett. Sajnos eléggé rángat ez a hülye kocsi. Nem csodálom, hogy nem tudsz így aludni. A futómű lehet rossz... tudod, a szerelők szoktak ilyeneket mondani. De az is lehet, hogy a kormány a ludas. Vagy nem?

– Luca, nem a kocsi rángat, hanem te. Úgy szlalomozol, hogy csoda, hogy még nem állítottak meg ittas vezetésért. Miért tekered ennyire megszállottan azt a kormányt?
– Jól van már! Ne kritizálj! Örülj, hogy van, aki vezet, és haladunk! Így legalább el lesz látva a sebed. Vagy esetleg szeretnél visszatérni B lakásába, és egyéb testrészeidet is megégetni? Mert én még egyszer nem megyek oda vissza, az is biztos! Ha ilyen terveid vannak, akkor menj egyedül! Én befejeztem B-vel. Már nem érdekelnek sem a ruháim, sem a könyveim. De még az egyetemi jegyzeteim sem. Nem tudom, mihez kezdek ezentúl, de hogy B lakásának még a környékére sem megyek többé, az biztos. Új életet fogok kezdeni ezután. Talán még nevet is változtatok.
– Ennyire vészes lenne a helyzet?
– Ati, nézz már a kezedre! Szerinted mennyire vészes? Biztos kinő megint, mint a gyíkoknak, mi?
– Nos, valójában eddig sem reméltem, hogy visszanő majd a kezem, de most, hogy így végérvényesen ki is mondtad, azért ez eléggé lelombozó.
– Jaj, ne hülyéskedj már! – nevetett a lány. – Inkább arról beszélj, hogy hová menjünk most? Gondolom, kórházba, nem?
– De, csak ne itt! B, ha nagyon akarja, körbejárhatja a helyi kórházakat, és kideríthetik, hogy hol vagyunk. Ezt nem kockáztathatjuk. Amikor beléptem az ajtón, azt hitte, a szeretőd vagyok. Még az is csoda, hogy csak a kezemet vágta le. Szerintem legközelebb nem lesz ilyen „elnéző", ha újra együtt lát minket.
– Az a baj, hogy ha távolabbi ügyeletre megyünk, ott is ránk találhat. Ilyen esetnek, miszerint valaki hiányzó végtaggal érkezik, ráadásul látszólag erőszakos bűncselekmény áldozataként... annak egyből híre megy. Valószínűleg nemcsak a rendőrség szállna rá az ügyre, de a sajtó is. Ezt nem kockáztathatjuk meg. B ránk fog találni. Nem tudom, miért tűnt el a lakásból, de szerintem nem fog minket békén hagyni, és utánunk jön.
– Szerintem is. De akkor mit tegyünk?
– Van egy ötletem. A szüleimnek van egy vidéki háza. Nagyon nyugis hely. Kietlen. A legközelebbi szomszéd is tizenöt kilométerre lakik onnan. Kórház viszont van. Viszonylag jó. Apámnak műtötték is ott a karját, amikor favágás közben elkapta a kabátujját a láncfűrész, és ha hiszed, ha nem, nyomtalanul meggyógyult a műtét után. Varrásnak nyoma sincs az alkarján, pedig úgy emlékszem, rendesen feltépte neki a fűrész.
– És arról a helyről miért ne tudódna ki a sérülésem híre? – okvetetlenkedett Atos.
– Mert olyan régimódi, makacs egy nép az, hogy még a számítógépes adatrögzítés technológiája sem ért el hozzájuk soha. Azért sem, mert nem kíváncsiak rá. A régi módszerekben hisznek. Tehát ha ott kezelik a sérülésedet, tőlük biztosan nem jut ki az infó, hogy érkezett egy olyan sérült hozzájuk, akinek hiányzik a jobb keze.

– Na jó, de azért a zsarukat nekik is kötelességük értesíteni, nem?

– A francokat fogják azokat riasztani! Vidéken egészen máshogy mennek a dolgok. Majd azt mondjuk, hogy elkapta a kezedet gépszíj, és az szakította le.

– „Gépszíj"? Honnan tudsz te ilyen szavakat? Az előbb még azt sem tudtad, mi az a záróvonal.

– Nem mondtam, hogy láttam már gépszíjat, de gondolom, gépekben szokott lenni olyasmi, nem? Majd azt mondjuk, szerelés közben történt. Valami gépet bütyköltél éppen. Tudod... egy olyan kis *izékét*.

– *„Izékét*?" Igen, ez valóban nagyon hitelesen hangzik. Az orvosok egyből el fogják hinni. Az izéke bizony elég sok balesetet okoz. Olyan esetről is hallottam, amikor valakit deréktól lefelé vágott ketté egy olyan. Na, az sem lehetett kellemes. Oké, amúgy értem ám, hogy mit mondasz. És igazad van. Próbáljuk meg így. Egy vidéki kis kórházban talán el tudnak látni egy ilyen sebet. Sok mezőgazdasági gép okoz balesetet. Vannak köztük durva sérülések is. Gondolom, ez nekik nem jelent gondot. És a mi problémánkat sem rontja tovább. Szóval merre van a szüleid vidéki háza, messze innen? Csak mert úgy kacsázol az úton, hogy így nemhogy a következő városig, de még a következő kanyarig sem jutunk el.

– Nyugi, már szokom a járgányt. Csak még a váltóval vagyok kissé bizonytalan. Megtennéd, hogy váltasz helyettem? A bal kezed úgyis szabad.

– Rendben. A visszapillantóba is én nézzek helyetted? Csak mert ugye tudod, hogy teljesen rossz szögben áll?

– Mire gondolsz? Szerintem nincs azzal semmi gond. Én jól látom benne magam.

– Csakhogy nem magadat kéne látnod benne, hanem az utat mögöttünk! Jézusom, te lány, esküszöm, egy levágott, megégetett kéz semmi hozzád képest! – nevetett Atos fájdalmasan. – Nem csodálom, hogy B-vel sem jöttetek ki túl jól.

– Szerinted miért üldöz? Mert annyira hiányzom neki? – felelte Luca pimaszul vigyorogva. De aztán mindketten elkomorodtak... elég hosszú időre.

\* \* \*

– Mit álmodtál, amikor felriadtál az előbb? – kérdezte kis idő múltán Luca.

– Valami borzalmasat. Nem tudom, volt-e értelme. Mindegy, szerintem úgysem fontos.

– Nem lényeg, hogy legyen értelme. Meséld el. Legalább nem alszom el vezetés közben.

– Nos, rendben. Olyan volt az álmom, mint egy pokoli körforgás. Mindig ugyanaz történt. Újra és újra. Megpróbálom felidézni:

„Rovarként gyermekeknek bábozódom egy apró színházban

potrohomból zene szól, füst gomolyog a nyálamban
a porszemek szikláknak tűnnek, mosolygok a sárban
ízeltlábú szolgaként dolgozom egy gyárban."
– Biztos, hogy csak álom volt?
– Most mondtam, vagy nem? Mi más lett volna?
– Például egy költemény. Hiszen még rímel is.
– Ja, félreértettél. Nem velem történtek meg álmomban ezek az ismétlődő események, hanem költőként mindig ugyanezeket a sorokat írtam. Ezért rímelnek. Egy verset írtam le újra és újra. Ez csak valami részlet belőle, mert nem emlékszem az egészre, de ez a versszak minden kétséget kizáróan így hangzott.
– Fura egy alak vagy, Ati. Nem néztem volna ki belőled, hogy verseket írsz. Pláne ilyeneket. Álmodban!
– Tovább is van. Most eszembe jutott még egy versszak belőle. Kíváncsi vagy rá?
– Jöhet. Így legalább tuti, hogy nem alszom el. Bár kissé megijesztettél ezzel a bábozódó rovar marhasággal, már ne is haragudj. Eddig azt hittem, hogy te normális vagy – mondta a lány sokkal inkább viccelődve, mintsem számon kérően.

Ati nem vette rossz néven. Folytatta az álmában rögeszmésen újra és újra leírt verset:

„nyikorgás az ágy alól, nevetés a padlásról, zene volna?
vicsorgás a sötétből, nevetés a szekrényből, keze volna?
hosszú tárgyat húz elő, pengéje megcsillan, kasza volna?
haladok egy alagútban, a végén fény villan, haza volna?"

– Ez nem csak egy egyszerű költemény – kerekedett el Luca szeme riadtan.
– Hanem?
– Jóslat! Tudom, hogy te nem hiszel az ilyesmiben, de ne viccelj már, Ati, „nevetés a szekrényből"? Nem onnan vette elő B az esőkabátot? „Keze volna"? Nem pont azt vágta le? „Pengéje megcsillan?" Nem pont azt láttad, amikor megtette? – Atos fájdalmasan grimaszolt ennek hallatán, ahogy felidézte azt az érzést, de azért bólintott.
– És mi az a villanó fény az alagút végén? – kérdezte a férfi.
– Nem tudom. Talán a halálunkat jelképezi. Vagy övét. Vagy... nézz csak oda!
– Egy alagút! – mondták ki egyszerre mindketten.

\* \* \*

Habár fény nem volt az alagút végén, de valóban tartogatott számukra valami jelentőségteljeset:
Megérkeztek arra a kietlen területre, ahol Luca szülei rendelkeztek egy nyaralóhoz hasonló házzal. Nyaralónak igazából ők sem nevezték, mert nem nagyon lehetett semmi olyasmire használni. Sem tó, sem folyó nem volt a közelben, hogy strandolni lehessen. Boltok még annyira sem. Csak kietlen pusztaság ásított depressziósan mindenfelé.
– Egy ház a semmi közepén – konstatálta Atos. – Milyen bizalomgerjesztő.
– Ja, tudom. Utálom ezt a helyet. Gyerekkoromban nem is voltunk itt túl gyakran. Csak apa ragaszkodott hozzá valamiért. Őt mindig felvillanyozta ez a hely.
– Apropó! Van itt egyáltalán *villany*?
– Van, de csak benzines generátorról.
– Azt imádom – panaszkodott Atos. – Állandóan áramingadozást okoz. Úgy villognak miatta körték, hogy olvasni egyáltalán nem lehet a fényüknél, ahhoz meg túl hangos, hogy aludjon mellette az ember. És apád mit szeretett amúgy ebben a helyben?
– Nem tudom pontosan. Nyugalmat keresett itt. Távol a világ zajától. Főleg elmélkedett... már amennyire tudom. Néha a barátait is idehozta.
– Mi volt ez, valamiféle szexklub orgiákra, vagy ilyesmi?
– Dehogyis! Mi nem jut eszedbe, te bolond? Csak férfibarátaival járt ki.
– És az mióta zárja ki az orgiázást? – nevetett Atos. – Na jó, ez rossz vicc volt, bocsánat. Igazad van... biztos, csak vadászni járt ide. Ide erre a lerobbant, kongó pusztaságra. Gondolom, ritka bogarakat gyűjtöttek a barátaival befőttesüvegekbe. Más azokon kívül nem nagyon él itt ebben a kullancsoktól hemzsegő, gondozatlan fűben.
– Jaj, ne már! Apa nem olyan! Ő egy jómódú, házas ember. Nem valamiféle szektás, vagy sorozatgyilkos.
– B is Audival jár, vagy nem? És neki is élettársa volt. Luca, nehogy azt hidd, hogy a pszichopaták mind szegény, magányos emberek! Az egyszerű polgároknak ugyanis nagyobb gondjuk is van annál, hogy ártatlanokat mészároljanak. Például munkát keresnek, hogy legyen mit zabálniuk. Aztán váltott műszakokban dolgoznak. Vagy főznek otthon a családjuknak.
– Ott van a kocsifeljáró – mutatott Luca a ház keleti oldala felé. Jobbnak látta, ha inkább rövidre zárja a témát. Kezdett kellemetlenné válni számára a dolog. Akármennyire is volt meg B-ről a véleménye, a saját apját akkor sem tartotta olyannak, mint az exét. Igaz, hogy nehéz természetű ember, és az óta a bizonyos telefonbeszélgetés óta rendkívül ellenségessé vált, de ő csak maradi. Egy nehézfejű, régivágású ember. Ez nem olyasmi, mintha pszichopata lenne, vagy ilyesmi.

Lucának nem volt kulcsa a házhoz, de emlékezett rá, hogy az apja a pajtában az egyik szénaboglya alá szokta rejteni. Atos nem sokat tudott segíteni a keresésben, mert habár kézcsonkja már nem vérzett, a férfi nagyon ingatagon állt a lábán. Le is ült a pajta bejáratánál lévő itató szélére, ami most üresen állt. Még szerencse. Ha lett volna benne víz, valószínűleg egy az egyben beleájul.

– Megvan? – kérdezte erőtlenül, ahogy Luca a széna között kotort kócos hajjal, mint egy vidéki menyecske, akit épp ott kaptak rajta valami nem éppen erkölcsös tetten.

– Azt hittem, ez alá szokta tenni – értetlenkedett Luca.

– Mikor is volt az?

– Gyerekkoromban – ismerte be a lány szégyenkezve.

– Akkor jártál itt utoljára? És ezt miért nem mondtad eddig?!

– Miért, talán kérdezted?

– Jó, mindegy, akkor menjünk, és törjük be az ajtót. Vagy felfeszítjük oly módon, hogy még valamennyire vissza lehessen csukni.

– Rendben – egyezett bele Luca lehajtott fejjel. Kellemetlennek érezte, hogy felsült egy ennyire egyszerű dologban. – Azaz várj csak! Találtam valamit!

– Remélem, patkót! Az állítólag szerencsét hoz.

– Jobbat! – tartotta fel a lány vigyorogva azt, amit eddig keresett. Egy kulcs volt a kezében. – Látod? Apám annyira kényszeres, hogy sosem változtat a szokásain. Mondtam én. Ismerem, mint a rosszpénzt.

– Kényszeres? – kérdezett vissza Atos. – Vajon miért hat ez rám nyugtalanítóan?

– Nem tudom. Úgy hat?

– Eddig minden úgy hat apáddal kapcsolatban. Valamiért hálát adok a Jóistennek, hogy nem az udvarlód vagyok. El nem tudom képzelni, hogy mennyire paráznék tőle, ha járnék veled, és be akarnál neki mutatni.

– Szerintem utálna téged – jelentette ki kategorikusan Luca.

– Miért is?

– Mert mindenkit utál. Úgyhogy ne érezd magad megkülönböztetve. Ez valójában bók akart lenni. Úgy értem, rád is pontosan úgy nézne, mint bárki másra.

– Ja, értem. Egyre jobban szeretem ezt az embert. Nem akarod felhívni, hogy látogasson meg minket itt? Végül is van még egy kezem, amit fel tudok ajánlani, ha esetleg ő is szeret levágni dolgokat. – Ahogy Atos ezt kimondta, elkezdett dőlni háttal befelé az itatóvályúba. Szemmel láthatóan vagy nagyon ki volt merülve a fájdalomtól, vagy haldoklott a vérveszteségtől, ám az is lehet, hogy egyszerűen csak kényelmesebb lett volna eljáulni, mint ébren maradni.

Luca odaszaladt hozzá, és feltámogatta. Együtt elvánszorogtak a masszív faajtóig, és Luca beleillesztette a kulcsot a zárba.

- A francba! – fakadt ki belőle. – Nem jó bele! Ez nem az a kulcs, hogy rohadna meg!
- Nyugi! – csitította Atos. – Évek óta ott állhat már a széna alatt. Lehet, hogy a párától berozsdásodott. Vagy akár a zár is elvetemedhetett. Hadd próbáljam én!
- De kezed sincs!
- Egy azért van. Igaz, a ballal elég béna vagyok, de azért add csak ide.

Atos a kezébe vette a kulcsot, és a vártnál ügyesebb mozdulattal beillesztette a zárba, majd finoman játszani kezdett vele ide-oda.
- Bele fogod törni – figyelmeztette a lány.
- Épp ellenkezőleg. Csak megmozgatom benne picit, hogy visszakopjon. Ettől még nem fog eltörni. Szerintem belepasszol ez, csak újra meg kell szerettetni vele.
- Ha belepasszol, akkor miért nem fordul el egyáltalán, te nagyokos? – kötekedett Luca egyre türelmetlenebbül. – Szerintem feszítsük fel.
- Azért nem fordul el, mert nem adtam bele elég erőt. Először bele akartam koptatni... de ha most erősen elfordítom...

Ekkor jókora kattanás hallatszott.
- Beletörted! – kiáltotta a lány vádlóan. – Látod? Beletörted azt a szart!
- Akkor miért nyílik ki? – kérdezte Atos, és betolta maga előtt a nyikorgó faajtót, a kulcsot pedig egy darabban kihúzva, Luca kezébe nyomta.
- Te félkézzel is többre mész, mint én kettővel – szégyenkezett a lány.
- Igen, és a bilin is fél kézzel ülök már. Néha el is engedem. Gondoltad volna? – kérdezte kába vigyorral. – Van idebent valami kaja szerinted? Mert mindjárt hanyatt ájulom magam.
- Nehezen hinném, hogy találunk bármi ehetőt. Évek óta nem járt itt senki.
- Pince van?
- Arra viszont emlékszem. Szerinted ott lehet ennivaló? Nem romlott meg több év alatt?
- Az igazán olcsó, rosszízű konzervek sosem romlanak meg, lányom, ugyanis azoktól még a baktériumok is félnek. Na jó, komolyra fordítva... a konzervek évekig elállnak. Kifoghatunk párat, ami még ehető. Már ha ki tudjuk nyitni őket valahogy.

Ahogy behatoltak a házba, köhögésre ingerelte őket a vastag porréteg, ami belépésükkor egyből felkavarodott, és úgy gomolygott a levegőben, mint egy felbolydult darázsraj. Atos különösképp nehezményezte ezt, mivel nemcsak macskaszőr-, de porallergiája is volt.
- Itt döglünk meg – jelentette ki két krákogás között rendkívül optimista módon.
- Annyira azért nem vészes a helyzet. Szerintem lesz ennivaló a pincében. Ki is tudok takarítani, ha kicsit összekapom magam.

– Szükség lesz arra egyáltalán? Miért nem megyünk egyszerűen csak el abba a kórházba, amiről meséltél? Tudod, ahol visszavarrták apád karját, miután vállból levágta a láncfűrész?
– Ne túlozz! Csak belekapott. Csúnyán vérzett, de azért nem vágta le.
– Hát, nekem igen – mutatta oda Ati a felduzzadt csonkot. – Nem indulunk el most? Aztán visszajöhetünk ide aludni, ha nagyon muszáj. Már ha nem tartanak bent éjszakára.
– Nem tartom jó ötletnek, hogy most elinduljunk.
– Miért?
– Mert évek óta nem voltam itt. Errefelé a helybéliek nemigen használnak térképet. A GPS-en az utcanevek sincsenek rajta, mivel nem is nagyon vannak nevei errefelé az utcáknak. Ezek inkább csak döngölt, kerekek által kitaposott ösvények. Itt mindenki emlékezetből közlekedik. Egy baj van csak ezzel: hogy én nem emlékszem pontosan, hogy merre van a kórház. Kéne valami támpont. Valami ismerős épület, ismerős fasor stb... Ahogy besötétedik, semmi mást nem tehetnék, mint hogy vakon próbálkozom, hátha odatalálunk. De annak nem sok értelme lenne.
– Tehát azt akarod mondani, hogy muszáj lesz kivárnunk a reggelt?
– Szerintem sajnos igen. De figyelj, Ati, végül is már nem vérzik a karod. A hő hatására valószínűleg sterilizálódott is a seb. Szerintem nem vagy közvetlen életveszélyben. Egy éjszakát ki kell bírnia a dolognak. Találunk valahol láz- és fájdalomcsillapítót a házban, kihúzzuk reggelig, aztán elmegyünk a kórházba. Világosban biztos, hogy oda fogok találni. Rendi?
– Úgy tűnik, nem nagyon van más választásom.
– Mit keressünk először? Gyógyszereket vagy ennivalót?
Ekkor valami váratlan dolog történt. Megcsörrent a poros dohányzóasztalon a vonalas telefon.
– Hát ez meg?! – kérdezte Atos. – Tudja valaki, hogy itt vagyunk?
– Az nem létezik. Valószínűleg téves.
– Akkor mi baj lehet belőle, ha felvesszük?
– Én nem tenném – mondta Luca ijedten.
– Félsz, hogy B lenne az?
– Nem lehet róla tudomása, hogy itt vagyunk! – magyarázkodott a lány.
– Miért vagy ebben olyan biztos?
– Mert még a ház létezéséről sem tud. Apám gyerekkoromban járt ide gyakran. Amikor B-vel megismerkedtem, apám már hosszú évek óta nem jött erre. Ők ketten találkoztak néhányszor, de olyankor én is mindig jelen voltam. Jól emlékszem rá, hogy sosem mesélt neki a házról. Nem tudhat róla.
– Értem – felelte Atos gondterhelten. A telefon továbbra is csengett. Aggasztóan hosszan. – Akkor viszont vedd fel. Ha nem ő

az, akkor mi vesztenivalónk lehet? Más úgysem akarhat nekünk rosszat, nem igaz?

Luca tétován a kagyló felé nyúlt. – Valahogy rossz érzésem van – magyarázta.

– Nekem is – helyeselt Atos. – De úgy érzem, hogy akkor is fel kell vennünk.

Luca engedelmeskedett, és felemelte a kagylót. Egy pillanatig nem szólt bele. Aztán mégis:

– I-i-geen? – szemmel láthatóan nem nagyon mert bemutatkozni. Abban reménykedett, hogy a hívófél talán előbb közli a szándékát, és ha téves, akkor neki nem is kell egyáltalán kiadnia magát. – Anya?! Te vagy az? – kérdezte halálra vált arccal.

## 9. „Bomló aggyal kettényílt fejű holttest, szaga volna?"

– Az anyád az? – kérdezte Atos megdöbbenten. – Honnan tudja, hogy itt vagyunk?! – Ám Luca csendre intette. Úgy tűnt, torz a hang, alig hallja, hogy mit magyaráz az anyja olyan nagy elánnal a vonal túlsó végén.
– Mi? – kérdezte a lány a telefonkagylóba. – Ismételd el, légyszi, mert nem értem. Kicsoda? Apa?
– *Mi van az apáddal?* – súgta neki Atos. – *Remélem, nem beteg.*
– De a lány megint türelemre és csendre intette.
– Anya, ismételd el, mert nem igazán érteni. Rossz a vonal. Tehát mit csinált apa?

Atos türelmesen várt. Elképzelni sem tudta, hogy mit tett Luca apja, továbbá azt sem, hogy a kedves anyuka honnan a jó életből tudja, hogy ők ketten most itt vannak. Honnan vette, hogy elérheti őket a nyaralóban?
– Ide?! – kérdezte Luca. – De miért? És már úton van?
– *Kicsoda?* – kérdezte Atos halkan. Nem akarta, hogy belehallatsszon. – *Apád idejön? Minek? Segíteni fog?* – kérdezte. – *Mármint a karom állapotán. És B-vel segít szembeszállni? Ha esetleg mégis nyomunkra bukkan és idejön?*

Luca a fejét rázta.
– *Miért?* – értetlenkedett Atos. Bár közben Lucának a telefonhívásra is figyelnie a kellett. Nem biztos, hogy értette barátja kérdéseit.
– Még mindig haragszik rám? – kérdezte a lány az anyjától. – Mennyire dühös?

Néhány másodperc szünet következett. Vagy Luca anyja azt számolgatta, hogy a kedves apuka be lehet-e még rágva ennyi idő elteltével is, vagy ennyire hosszan taglalta azt, hogy azóta is tajtékzik a méregtől. Atos nem volt biztos benne, hogy melyik válasz nyugtatná meg jobban. De Luca ekkor ismét megszólalt:
– Ajjaj.
– Mi az, hogy „ajjaj"? – kérdezte Atos egyre dühösebben. – Mi a franc baja van az apádnak? Most akkor tőle is félnünk kellene, vagy micsoda? Mi az, hogy ajjaj? Luca, köszönj már el édesanyádtól, légy szíves, vagy legalább tedd félre egy pillanatra, és avass be, hogy tulajdonképpen mi folyik itt.
– Rendben – mondta lány. Atos először azt hitte, hogy hozzá beszél, de nem. Még mindig az anyjához intézte szavait. – Vigyázunk, megígérem. És, anya... köszönöm, hogy szóltál. Tudom, hogy már egyikőtök sem áll az én oldalamon, de akkor is.

Amikor a lány letette a telefont, teljesen le volt sápadva. Majdnem annyira, mintha éppen B-vel beszélt volna.
– Luca, mondd már el, hogy miről van szó! Apád idejön? Miért? Honnan tudja, hogy itt vagyunk? És miért félsz tőle majdhogynem jobban, mint B-től?
– Nem tudja, hogy itt vagyunk. Anyám azért telefonált ide, mert korábban előfordult, hogy albérlőknek volt kiadva a ház. Figyelmeztetni akarta őket, hogy apám idejön, és nincs túl jó hangulatban.
– Ez mit jelent? Mi az, hogy „nincs jó hangulatban"? Részeg, vagy micsoda? Vagy mániás depressziós? Mit művel ilyenkor? Miért kell félni tőle... még a saját bérlőinek is?!
– Te nem ismered őt! Ezt nagyon nehéz elmagyarázni.
– Legalább próbáld meg. Már csak azért is, hogy egy vödör hidegvízzel várjam, hogy lehiggadjon, vagy egy puskával, hogy megvédjem az életünket? Beavatnál végre engem is, hogy miről van szó? Mire számítsak tőle? Mi a baja?
– Baja? Nem tudom. Ő egyszerűen csak ilyen.
– Ugyan már! Senki sem csak úgy olyan! Az, ahogy anyáddal figyelmeztettétek egymást, minimum alkoholizmusra vagy mentális betegségre utal. Az öregnek szerintem nincs ki mind a négy kereke, jól mondom?
– Csak nagyon dühös természet – sütötte le a szemét a lány. – Úgy tűnt, nem akar rosszat mondani az apjáról. Még akkor sem, ha jogos lenne.
– Oké, tehát nem tudja, hogy itt vagyunk. Akkor meg minek jön ide?
– Régen sok időt töltött itt. Talán mostanában újra el akarja kezdeni.
– De mit?
– „Levezetni a feszültséget." Ő így mondta. Régen, ha a családban valaki felbosszantotta, azt mondta, elmegy levezetni a feszültséget. Olyankor jött ide a házba néhány napra. És aztán kipihenten, vidáman tért vissza.
– És mivel tudták olyannyira felcseszni a családtagok? Van bűnöző köztetek? Lecsuktak valakit, lopott tőletek, drogozott, vagy ilyesmi?
– Ja, nem. Ezek csak ilyen apróságok voltak. A húgom például egyszer eltört egy tányért.
– Egy mit?!
– Tányért.
– És ezért képes volt apád napokra ideutazni, hogy *ezt* kipihenje? Mondd csak, normális ez az ember?! Ki a fasz pihen ki három nap alatt egy törött tányért? Kit érdekel? Én naponta eltörök hármat, ha ügyetlen vagyok. Na és?
– Azt mondta, az anyjától örökölte azt a készletet, és úgy már hiányossá vált.
– Fasza. És még mi mindent járt ide kipihenni?

– Azt, amikor anyám felhúzta.
– Ő is mostohán bánt a nagyi étkészletével?
– Nem. Ez annál jóval komolyabb volt. Egyszer majdnem megcsalta apámat.
– Hoppá. Az, mondjuk, durvább. Mi történt?
– Megismert valami pasast, aki állandóan manipulálta és hívogatta telefonon. Anyám pedig egyszer el is ment randevúzni vele. De végül nem jöttek össze.
– Értem. És ezután is idejött az öreg? Mennyi időre?
– Három hónapra. Azt hittük, már sosem látjuk újra. De aztán egy teljes évszakkal később, ősszel visszatért lenőtt hajjal, szakállal, koszosan, még véres is volt. A húgom megkérdezte, hogy kié. Azt felelte, hogy szarvastól származik. Hetekig űzött egyet a fák között, mire elkapta, és levadászta.
– „A fák között?" – kérdezte Ati gúnyosan. – Néztél ki mostanában az ablakon, báránykám? Vagy mondjuk, az elmúlt húsz évben itt bármikor? Ez egy kibaszott pusztaság. Mintha atomot robbantottak volna a megyében. Látsz te itt egyetlen fát is bárhol?
– Talán nem erre a környékre gondolt – szabadkozott a lány. – Na jó, akkor szerinted mitől volt olyan véres? Megsérült, vagy ilyesmi?
– Szerintem egyszerűen csak kicsinált valakit. Megölte. Meggyilkolta. Csak hogy „levezesse a feszültséget".
– Az nem lehet! Ő az apám! És szeretem.
– Ted Bundy[5]-nak is voltak rokonai. Ők is biztos nagyon szerették a pasast.
– Jó, értem a célzást, de én akkor is jól ismerem apámat. Ő nem olyan.
– Rendben, akkor nézzünk alaposan körül. Ha nincs semmilyen vaj a füle mögött, akkor úgysem találunk semmi furát, nem igaz? Ha pedig mégis, akkor talán nem ártana tudni róla, hogy miféle ember érkezésére számítsunk. Ugyanis akkor nem B az egyetlen, akitől tartanivalónk van. Ha az öreged, ne adj' Isten, valamiféle sorozatgyilkos, akkor erősen ajánlott lenne elhúzni innen a rákba, mielőtt ideér, aztán pedig értesíteni a hatóságokat arról, hogy ki ő, és miket művelt eddig.
– És ha B ér előbb ide?
– Ő viszont nem tudja, hogy itt vagyunk, vagy igen? Tényleg... ő kapcsolatban lehet az öregeddel?
– Nem tudom. Nem hiszem. De végül is apám sem tudja, hogy itt vagyunk. Még ha B beszélt is volna vele, akkor sem lett volna mit mondania neki.
Atos és Luca elindultak hát, hogy átkutassák a házat. Részben gyógyszerekért, részben élelmiszerért. Ám, ahogy nekiindultak, hirtelen kopogást hallottak maguk mögül a bejárati ajtón. Összerezzenve néztek egymásra:

---

[5] Hírhedt amerikai sorozatgyilkos.

– Ki a fene lehet az? – kérdezte Atos ijedten. – Azt mondtad, évek óta nem jár erre senki!

– Nem tudom! – szabadkozott a lány. – Talán valami környékbeli erre járt, és meghallotta, hogy zajongunk és beszélgetünk idebent. Szerintem nyissuk ki neki. Elmondjuk, hogy ez az apám háza, és legálisan tartózkodunk itt. Akkor megnyugszik, és elhúz. Ennyi. Na, mit szólsz?

– Rendben, bár nem igazán tartom jó ötletnek. Bárki lehet az! Akár apád is, aki fenyegető, ellenséges szándékkal érkezett ide.

– Ő nem érhetett ide ennyi idő alatt. Anyám csak most szólt!

– Vagy akár B is lehet az ajtó másik oldalán.

– Szándékosan végig figyeltem magunk mögé az úton. Nem követetett minket senki.

– Rendben, akkor nyissuk ki. Remélem, nem lesz gond. Így fél kézzel meg sem tudlak védeni rendesen, ugye tudod?

– Nem lesz rá szükség – lépett oda Luca az ajtóhoz magabiztosan. – Ennyi idő alatt egyikük sem érhetett ide. – Igen? – szólt ki már jó előre, miközben lassan nyitotta az ajtót, hogy megkérdezze a látogatót, milyen ügyben jött. Atos oldalt, a háta mögül nem látta, hogy ki áll az ajtóban. – Hahó! – mondta a lány bizonytalanul, még mindig csak szűk résre nyitva az ajtót.

– Mi van? – kérdezte Atos. – Nem hall az illető? Mi történik? – Ő is közelebb lépett. Akkor már látta, hogy mi a helyzet, mert addigra a lány teljesen kitárta az ajtót: Nem állt ott a világon senki. – Hová lett? – kérdezte Luca meghökkenve.

– Nem tudom. Nincs itt senki.

– Akkor ki kopogott?

– Talán csak a szél zörgetett valamit az ajtón. A névtáblát esetleg?

– Van névtábla az ajtón?!

– Na jó, nincs, de lehetett bármi más is azon kívül.

– Szerintem itt járt.

– Ki?!

– Nem tudom. Apád... B... talán valaki egészen más. Még az is lehet, hogy anyád volt az. Egészen biztos vagy a szándékait illetően? Szerinted valóban segíteni vagy figyelmeztetni akart, amikor idetelefonált? Aú! – szisszent fel a férfi.

– Mi a baj?

– A karom. Állatira fáj. Luca, ez nem fog elmúlni. Valóban orvoshoz kellene mennünk.

– Tudom, drága, de ne félj, holnap mindenképp odaviszlek, még akkor is, ha nem tudok túl jól vezetni. Angélának sem kell aggódnia. Nálam jó kezekben vagy. Úgy szeretlek, mintha az apám lennél. Bármit megtennék érted, ugye tudod?

– Tudom. De szerinted anyád valóban figyelmeztetni akart minket, vagy valami egészen más célja volt?

– Nem tudom – bizonytalanodott el Luca. – Soha egyikükön sem tudtam kiigazodni. Apám nagyon sokszor agresszív volt, túl gyorsan

és váratlanul gurult dühbe. Anyám pedig mindig adta alá a lovat. Legalábbis soha nem beszélte le semmiről. Nem tudom, anya most miért telefonált ide. Talán tényleg csak azért, hogy figyelmeztesse azt, akinek épp bérbe van adva a ház. Az is lehet, hogy nem. Mégis tudta volna, hogy itt vagyunk? Szerinted, ha így van, mi célja volt a telefonhívással?
– Talán az, hogy ránk ijesszen.
– Ez nem vallana rá. Szeret engem.
– Hacsak konkrét oka nincs rá, hogy rád ijesszen. Például ha apád külön megkérte vagy felszólította erre. Akkor éppen lenne oka megfélemlíteni téged, hogy magát védje. Önvédelemre nem gondoltál? El sem tudod képzelni, hogy apád őt is megfenyegette?
– Éppenséggel nem zárnám ki.
– Várj csak, mi ez itt?! – mutatott le Atos ép kezével a lábtörlőre, ahogy még mindig a nyitott ajtóban ácsorogtak.
– Valami zacskó. Felvegyem? Nem csak a szél fújta ide? Talán csak szemét, nem?
– Inkább vedd fel. Szerintem nekünk hagyta itt valaki. Meg kell néznünk, mit rejt. Biztos vagyok benne, hogy nekünk szól.
Atos belement a dologba, és undorodva összecsippentve a zacskó száját, óvatosan felemelte, majd a szeme elé tartotta.
– Mi van benne? – kérdezte a lány.
– Mivel nincs röntgenlátásom, így nehezen tudnám megállapítani. Elég könnyűnek tűnik. Csak egy számla talán, vagy ilyesmi. Esetleg netről rendelhető élelmiszer.
– Itt, a világvégén élelmiszer-házhozszállítás? Nem túl valószínű.
– Mi lenne, ha megnéznéd?
– És ha bomba?
– Szerintem az nehezebb lenne ennél. Nyisd csak ki. Szerintem legrosszabb esetben kutyakaka lesz. A környékbeli suhancok szórakozhatnak.
– Környékbeliek? A legközelebbi szomszéd tizenöt kilométerrel lakik innen.
– Bicikli is létezik a világon. Pár perc alatt idekerekezhettek, ha akartak – állapította meg Atos.
– Rendben – ment bele a lány. Lassan elkezdte kihajtogatni a papírzacskó tetejét, és rögtön elhűlt, amikor megpillantotta, mi van benne: – Ezt nem hiszem el!
– Mi az, Luca? Nyögd már ki. Vagy inkább mutasd! Add csak ide! – nyúlt Ati a zacskóért.
A lány készségesen odaadta. Még örült is neki, hogy megszabadulhat tőle. Atos belepillantva azonnal kimondta, amit látott:
– Egy ujj. Emberi ujj. Azt a rohadt! De vajon kié?
– Szerinted valódi?
– Annak tűnik. Női ujj. És valódi.
– Honnan veszed, hogy nő volt a tulajdonosa?

– Először is vékony és vörös lakk van a körmén, másodszor egyáltalán nem biztos, hogy csak „volt" nő a tulajdonosa, ugyanis egy levágott ujjtól még senki sem vérzik el. Legalábbis nem törvényszerű.
– Szerinted élhet még az illető? De ki lehet az? És miért nekünk küldtek arról bizonyítékot, hogy talán életben van?
– Gondolom, fenyegetésnek szánták. Tudod, amolyan „Ti is hamarosan így jártok, ha nem teszitek ezt vagy azt" jellegű dolog. Másra nem nagyon tudok gondolni.
– Hozd be, és csukd be az ajtót – utasította Luca Atost.
– Minek hozzam be? Nem lenne jobb, ha inkább jó messzire elhajítanám?
– Meg kell tartanunk! Bizonyíték lehet egy gyilkossági ügyben, ezt ne feledd. Nincs jogunk eldobni. Akár meg is büntethetnek érte.
– Igazad van. – Atos undorodva ismét lezárta a zacskó nyílását, visszahátrált az ajtótól, majd becsukta, kirekesztve ezzel az ijesztő külvilágot. Az igazat megvallva a ház belül sem volt sokkal bizalomgerjesztőbb. Letette a zacskót a bejárat melletti lakáskulcsok részére fenntartott poros kisasztalra, majd Lucához szólt:
– Kaja vagy gyógyszer?
– Hogy mondod?
– Mit keressünk először? Tudom, hogy ez a levágott ujj dolog is sokkoló, de tényleg szükségem van valamire, hogy el ne ájuljak.
– Arra gondoltam, Ati, hogy te idefent kereshetnél gyógyszert. Neked amúgy is nagyobb szükséged lenne rá a kezed miatt. Én pedig lemegyek a pincébe tartós élelmiszer után kutatni. Te fél kézzel nem tudni, hogy képes lennél-e biztonságosan lejönni arra rozoga korlátra támaszkodva. Ráadásul nehezebben tapogatóznál ott a sötétben, ha csak egy kéz áll rendelkezésedre.
– Rendben. Ez részben logikusan hangzik. Csakhogy odalent a pince nem veszélyesebb, mint itt fent a fürdőszobaszekrény? Biztos, hogy jó ötlet egyedül lemenned oda?
– Ugyan már! Évek óta nem járt itt senki. Legfeljebb pókok lehetnek odalent, vagy egy-két unatkozó, depressziós pincebogár.
– Nos, rendben. De sikolts, ha valami olyat találsz, amiről engem is értesíteni akarsz.
– Szerintem az kérés nélkül is menni fog. Nem kell rá külön figyelmeztetni. De amúgy nem hinném, hogy bármi meglepőt is találnék néhány lejárt és még szavatos konzervdobozon kívül. Végül is ez apám háza. Mit találhatnék itt, ami számomra meglepő lehetne? A lánya vagyok.
– Nem is tudom – húzódott Atos szája kaján mosolyra –, például egy bomló aggyal kettényílt fejű holttestet, amin hemzsegnek a csontkukacok?
– Jaj, ne csináld már, te bolond! Ilyesmi csak a horrorfilmekben van!

– Na meg sorozatgyilkosok eldugott, mások által nem ismert vidéki házának alagsorában.
– Itt nem lesz semmi olyasmi. Apa nem olyan! – mordult rá Luca, és határozottan megindult lefelé a pincelejárón.
– Te addig keress gyógyszert! Elsősorban tiszta kötszerre lenne szükségünk, és gyulladáscsökkentőre. Valamint antibiotikumra is.
– Rendben. Te pedig keress nekem odalent néhány hamburgert. De ha lehet, hagyma nélkül, mert az manapság néha megfekszi a gyomrom és állandóan böfögök tőle, mint a disznó – humorizált Atos. Azonban megint csak azért csinálta ezt, mert ellensúlyozni akarta azt a komor hangulatot, ami körüllengte a zavaróan csendes, poros házat. Valamint a tényt, hogy Luca egyedül megy le egy olyan vaksötét pincébe, ahol évek óta nem jártak... Kivéve az apját, aki jó eséllyel nem teljesen százas.

Atos fáradt nyögések közepette, nagy nehezen kinyitott egy félig bedeszkázott ablakot. Azaz kinyitni nem tudta, de néhány deszkát leszaggatott róla, hogy bejöhessen némi világosság.

Odakint még sütött a nap. A ház sajnos a beáramló fényben sem volt bizalomgerjesztőbb. Nemcsak a por és a pókhálók miatt, de a fura eszközök miatt sem, amelyeket a falakra díszekként akasztottak fel. Az egyiken például egy kasza lógott.

„Kasza egy nappaliban?" – szörnyülködött Atos. Azaz talán nem is a „szörnyű" volt rá a megfelelő kifejezés, amit érzett a látvánnyal kapcsolatban, inkább csak furcsának találta. *Nagyon* furcsának.

„Hosszú tárgyat húz elő, pengéje megcsillan, kasza volna?" – jutott eszébe az a baljós sor, amit álmában kényszeresen újra és újra papírra vetett. Mi lehet ez a szöveg? Ki írta? És miért? Vajon csak eszébe jutott egy ismert vers sora, és ismételgetni kezdte, vagy ő maga találta ki?

Luca azt mondta, szerinte nem vers, hanem inkább jóslat. Igaza lett volna?

„Ha nem, akkor miért lóg egy dög nagy, kiélezett kasza ott a falon? Ami ráadásul merő véres?" – kérdezte Atos magában először tárgyilagosan, majd megijedve saját szenvtelenségétől összerezzent: „Lehet, hogy csak rozsdás" – próbált gyorsan lehiggadni. „Na igen, mert gyakran kaszálnak a mezőn zuhogó esőben. Ezért aztán hamar berozsdásodik az a fránya penge. Ja persze! Francokat rozsdás az! Az vér rajta!"

– Luca! – kiabált le a lánynak a pincébe. – Luucaa! – Ám onnan másodszorra sem érkezett válasz. – Bassza meg! – szitkozódott a férfi. – Jó kis helyre jöttünk. Remélem, nem esett baja odalent. Miféle hely ez egyáltalán? Egyfajta „pszicho-fészer", amiben a sorozatgyilkos az emberáldozatokból készített trófeáit tartja vitrinekben és falra akasztva, valamint az eszközöket is kiállítja, amivel megnyúzta és megkínozta őket?

Atos a fürdőszobába érve kinyitotta a borotválkozótükörként is funkcionáló kisszekrényt. Néhány hajszálaktól hemzsegő, gusztustalan, korpás hajkefén kívül talált azért valami hasznosat is:

Egy doboz antibiotikum volt a szekrény hátsó sarkában. A dobozt kivéve látta, hogy lejárt a szavatossága. Nem olyan régen... csak egy hónapja. „Az talán még nem olyan vészes" – reménykedett. Azon morfondírozott, hogy vajon mit jelent a gyógyszerek dobozán a lejárati idő? Azt, hogy utána már nem biztos, hogy hatásos? Vagy hogy onnantól kezdve több mellékhatás jelentkezhet? Vagy esetleg azt, hogy ha innentől beveszed, kilencvenkilenc százalék az esély rá, hogy megdöglesz? Nos, ez valóban nem mindegy.

Végül úgy döntött, mégis tesz egy próbát. Kinyitva a dobozt, a levelek hermetikusan lezártnak, sértetlennek tűntek. A buborékokban lévő tabletták pedig hófehérek voltak. „Akkor azért csak nem lehet még nagy baja." – Úgy gondolta, hogy mit számít egy kissé lejárt szavatosság ahhoz képest, hogy levágták a kezét. Csak többet használ a gyógyszer még így is, mint amennyit ártana, ha semmit sem venne be.

A megfelelő szedési módszerrel egyáltalán nem volt tisztában. Furcsa módon a doboz belsejében nem talált leírást. A dobozra pedig nem írta rá a patikus, hogy hányszor hányat kéne naponta bevenni. Így hát úgy döntött, egyelőre egy szemmel indít, és naponta hármat fog szedni belőle.

Más gyógyszert nem talált a szekrényben, ami hasznára lehetett volna, úgyhogy megindult a pincelejáró felé, ahol utoljára látta Lucát.

– Hahó! – próbálkozott ismét. – Merre vagy, te lány? – „Ennyire csak nem lehet nagy az a rohadt pince!" – szitkozódott magában. „Miért nem hallja? Miért nem válaszol?" – Luucaa!

– A...s? – hallatszott egy nagyon távolinak tűnő, fojtott hang odalentről.

– Igen, itt vagyok! – próbálkozott a férfi. – Lemegyek! – Így is tett. Megindult lefelé a nyikorgó lépcsőn. A visszazárt antibiotikumos dobozt közben a zsebébe ejtette. „Vajon a levágott női ujj tulajdonosa is kapott antibiotikumot, hogy ne fertőződjön el a sérülése?" – jutott eszébe szórakozottan a hátborzongató kérdés. „Vajon ugyanaz vágta le neki is, mint az én kezemet? Te jó ég! Talán így történt." – Luca! – kiabált újra. De ismét nem érkezett válasz. Jött azonban helyette más:

Egy újabb kopogás odafent a bejárati ajtón. Atos úgy összerezzent a hangra, hogy az ijedtségtől és a vérveszteség okozta gyengeségtől megtántorodott, és majdnem lezuhant a nyikorgó, szúrágta lépcsőn a sötétbe.

Újabb kopogás. Atos visszanyerte az egyensúlyát, és megkapaszkodott a penészes, nyálkás falban. Nem volt rajta túl sok fogódzkodó, de legalább neki tudott támaszkodni. Undorítónak találta a tapintását: nyálkás és nedves. Remélte, hogy csak több évtizedes penész. És nem, mondjuk... vér.

Újabb kopogás a fenti ajtón. Úgy tűnt, az illető *kissé* elszánt. Pontosabban nagyon is az. Akarhat valamit.

– Húzz el a jó büdös kurva anyádba! – ordított fel Atos teljes erejéből egy hirtelen ötlettől vezérelve. Arra gondolt ugyanis, hogy a primitívek, agresszívek és elmebetegek egyezményes nyelvén minden földi ember ért. A bunkóságtól mindenki megijed. Miért ne próbálkozzon először hát ezzel? – Anyád ajtaját verd így, te fasz! Ha nem húzol el, felmegyek! De akkor kaszával, baszd meg! Leakasztom a kurva falról, és keresztülszúrom vele a beledet! Ez, úgy tűnt, hatott. A kopogtató abban a pillanatban abbahagyta a zajkeltést.

„Nem vagyok normális" – gondolta magában Atos. „Mikor beszéltem én így bárkivel is? Báár... Most, hogy belegondolok: Egy olyan ember házában ólálkodunk, aki köztudottan fura alak. Nagy eséllyel veszélyes is. Egy nyomorult kasza lóg a nappalijában, ráadásul valószínűleg nem rozsdával, hanem vérrel borítva. A felesége az előbb idetelefonált, hogy az öreg erre tart erősen felindult állapotban. Valamint az előbb itt hagyott nekünk valaki a lábtörlőn egy levágott női ujjat. Végül is *miért ne* lenne indokolt ez a hangnem?"

A kopogtató hál' Istennek elhordta magát, vagy legalábbis abbahagyta, amit csinált. Atos folytatta útját lefelé a sötét lépcsőn, és fogalma sem volt, mi várja majd odalent. Sőt, arról sem, hogy odafent mi várná, ha esetleg mégis ajtót nyitna.

– Hé, te lány! – ismételte, de ezúttal halkabban. Nem akarta tudatni a fenti látogatóval, hogy ketten vannak idebent. Sem pedig azt, hogy melyiküket hogyan hívják. – Itt vagy? – Atos rájött a legkézenfekvőbb megoldásra: elővette a farzsebéből a mobiltelefonját, és a vakut zseblámpaként használva világítani kezdett. Körbenézett a meglepően tágas pincében.

*Pincében*?! Inkább teremnek tűnt. Indokolatlanul nagy volt a belmagasság is, és túl szélesnek tűnt az egész. Olyannak, mint egy mélygarázs. Egy rakás autó elfért volna idelent. Akár egy teherautó is. „Minek Luca apjának egy ilyen hatalmas pince? Lakodalmas körtáncokat tartanak itt, vagy mi?"

– Végre itt vagy! – lépett ki Luca hirtelen a sötétből, halálra ijesztve ezzel régi barátját. – Miért nem reagáltál? Már olyan régóta szólongatlak!

– Találtál valamit? – ütötte el a témát Atos megkönnyebbülten, hogy a lány egy darabban van. – Én találtam egy doboz antibiotikumot. Fájdalomcsillapítót sajnos nem. Hasogat a karom, mint a rosseb. De legalább talán elfertőződni nem fog.

– Egész biztos, hogy antibiotikumot találtál? Ugye nem vettél csak úgy be valamit látatlanban, dobozban található leírás nélkül?

– Nos... leírás nem volt benne. De ismerem ezt a típust. Írták már fel nekem fertőzésre korábban. Biztos, hogy kimondottan erre való. Ne aggódj miatta.

– És szavatos még? Mondom: évek óta nem járt itt senki.

– Persze, hogy szavatos! – füllentett Atos. Remélte, hogy nem lesz ebből baj. Vagy legalább a meglévőnél nagyobb ne legyen.

– Akkor jó. Én is találtam valami érdekeset. Majdnem az egész pince üres. Van viszont a terem túlsó végében egy jókora láda. Kulcsra van zárva. Szerinted mi lehet benne?
– Mennyire „jókora"? Elfér benne egy felnőtt ember?
– Ne viccelj már! – mosolygott Luca a mobiltelefon fényében. Majd rá is fagyott az arcára a bizonytalan mosoly egy szempillantás alatt. – Mire gondolsz?
– Arra, hogy annak a nőnek, akinek az ujját üdvözlőlap helyett megkaptuk az előbb, bizony teste is kell, hogy legyen. Ha pedig van, akkor lehet, hogy már nem él. Elképzelhető az is, hogy egy ládában van valahol. Például pontosan abban, amit említettél.
– Az nem lehet! – ellenkezett a lány. – Szerintem csak vadászfelszerelés van benne. Mellények, sapkák, tudod... ilyesmik.
– Az se lenne rossz.
– Miért?
– Mert akkor fegyverek is vannak a ládában. Ki kell hát nyitnunk. Akár azért, hogy kiderítsük, ki kell-e hívnunk a zsarukat, akár azért, hogy a doboz tartalmának segítségével védjük meg magunkat.

# 10. „Meghúzom a ravaszt, hogy ravasz módon eldurranjon"

Mivel Luca már korábban beizzította a vakut a telefonján, most két fénypászmával világítva maguk előtt a penészes földet, haladtak a nagy méretű láda felé.
– Hogyan akarod kinyitni? – kérdezte a lány.
– Fél kézzel elég nehéz lesz. Segítened kell. Kéne egy feszítővas. Esetleg egy véső és kalapács.
– Vagy egy kulcs – mosolyodott el Luca.
– Nem hinném, hogy itt találnánk. Ha valóban olyasmi van benne, mint gondolom, akkor apád nem olyan hülye, hogy csak úgy széthagyja a kulcsot valami lábtörlő alatt, vagy egy másik szénakazal alá rejtve.
– Igazad lehet. Akkor tényleg ki kell feszítenünk. Látsz bármi olyasmit, ami erre alkalmas lehetne? – kérdezte körbevilágítva a jókora, majdhogynem kongóan üres teremben.
– Talán az ott – mutatott Atos felfelé, odavilágítva a telefonjával. A plafonról egy korábban eltört rozsdás cső vége meredt lefelé. Nem szivárgott, nem csepegett belőle semmi. Valószínűleg már az eltörésekor kivonták a forgalomból. Valamiért mégsem távolították el a maradványait.
– Hogyan akarod... – „...leszedni onnan?" – akarta kérdezni Luca, de Atos nem várta végig a kérdést. Felugrott, és jó kezével megragadta a cső ép részét. Teljes testsúlyával rajta lógott néhány másodpercig. A lány tátott szájjal figyelte a mutatványt. Tudta, hogy Atos erős, de azt nem hitte volna, hogy fél kézzel is meg bírja tartani magát. Pláne ilyen legyengült állapotban.
Ám úgy tűnt, a férfi erőfeszítései haszontalanok. Luca meg is jegyezte: – Ne fáraszd magad ezzel. Láthatod, hogy meg sem mozdul. Talán ezért hagyta apa is ott, amikor eltört.
– És vajon ezt is megpróbálta vele? – kérdezte Atos, és Tarzanként elkezdett himbálózni a csövön oda-vissza, mintha messzire el akarna róla ugrani.
– Mit művelsz?! – kérdezte Luca ijedten. – Még a végén leszakad az egész!
– Nem pont az a cél?
És ahogy Atos ezt kimondta, fémes pattanás hallatszott, és valami valóban eltörhetett, mert a férfi azonnal a földre zuhant. Szegény nem igazán volt erre felkészülve – talán a lány kérdései vonták el a figyelmét –, mert ahogy földet ért, a csövet elejtve reflexből mindkét kezét kitette maga elé, hogy nehogy arcra essen.
– Áá! – ordított egy hatalmasat, ahogy a duzzadt (ám egy ideje már nem vérző) karcsonkja odavágódott a döngölt földhöz.

Luca azonnal ugrott volna oda, hogy felsegítse, megkérdezze, mennyire fáj, felszakadt-e a seb, de valaki más megelőzte: Odafentről ismét kopogás hallatszott. Most jóval erőteljesebben.
– Nem megy el... – nyögte Atos. – Már percek óta ezt csinálja. Te is hallottad az előbb?
– Nem. A pince másik végéből nem lehetett hallani. Nem kéne megint kinyitni az ajtót?
– Minek? Hogy újabb levágott testrészeket találjunk a lábtörlőn?
– Akkor nem kéne legalább valamit tennünk?
– Én már próbáltam. Durván elküldtem az anyjába. Azt hittem, hatott. Egy ideig abba is hagyta miatta a kopogást.
– Nagyon fáj? – bukott ki megkésve a lányból a kérdés, mert őt ez még a jövevény zajongásánál is jobban aggasztotta.
– Iszonyúan. Fájdalomcsillapító is kéne. Nem elég az antibiotikum. Állandóan az ájulás szélén vagyok. Így senkivel sem tudom majd felvenni a harcot. Sem apáddal, ha ideér és ártani akar nekünk, sem B-vel, sem ezzel az ismeretlen vadbarommal, aki nem ért a szóból, és percek óta az ajtót veri. A francba! – sziszegte.
– Mi van?
– Megint vérzik.
– Megint el akarod égetni a végét?
– Megőrültél, te lány? Inkább a halál, esküszöm! Akkor még jó ötletnek tűnt, talán az életemet mentette meg az a húzás, de még egyszer a büdös életben nem próbálnám meg. Leírhatatlan az a kín, amit akkor átéltem. Azóta is fáj a fejem miatta. Azt hittem, elpattan egy ér az agyamban attól az érzéstől.
– Legalább akkor szorítsd rá a kezed – próbált Luca előállni valami hasznos tanáccsal.
– Tiszta mocsok a kezem. Nyomjam tele penésszel és rozsdával a sebet? – Atos odatartotta ép tenyerét Luca lámpájának fénye elé. Valóban nyálkás volt a falról származó penésztől és majdnem fekete a csőről származó rozsdától.
– Használd inkább ezt! – Luca elkezdte rángatni a pólója alját, és egész ügyesen sikerült egy csíkot úgy letépnie, hogy nem lett zavarba ejtően rövid a ruha, mégis nyertek általa egy viszonylag tiszta textildarabot.
– Köszi! – vette el Atos a felkínált pamut rongyot, és egyből rátekerte a sebre, majd szorítani kezdte másik, koszos kezével. – Azt a rohadt! – sziszegte fájdalmában. Már nem mert hangoskodni, nehogy megint kopogni kezdjen az az illető odafent. Egy ideje szerencsére abbahagyta.
– Mi a baj? Jobban fáj tőle? Csíp, ahogy hozzáér az anyag? Pedig nem izzadtam bele, esküszöm... ott legalábbis nem – sütötte le a szemét Luca zavartan.
– Nem az a baj. Csak kurvára nem kellemes a levágott kezed csonkját szorítani úgy, hogy még meg is van égve. Szívem szerint egyáltalán nem érnék hozzá. Ha lehet, akkor vagy egy jó hónapig.

Vagy legyen inkább fél év. A fene se akarja szorongatni. Borzalmasan fáj!
– Muszáj, drágaságom – ölelte magához a lány a férfi fejét, ahogy felette állt. – Nem vérezhetsz el. Valahogy vissza kell juttatnom téged Angélához. Szorítsd, amennyire csak bírod. Akkor is, ha fáj. Nagyon vérzik?
– Nem olyan vészes – sziszegte Atos. – Szerintem ez nem artériás vérzés, csak a seb szakadt fel kicsit. Nincs nálad valami madzag?
– Madzag? Mire? ... Nem, amúgy nincs semmi ilyesmi a zsebemben.
– Akkor add a hajgumidat.
A lány, bár nem értette, mire akarja használni a férfi, de készségesen odaadta neki. Atos egy gyors mozdulattal rágumizta a lassacskán átvérző anyagot a karcsonkjára. Majd meghúzta, tekert rajta egyet, és még egyszer ráhúzta. Ezáltal nemcsak a kötést rögzítette, de a vérzést is csillapította, ahogy elszorította a sebhez közeli elvágott és megégett ereket.
– Nem vagy semmi – mondta a lány elismerően.
– Mert tudok rögtönzött kötést készíteni? Nem olyan bonyolult. Egy gyereket is be tudok pelenkázni, pedig nincs sajátom. A szomszédom egyszer megkért rá telefonon, mert nem tartózkodott otthon, és a bébiszitter olyan hülyének bizonyult, hogy képtelen volt normálisan megcsinálni.
– Belőled egyszer nagyon jó apa lesz – dicsérte a lány.
– Már az vagyok – mosolygott az. – Nem biztos, hogy egy barátért ennyi szart kibírnék és végigcsinálnék, ugye tudod? Tényleg a lányomként szeretlek téged.
– Tudom – mondta Luca könnybe lábadt szemmel. – Fura, hogy valamiért sosem szólítottalak apának, nem? Pedig olyan kézenfekvő lenne.
– Isten ments. Attól csak öregnek érezném magam. És mégis mi lesz majd, ha egyszer gyereked születik valami pasastól? Akkor majd nagypapának hívsz? Azt inkább kihagynám, ha lehet!
A vérzés közben mintha csillapodni látszott volna. Már nem jelentek meg újabb vörös foltok a férfi csuklójára tekert fehér anyagon. És a meglévők sem terebélyesedtek. Atos valószínűleg pont erre gondolt, mert odanyúlt az előbb elejtett csődarabért, és felemelve szemügyre vette Luca lámpájának élesen fehér, ám elég gyér megvilágításában.
– Megérte? Mármint letörni azt a vackot.
– Elég hegyes a vége. És ahhoz képest, hogy milyen rozsdás, elég masszívnak tűnik. Szerintem be lehet szúrni valahová, hogy felfeszítsük valaminek a tetejét.
– Gyere – segítette fel Luca a földről Atost. – Próbáljuk akkor meg. Talán tényleg fegyverek vannak abban a dobozban. Most valóban nem jönne rosszul néhány.

– Ez lenne az? – kérdezte a férfi odaérkezve. – Tényleg eléggé méretes. Miért gondolod, hogy fegyverek lennének benne? Nem olyan ez inkább, mint egy hűtőláda?
– Igazad lehet. De végül is az élelmiszer is jól jöhet, nem? Talán nem is lenne baj, ha valóban ilyesmire lelnénk idelent. Vajon meddig áll el a fagyasztott élelmiszer?
– Akár évekig. Amúgy nem olyan nagy rajta az a zár. Szerintem viszonylag könnyen ki tudjuk nyitni ezzel – lóbálta meg a letört rozsdás vascsövet. – Próbáld meg felfeszíteni egy picit a tetejét. Amennyire csak tudod. Én az ép kezemmel beszúrom oda a cső hegyes végét, és teljes testsúlyommal ránehezedek.
– Nem fog attól eltörni a cső?
– Egyszer már elbírta a súlyomat, nem?
– Mármint amikor eltört, és a földre zuhantál? Arra az alkalomra gondolsz?
– Nem úgy tört el – mosolyodott el Atos. – Hanem a hajlat, ahol már amúgy is meg volt gyengülve az anyag. Az egyenes része simán elbírta a súlyom.
– Ahogy gondolod – vont vállat Luca. – Odalépett a ládához, és amennyire bírta, megragadta a tetejét. Nem talált túl sok fogást rajta, de azért igyekezett belekapaszkodva felfelé húzni, hogy legalább néhány milliméterre elemelkedjen.
– Ennél nem megy jobban? – kérdezte a férfi.
– Már így is majd' összecsinálom magam! Láss neki!
Atos nem késlekedett hát, keményen megmarkolta a csövet és a hegyes végét erőből bevágta a szűk résbe, amit Luca nyitott rajta.
– Nem történik semmi! – nyögte Luca csalódottan. – Én húzom és tartom még mindig, de látod, hogy nem nyílt ki!
– Először is, már elengedheted – mosolygott Atos. – Csak azért kellett felfeszíteni, hogy beszúrjam ékként a cső végét. Másodszor, azért nem nyílt még ki, mert még nem kezdtem feszegetni. – Azzal neki is veselkedett, és félig ráfekve elkezdte erőből lefelé taszigálni a cső végét. Bár az időnként meghajlani látszott, mégis elég megbízhatóan elbírta a súlyát.
– Nem fog összejönni – puffogott a lány.
– Ennél pesszimistább már nem tudsz lenni? Miért nem segítesz inkább? Gyere ide, és támaszkodj rá te is.
Luca észbe kapva egyből odalépett, és amennyire hozzáfért a csőhöz, ő is megragadta, és lefelé kezdte nyomni.
Ekkor váratlanul hatalmas dörrenés hallatszott!

# 11. „Nyikorgás az ágy alól, zihálás a padlásról, zene volna?"

Atos halálra rémült a dörrenés hallatán. Azt hitte, hogy a láda valamiféle csapda volt. Gondolta, belül talán elhelyeztek benne egy vadászpuskát, ami a fedél felfeszítésekor egy az egyben arcon lövi azt, aki fölé hajol. Ravasz egy megoldás lett volna! De hál' Istennek nem ez történt.

Csak olyan nagy erővel vágódott fel a láda fedele, hogy a falhoz csapódva hatalmasat szólt. Néhány szempillantásig riadtan tekintgettek egymásra és önmagukra lőtt seb után kutatva, de amint kiderült, hogy nem fegyver adta a hangot, némileg megnyugodva belenéztek a ládába, mi szépet találtak.

Bár ne tették volna!

A fagyasztóban ugyanis egy félmeztelen női holttest hevert.

– Atyaég! – kapta Atos a sérült kezét a szája elé. Aztán egyből szitkozódni is kezdett, mert nem azzal kellett volna betapasztani a száját, hogy ne kiabáljon. Azóta is hasogatott ugyanis a seb. Az az iménti esés nem igazán használt neki. – Ki a fene lehet ez? – kérdezte tágra nyílt szemekkel, reszkető ajkakkal.

Luca képtelen volt válaszolni. Nem azért, mert nem tudta a választ a feltett kérdésre – habár valóban nem is tudta –, hanem mert egyszerűen nem hitt a szemének! Egy holttest?! Egy női holttest az apja pincéjében? Egy hűtőládában? Mi a fene folyik itt? Ki ölte meg ezt a szerencsétlent? És miért? Mi köze az apjának mindehhez? Vajon tud róla egyáltalán? És ha igen, miért tűri? Miért nem értesítette a rendőrséget? Csak annyit volt képes kipréselni a sokktól kiszáradt ajkain, hogy:

– Miért nem szólt apa erről a rendőrségnek? Hogyan tűrhette, hogy valaki itt hagyja ezt a szerencsétlent?

– Gondolom, mert ő maga ölte meg. Ez benned tényleg nem merült fel? Az apád minden kétséget kizáróan gyilkos. Valószínűleg őrült is. Lehet, hogy nem ez az első áldozata. És nem is az utolsó. Nem eléggé nyilvánvaló? Hogy lehetsz ennyire elfogult?

– Mivel az apám! – kiáltotta Luca sírva olyan hangosan, hogy Atosnak belecsengett a füle. – Ő nem gyilkos. Az apukámról beszélsz! Ne merészeld!

– Jó, jó, nem akarok én róla semmi rosszat mondani, de épp most találtuk meg a halott prostiját a pincéjében egy hűtőládában. Ez azért némiképp aggasztó és terhelő ránézve, nem? Szerinted épeszű ember tart ilyet a frigóban otthon? Egy normális, törvénytisztelő ember? A pápának szerinted van fagyasztott kurva a hűtőjében, ahol a télire elrakott töltött káposztát tartja? – Ahogy Atos kimondta a töltött káposzta szót, összefutott a nyál a szájában, aztán egyből erős hányingere is támadt a holttest láttán.

– Honnan veszed egyáltalán, hogy ez egy prosti? – tért ki Luca részben a kérdés elől.

– Nézz csak rá. Festett haj, erős smink, hálószerű, szakadt harisnya, rövid, bugyijáig érő bőrszoknya, ami alig takar valamit. Rossz fogak, korához képest ráncos arcbőr. Ez mind kiéltségre utaló jel. Erős dohányos lehetett még életében. Tipikus utcalány. Hidd el, meg tudom ítélni.

– Honnan? – kérdezte Luca először számon kérően, majd amikor rájött, hogy nemcsak nincs joga ilyet kérdezni, de igazából felesleges is, így egyből helyesbített: – Ne haragudj.

– Semmi gond. Rossz környéken nőttem fel. Minden méteren ilyenek szólítottak le már akkor, amikor nyolcévesen reggelente iskolába jártam. Akkor is felismerném egy prostit, ha színészválogatáson apácának öltözne. Vannak árulkodó jelek. Nem kérdés, hogy az volt. De az igen, hogy ki bántotta, és miért. Továbbá, hogy kicsoda egyáltalán.

– Hogyan lehetne kideríteni? – kérdezte a lány, majd úgy tűnt, hallott valamit, mert ijedten felkapta a fejét, és tátott szájjal a felső szint irányába bámult.

– Megint kopog? – kérdezte Atos.

– Nem. Szerintem csak hallucinálok. Biztos az ijedtségtől. Szóval hogyan tudjuk meg, hogy ki volt?

– Nyúlj be a zsebébe, hátha megvannak még az iratai – mondta Atos tárgyilagosan.

– Mi van?! Te teljesen hülye vagy? Én hozzá nem nyúlok!

– Pedig neked megvan mindkét kezed. Én eléggé nehezen tudnék a csonkommal bármit is kihúzni a zsebéből. Ráadásul azért is kéne megmozdítani és felemelni kicsit, mert úgy látom, valaminek a tetején fekszik. Túl nagy ez a láda ahhoz, hogy csak ez az egy test legyen benne. El kéne fordítanunk, hogy megnézzük, mi van alatta. Lehet akár fegyver is. Vagy élelmiszer.

– Te megennél bármit is egy hulla alól?

– Ott a pont! Valószínűleg nem. De attól még jó lenne tudni, hogy mi van alatta, nem?

– Rendben – mondta Luca undorodó arckifejezéssel. – Csináljuk... – Még valami mást is szeretett volna mondani, de mivel öklendezni kezdett, így végül csak ennyire futotta.

– Ne holttestként, azaz emberként gondolj rá – oktatta Atos. – Úgy nem olyan undorító. Gondold azt, hogy fagyasztott élelmiszer. Mondjuk, bontott csirke. Most szépen arrébb pakoljuk a csirkét, hogy megnézzük, mi van alatta, rendi?

– Mondd csak, hogyan vagy képes ilyen nyugodt maradni? – kérdezte Luca meglepetésében kissé lesokkoltan. – Te csináltál már ilyesmit korábban is?

– Nos, láttam én már falon pókot, hogy úgy mondjam. Nem, ne ijedj meg. Még sosem pakoltam hullákat, de sok szörnyűséget láttam életemben. Az ember megedződik. Apám kőalkoholista volt. Tízéves gyerekként időnként az anyaszült meztelen testét kellett arrébb gurítanom, hogy nehogy belefulladjon éjszaka a saját hányadékába. Az életét mentettem meg azzal. Bár ne tettem volna... – hallgatott el egy pillanatra. – Mert másnap úgy köszönte meg, hogy szíjjal véresre vert. És ez így ment újra és újra hosszú éveken át. De mindegy... ne merengjünk a múlton. A lényeg, hogy van már gyakorlatom abban, hogy egy undorító testet ne testként kezeljek, hanem arrébb görgetendő súlynak. A lényeg, hogy ne a tapintására, a látványára vagy a szagára koncentrálj, hanem csak a súlyára. Fejts ki erőt, told, és meglátod, mozdulni fog. Ennyi. Mint ahogy a súlyemelők csinálják. Ott sem az számít, hogy büdös-e a vasrúd, amit fognak, hanem hogy felemeljék.

A lány komoly arccal bólintott, és mindkét kezével határozottan megragadta a ládában heverő holttestet. Először meglepődött rajta, hogy milyen könnyen mozdul, aztán erős undor vett rajta erőt, amikor rájött, hogy a nő háta oda van fagyva az alatta lévő tárgyakhoz – valószínűleg valóban élelmiszerek lehettek.

– Nem tudom jobban megemelni – nyöszörgött Luca kínjában. – Oda van fagyva a háta. Le fog szakadni róla a bőr, ha tovább erőltetem – mondta undorodva, hányingerrel küszködve.

– Mindegy, ne erőltesd. Nem az a cél, hogy megnyúzzuk... – nevetett fel Atos, ám közben az ő kuncogása is öklendezésbe csapott át, így inkább nem fejtette ki jobban ezt a zseniális gondolatot. – Már így is egész jól elérem. Benyúlok a zsebébe.

– Milyen zsebébe? – értetlenkedett a lány. – Nem látod, hogy félmeztelen?! A bőrszoknyája meg akkora, mint egy zsebkendő. Alig takar valamit. Nincs azon sem zseb.

– Elöl nincs! – tartotta fel az ujját Atos tudálékosan. – De talán hátul van egy farzseb, ahová a lóvét rejtette a stricije elől.

– Prostiszakértő... – mondta a lány részben vádló, részben elismerő hangsúllyal.

Atos kotort a holttest háta mögött egy darabig, majd diadalmasan felmutatott valamit.

– Mi az? Valami belépőkártya?

A férfi letörölte róla a jégtörmeléket és a párát.

– A személyigazolványa – mondta ki meglepetten, amit ekkor már Luca is látott.

– Azt a rohadt! Mutasd csak! – nyúlt oda érte a lány szinte gondolkodás nélkül.

Atos nem adta oda, de elé tartotta, hogy ő is lássa:

– Balogh Erika – olvasták fel szinte egyszerre. – Ismersz ilyen nevű nőt? – kérdezte Atos Lucától. – A család ismerőse volt? Szomszédlány, vagy ilyesmi?

– Ilyen külsővel? Nem létezik. Sosem láttam. És a neve sem rémlik. Sosem volt olyan barátnőm, akit Erikának hívtak. Még osztálytársam sem. Nem tudom, ki lehet ez.

– Hát, én sem. De apád szerintem tudna róla mesélni egyet s mást.
– Nem létezik, hogy köze lenne ehhez.
– Nem létezik, hogy ne lenne köze hozzá. Ez az ő pincéje, az ő ládája. Ergo: ez az ő hullája. És mivel nem valószínű, hogy csak kölcsönbe kapta volna, így feltételezhető, hogy ő az, aki megölte.
Luca erre keserves sírásba kezdett. Sok volt ez már neki. Még az sem viselte meg annyira, hogy B megkötözte és rátámadt, még az sem, hogy az a rohadék levágta a legjobb barátjának a kezét, de *ez*?! Hogy még a saját apja is gyilkos legyen? Ez már minden határon túlment.
– Ne sírj miatta – csitítgatta Atos szóban. Tettekkel nem tudta, mert az egyik keze használhatatlan volt, a másikkal pedig még mindig a fagyasztóládában kotort. – Van, aki miatt nem érdemes keseregni. Léteznek emberek, akiket nem lehet megjavítani. Mint ahogy egy totálkáros autót sem. Mint ahogy a romlott élelmiszert sem lehet többé újra ehetővé tenni. Hogy miért? Azért, mert rothad. Abból pedig nincs visszaút. Enyészetből sosem sarjad friss hajtás. A sötétben a napraforgó nem fordul el semerre. A csótányok sem építenek soha díszes kastélyokat, hanem csak pusztítani, mocskolni és szemetet zabálni tudnak. Ha apád olyan ember, aki ilyesmire képes, akkor egyetlen könnycseppet sem érdemes hullatnod érte. Akkor sem, ha él, és akkor sem, amikor már halott lesz. Hoppá! – kiáltott fel hirtelen.
– Mi van? Mit találtál? Ugye nincs még egy test abban a ládában? Azt már tényleg nem bírnám elviselni.
– Nincs. Ez annál sokkal királyabb! – vigyorgott Atos. – Már bocs a vidámkodásért, de ezt nézd!
A férfi először rángatni kezdett valamit, majd egyszer csak egy viszonylag hosszú, kopott, de látszólag ép vadászpuskát húzott ki a láda aljáról. – Ezt figyeld!
– Nem rossz fogás – helyeselt a lány. – Szerinted működik?
– El nem tudom képzelni.
– Árt nekik a fagyás?
– Hát, nem is tudom. Nem vagyok fegyverszakértő. Magának a fegyvernek talán nem. Annak inkább a rozsda és a korrózió árt. Ha olajozva van és tisztán tartva, akkor elvileg működnie kell. A nedvesség szerintem inkább a lőszert tenné teljesen tönkre.
– Látsz azt is a dobozban?
– Nem. Csak fagyasztott borsót látok mindenfelé. Van vagy harminc zacskó itt. Mi a francnak vett belőle ennyit? Apád ennyire szereti ezt a szart?
– Fogalmam sincs. Anyám sosem csinál főtt borsót köretnek.
– Talán akkor pont azért – vigyorodott el Atos. – Egy kis dugiborsó a nehéz napokra. Tudod... „levezetni a feszültséget". Lehet, hogy apuci nemcsak gyilkolni, de borsót zabálni is jár ide időnként. Na jó, ne haragudj, tudom, hogy ez szar vicc volt. Nem kéne poénkodnom ezzel.

– Nem gond. Értem azért. Tényleg abszurd. Nem mondom, hogy nem. Biztos, hogy nincs köztük töltény? – tért vissza a lényegre.
– Nincs. De most már, ha nem baj, visszacsuknám a láda fedelét. Szerintem vagy nem működik többé rendesen a hűtő kompresszora, vagy gyakran van errefelé áramkimaradás, és időnként leolvadhatott a cucc, mert állati büdös ez a holttest. Mindjárt elhányom magam! Nem baj, ha visszacsukom?
– Miattam ugyan ne hagyd nyitva. Rá sem bírok nézni. Borzalmas ez az egész! Látod a grimaszba torzult arckifejezését? Még most is olyan, mintha erős fájdalmai lennének. Szörnyű, kínokkal teli halált halhatott.
– Tudom – komorodott el Atos, és sérült karjának könyökével erősen lecsapta a láda fedelét, hogy biztosan úgy maradjon. Másik kezében a frissen szerzett puskát szorongatta. – Szerinted ijesztő? – kérdezte a lánytól.
– Hogy ne lenne az? Mégiscsak megölt egy nőt! Hogyan kérdezhetsz egyáltalán ilyet?
– Nem apádra gondoltam, hanem az új puskámra. Ijesztő így a kezemben?
– Persze, hogy az. Gyűlölöm a fegyvereket. Megtennéd, hogy legalább nem rám irányítod?
– Nyugi, nincs benne töltény. Ennyit meg tudok állapítani. De ezek szerint rá hozza a frászt arra, akire ráfogom.
– Az biztos.
– Akkor ezt fogom tenni.
– Mit?
– Felmegyek, és kinyitom az ajtót. Akárki is zörgeti már vagy félórája, belenyomom a fegyver csövét a pofája közepébe, és udvariasan megkérem, hogy húzzon el a halál faszára. Megvárnál itt, leányom?
– Nincs az az isten, hogy én itt maradjak ezzel az izével – biccentett Luca a hűtőláda felé, nyilvánvalóan a benne fekvő halottra célozva.
– Akkor gyere velem te is.
– És ha neki is fegyvere van, az övé nincs megfagyva és még golyó is van benne?
– Akkor megszívtuk – vont vállat Atos. – De nem hinném amúgy, hogy az illetőnél töltött fegyver lenne. Akkor ugyanis nem hiszem, hogy kopogna. Inkább ellőné a zárat, és berúgná az ajtót, úgy ahogy van. Szerintem tehát fegyvertelen. Ezért akarom megpróbálni megfélemlíteni.
– Nem semmi a logikád – dicsérte a lány. – Remélem, hogy igazad van... Melegen ajánlom! – tette hozzá.
Telefonjaikkal világítva – Atosé már erősen merülőben volt – felmentek a nyikorgó lépcsőn, és óvatosan a bejárathoz lopakodtak. Miközben közeledtek, nem hallottak semmilyen neszt odakintről, ám mintha látogatójuk megérezte volna a közelségüket, ahogy

odaléptek az ajtóhoz, ismét azonnal kopogni kezdett rajta. Sőt, dörömbölt!

– Nyitom már, baszd meg! – szólt ki Atos dühödten. Valójában nem volt ennyire mérges. Inkább elijeszteni akarta az illetőt, akárki is legyen az. Gondolta, ha így indít, aztán puskával lép ki az ajtón, akkor biztos, hogy komolyan fogják venni. Talán olyannyira komolyan, hogy a látogatóban fel sem merül, hogy esetleg egy szál golyó sincs az arcára irányított puskában. Atos legalábbis ebben reménykedett.

A kopogás a trágár kiabálás hatására abbamaradt. Aztán újrakezdte. De ezúttal visszafogottabban.

Atos a kulcshoz nyúlt, hogy elfordítsa. Nem volt könnyű művelet, mert ezt csak két ujjal tudta elvégezni. A másik hárommal a puskát próbálta egyenesben tartani, maga elé szegezve. Nagy nehezen elfordította a kulcsot, majd egy erős rántással kinyitotta az ajtót, és maga elé tartott fegyverrel szembenézett azzal, amitől már jó ideje tartott:

Egy nő állt az ajtó előtt.

Atos sosem látta azelőtt. El sem tudta képzelni, hogy ki lehet. Egyvalami tűnt fel rajta már első pillantásra: az, hogy vérzik.

– Anya?! – sikoltotta Luca.

Abban a pillanatban, ahogy ezt kimondta, zihálást hallottak a padlásról, majd valami sercegő hangot... egyszer csak halk zene szólalt meg odafentről. Úgy sistergett és pattogott, mint egy régi bakelitlemez egy gramofon korongjára helyezve.

– Itt van? – kérdezte a nő odakint. – Apád odafent van?!

## 12. „Megpendítek egy pengét az eremmel, hogy dallamot adjon"

Luca nem tudta, mit feleljen erre a kérdésre. Olyan szintű sokkot kapott, hogy azt sem tudta, egyáltalán létezik-e rá értelmes válasz.
– Ki?! – nyögte ki nagy nehezen. Csak ennyire futotta tőle.
– Apád! – ismételte az anyja az ajtóban állva. – Odafent van a padláson?
– Miért vagy tiszta véres mindenhol? – tört ki Lucából, ahelyett, hogy válaszolt volna anyja előbbi kérdésére. Lassan kezdett visszatérni a józan esze, és kezdte felmérni, hogy kit lát maga előtt, és milyen állapotban.
– Levágta – lihegte az anyja. Mintha a történelem ismételte volna önmagát. Luca már hallotta egyszer ezt a szót a mai nap folyamán. És akkor sem tetszett neki jobban. Akkor sem sokkolta kevésbé. – Mit? – értetlenkedett. – Atos kezét? Azt nem apa csinálta, hanem B!
– Nem arra gondolok – felelte a nő kisírt szemekkel, láthatóan sokkos állapotban –, hanem erre. – Feltartotta a jobb kezét, és odamutatta nekik. A pirosra lakozott körmű ujjai közül az egyik hiányzott. – Az apád levágta az ujjamat! Teljesen megőrült! Azt mondta, kurvát neveltem. Hogy te az vagy, mert B elmondta neki. És hogy így már nem vagyunk többé házasok. Megpróbálta lerángatni az ujjamról a jegygyűrűt, de amikor nem ment, behozott egy konyhakést, és egy pillanatnyi habozás nélkül elkezdte nyiszálni lefelé ott helyben a hálószobában az ágyban! Fröcskölt belőle a vér! Rá a párnámra! Hogy tehetett ilyet, Luca? Mi üthetett belé?
– Istenem, anya! – ugrott oda hozzá Luca. – De miért nem mondtad ezt azonnal a telefonban? És hogyan értél egyáltalán ilyen hamar ide?
– Ahogy apád elviharzott, beugrottam a kocsiba, és elindultam ide. Úgy gondoltam, hogy akárkit is találok itt, azt figyelmeztetnem kell. Annyira sokkos állapotban voltam, amikor te vetted fel, hogy meg is feledkeztem a kezemről.
– Sajnálom – mondta Luca együttérzően. – Apa sosem volt normális. Ugye te is tudod? Miért tűrted ennyi éven át?!
– Nem tu-hu-do-ho-hoom... – zokogott a nő. – Nem akartam elhinni.
– Nem is hinné, hogy mennyire nem épelméjű a férje, asszonyom – kontrázott rá Atos vészjóslóan, közben leengedve a kezében tartott fegyvert. Még mindig a nő kezét nézte, hogy az mennyire vérzik. Próbálta felmérni, hogy vajon életveszélyben van-e. Úgy tűnt, már nincs. Vagy ügyes volt, és amíg ideautózott, ő is elállította útközben a vérzést, vagy egyszerűen csak szerencsés, és valahogy magától elállt. De tény, hogy még így is elég ramatyul

festett szegény asszony. Annyi vér borította, mintha egy horrorfilmből szalajtották volna. Még a füle is véres volt. Atos egy pillanatra elgondolkodott rajta, hogy vajon miért. Talán viszketett vezetés közben, és idegesen odakapott. Végül Luca síró hangja verte fel a merengésből:
– Atos, el kell mennünk innen! Nem kellett volna idejönnünk! Azt hittem, itt biztonságban leszünk, de talán a létező legrosszabb helyre hoztalak! Ne haragudj!
– Á, igazán nem tesz semmit. Legalább találtunk egy rakás finom borsót. Már azért megérte leautóznunk ide.
Luca bocsánatkérően az anyjára nézett:
– Ne vedd komolyan. Mindig ezt csinálja. Nem őrült a fickó, csak így oldja a feszültséget. Nagyon jó ember. Bízhatsz benne. Az egyik legjobb barátom.
– Az egyik? – kérdezett vissza Atos.
– A legjobb – helyesbített a lány. – Az egyetlen. Amúgy Lecsóra gondoltam az előbb – mosolyodott el. – Ő a másik – mutatott a kocsi felé, ahol a cica aludt jelenleg. Lehúzva hagyták neki az ablakot, hogy kapjon levegőt. Úgy tűnt, elég jól elvan. Mintha most megérezte volna, hogy róla beszélnek, mert felébredt, és éppen őket nézte figyelmesen.
– Apád tudja, hogy itt vagytok? – kérdezte az anyja Lucától.
– Nem. Nem hiszem...
– Dehogynem! – szólt közbe Atos. – Amikor idejöttünk, valaki bekopogott. Kinyitottuk, de akkor nem állt senki az ajtó előtt. Egy zacskót hagyott a lábtörlőn.
– Mi volt benne? – kérdezte Luca anyja.
– Minden bizonnyal az ön gyűrűsujja – mondta Atos együttérzően. – Sajnálom.
– Ez nem normális! – mondta a nő. – Mit akarhatott ezzel?
– Talán azt jelzi – fejtegette Atos –, hogy ránk is ez a sors vár. Minket is fel fog darabolni. Vagy az is lehet, hogy azt jelenti: „Nézd, Luca, így járt anyád, amiért hűtlen voltál a párodhoz. Őt büntettem meg helyetted. Most te következel."
– Kérem, ne mondjon ilyeneket! – fakadt sírva az asszony.
– Elnézést – szabadkozott Atos. – De maga kérdezte. És higgye el, képes ilyesmire. Az az ember odafent őrült. Már mást is megölt korábban. Az is lehet, hogy többeket is!
– Mi?! – kérdezte a nő. – Kiket?
– Egy női holttest van a pincében – magyarázta Luca. Olyan természetességgel jelentette ki, mintha őt már meg sem rázná a dolog. Valószínűleg pont ellenkezőleg: annyira kiborította a tény gondolata, hogy a sokktól képtelen volt érzelmeket kimutatni. Egyszerűen leblokkolt.
– Miféle test?! – kérdezte az anyja.
– Valami Erika – magyarázta Luca. – Megtaláltuk az igazolványát. Ismertél ilyen nevű nőt? Vagy volt apa ismerősei között ilyen?

– Nem tudom – rázta a nő a fejét hisztérikusan. – Nem, nem lehetett. Azt biztos nem ő tette. Nem tehette.
– Tűnjünk innen, de most azonnal! – mondta ki Atos elsőnek azt, amit már egy ideje ki kellett volna. – Ne várjuk meg, amíg lejön a padlásról. Az is csoda, hogy idáig nem tette. Nem tudom, mióta lehet itt. Lehet, hogy csak szerencsénk volt. Az is lehet, hogy szándékosan szórakozott velünk idáig.
Atos kilépett a házból, és ép kezével húzta magával Lucát is. – Mennünk kell – magyarázta neki. – Ez az *alak* – mondta undorodva –, az apád még B-nél is rosszabb!
Sajnos a világtörténelem során előfordult már olyasmi, hogy a falra festett ördög valóban megjelent. Valószínűleg innen is ered a mondás. És ez most ismét bekövetkezett. Ezt még a pápa is aláírta volna. – Akár tart otthon télire elrakott töltött káposztát a fagyasztóban, akár nem. – Ezt bizony bárki látta volna a saját szemével:
A kocsifelhajtón B piros Audija jelent meg! Olyan gyorsan termett ott, hogy idejük sem volt felfogni, hogy közeledik. Épphogy csak észrevették, hogy hajt fel a házhoz, és néhány másodperc múlva már oda is ért. Látták is a volán mögött a sovány, beteges ábrázatát, ahogy kiismerhetetlen tekintettel őket bámulja.
– Vissza! – kiáltotta Atos, és elkezdte terelni maga előtt a két nőt, hogy menjenek be a házba. Nem volt biztos benne, hogy jelen esetben ez-e a legmegfelelőbb döntés, de itt kint, nyílt színen, fél kézzel biztos, hogy nem tud elbánni azzal a fickóval, aki egyszer már túljárt az eszén. Akkor a keze bánta a dolgot. Talán most a fejét vesztené el, ha újra birokra kelne a borotvás őrülttel.
– Luca! – kiáltotta B a letekert ablak résén keresztül. – Várj!
De ő nem várt. Esze ágában sem volt. Úgy ugrott vissza a házba a kitárt ajtón keresztül, mint egy párduc, anyját és Atost is rántva egyből maga után.
Atos egy pillanatra megbillent, és majdnem elesett a rántás hatására, de végül nagy nehezen visszanyerte egyensúlyát, és bevágta maguk után az ajtót. Kulcsra is zárta.
– Mi legyen most? – nézett a két nőre.
Luca nem válaszolt, csak a plafont nézte. Azaz lelki szemeivel a padlást. Továbbra is halk, sercegő zene szólt odafentről. Valami régi bakelitlemez lehetett. Az apja zenét hallgatott. Talán Vivaldit. Luca nem volt biztos benne. „Levezeti a feszültséget" – gondolta magában a lány elszörnyedve.
Atos újra fel akarta tenni az előző kérdést, hogy mihez kezdjenek, de már nem maradt rá ideje. Valaki verni kezdte kívülről a bejárati ajtót. B volt az. Valami nehéz tárggyal üthette. Fémesen csengett. Talán egy autóemelő lehetett, amit a csomagtartóból vett ki. De az is lehet – sajnos –, hogy fejsze volt nála.
– Nem szállhatok szembe vele puszta kézzel – nézett Atos szabadkozva a két nőre.

– De hisz magának puskája van! – veszekedett vele az anyuka.
– Miért nem fogja rá?
– Mert nincs benne kurva golyó! – kiabálta Atos. Aztán rögtön meg is bánta. Nem akart tiszteletlen lenni vele, de az ő idegei is pattanásig feszültek. Talán már el is szakadt néhány, amikor elvesztette a kezét. Sőt, nemcsak talán, hanem biztos. Amikor tűzbe tartotta, látott is néhányat kikandikálva a csuklójából megpörkölődni. Igen „kellemes" érzés volt, kb. mint lottószámokat húzni ki egyenesen a pokolból.
A nő nem vette rossz néven Atos kirohanását. Inkább kérdezett helyette:
– Menjünk akkor a pincébe?
– Van hátsó kijárata a háznak? – kérdezett vissza Atos.
– Nincs.
– Akkor sajnos valóban ez az egyetlen megoldás. A padlásra nem mehetünk, ki szintén nem, és itt sem maradhatunk. Mindenhol életveszély van. Menjünk vissza a pincébe. – És már indult is.
– A hullához? – kérdezte Luca ijedten.
– Ő már nem fog bántani – fordult hátra Atos egy pillanatra. – Tőle tarts a legkevésbé. Még a borsó is többet ártana, nekem elhiheted. Pláne ha annyit megzabálna belőle valaki, mint amennyit apuci felhalmozott odalent.
– Milyen borsó? – kérdezte az anyja. A sokk miatt azt sem tudta hirtelen eldönteni, hogy ez most csak vicc akart lenni, vagy valóban nagyon fontos információ, amin az életük múlhat.
– Fagyasztott! – felelte Atos, és lelépett a pincébe vezető lépcső első fokára. – Ne aggódjon miattuk, már nem élnek azok a kis izék.
Luca anyja nem reagált a poénra, csak szó nélkül követte őket. Nem volt abban az állapotban, hogy viccelődjön. Valószínűleg azóta nem, hogy a férje a hitvesi ágyukban levágta az ujját egy konyhakéssel.
Atos leterelte maga előtt a két nőt a pincébe. Luca közben ismét felkapcsolta a vakut a telefonján. Atosé már szinte teljesen lemerült.
Amikor leléptek egy alsóbb lépcsőfokra, Ati visszafordult, és a töltények hiányában hasznavehetetlen puskát áttolta belülről a pinceajtó belső fogantyúin. Elég erősnek tűntek azok a fogantyúk. A puska acélcsöve valószínűleg sokáig ki fog tartani. Még akkor is, ha B baltával püföli majd odafentről.
Atos ebbe belegondolva egy pillanatra elmosolyodott. Lelki szemei előtt egy jelenet kezdett kirajzolódni:
B teljes erejéből, az őrjöngéstől és az erőlködéstől izzadságban úszva baltával püföli a pincelejáró ajtaját, és ekkor meglepő fordulat történik:
Megjelenik a padlás lépcsőjén apuci, aki kissé nehezményezi, hogy megzavarták Vivaldi hallgatása közben, amikor épp megpróbálta „levezetni" azt a „feszültséget", miszerint az a fránya asszony sosem hajlandó neki borsófőzeléket készíteni. B bamba hátrafordul, hogy ki az, aki közeledik felé, apuci pedig egyetlen

mozdulattal legyakja valamilyen keze ügyében lévő nehezebb tárggyal, mondjuk, egy szeneslapáttal.

„Milyen pofát fog akkor vágni B?!" – vigyorgott magában előre Atos. „Valószínűleg feketét. A széntől."

De nem akart ezen hosszasan töprengeni. Úgy volt vele, hogy a „két dudás egy csárdában" elmélet alapján a két vadbarom csak elintézi már egymást, amíg ők odalent biztonságban meghúzzák magukat.

– Menjetek! – noszogatta a nőket. – Akármit is csinál B, apád meg fogja hallani, és lejön. Akkor pedig majd lerendezik négyszemközt, mint férfi a férfival. A lényeg, hogy mi addig biztonságban legyünk. Ezek egyik se normális! Szerintem ki fogják nyírni egymást ebben az állapotban.

– Remélem is – mondta ki Luca anyja szinte gondolkodás nélkül. Maga sem hitte, hogy mi bukott ki a száján, de ha már kimondta, nem akarta visszavonni. „Így ér véget egy házasság?" – gondolta magában az asszony, miközben lefelé botladozott a lépcsőn a félhomályban. „Így ér véget a szerelem? Volt olyan köztünk egyáltalán valaha? Szeretett egyáltalán engem ez az ember? Kihez mentem hozzá? Ha engem nem szeretett, vajon szeretett-e mást? Talán azt a prostituáltat igen, akinek a hullája állítólag idelent fekszik a pincében? Ő miért lehetett jobb, mint én? Vagy inkább rosszabb volt? Azért ölte meg? A férjem, Lukács valóban képes egyáltalán ilyesmire? Biztos, hogy nem más tette? Igen, biztos!" – döntötte el magában egyértelműen. „Hiszen levágta az ujjamat az az állat!" – dühében elkezdte ökölbe szorítani a kezét, de képtelen volt rá. Túlzottan fájt ahhoz a seb.

Lucának is hasonló gondolatok jártak a fejében:

„Remélem, kinyírják egymást. Apám sosem volt épeszű. Mindig is sejtettem, hogy képes az erőszakra, de hogy *ilyenre*? Hogy még gyilkos is! És még anyát is képes lenne bántani? Már réges-rég börtönben lenne a helye. Sőt, inkább az akasztófán. Gyűlölöm az erőszakot és az ilyen embereket. Egyszerűen nem értem, hogy hogyan lehetek egy ilyen ember lánya. Azt pedig végképp fel nem foghatom, hogy hogyan lehettem ennyire vak, és miért költöztem oda B-hez. Hogyan voltam képes az ágyába feküdni? Egy lakásban élni vele? Az az ember beteg! Sosem volt beszámítható. Már a barátján, azon a dilis Jácinton is egyértelműen látszott, hogy félkegyelmű. Normális ember nem barátkozik ilyenekkel. Tényleg, mi történhetett végül azzal az emberrel? Azóta sem láttam. Hála Istennek! Remélem, őt is elkapják egyszer. Azt sem bánnám, ha alaposan megruházná valaki. Aljas kis féreg az a fickó. Undorodom tőle. Majdnem annyira, mint B-től. És részben magamtól is, hogy képes voltam ilyen emberek között élni. Remélem, most már vége lesz. Akárhogy is, csak legyen vége."

Mindhárman elmerengtek egy pillanatra. Talán ezért sem vette észre egyikük sem lefelé haladás közben a lépcsőfokok közül kinyúló kezet, ami hátulról elkapta Luca anyjának bokáját, majd nagyot rántott rajta!

\* \* \*

A nő sikoltva zuhant előre. Majdnem Lucát is magával sodorta. Atost pedig esés közben félrelökte az útból. Az asszony teste dübögő hangot adva gurult végig a szálkás falépcsőn, majd a leérkezve a végére nagyot nyekkent a porban a döngölt anyaföldön. Atos szerint egyből eltörhetett néhány bordája. A nő fojtott nyögéseiből ítélve így is történt.

– Lucaa! – kiabálta B odafentről a bezárt pinceajtón túlról, ami még mindig el volt reteszelve az Atos által odahelyezett vadászpuskával. – Lucaa!

A fiatalember valószínűleg azt hitte, hogy Luca sikolyát hallotta az előbb. Bár hogy ez miért zaklatta fel – mivel ő is épp baltával akarta megtámadni –, az a többiek számára nem volt érthető.

Amikor Luca anyja földet ért, Atos rohanni kezdett hozzá lefelé a lépcsőn, és közben hátra-hátra sandítva próbálta felmérni a sötétben, hogy miféle kezet látott kinyúlni, ami így elbuktatta a nőt.

Nem kellett sokáig várniuk, hogy ez kiderüljön:

Egyszer csak mocskos ruhában, vérben forgó szemekkel Luca apja mászott ki a lépcsők alól.

„Mit keresett ez ott?" – kérdezte magában Atos. „És akkor ki a fene hallgat zenét odafent a padláson?"

– Megvagy, te ócska ribanc! – kiáltotta a lépcsők alól előmászó Lukács. – Tudtam, hogy idejössz. Mindig követsz engem, mindig utánam szaglászol, hogy rohadnál meg! Úgyhogy magadnak csináltad a bajt. Én megelégedtem volna egyetlen ujjaddal is azért, hogy egy ilyen semmirekellő kurvát hoztál a világra, de így, hogy idetoltad a pofádat, most már az életedet akarom! Mész te is a hűtőládába a másik ribanc mellé!

– Állj! – toppant a férfi elé Atos. Nem érezte magát túlzottan fenyegetőnek a fél kezével, de azért mégiscsak egy jó erőben lévő felnőtt ember. Talán képes megállítani a másikat, ha nagyon muszáj.

– Te meg ki a szar vagy?! – kiáltott rá Lukács. – Takarodj a házamból, vagy satuba fogom a fejed, és addig tekerem, amíg az orrodon takonyként fog kifolyni az agyad!

Atos látta, hogy a férfi beszámíthatatlan. Másodpercek kérdése volt, hogy valamelyikük itt, ezen a helyen életét vessze. Kérdés, hogy vajon ki lesz az?

– Állj félre, mert hívom a rendőrséget! – ütött meg másféle hangot Lukács szinte minden átmenet nélkül. Talán azt gondolta, hogy az előbbi fenyegetése nem volt eléggé meggyőző. – Ez magánlaksértés! Nem én hívtalak ide, és most nyomatékosan felkérlek, hogy távozz. A családi problémáinkat majd mi magunk elrendezzük. Nincs szükségünk segítségre.

– Nem engedem, hogy bántsa – állt Atos most már egyértelműen Luca földön heverő, félig eszméletlen anyja elé. Valóban eltörhetett több bordája. Az is lehet, hogy agyrázkódást kapott. A szemei

időnként fennakadtak, mint aki folyamatosan ájulásból öntudatra ébred, majd megint álmatlan álomba zuhan.
– Nem bántom – mondta Lukács. – Nem akartam elbuktatni, csak megállítani, hogy ne meneküljön el. Be akarom kötözni a sebét is – mutatott fel valami rongyfélét, amit eddig a kezében szorongatott. Nem igazán tűnt géznek vagy pólyának. Inkább olyan volt, mint egy régi, egykor fehér, szürkére kopott függöny. Vagy inkább menyasszonyi fátyol?
– Nem túl koszos az a szar, hogy sebre helyezze? – gyanakodott Atos. – Miről beszél egyáltalán? Hisz nem maga vágta le az ujját? Maga buktatta el! Most meg segíteni akar rajta? Egész idáig a lépcső alatt bujkált, mint valami elmebeteg szatír! Ráadásul egy nő hulláját őrzi a hűtőládájában. Ne szórakozzon már velem! Álljon meg, és ne mozduljon! Én fogom hívni a rendőrséget, és nem maga.
– Miféle hulláról magyarázol itt? – kérdezte a férfi. – Soha nem öltem meg senkit! Miféle őrültséget akarsz a nyakamba varrni? Ezzel manipulálod a lányomat? Ezért gyűlöl engem? Ezért kezdett züllött életet élni, hogy rajtam bosszút álljon?
– Láttuk, apa! – szólt közbe Luca. – Kár tagadni. Ott fekszik a hűtőládában. Balogh Erika volt a neve. Prostituáltnak tűnik. Te ölted meg!
– Mi?! Soha nem öltem meg senkit. Beismerem, anyáddal kicsit messzire mentem, de gyilkos azért nem vagyok. Csak elragadott a hév. Nem voltam önmagam. De most már jól vagyok. Segíteni akarok neki. Lányom, szólj a szerelmednek, hogy húzzon a házamból, mert valagba rúgom. Téged pedig, kisasszony, kőkeményen elfenekellek, ha az utamba mersz állni. Na!! – ordított rá a lányára, az pedig úgy összerezzent, hogy valóban reflexből arrébb ugrott.

Valamiért volt egy pillanat, amikor Lukács annyira hitelesnek tűnt segítő szándékát illetően, hogy még Atost is elbizonytalanította:
„Mi van, ha igazat mond?" – gondolta magában.
– Lucaa! – ordított B továbbra is odafentről a pinceajtót püfölve. Elég keményen küzdött vele, de úgy tűnt, hogy a reteszként használt vadászpuskacső jól ellenállt a próbálkozásainak.

Atos egyelőre nem törődött B-vel. Lukács nagyobb fenyegetést jelentett, mert a közvetlen közelükben állt, és el sem tudták képzelni, hogy mire képes, és mi jár a fejében.

„És ha igazat mond?" – találgatta Atos. „Mi van, ha valóban nem ő ölte meg azt a nőt a hűtőládában, hanem... Hanem akár B?! Aki végül is magától idetalált. Mi van, ha mégis ismeri ezt a helyet? Mi van, ha ő hozta ide egy korábbi áldozatát? Lehet, hogy Lukács nem gyilkos, csak nagyon kegyetlen és elvetemült. Az sem normális dolog, ha egy férj levágja a felesége ujját; valószínűleg már ezért is jó pár évre le fogják csukni, de azért az akkor sem gyilkosság."

Épp ennyi ideje volt Atosnak átgondolni a történteket, ugyanis Lukács nem hagyott neki több időt. Előrelendült, és félrelökte őt az útból Lucával együtt. Egyenesen a földön fekvő feleségére vetette magát. Hátulról a két combja közé fogta a nő fejét, és átvetette rajta a függönyszerű anyagot. Ráfeszítette a félig eszméletlen nő arcára és teljes erejéből húzni kezdte. Úgy fojtogatta, mint akinek az élete múlik rajta, olyan erővel, hogy majd' letépte a nő fejét. Csoda, hogy a nyaka nem tört el.

– Nee! – sikoltott Luca. – Ne bántsd!

– Megfulladsz, te ócska kurva! – ordította Lukács az eszméletlen nőnek. – Mész a dobozba te is! Aztán te következel, semmirekellő! – kiabálta a lányának.

Atos, amikor félrelökték, olyan ügyetlenül esett, hogy nemcsak beverte a sebes karcsonkját, de rossz szögben maga alá is tekerte, és kicsavarodva ráesett. Valószínűleg eltört abban a pillanatban, hogy földet ért. A férfi felordított a fájdalomtól. Zsongó fejjel, lázasan az idegességtől és a szenvedés miatt alig fogta fel, hogy mi történik.

Látta, ahogy Lukács fojtogatja a feleségét, de képtelen volt megmozdulni, hogy tegyen ellene. A kín szinte megbénította.

– Nee! – sikoltotta Luca ismét, és odaugrott, hogy valahogy lerángassa anyjáról az arcára tekert függönyt, hogy levegőhöz jusson.

– Lucaa! – kiáltotta odafentről B egyre fékevesztettebb, artikulálatlanabb módon. Eddig kétségbeesettnek tűnt a hangja, de most már inkább dühös volt. Tombolt mérgében.

– Fulladj már meg! – rángatta Lukács a felesége nyakát úgy, hogy közben egyre szorosabbra húzta az arcán a hálószerű nejlonanyagot. – Sosem szerettelek, te ribanc! Tégy egy szívességet egyszer az életben, és dögölj már meg tisztességesen!

Luca ekkor ért oda, és az apjára vetette magát. Egyik kezével a függönyt próbálta lerángatni az anyja fejéről, másik kezével az apját ütni, karmolni, kárt okozni benne bárhogy, ahogy csak tudott.

Lukács nem sokra méltatta a lány próbálkozásait. Egyik kezével egy pillanatra elengedte a felesége arcára szorított anyagot, és visszakézből akkora pofont kevert le a lányának, hogy az egy méterrel arrébb, az ülepére érkezve a földre huppant. – Várj a sorodra! – rivallt rá. – Előbb az anyád döglik meg, aztán te!

Atos már-már összeszedte magát annyira, hogy levágott – és most már törött – karjával mit sem törődve felkeljen, és birokra keljen az öreggel, de valaki megelőzte:

Odafent óriási robajjal beszakadt a pinceajtó. A vadászpuska kiesett a két fogantyú közül, ahová reteszként betolva eddig ellenállt az ütéseknek. B agyafúrt módon nem az ajtó közepét, azaz rését püfölte eddig, hanem az egyik oldalsó zsanért. Amikor azt a fejszével kiverte a helyéről, már csak az alatta lévőt kellett eltávolítania, és az ajtó egy az egyben beesett a pincébe, hangos robajjal gurulva le a lépcsőn, részben össze is törve a lépcsőfokok egy részét.

Amikor az ajtó beszakadt, világosság áradt be odafentről, a földszintről. B vézna alakjából csak egy sziluett látszott, ahogy hátulról megvilágította a fény. Mellkasa mozgásából jól látszott, hogy erősen liheg, sok erőt kivett belőle az ajtó betörése. Mégsem állt meg egy pillanatra sem. A kezében tartott fejszét hirtelen a feje fölé lendítette. – Lucaa! – kiáltotta ismét.

* * *

A következő pillanatban Luca és Atos csak annyit látott, hogy a balta pörögve repül a levegőben és feléjük közelít. B az előbb egyetlen másodpercig sem tétovázott: Ahogy beszakadt az ajtó, már el is hajította a kezében szorongatott fegyvert. Egyenesen feléjük!

„De vajon kire célzott vele?" – fordult meg mindannyiuk fejében a gondolat egy őrjítő, rövid másodpercig.

Atos azt gondolta, hogy őt akarja vele meggyilkolni. Végül is korábban már a kezét is levágta. Valószínűleg pont *ezzel*, és nem a borotvakéssel. Gyűlöli őt. Féltékeny rá. A fickó azt hiszi, hogy ő Luca szeretője. Még akkor is, ha semmi olyan nincs köztük. A fickó beleőrült a féltékenységbe. Valószínűleg sosem volt épelméjű.

A balta már csak néhány méterre járt tőlük. Nem tehettek semmit ellene. Megállítani lehetetlen lett volna. Félreugrani előle valószínűleg szintén.

Luca azt gondolta, B azért ordítja a nevét, mert őt akarja megölni. Mert mindig is uralkodni akart rajta, rendre utasítani, kioktatni, erőszakoskodni vele... és amikor rájött, hogy többé nem teheti ezt vele, eldöntötte, hogy megöli. Ha már az övé nem lehet, ne legyen másé sem. A lány nem értette, hogy korábban B miért hagyta ott őket, amikor levágta Atos kezét, és miért nem ölte meg ott helyben mindkettejüket. Talán elbizonytalanodott, és most akarja befejezni, amit akkor elkezdett.

A fejsze még közelebb ért. Akit eltalál, annak biztos, hogy életét veszi. Nem maradt már idő gondolkodni. Luca anyja amúgy sem volt eszméletén, Lukács pedig annyira azon dolgozott, hogy a lelket is kiszorítsa feleségéből, hogy fel sem fogta, mi közelít felé. Ő egyáltalán nem törődött a levegőben pörgő meg-meg csillanó fejszével.

És ez is lett a veszte. A balta ugyanis egyenesen őt vette célba!

Amikor elérte – B valami megmagyarázhatatlan okból olyan pontosan hajította a fegyvert, mint egy indián a tomahawkját –, beállt a férfi kulcscsontja mellett a nyakába, ahonnan vastag sugárban lövellni kezdett a vér.

Lukács szóhoz sem jutott. Nemcsak a sokk miatt, de fizikailag sem tudott már hangokat kiadni magából. Mindössze valami bugyogó krákogás hagyta el a torkát élete utolsó másodperceiben. Olyan erővel ömlött a vér a nyakából, hogy azt már senki sem tudta volna elállítani. Az ő esetében még Atos szörnyű megoldása sem működött volna, miszerint elégette a saját sebét, hogy elállítsa a vérzést. Lukács menthetetlen volt.

Erőtlenül hullottak le a kezei felesége nyakáról, és elejtette a kezében szorongatott koszos függönyt is. Lassan elkezdett oldalra dőlni, majd amikor végül földet ért, már halott volt.

– Luca, jól vagy? – kérdezte B odafentről kétségbeesetten.

– Luca jól van, te vadbarom, de le ne gyere! – ordította Atos. – Ha megmozdulsz, esküszöm, megöllek. Kiszedem a nyakából a fejszét, és felaprítalak vele! Le ne merj jönni azon a lépcsőn!

B Atos dühödt kiabálásának hallatán megtorpant, és elbizonytalanodott egy pillanatra.

– Ti ezt nem értitek... – motyogta. – Megmentettem az anyádat, nem, Luca? Megölte volna!

– Maradj ott, ahol vagy! – kiabált rá most már a lány is. – A lépcső egyébként is megsérült, amikor végigzúdult rajta a kidőlt ajtó. Nem biztonságos. Bármit is akarsz, maradj ott! Nincs többé dolgom veled, már megmondtam! Ha megvédted anyámat, akkor köszönöm, de akkor se gyere a közelünkbe. A lépcső meggyengült. Ha rálépsz, valószínűleg le fog szakadni!

– Nem érdekel! – mondta B. – Látni akarom, hogy sértetlen vagy. Lemegyek!

– Ne! – kiáltott rá Atos, és odakapott a lépcső aljára gurult vadászpuskához. Felvette és B mellkasára célzott vele. – Még egy lépés, és keresztüllőlek!

– Nincs okod rá – mondta neki B szenvtelenül. – Nem ártottam neked.

– És ez itt micsoda? – tartotta fel Atos a jobb karját. – Levágtad a kezem, te elmebeteg fasz!

– Azt nem én tettem. Dulakodtunk, az igaz, de nem én vágtam le a kezed.

– Hanem?! Most is nálad volt a fejsze! Azzal csináltad.

– Nem én. Én csak elvettem tőle. Aztán elszaladtam, mert megijedtem a következményektől. És tőle. Én is félek tőle, nemcsak ti.

– Kitől? – kérdezte Luca. – Apám már nem él. Épp az imént ölted meg.

– Nem rá gondolok. Nem ő vágta le a barátod kezét, és nem is én.

– Hanem?

– A kövér ember volt az az esőkabátban. A Gonosz.

\* \* \*

– Kii?! – kérdezte Luca elképedve. Közben már az anyja is kezdett magához térni, és próbálta nagyjából felmérni, hogy mi folyik körülötte. Egyelőre nem mert megszólalni sem. Csak krákogott. Lehet, hogy megsérült a torka a szorongatástól. – Milyen esőkabátos kövér ember?! – ordította Luca számon kérően. Az te vagy, te szerencsétlen! Te voltál régen kövér! Aztán lefogytál. A szemem láttára vetted elő azt a nagy, régi esőkabátodat a szekrényből, hogy büszkén megmutasd nekem. Te teljesen őrült vagy! Skizofrén. Azt hiszed, két éned van, pedig valójában csak te vagy. Nincs semmiféle kövér ember. Régen voltál az, de már nem. Lefogytál, és sosem híztál vissza. Tényleg nem emlékszel? Ennyire megbomlott volna az elméd?

– A kövér ember létezik – jelentette ki B olyan magabiztossággal, hogy mindhárom odalent tartózkodó ember elbizonytalanodott egy pillanatra. – Létezik! Ő ölte meg azt a nőt, aki abban a hűtőládában van. Erikának hívják. Az volt az első áldozata. Nem apád ölte meg, hanem az esőkabátos. Másokat is megölt. A barátomat, Jácintot is.

– És hol van most ez a te kövér embered? – ment bele Luca a játékba kíváncsiságból, hogy mire akar egyáltalán B kilyukadni ezzel az őrültséggel.

– Odafent. Ő hallgatja a zenét – felelte B. – El kell tűnnünk innen! Gyertek velem. Segítek. Hozok valami kötelet, és még ha sérült is a lépcső, valahogy felhúzlak titeket egyenként. El kell mennünk innen, mert a kövér ismét gyilkolni fog!

– Honnan veszed?

– Érzem. Érzem a *kényszert* a gyilkolásra. De nem a sajátomat, hanem az övét. Már nem bírja sokáig visszafojtani. Ölni akar.

– Hogyan érzel te bármit is, amire ő készül? – kérdezte Atos. Eddig egyetlen szavát sem hitte a vézna őrültnek, de az olyan magabiztossággal hadarta az eddigieket, hogy úgy tűnt, tényleg őszintén hisz benne.

– Azért érzem, mert régen egyek voltunk. Belőlem űzték ki. – B közben tett egy tétova lépést lefelé a lépcsőn.

– Megállj! – szólt rá Atos. Mondom, hogy keresztüllőlek. Egyébként is leszakadna veled a lépcső! Ne lépj rá jobban.

B engedelmeskedett, és visszakotródott a korábbi helyére, ahol addig ácsorgott.

– Amikor még intézetben éltem – kezdett bele B –, volt egy pszichiáter, aki a szívén viselte a sorsomat. Sokszor próbált beszélgetni velem, de nem igazán jutott semmire. Aztán egy pap is eljött egyszer. Nem tudom pontosan, hogy miért. Talán kíváncsiságból, talán az orvos hívta oda, hogy mondjon ő is véleményt. Később ők ketten összebarátkoztak, és előálltak egy elmélettel, miszerint nem beteg vagyok, hanem gonosz. Azaz nem én, hanem az, ami a megszállása alatt tart. Eldöntötték, hogy elrabolnak, és megpróbálják kiűzni belőlem azt a valamit.

– Mi van?! – kérdezte Atos. – Ekkora baromságot még életemben nem hallottam. Öreg, ne haragudj, de ilyesmi csak a filmekben van.

– Pedig a kövér ember igenis létezik. Ugyanúgy néz ki, mint én, ha nem fogytam volna le. A szakasztott másom. Láttam többször is. Fizikailag létezik. Nem vagyok szkizofrén! Az ördögűzés vagy démonűzés sikeres volt. Akkor az engem elrabló két férfi ezt még nem tudta, de valóban kiűztek belőlem valamit. Az a dolog ott maradt a pincében. Elbújt előlük. Engem visszavittek az intézetbe, mert azt hitték, hogy nem történt semmi, és nem sikerült a beavatkozás. Lemondtak rólam. Már nem akartak többé segíteni, mert azt gondolták, menthetetlen vagyok. Vagy gyógyíthatatlanul őrült, vagy menthetetlenül gonosz. Többé nem láttam egyiküket sem. A pszichiáter felmondott, a pap pedig talán meghalt, vagy csak elköltözött, nem tudom. *Ők* nem próbáltak segíteni többé. Egyvalaki viszont igen...

Atos és Luca kérdőn egymásra néztek. Próbálták összerakni a képet, hogy tulajdonképpen miről beszél a férfi. Nagyon hihetően adta elő, mégis teljesen irreálisnak hangzott az egész.

– Ki próbált meg segíteni? – sajnálta meg végül Luca. Gondolta, ha már belekezdett, mondja is végig.

– A kövér ember eljött értem. Akkor még egyformák voltunk. Még nem fogytam le. Pontosan úgy nézett ki, mint én. Bejött az intézetbe, Jácintra ráparancsolt, hogy kövesse, és gyilkolókörútba kezdett. Megölt egy csomó embert, Jácintot kivitte, aztán visszajött értem, hogy én is hagyjam el azt a helyet. Azt mondta, ha nem szököm meg, akkor vagy ő öl meg, vagy úgyis a nyakamba varrják a gyilkosságokat, és egy életre lecsuknak miattuk. Így hát engedelmeskedtem. Megszöktem. Később egykori nevelőtisztem, Ferenc, aki a barátom volt, magához fogadott. Jól bánt velem. Ő és a felesége fiukként szerettek. Etettek, ruháztattak, munkát találtak nekem. Mindent megadtak, amit csak tudtak, sőt még többet is: *szerettek*. De ezt a kövér ember nem bírta elviselni. Megint eljött értem. Megölte Ferencet és a feleségét is. Aztán rám parancsolt, hogy tüntessem el a holttesteket, félig-meddig vegyem fel Ferenc személyazonosságát, vegyem el az autóját, és használjam. Ha nem teszem, akkor velem is végez. Én pedig engedelmeskedtem neki. Mert félek tőle. Nem tudom, mi az a valami. De nem ember! Nektek is vigyáznotok kell vele! Bármire képes. Szerintem el sem lehet pusztítani...

– Francokat! – szólt rá Atos. – Hülyeségeket beszélsz. Ne haragudj, öreg, de ilyesmi nem létezik. Nincs semmiféle megállíthatatlan szuperhasonmásod. Csak te vagy. Egyedül. És sajnos súlyos beteg vagy. Embereket bántottál. Minimum egyet megöltél korábban: a nőt, aki a hűtőládában fekszik. Ma pedig Luca apját. Még akkor is, ha félig-meddig azért tetted, hogy megmentsd az anyja életét. De akkor is gyilkos vagy! És őrült. Nem létezik semmiféle esőkabátos ember.

– Ó, valóban? – kérdezte B gúnyos hangnemben. – Akkor ki hallgat Vivaldit odafent a padláson?
– Te indítottad be a lemezjátszót, te szerencsétlen. Azóta meg csak megy magától, mert nem állítja le senki. Nincs senki odafent, fogd már fel! Beteg vagy! Kezelésre lenne szükséged.
– Nem vagyok beteg. Ezt már a pszichiáter megállapította annak idején. Kettő van belőlem. És én nem vagyok gonosz. Belátom, hogy sokat hibáztam. Gyerekkoromban megöltem a nagyszüleimet, de ők valóban gonoszak voltak. Bántalmaztak. Önvédelemből követtem el, részben pedig hirtelen felindulásból. Ha nem kínoznak éveken át, sosem tettem volna olyat. Lucával pláne nem. Igaz, hogy később sokszor feleslegesen veszekedtem vele, sokszor őt hibáztattam a saját frusztráltságom miatt, egyszer még a kocsimmal, azaz Ferenc kocsijával is elütöttem, de az csak baleset volt, merő véletlen. Sosem bántottam senkit szándékosan. Igen, a macskáját egyszer tényleg megvertem, de nem akarattal törtem el a lábát. Csak bedühödtem, ennyi. Mással is megesik. Nem volt célom akkora sérülést okozni neki. Olyan nagy az a dög, azt hittem, nem is érzi, ha a seggére verek. Tényleg nem tudtam, hogy kárt fogok tenni benne. Lucát pedig csak azért kötöztem meg, hogy ne hagyjon el. Mert szeretem. Nem akartam bántani. A borotvával is eloldozni akartam, és nem megvágni. A fejszét is dobhattam volna rá, ha ártani akarnék neki, nem? Mégis az apjára céloztam, hogy megmentsem az anyja életét. Vagy nem így volt?!
– Nem tudom – vonta meg a vállát Atos. – A Jóisten se tudná megmondani, hogy kire céloztál vele, de óriási szerencse, hogy őt találtad el. Valóban megmentetted valakinek az életét, de én egyáltalán nem vagyok meggyőződve arról, hogy szándékosan.
– Dehogynem szándékosan! Gyerekkoromban az intézetben, amikor nem láttak minket, Jácinttal kiosontunk, és a hátsó fészerből elloptunk néhány kisbaltát. Szórakozásból célba dobósat játszottunk velük egy fatörzsre rajzolt célkereszt közepére. Indiánosnak hívtuk, mintha tomahawkkal dobálóznánk. Olyan pontosan megtanultam fejszével hajítani, mint egy cirkuszi késdobáló. Nem véletlenül találtam el Lukácsot. És nem véletlenül a nyakán. Azt akartam, hogy azonnal meghaljon. Nem akartam kockáztatni, hogy tovább fojtogassa a nőt, mert már el volt kékülve az arca. Másodpercei lehettek csak hátra! Tényleg nem értitek? Megmentettem őt! Nem én vagyok itt a gonosz!
– Ha így van – ment bele Atos látszólag a játékba –, akkor húzz el innen. Majd feljutunk valahogy a felső szintre, és mi is elmegyünk. Nincs senki rajtunk kívül a házban. Nem létezik semmilyen kövér ember. Ha te elmész, utánad mi is elmegyünk. És senkinek sem esik bántódása. „Ja persze!" – tette hozzá Atos magában. „Csak úgy feljelentelek többszörös gyilkosságért, mint a szar!"
– Nem hagylak itt titeket! – erősködött B. – A kövér ember ismét érzi a *kényszert*. Tudom, hogy érzi. Bántani fog titeket.

Mindhármótokat meg fog ölni, ha én meg nem állítom, vagy ki nem juttatlak titeket innen valahogy.

– Ha ekkora Teréz anya vagy, hogy segíteni akarsz az ártatlanokon, akkor miért nem állítottad meg eddig a dagadt barátodat? – kérdezte Atos. – Miért hagytad, hogy bárkit is bántson?

– Sosem jön a közelembe. Kerül engem. Nem tudtam volna megállítani, mert ha közelítek, ő azonnal távolodni kezd. Jóval erősebb, mint én, és valamiért gyorsabb is. Nem tudom felvenni vele a versenyt. De a ti segítségetekkel talán sikerülne. Gyertek! Hozok valami kötelet, és segítek nektek feljönni ide.

– Kapd be! – jelentette ki Atos nemes egyszerűséggel. – Engem ugyan nem húzol fel, hogy belém vágd a borotvádat. Nem tudom, mennyire vagy rosszindulatú, de hogy komplett őrült, az biztos. A kezemet sem Lukács vágta le, hanem te! Lucán kívül... aki mellesleg gúzsba kötve hevert... ki más volt rajtunk kívül a szobában? Ki más vágta volna le a kezemet? Bocs, de én nem láttam Lukácsot semerre.

– A kövér ember tette, te bolond! Láttál talán nálam fejszét akkor? Nem? Azért nem, mert én a borotvámmal akartam Lucát eloldozni. Teljesen feleslegesen dulakodni kezdtél velem. Elestél, és beütötted a fejed. Ekkor lépett be a kövér ember. Fejsze volt nála. Gondolkodás nélkül lesújtott vele rád, és levágta a kezed. Aztán ismét meglendítette, és Lucát akarta megölni vele. De ekkor azonnal odaugrottam. Nem engedtem, hogy bántsa. Amikor elé álltam, az esőkabátos megtorpant. Nem akart a közelembe jönni. Eldobta a fejszét, és kiment. Azóta nem láttam. Én pedig megijedtem, hogy azt fogjátok gondolni, én vágtam le a kezedet, ezért felkaptam a fejszét, és eltűntem onnan.

– És hol a fenében voltál eddig?! – kérdezte Luca dühösen. A lány mintha kezdett volna hinni egykori párjának.

– Titeket kerestelek. Hogy figyelmeztesselek a kövér emberre. Aztán eszembe jutott ez a vidéki házatok, hogy talán idejöttetek elbújni előlem. És hál' Istennek igazam volt. Segíteni jöttem. Mint ahogy segítettem is!

– Honnan tudtál te erről a házról? – gyanakodott Luca. – Sosem hallottam, hogy apám beszélt volna neked róla.

– Nekem nem is. A kövér embernek mesélt róla. Jóban voltak. A kövér kérte meg, hogy hadd hozza ide a Erika nevű nő holttestét, hogy a hűtőládában tovább elálljon, és ne induljon bomlásnak. Apád nemcsak, hogy nem mondott nemet erre a kérésre, de még örült is neki. Ő is örömét lelte a holttestben. Luca, ne haragudj, de apád nem minősült beszámíthatónak! Súlyos beteg volt. És gonosz. El nem tudjátok képzelni, hogy ő és a kövér ember miket műveltek azzal a halott nővel!

– És ezt te csak úgy tudod zsigerből, mi? – vágott közbe Atos. – Hol is voltál te ezalatt? Miért is tudsz te minderről?

– Nem voltam itt – hajtotta le B a fejét. – De összeköttetésben vagyunk. Érzem, amit ő, és részben látom is. Olyan, mintha álom lenne, egyfajta éber látomás. Valótlannak tűnik, mégis igaz. Láttam, hogy miket művelnek vele, de semmit sem tehettem ellene. Amúgy sem élt már az a nő. Nem mertem közbeavatkozni. Viszont amikor a te életed került veszélybe, Luca, azonnal jöttem. Hisz láthatod! Anyádat is megvédtem!

– Nincs semmiféle kövér ember! – mondta Atos könyörtelenül. – Menj innen, hagyj minket önerőnkből feljutni, és akkor talán megúszod. Fuss, amíg még megteheted. Talán nem kap el a rendőrség. Ennyit ígérhetek neked cserébe, hogy... esetleg véletlenül... megmentetted Luca anyját. Te beteg vagy, B! Vagy tűnj el örökre, és élj remeteként, hogy ne bánthass másokat, vagy menj vissza az intézetbe indiánosat játszani. De ha lehet, ezentúl ne baltával, hanem inkább tollas fejdísszel bohóckodj. Az kevésbé veszélyes.

B épp felelni akart erre valami olyasmit, hogy Atos ne gúnyolódjon vele, ám egy meglepő fordulat belefojtotta mondandóját:

Odafent egyszer csak elhallgatott a zene.

Atos először azt hitte, hogy lejárt a bakelitlemez, és azért ért véget a hangverseny, de aztán jobban belegondolva rájött, hogy nem volt a zenében semmiféle zárómotívum, ami a koncert végén szokott lenni. A Vivaldi-féle *Négy évszak* a kellős közepén maradt abba. Egyértelműnek tűnt, hogy odafent elzárta valaki a lemezjátszót. Tehát nem magától járt le a felvétel, hanem valaki fizikailag lekapcsolta a lejátszót.

– Halljátok ezt? – kérdezte B. – Mármint a csöndet? Lekapcsolta. Mondtam, hogy érzi a kényszert, és most elindul ide, hogy megöljön mindannyiótokat! Fogytán az időnk! Gyertek velem!

A három ember odalent tétován egymásra nézett. Egy pillanatra valóban megfordult a fejükben, hogy B segítségével felmásznak, de amilyen gyorsan felmerült, olyan hamar el is vetették az ötletet. Nem lehet fent senki! Lukács halott. Idelent fekszik velük együtt. B előttük áll a lépcső tetején. És teljesen biztos, hogy nem normális. Csak képzeli az egészet. Nincs senki más rajtuk kívül az épületben. Vagy megugrott valamitől a lemezjátszó tűje, és véletlenül a lemez végére ért, anélkül hogy végigjátszotta volna a felvételt, vagy az is lehet, hogy áramszünet van.

A pincében amúgy is sötét volt. Csak Luca telefonja világított. Nem érzékelték volna idelent, ha áramszünet miatt áll le a lemezjátszó.

„Nem lehet tehát odafent senki" – jutottak mindhárman ugyanarra a következtetésre.

– Húzz innen! – kiabálta fel neki Atos. – Nem megyünk veled sehova.

– Kérlek! Bízzatok bennem! – kiabálta B. – Fogytán az időnk. Nem akarok nektek rosszat! Csak ki akarlak vinni titeket innen! Kérlek! Luca, legalább te higgy nekem!

A férfi annyira rimánkodott, hogy egyáltalán nem figyelt maga köré.

Így nem vette észre azt sem, hogy valaki mögé lépett, és óriási méretével fölébe tornyosult.

# 13. „A boldog emlékképek még inkább gyötörnek a halálban"

A három odalent ácsorgó ember egyszerűen nem hitt a szemének. A gyanútlan, nekik rimánkodó B mögött egy nála jóval nagyobb alak jelent meg. Neki is csak a sziluettjét látták, de még így is egyértelműnek tűnt: mindkettő ugyanaz a személy. Egymás szakasztott másai. Azzal a különbséggel, hogy a vékony B háta mögött álló óriás egy magasabb, kórosan túlsúlyos, esőkabátot viselő, borotvapengét szorongató hasonmás volt. De ezeket a részleteket leszámítva akkor is egyértelműen látták, hogy pontosan ugyanolyan, mint vékonyabbik énje.

Atos figyelmeztetni akarta B-t. Ekkor már hitt neki. Abban a pillanatban, hogy a nagy ember feltűnt a másik mögött, már mindhárman elhitték, amit mond. Valóban ketten voltak! És a másik jóval termetesebbnek bizonyult.

Atos szólni akart a velük társalgó vékony fickónak, hogy vigyázzon, nézzen maga mögé, de már késő volt. A kövér ember hirtelen odalépett, és medveszerű ölelésbe zárta vékonyabbik énjét.

A többiek odalent el sem tudták képzelni, hogy mi történik. Csámcsogó hangot hallottak odafentről, mintha a kövér enne valamit(?!).

Atosban az a borzalmas sejtelem ötlött fel, hogy a kövér egyszerűen bekebelezi az egykor még részét képező vékonyabbik embert. Felzabálja, mint valami rákfene.

Mivel a hátulról jövő fény miatt csak a két férfi sziluettje látszott, így nem volt egyértelmű, hogy mi történik. Csak azt tudták kivenni, hogy a kövér ember a másik mögé lépett, elkapta, és olyan szorosan átölelte, hogy a másik mozdulni sem bírt. Aztán fura hangok jöttek az irányukból.

Lucában az az undorító gondolat merült fel, hogy a kövér elharapta – vagy borotvával elvágta – B nyakát, és most a vérét issza.

Atos azt gondolta, hogy valamilyen természetfeletti módon az egykor szétválasztott két ember most újraegyesül. Eggyé válnak, mint amikor két hóembert közvetlenül egymás mellett építenek fel a gyerekek. Két ölelkező hóember, akik tavasszal együtt kezdenek olvadni. Összeolvadnak, és eltűnnek.

Azzal a különbséggel, hogy B nem tűnt el.

Jobban szemügyre véve már látták, hogy a kövér ember továbbra is ott tornyosul felettük a lépcső tetején borotvával a kezében. A vékonyabbiknak viszont ekkor már a nyomát sem látták! Őt a kövér valahogy elnyelte, elpusztította, visszavette azt, amit a természet – azaz pontosabban egy pap és egy pszichiáter – egykoron elvett tőle.

A kövér ember szóra nyitotta a száját. És meglepő módon B szólalt meg belőle. Ugyanaz a hang. Nemcsak hasonlított rá, nem az ikertestvére volt, hanem ő maga, csak kövér kiadásban. Azt mondta:

– Tisztelet! Majd megtanítom én nektek, hogy mi az a tisztelet. Mint ahogy a kedvesemnek, Verának is. Luca, te mellé fekhetsz a borsómezőn. Ti ketten viszont mentek az égetőbe a kert végében. Rátok nincs szükségem.

A három pincében rekedt emberen olyan elemi rettegés lett úrrá, hogy megmerevedtek a félelemtől. A pincéből az egyetlen kiút felfelé vezetett, ahol a lépcső romokban hevert, és egy közel kétszáz kilós ember állta útjukat borotvával a kezében. Egy olyan személy, aki talán tényleg elpusztíthatatlan, mint ahogy néhai vékony énje is mondta. El sem tudták képzelni, miféle teremtménnyel állnak szemben, és hogy mit tehetnének ellene. Hiszen állítólag még egy pszichiáter és egy pap sem tudott elbánni vele. Akkor mit tehetnének ők?

– Gyere velem a borsómezőre – duruzsolta a kövér ember Lucának, és megindult lefelé.

\* \* \*

Ők hárman tudták odalent, hogy az odafent tornyosuló alak valószínűleg mindhármukkal képes végezni.

Luca anyja alig volt magánál a fojtogatás miatt.

Atosnak nemcsak hogy levágták a jobb kezét, de még a könyöke is eltört. Alig volt eszméletén a fájdalomtól. Nemhogy harcolni nem bírt volna ebben az állapotban, de örült, hogy egyáltalán állni képes.

Luca pedig csak egy gyenge lány. Mire mehetne ő egy ekkora ember ellen?

Tudták, hogy esélyük sincs felvenni vele a harcot.

A kövér ember viszont nem tudott valamit: Azt, hogy a sötétben milyen lépcsőfokokra lép rá. A hangos zene miatt korábban nem hallotta, hogy hogyan szakadt be a pinceajtó, és hogyan zúdul lefelé. Azt sem, hogy hogyan repednek meg a lépcsőfokok, és némelyikük hogyan válik életveszélyessé. Az esőkabátos nem tudta, mire lép rá.

Magabiztosan megindult lefelé, és a stabilitását vesztett, súlyosan meggyengült, részben összetört, részben hiányos lépcső egyszerűen összeomlott a hatalmas ember súlya alatt!

Az ormótlan test úgy zuhant le a lépcsőfokokkal együtt, mintha egy az egyben leugrott volna négy méter magasból. A lépcső kártyavárként dőlt össze alatta. Még csak nem is lassította vagy tompította az esését.

Óriási robajjal ért földet.

Nem is tudták hirtelen, hogy mi adja azt a hangot. Az összedőlt lépcsősor vagy a hatalmas ember, ahogy összetörte magát?

Amikor lassan kitisztult a Luca telefonjának fényében látható kép, már látták mi történt:

A férfi beleesett egy törött deszkába. Hátulról fúrta át a mellkasát. Úgy szúródott fel, mint egy bogár, amit üveglap alatt őriznek egy gyűjtemény díszes példányaként.

Amikor óvatosan odamentek hozzá, már nem lélegzett. Vonásai kisimultak, szemei könnyesek voltak. Ugyanakkor fura módon holtában mosolyra húzódott a szája.

Úgy tűnt, mintha a boldog emlékképek még inkább gyötörték volna a halálban.

– Az ott nem egy kötél vége? – kérdezte Luca a leomlott lépcső törmeléke közül kikandikáló valamire. – Ha hurkot csinálunk belőle, szerintetek fel tudunk rajta mászni?

– És mi lesz a borsóval? Azt meg csak úgy itt hagyjuk? – kérdezte Atos.

– Milyen borsóval mi lesz? – kérdezte Luca anyja értetlenül, félig sokkos állapotban.
– A fagyasztottal. Á, mindegy. Végül is le van fagyasztva. Majd visszajövünk érte később – humorizált Atos kínjában. Ugyanis el nem tudta képzelni, hogy minek voltak az imént szemtanúi, és hogy hogyan fognak ebből a traumából ép ésszel felgyógyulni.

– VÉGE –

# Epilógus

Egy héttel később...

– Hallottad, hogy mi történt B-vel? – kérdezte a pszichiáter a papot.
– Igen, bár a TV-ben szerintem erősen finomítva adták elő a sztorit. Ott valami egészen más történt, mint amiről a híradóban beszámoltak.
– Hát, lehet. De még így is elég furán hatott, amit a nyilvánosság elé tártak. A három szemtanú arról számolt be, hogy ketten voltak: A kövér énje követte el a gyilkosságokat, a másik pedig csak egyfajta szenvedő alanyként tűrte a másik elfajzott viselkedését. Még ha idegesítő, kissé beteges alak hírében is állt, a sovány akkor sem minősült rosszindulatúnak. A kövér volt a gonosz. Legalábbis állítólag. Nem csoda, hogy szegényeknek senki sem hitt. Abban az állapotban... Annak az Atos nevű fickónak levágták a kezét. És a hiányzó kézfej felett még nyílt kartörése is volt. Olyan állapotban nem csoda, ha az ember összevissza beszél.
– Ezért vannak azóta pszichiátrián? – kérdezte a pap.
– Ezért bizony. Szegények kissé dinkák. Tudod, félnótásak, agyilag zoknik lettek sajnos.
– Egy pszichiáternek nem lenne szabad ilyen szavakat használni – korholta a doktort a barátja.
– Előttük nem. De a hátuk mögött mondhatom. Úgy nem bántok meg senkit.
– És most mi a terved?
– Mármint kivel? B végül is halott, nem? Belőle már nem kell kiűzni semmit. Vagy esetleg szeretnéd, ha belőled űznék ki valamit? Székrekedésed van, vagy ilyesmi? Ne haragudj, öregem, de pszichiáter vagyok, és nem belgyógyász.
– Nem úgy értem, te marha – vigyorgott a pap. – Úgy értem, velük mi a terved? A három túlélővel.
– Kihozom őket onnan.
– Akkor jó. Reméltem, hogy ezt fogod mondani. Ugye te sem gondoltad komolyan, hogy őrültek?
– Persze, hogy nem. És mindent latba fogok vetni, hogy kikerüljenek onnan. Ha kell, meghamisítok néhány papírt, megvesztegetek egy-két tagot, nagy ügy. A lényeg, hogy ne legyen diliházban, aki nem dilis. Ők nem odavalók.
– Élet és halál urai vagyunk, mi? – nevetett a pap. – A világ urai.
– Az ám! És én úgy döntöttem, hogy normálisak, úgyhogy szépen kijönnek onnan. Lehet, hogy lelkileg sérültek a történtek miatt, és fizikailag is gyógyulásra van szükségük, de egyikük sem képzelődött. B valóban létezett. A Gonosz létezett. Hisz te is tudod.
Az atya bólintott, és így szólt:

– De hogyhogy nem vettük észre, hogy kettéváltak? Hol volt a másik énje? Ennyire elszúrtuk volna, barátom? Még hogy a világ urai! Tudod, mik vagyunk mi? Két oltári nagy faszkalap! Ezt állatira elcsesztük! Ott a pincémben sikeresen kiűztük belőle a Gonoszt, de valahogy nem vettük észre, hogy egyből elbújt, később pedig kiszökött, és gyilkolókörútra indult. Ha akkor megállítjuk, lehet, hogy senki sem halt volna meg! Még hogy a világ urai. Két faszkalap vagyunk, akik egy rakás embert megmenthettek volna, de elbénázták.

– „Faszkalap?" Azt hittem, a papok nem káromkodhatnak.

– Ördögűzés előtt bármi megengedett – felelte az szórakozottan.

– Olyankor pedig aztán végképp, amikor Isten szolgája elcseszi az egész ördögűzést, és emberek halnak meg emiatt.

– Nem csesztük el – mondta az orvos. – Kiűztük belőle azt a dögöt, csak sajnos eszünkbe sem jutott, hogy körül kéne nézni a pincében, hogy hátha megbújt valahol. Én valahogy automatikusan azt feltételeztem, hogyha kiűzünk valakiből egy gonosz szellemet vagy démont, az egyszerűen ködé válik. Eszembe sem jutott, hogy fizikai, kézzelfogható testet ölt, elbújik, aztán embereket fog ölni. Ne hibáztasd magad te sem. Sosem csináltunk még olyat. És elsőre sikerült. Valóban kikergettük belőle. Csak meg kellett volna keresni, és végezni a gonosz énjével. Az ördögűzés igenis sikeres volt, csak utána elmaradt a felkutatás és a „kártevőirtás".

– Szerinted sok ilyen eset heverhet még szerteszét?

– Gonosz általi megszállás, amikor a sikeres eredmény után megkettőződik az illető? Hát, nem tudom. Nem igazán hinném. Ez egyedi volt. Valami sötét. Valami gonosz. Szerintem sosem fogjuk megtudni, hogy pontosan mi.

– Miért? Miből gondolod?

– Azért, mert természetfeletti. Olyasmi, amit mi, halandó emberek valamiért nem vagyunk képesek felfogni. Nem vetted észre, hogy még a nevét sem tudja senki megjegyezni? Még a híradóban is B-ként emlegették, és nem azért, mert a személyiségi jogait akarták volna védeni. Olyankor a vezetéknevet rövidítik kezdőbetűre, nem pedig a keresztnevet. Annak az embernek egyszerűen senki sem tudta a nevét!

– Talán nem is volt neki. Ami nincs, arra pedig senki sem emlékezhet.

– Én fogok – biztosította a pszichiáter a barátját. – És te is. Ha pedig valaha találkozunk hasonló esettel, legközelebb alaposan körülnézünk abban a kurva pincében. Akkor már nem végzünk félmunkát.

– Adja az Isten, hogy ne legyen legközelebb.

– Már ha létezik a te istened – gúnyolódott a pszichiáter. – Én inkább magamban hiszek manapság. A Gonoszt sem az Isten űzte ki, hanem mi ketten. És B-t sem a Teremtő ölte meg, hanem egy leszakadt lépcsősor. Úgyhogy én... már ne is haragudj, barátom... de még ha valaha hittem is, annak vége. Nem hiszek én már a

szakállas emberben, aki jóindulatú mosollyal odafentről vigyáz az emberiségre.
– És a Gonoszban? – kérdezte a pap.
A két férfi egymásra nézett.
Vannak kérdések, amelyekre nem szükséges válaszolni... Érzések, melyeket nem lehet kimondani... Léteznek emberek, akiket nem lehet megjavítani. Mint ahogy egy totálkáros autót sem. Mint ahogy a romlott élelmiszert sem lehet többé újra ehetővé tenni. Hogy miért? Azért, mert rothad. Abból pedig nincs visszaút. Enyészetből sosem sarjad friss hajtás. A sötétben a napraforgó nem fordul el semerre. A csótányok sem építenek soha díszes kastélyokat, hanem csak pusztítani, mocskolni és szemetet zabálni tudnak.

A szobában ülő két férfi, ahogy elcsendesedtek, és békében, de aggodalommal teli lélekkel szótlanul ültek egymással szemben, érezték, hogy mindketten ugyanarra gondolnak:

B-re, a Barbárra, B-re, a Bestiára, a Bűnre, a Bűzre, a Bakóra, a Bujkálóra, aki kicsúszott a markukból, de mégis utolérte a sorsa.

# Függelék

Ebben a kötetben a szerzők által használt fejezetcímek valójában versrészletek.

Az Anne Grant által írt első részben található fejezetcímek Szabó Lőrinc „Semmiért egészen" című verséből származnak.

A Robert L. Reed által írt második rész fejezetcímei Szabó Lőrinc alábbi verseiből vannak:
(1) Szabó Lőrinc: Akkor se vagy csak akkor?
(2) Szabó Lőrinc: Szerelmes junius
(3) Szabó Lőrinc: Én és ti, többiek
(4, 6, 8) Szabó Lőrinc: Különbéke
(5) Szabó Lőrinc: Ne várd be!
(7) Szabó Lőrinc: Fenn és lenn
(9) Szabó Lőrinc: Köszönöm, hogy szerettelek
(10) Szabó Lőrinc: Nyári hajnal

A Gabriel Wolf által írt, záró epizód fejezetcímei saját, „Zene" című verséből lettek felhasználva. A szóban forgó költemény teljes egészében megtalálható Gabriel Wolf és Anne Grant „Alfa és ómega" című verseskötetében.

# Egyéb kiadványaink

## Gabriel Wolf művei

**Pszichopata apokalipszis** (horrorsorozat) ©2017
1. Táncolj a holtakkal
2. Játék a holtakkal
3. Élet a holtakkal
4. Halál a Holtakkal
1-4. Pszichokalipszis (teljes regény)

**Kellünk a sötétségnek** (horrorsorozat) ©2017
1. A legsötétebb szabadság ura
2. A hajléktalanok felemelkedése
3. Az elmúlás ősi fészke
4. Rothadás a csillagokon túlról
1-4. Kellünk a sötétségnek (teljes regény)
1-4. A feledés fátyla (a teljes regény újrakiadása új címmel és borítóval) ©2018

**Ahová sose menj** (horrorparódia sorozat) ©2017
1. A borzalmak szigete
2. A borzalmak városa

**Valami betegesen más** (thrillerparódia sorozat) ©2018
1. Az éjféli fojtogató!
2. A kibertéri gyilkos
3. A hegyi stoppos
4. A pap
1-4. Valami betegesen más (regény)
5. A Merénylő
6. Aki utoljára nevet
7. A szomszéd
8. A Jégtáncos
9. A Csöves
10. A fogorvosok
5-10. Valami nagyon súlyos (regény)
1-10. Jack (gyűjteményes kötet)

**A napisten háborúja** (fantasy/sci-fi sorozat) ©2018
1. Idegen mágia
2. A keselyűk hava
3. A jövő vándora
4. Jeges halál
5. Bolygótörés
1-5. A napisten háborúja (teljes regény)
1-5. A napisten háborúja illusztrált változat (a teljes regény újrakiadása magyar és külföldi grafikusok illusztrációival)

**Gépisten** (science fiction sorozat) ©2018
1. Egy robot naplója
2. Egy pszichiáter-szerelő naplója
3. Egy ember és egy isten naplója
1-3. Gépisten (teljes regény)

**Mit üzen a sír?** (horrorsorozat) ©2018
1. A sötétség mondja...
2. A fekete fák gyermekei
3. Suttog a fény
1-3. Mit üzen a sír? (teljes regény)

**Odalent** (young adult sci-fi sorozat) ©2018
1. A bunker
2. A titok
3. A búvóhely
1-3. Odalent (teljes regény)

**Gyógymód: Szerelem** (humoros romantikus kisregény) ©2018

**Robot / ember** (sci-fi regény) ©2018

**Az erdő mélyén** (horrorregény) ©2019

**A halhatatlanság hullámhosszán** (sci-fi sorozat) ©2019
1. Tudatküszöb (írta: David Adamovsky)
2. Túl a valóságon (írta: Gabriel Wolf és David Adamovsky)
3. A hazugok tévedése (írta: Gabriel Wolf)
1-3. A halhatatlanság hullámhosszán (teljes regény)

**Árnykeltő** (paranormális thriller/horrorsorozat) ©2019
1. A halál nyomában
2. Az ördög jobb keze
3. Két testben ép lélek
1-3. Árnykeltő (teljes regény)

**Pótjegy** (sci-fi sorozat) ©2019
1. Az elnyomottak
2. Niog visszatér [hamarosan]
3. Százezer év bosszú [hamarosan]
1-3. Pótjegy (teljes regény) [hamarosan]

**Az utolsó ötlet** (sci-fi novella) ©2021

**Lángoló sorok** (paranormális thriller sorozat) ©2021
1. Harag
2. A Halál Angyala
3. Lisbeth ereje
1-3. Lángoló sorok (teljes regény)

**Beth, a szövődmény** (horrorsorozat) ©2021
1. A lenyomat
2. Fekete fátyol rebben
3. Már meg sem ismersz?
4. Odaátról, a túlvilágról
1-4. Beth, a szövődmény (teljes regény)

**Mayweather-krónikák**
**1. Felvonó a pokolba** (horrorregény) ©2020
**2. Az örök élet titka** (horrorregény) ©2022
**3. Az örök halál átka** (horrorregény) [hamarosan]
**1-3. Mayweather-krónikák I-III.** (teljes sorozat, regénytrilógia) [hamarosan]

---

Nem biztos, hogy befejezésre kerülő sorozat:

**Hit** (science fiction sorozat) ©2017
1. Soylentville
2. Isten-klón (Vallás 2.0) [munkacím]
3. Jézus-merénylet (A hazugok harca) [munkacím]
1-3. Hit (teljes regény) [munkacím]

# Anne Grant művei

**Mira vagyok ...és magányos** (thriller novella) ©2017

**A Hold cirkusza** (misztikus regény, ami „Sacheverell Black" néven lett publikálva) ©2018

**Az antialkimista szerelme** (romantikus regény) ©2020

**Lázadó rádió** (drámai, pszichológiai regény romantikus elemekkel) ©2021

# Wolf & Grant közös művei

**Anne Grant & Robert L. Reed & Gabriel Wolf**
**Kényszer** (thriller regény) ©2019

**Gabriel Wolf & Anne Grant**
**Alfa és ómega** (verseskötet) ©2022

# Gabriel Wolf

## Lángoló sorok

# Gabriel Wolf
Lángoló sorok
(paranormális thriller sci-fi elemekkel)

Lena Livingstone-t, a feltörekvő amerikai írónőt olvasói és kritikusai kikezdik az interneten. Amikor a trollok durván beleavatkoznak magánéletébe, és már bűncselekményig viszik a zaklatást, Lena frusztráltságában éktelen haragra gerjed, aminek meglepő következménye lesz. Az írónő rájön, hogy különleges képesség van a birtokában: Amikor dühös, lángra tudja lobbantani saját regényeit a gondolat erejével. Elkezd egymás után leszámolni provokálóival, felgyújtja a tulajdonukban lévő könyveket, egyre komolyabb tűzkárokat okozva. Hamar fejébe száll a természetfeletti hatalom, és túl messzire megy. Lenából egy ámokfutó sorozatgyilkos lesz, ám nem tudják rábizonyítani a tetteit, mivel soha nincs a helyszínen.

Lisbeth Long a gyújtogató írónő előző könyvkiadójának tulajdonosa. Long és Livingstone korábban szerzőtársak, elválaszthatatlan barátnők voltak. Lisbeth az, aki rájön az tettes kilétére, hiszen jól ismeri Lenát, és mert neki is különleges képességei vannak: eggyé tud válni az általa kitalált karakterekkel. Leghíresebb, visszatérő szereplője egy nyomozó, akinek az évek során elsajátította a logikáját. Ezért is tudja kideríteni, hogy ki áll a gyújtogatások hátterében. Később rájön, hogy gyakorlatilag bármit megtehet, amit egy regényében már megfogalmazott. Ezért ahhoz, hogy elkapja a sorozatgyilkost, elkezd olyan témákról írni, ami segíthet ebben: szuperhősökről szóló könyveket. Minden történettel új, egyre erősebb képességek birtokába kerül.

De vajon hol vannak ennek a határai? Milyen hatalomra lesz szüksége ahhoz, hogy nyomába eredjen a gyújtogatónak, és elkapja? Vagy akár le is győzze?

Egy paranormális thriller, melyben a képzelet valóra válik és a fikcióból megtörtént eset lesz.

Elérhető e-könyvben és háromféle nyomtatott könyvben:

www.WolfandGrant.org

# GABRIEL WOLF

## A HALHATATLANSÁG HULLÁMHOSSZÁN

## Gabriel Wolf
## A halhatatlanság hullámhosszán
(sci-fi regény)

Az amerikai kormány már régóta rádióhullámokkal befolyásolja a lakosság tudatalattiját. Az emberek közel egy évszázada agymosásnak vannak kitéve, és emiatt teljesen másnak látják a világot: szebbnek, gazdagabbnak, ahol van értelme élni, dolgozni, és akár még hinni is.

Kár, hogy a Bibliát is csak az amerikai állam találta ki a hatvanas években. A több ezer éves ezzel kapcsolatos történelem is csak az agymosás része. Az emberek pedig már nem látják a fától az erdőt, na meg a születésükkor arcüregükbe csavarozott kivetítőtől sem, ami folyamatosan fals képet vetít eléjük.

Mindössze csak egy maroknyi ember van a Földön, akik részben veleszületett, részben tanult képességük miatt ellenállnak az agymosásnak:

„Rezisztenseknek" hívják őket. Tony és Julie mindketten azok. Szerencsejátékból élnek. Nem azért, mert szerencsések, hanem mert a balszerencse is csak egy kormány által kitalált fogalom, hiszen a valóságban bárki bármikor nyerhet. Tonyék tudják ezt, és ki is használják. Mások számára úgy tűnik, hogy manipulálják a valóságot, pedig valójában csak nem törődnek a hazugsággal, amiben a többiek élnek. Azáltal, hogy nem kötik őket az államilag kitalált balszerencse korlátai, állandóan nyernek.

Van is szükségük a pénzre, mivel képességük miatt a kormány hajtóvadászatot indít ellenük. Azért akarják őket elhallgattatni...

...mert nemcsak, hogy látják a valódi világot, de mindenki másnak is meg akarják mutatni!

Vajon a rezisztensek segítségére lesz-e Cortex, a koponyaálarcos hacker, vagy valójában ellenük dolgozik? Továbbá mire számíthatnak dr. Wolftól, a visszavonult pszichiátertől, aki állítólag látja a jövőt?

Ha Tonyék sikerrel járnának, leleplezhetnék a történelem legnagyobb összeesküvését.

Hacsak a titokzatos Hydra előbb meg nem állítja őket... odalent, az alvilág kapujában.

Elérhető e-könyvben és háromféle nyomtatott könyvben:

www.WolfandGrant.org

CPSIA information can be obtained
at www.ICGtesting.com
Printed in the USA
BVHW032205151122
652066BV00010B/83

9 798211 935501